正道

史迪钢◎著

时代出版传媒股份有限公司
安徽文艺出版社

图书在版编目（ＣＩＰ）数据

正道/史迪钢著. —合肥：安徽文艺出版社,2020.7（2022.5重印）
ISBN 978-7-5396-6913-7

Ⅰ．①正… Ⅱ．①史… Ⅲ．①长篇小说－中国－当代
Ⅳ．①I247.5

中国版本图书馆CIP数据核字(2020)第036343号

出 版 人：段晓静
责任编辑：胡　莉　卢嘉洋　　　装帧设计：张诚鑫
....
出版发行：时代出版传媒股份有限公司　www.press-mart.com
　　　　　安徽文艺出版社　www.awpub.com
地　　址：合肥市翡翠路1118号　邮政编码：230071
营 销 部：(0551)63533889
印　　制　三河市人民印务有限公司　　(0316)3650588
....
开本：710×1010　1/16　印张：19.75　字数：350千字
版次：2020年7月第1版　2022年5月第2次印刷
定价：68.00元
....
（如发现印装质量问题，影响阅读，请与出版社联系调换）

目　录

第一章　红花正需绿叶

包若谷右脚刚踏进车门，手机突然响起，显示屏上映出"乔雩"两字。他本能地后退了两步，然后摁下接听键，边信步离开轿车，边客气地说："乔兄，周末有意来看望兄弟吗？"

这是位不轻易来电话的良友，现任省委办公厅主任，是包若谷曾经的亲密战友和知心朋友，也是值得信赖和尊重的兄弟。为了表示诚意，包若谷再次诚挚地邀请他来访赤峪。不想对方却根本不理会他的热情，用严肃而霸气的口吻说："听着，出大事了，于天勤死了，你心里有个数，别声张，该干吗干吗。省里暂时还封锁着这一消息，估计等公安部门的调查有个初步结果后才会公开，到时候正式渠道会有通知。看来你赤峪那块宝地一时还不方便去啊。"

包若谷惊魂未定，正想问前因后果，对方已挂断电话。他呆立路边好一阵，一阵莫名的伤痛向他袭来，深深刺激着他，他内心忐忑，久久难平。朝夕相处两个月的顶头上司于市长说死就死了，公安介入，难说是否另有隐情。包若谷今年四十三岁，中等个子，理一个寸头，头发乌黑油亮，两道剑眉下，双眼光波如电，厚厚的嘴唇，下巴微微翘起，白净的长脸两侧是肥大的耳朵。乍闻噩耗，他不禁心惊肉跳，伤心惊悸。这究竟是怎么回事？昨天下午开完会，自己还与于市长在小食堂共进晚餐；于市长回省城家里前，还专门话别，叮嘱自己走基层要多了解真实情况……多好的兄长啊！两滴清泪在他眼眶内转了转，掉落下来。

包若谷挂了电话，稳了稳心神，揉搓了一下眼睛，上了黑色轿车的后排。在他旁边已坐了市政府办公室副主任林小田，年龄在四十岁左右；前排副驾驶座上秘书佟一青也已端坐静候，他今年三十二岁；司机是从部队转业的五大三粗的北方汉子竿甘泉。竿甘泉缓缓启动车子，车子穿过几条街道，出了城，上了高速公路。

包若谷目视前方，似乎在关注车外景物。寒冬萧瑟，路两侧的水杉在西北风中落尽了最后的枯红，云层压得很低，昏暗的天幕下层林染红、苍山泛黄。转眼间新世纪第七个新年将至，本以为到赤峪市可以踏实做事，谁料想却是风云变幻、机变百出、事事惊心。他脸上静如止水，看不出任何表情，这表情下掩盖了内心的万千思绪。

今天是周六，按说作为赤峪市委常委、副市长的包若谷是不需要忙于公务的，他更应该回到省城去联络朋友、拜访领导、搜集信息，但最近情况特殊，他已连续五个周末未曾回家。自十月份离开省委办公厅下派到赤峪市担任市委常委、副市长，分管工业、科技和环保以来，已两月有余，他却仍在熟悉情况之中。最关键的是马上面临换届选举，为配合明年全国重要会议的召开，十二月底前要完成党代会，春节前开好人代会，他都得经历被选这一关。这段时间他只能马不停蹄地进工厂、下基层、跑县区、访部门，不管是面对党代表还是人大代表，他都要认真倾听意见，虚心接纳建议，恭敬接受批评，科学做出指示，切实解决问题，尽最大努力给代表们留下良好印象。好在包若谷在省委书记李世超身边当过四年秘书，这方面早已耳濡目染、了然于心，只待亲身实践了。凭着在省委书记身边练就的能力，对付一个副市长的职位应该是游刃有余。两个多月下来，他所到之处无不笑脸相迎、热情相送，个个似曾相识、相见恨晚，这些代表似乎都已经成了包常委、包市长的铁杆兄弟姐妹。

照这形势，似乎包若谷根本不用去走访，在党代会、人代会上的选举也不会有任何问题。但包若谷还没有昏庸到这等地步，如果真这样想这样做，他在省委书记身边就算是白干了。他知道自己这次下来是怎么回事，曾经服务过的李世超书记调去其他省担任省委书记，临行前示意他去下面做些有担当的实际工作。新任省委书记赵荣飞来后不久，便把他充实到赤峪市班子中，本来安排他任市委副书记，他自己坚持要求干政府一线的工作，才将他调整为副市长，在省委组织部领导的关心下，硬是进了市委常委。但这一安排在赤峪市干部眼中就不简单了，常委兼副市长，不是常务副市长也是副市长中的二号人物、市政府的三号人物，更何况进了市委常委对干部任免就有发言权……

让包若谷万没想到的是，这赤峪市并非表面上看到的那样风平浪静，聚在一起的时候你好我好大家好，开起会来形势一片大好；单独交流的时候却唯有你好我好，其他谁都不好。每当遇到这种时候，包若谷只能装傻充愣，一副惊奇的样子，或笑而不语，或顾左右而言他，尽量说些正面劝解的话。

乔雯的电话让他太意外了。于天勤是两年前从枫海市市长的位置上平调过来的。因当时赤峪市市长杨凌在环保执法中推进不力，加上亲戚开办的印染公司偷排污水遭举报，被调离岗位到省司法厅任副厅长。于天勤在枫海市以工作扎实、敢于碰硬深得民心，但听说枫海市委班子中有些成员对其颇有微词，尤其是市委书记洪一水对其评价微妙，说他虽然工作成绩明显，但为人孤傲、行事专断、不近人情等等。省委原书记李世超在挑选赤峪市市长人选时，坚持把他从枫海市调过来。于天勤来到赤峪市后不久，取得省环保厅的支持，重拳出击，环境污染整治工作迅速打开局面。赤峪市区范围内的几家排污大户相继得到整治，或投入治污设备，或改造排污装置，一批偷排企业被停业整顿，直至排放达标才准许恢复生产。目前，整治工作正向赤峪市所辖县、区推开。当时的省委书记李世超在全省环境整治大会上几次表扬赤峪市委环境整治工作后来居上，甚至点名表扬了于天勤市长，夸他是"绿水青山"市长。

但是，有一个明显的迹象——在市委书记单玄明的心目中，于天勤市长似乎并非最佳搭档。包若谷到任时间不长，已在常委会上几次听到单书记问于市长："听说某重大工程项目已经开工了？政府工作进展神速，我这里的信息有点跟不上啊。"这话听起来似乎有一些别扭。而于市长却轻描淡写地说："这个项目是年度工作计划中排定的，只是按计划实施。"单书记于是点头说："啊，好，我如果早一步知道，也该表示一下支持与祝贺嘛。"听起来多少有点牵强。项目年度计划是在政府常务会议上研究确定的，报市委常委会和人代会通过，单书记当然清楚，政府照计划实施，他自然无话可说。但各地其实还有一个规矩：政府有重大工程项目要实施，不管是否年度计划排定，在正式启动前还是要报告党委的，尤其要向党委书记报告。一方面，表明市委支持与祝贺的态度对项目实施十分重要；另一方面，重大投资项目就是花大钱，政府花钱自然有人赚钱，市委对此负有监管责任。政府投资项目的赚钱机会，有给一个人的，也有给多个人的，这个机会给谁都是给，但给谁和不给谁却大有文章。在单书记看来，这方面失去监管，是他的重大失职。

单玄明书记当着于天勤市长的面，从来不说一句不满意的话，连常委会上说的也是支持的话。包若谷也从未在任何场合亲耳听到单书记说过半句对此事及于天勤的不满，却在其他一些传闻中获悉，单书记内心是天大的不愉快。原因是他在这里工作已有六年，原来杨凌任市长时不是这样的，大小项目实施前都与市委通气，单书记在常委会上都表明了支持与祝贺的态度，而且还特别郑重其事地指出，工程承包一定要公开、公平、公正。然而，在具体实施时，重大项目承包基本上是按单书记从另外一个渠道传出来的意图办的。单玄明是与赤峪相邻的黄岭市人，有一批家乡人在承包建筑工程上已渐成气候，出现了包括他内弟在内的六七个建筑老板，有几个甚至是在他担任市委书记后发达起来的。于天勤接任后，所有重大工程项目虽未在常委会上汇报，却都通过公开招投标实施承包，还把几个在工程招投标中搞暗箱操作的工作人员当场逮住，送交纪检部门查处，最后移交检察机关追究法律责任。单书记家乡那帮建筑公司老总日子便有些难过了，不少人满腹牢骚，大骂于天勤不把单书记放在眼中。对此，有两种说法：一说单书记在家里把内弟批了一顿，说于市长是按照法律规定办事，于市长的做法就是他要求的做法，他们想要承包工程，就要适应市场经济运行规则，应该凭实力去争取，工程招投标就该公开、公平、公正；另一说是单书记内心里把于天勤恨得牙根发痒，欲置之死地而后快，还有种种不良言辞。

这些传闻来自包若谷这段时间紧锣密鼓的走访，来自对代表们"酒后真言"的归纳，究竟有几分真实尚难下定论。让包若谷吃惊的是于天勤死了，乔雯的消息不会有假，但究竟怎么死的，乔雯没说。包若谷的直觉让他联想到，会不会与单玄明书记有关？这让他顿感莫名的惊恐。太可怕了，自己怎么会有这种想法？一个市委书记、厅级干部，怎么可能为了权力去残害同事？若果真如此，自己岂非置身危局之中？

一路上，包若谷不开口，林小田自然不能去打扰领导的思路，佟一青更不便开口。能担任市政府办公室副主任和领导秘书的都是人精，这种沉稳姿态都是练得炉火纯青的基本功。眼看汽车下了高速公路，经过收费口，没开多远，早见前面停了一辆黑色丰田轿车，边上站着的一个中年男子笑逐颜开，挥手上前。这是汲水县政府办公室主任梁上宾，他身材修长，脸面青白瘦削，三角眉下一对小豆眼晶亮闪烁。佟一青按下车窗，向他招了一下手，示意他在前面带路。

各项程序都是事先准备好的。今天，包若谷要走两个地方，开两个座谈会。上午是在汲水的市人大代表座谈会，县委书记南宫范除外，包若谷已经在市里与他做过个别交流。地点选择在纱绸织造集团有限公司，位于汲水县城以南二十公里的五峰镇。该公司虽然总部在汲水，挂的却是赤峪市的牌子，是全市最大的缫丝、纺纱、织布、印染一条龙连锁企业，年产各类棉、绸、化纤布近千万匹，年产值三百多亿元，生产的布匹销往全国及东南亚、欧美市场。母公司虽然在汲水县，十几家子公司却遍布赤峪市下辖的各县市区，五家主力生产企业占公司总产值的百分之七十，其中有两家落户赤峪市经济集聚区。公司董事长贾叶扶是省人大代表，今天的会务由该公司安排。

下午是在汲水的市党代表座谈会，地点在汲水皮革城有限公司，位于汲水县城西侧商贸区。这是一家隶属于赤峪皮革集团公司的销售公司，名头却比上级公司还要大，是个拥有一千二百间门面的皮革销售市场，号称三省皮革销售中心，不仅销售港南省生产的皮革制衣，连周围两省的皮革也流入此地销售。年销售额在三十亿元以上，客商来自国内外。公司总经理茅林泉是市党代表，也是母公司董事长的亲兄弟。

两辆车一前一后进了纱绸织造集团有限公司大门，向左一拐，再过一条绿荫大道，来到一幢五层大楼前，这是公司总部，前面停车坪上已停了不少轿车。说好九点三十分正式开会，现在是九点二十五分，想必代表们均已到场。佟一青打开车门，包若谷从车上下来。汲水县委副书记、县长侯坤早已满脸笑容迎上。侯坤四十五岁上下，头发灰白，两条倒插扫帚眉下是两只溜圆的大眼睛，鼻梁挺直，嘴角微微下沉，配在一张国字脸上显得官气十足。他快步上前说："包市长一路辛苦，周末都安排考察调研，是我们学习的楷模啊。"包若谷非常明白侯县长此话的潜台词："要不是你为了选举下来搞什么熟悉代表，我这会儿正安稳休息呢！"但他不能将此点明，要充分体谅这个县级官员，人家七天里至少五天忙得脚不着地，好不容易有个周六休息，却被他剥夺了。包若谷于是诚挚地说："侯县长，真是对不住啊，占用您宝贵的休息时间，也是事出无奈，初来乍到，情况不明，思路不清，只好赶早向大家请教啊。"侯县长还是听出了包副市长的潜台词，心想，这位领导却也实在。他赶紧打着哈哈回过头介绍身边站着的贾叶扶："这位是纱绸织造集团的贾董事长，姓贾名叶扶，红花需要绿叶扶的叶扶，是真董事长。"他是生怕包若谷错听成"假董事长假夜壶"。其实他多虑了，包若谷早在昨天晚上就对今天出席座谈会的各位做了相应的了解，甚至上网搜索。

贾叶扶五十多岁，头发花白却粗壮光鲜，额上三道公路纹，三角吊梢眉下一对小牛眼，鹰钩鼻阔嘴巴，长脸油光水滑，穿一件宽大的黑皮夹克，下着棕色灯芯绒长裤，配一双棕色皮鞋。此时，听县长介绍自己，他赶紧带着最灿烂的笑容，伸出最温暖的手，用最热情的语调说："欢迎包市长光临本公司，我这片绿叶一定扶好您这朵红花。"这话说得漂亮，语到情到心意到。包若谷眼光一闪，此人可得另眼相看。他赶紧握着贾叶扶的手不胜感激地说："好好，红花正需绿叶，我们政府这朵红花太需要贾董企业这样的绿叶来扶持了。"贾叶扶依然握着包若谷的手说："我不仅要扶政府，更应该扶好您这朵红花。"包若谷心领神会地说道："董事长本人就是红花，却甘做绿叶扶我，您精神可嘉，我感激不尽，应该好好向您学习。"说完这些意味深长的客套话，一群人在贾董事长的引领下，来到三楼小会议室。

三楼小会议室的椭圆形会议桌边已经坐了八个人，都是市人大代表，除了一个女代表，其他全是男的。见贾叶扶引着包若谷出现在门口，八个人赶紧起立，含笑行注目礼。包若谷笑容灿烂，从容走进会议室，侯坤伶俐地介绍参会的代表。从离门口最近的开始。这是一位三十来岁的女教师，穿一身红色羊绒大衣，柳叶眉，丹凤眼，瓜子脸，小嘴巴，披肩长发，可惜鼻梁不挺，且有几个明显的酒糟点。"这位是汲水中学高级教师欧阳莹。"包若谷忙与她亲切握手，顺便问道："听说你带的毕业班在今年高考中升一本的比例又是全市第一，这是第几次第一啦？"欧阳老师想不到新来的副市长连这点事都知道，兴奋得红脸笑成了一朵花，竟忘了回答问题。

侯坤紧接着介绍第二位："这位是达岚镇党委书记，叫张文澜。"此人三十五六岁，瘦高个，戴一副近视眼镜，白净面皮。包若谷昨晚了解过他的情况，关切地问道："听说你们镇最近引进了一家汽配龙头企业，什么时候能投产啊？"张文澜赶紧答道："感谢领导关心，争取明年底投产。"

侯县长介绍的第三位是跃鱼水泥有限公司董事长马奔，这人一脸麻点，年近六旬，中等身材，穿一件灰黑棉袄。包若谷知道此人在赤峪建筑行业很有影响，目前正在将企业包装上市，问道："你们公司上市的事办得怎么样啦？"马奔高兴得满脸麻点都放出红光来，握紧包若谷的手说道："快了，快了，资料都已经上报了。"

在侯坤的一一介绍中，包若谷都能关切地问上一两句话，而最重要的是都能问到对方最自我得意、引以为豪的内容，这让几位代表打心眼里觉得这位领导特别关心自己的事，对下面的情况如此了解，真是可亲可敬，搞得一个个都如灌了蜜水似的。

介绍完毕，包若谷在贾叶扶恭引的位子上坐下。立时，侯坤在左边贾叶扶在右边相继落座。侯坤向包若谷请示："我们开始吧。"见包若谷微笑着点了一下头，侯坤便开始主持会议。他先是介绍包若谷副市长的辉煌经历和非凡才干，并说："包市长曾经是省委李书记的秘书和省委办公厅副主任，年轻有为、才华横溢、前途无量，工作勤奋、求真务实、作风扎实，分管全市工业和科技，不到两个月时间已走遍了全市主要工业企业。今天利用双休日，长途奔赴我县，考察、指导我县工业和科技工作，我们应该衷心感谢包市长对我县工作的高度重视和大力支持。"一席话塑造了包若谷副市长的高大形象，也充分调动起了各位代表对包市长的感激之情。

包若谷心似明镜，知道这些话的真真假假。在一阵掌声过后，他简短地讲了几句场面话，意思很明确：周末耽误大家休息，深表歉意；这次来很想了解一下汲水县工业和科技发展情况，特别是工业企业发展中存在的问题和困难，为下一步开展工作打基础、找依据；还有一个目的就是来和大家会个面，建立感情和友谊，求得大家的支持。这里面有虚话和套话，但包若谷尽量说得情真意切滴水不漏，让与会者觉得他确实初来乍到、情况不明，需要代表们知无不言、言无不尽地提供各方面情况，以支持他科学决策，为赤峪市的发展努力奋斗、鞠躬尽瘁。

有了他的几句开场白，代表们感觉与副市长的距离更近了，深感这位领导平易近人、为人实在，于是一个个畅所欲言。企业老板把自己企业的业绩做了展示，也讲了目前面临的困难，希望上面给予某方面支持，但巧妙地避开企业生产排放污水问题。镇党委书记理所当然地介绍本镇近几年经济发展成就，特别是工业发展的大好势头，也谈了面临的困难和希望市里支持的要求。前河村党支部书记牛志尚兴奋异常，他讲起村里的美妙光景更是滔滔不绝，村办企业产、销、利都高，乡村旅游业开始起步，村民收入大幅提升，社会稳定，老幼都好。好形势讲得多了把困难给忘了，最后被问到有什么要求时，他只得说，他们的要求只有一个——请包市长有空到他们村去走一走看一看。

只有画家左山和教师欧阳莹最没内容可讲。画家左山是县文联副主席，留一头长发，披一件黑色长大衣，尖嘴猴腮，好在目光炯炯。轮到他时，他嬉皮笑脸地说："我以后给包市长画幅画，希望包市长能按我出的价买了去，也算支持我县的文化产业了。"代表们一齐笑话左山真是见钱眼开，给包市长送一幅画又怎么样？纷纷要求替包市长付钱。欧阳莹更没什么话好说，只表示自己会一直努力教好书，被问到有什么要求时，只好说请包市长多多关心，至于关心什么又没说出来。被侯县长问了一句之后，她更是说不清楚，在代表们的笑声中一张瓜子脸红得像桃花盛开。还是包若谷出面解了围，说："学校教学条件遇到什么困难，可以来找我，我愿意设法帮你们解决。"

侯县长在代表们讲完后发言，先是介绍了汲水县工业经济发展成就，再讲面临的困难，最大的困难在于部分工业企业环保要求难以达标，面临改造甚至关停并转的严峻形势，却不再深入展开讲。最后，他请包市长讲几句。对于这些问题，包若谷只能知而不言。由于汲水县地处赤峪水系上游，赤峪湖中的水除一部分来自周围截雨山体，更多的来自汲水县通往赤峪的几条河流，它们从不同的方位奔赴赤峪山谷，进入赤峪湖。所以，尽管汲水县在赤峪市管辖之下，汲水县人却自豪地说："赤峪人喝的是咱们的'洗脚水'。"对此，赤峪人很无奈。而近年来，让赤峪人更难以忍受的是，流下来的水不仅含有汲水人的"洗脚水"，还有一些企业偷排的工业废水，这就让赤峪人忍无可忍了。两会上人大代表、政协委员们群情激愤，环保局长、水利局长被质问得坐立不安。这件事包若谷早就做过全面了解，但在这样的场合却只能装聋作哑，更不便提自己对污染企业惩治的态度和决心，毕竟某些场合的规则并非知无不言，而是知而不言。

座谈会开得很成功，一成功时间自然长，开完会已超过十一点半。贾叶扶早已在小食堂准备了工作餐。按照汲水县政府本来的方案，中饭是安排在汲水国际招商酒店的，这是汲水县最高档的五星级酒店，理由是包若谷是担任副市长后第一次到汲水。但包若谷否定了，坚决要在企业食堂就餐，其他听由汲水县安排。

第二章　看谁收风景

纱绸织造集团的小食堂有大、中、小三个包厢，今天开的是中包厢，一张大圆桌能坐十五人。一行人进来，侯县长与贾叶扶谦让一番后坐了主人位，包若谷自然在主宾位就座，梁上宾拉林小田坐在侯县长的一边，贾叶扶便在包若谷的另一边入座，梁上宾自然要坐在侯县长的正对面，其他各位自找位子落座。

一开始大家还只是说些酒桌上常见的笑话和段子，说得大家一齐大笑。笑过之后，忽有一人借着酒劲冒出了一句极为严肃的话："你们知道今天早上我们市里有一位重要领导死了吗？"这话就像一颗炸弹，令所有人闭口无语。有的人是心中明白却装糊涂，有的人是真的不清楚。说这话的是一位四十上下、穿一件黑色皮夹克的男子，他是赤峪电镀总厂厂长丁一彪。包若谷不禁暗暗吃了一惊，此事发生在省城，对外还是保密的，如此偏远的县里的一位私营企业主怎么就知道了呢？见大家都吃惊地看丁一彪，包若谷便不动声色地等着他说出下文。

丁一彪的电镀总厂同样是全市的总厂，有十几家电镀分厂布局在全市各县、区。之所以拉长战线，不仅仅是为做大规模，关键是享受政策红利。各地在办开发区招商引资时，一般都规定新落户企业自投产当年起，可享受税收二免三减半政策，而且土地价格便宜。若干年之后，这些开发区还会因为区位条件改善带动土地升值，企业将厂房地产一转手，就能大赚一笔。所以，同一企业在原地扩展与在外地新办相比，显然投资外地更有利。有的企业经营者只要有利可图，甚至在享受完一地的优惠政策后，马上择地另办新厂，赶去享受另一个区域的优惠政策。

丁一彪见众人都在莫名地看着他，阴阳怪气地说："别都这么看着我，你们当中肯定也有人已经知道，只是不肯说。""我是真不知道，你先说是谁吧。"说这话的是一位五十岁左右的男子，高个子、方脸盘、翘嘴巴，穿一件暗红色夹克衫，他是飞鸟自行车总厂厂长万龙长。听了这话，丁一彪只好说下去："是于天勤于市长今早不幸身亡，死得十分蹊跷。"大家不禁惊愕万分。林小田第一个反应过来，说："丁厂长，你喝高了吧，怎么能胡说八道？于市长昨晚回省城前还好好的，怎么可能今天一早就死了呢？"丁一彪摸摸粗短的头发说："我说的一定是事实，你不知道也正常，但不等于市里无人知道。"包若谷依然和大家一样露出疑惑的神情，淡淡地说道："我是真的没接到正式通报，按理说出了这么大的事，办公室应该通报我的。丁厂长是怎么知道这事的？"丁一彪本不想说出消息来源，但见包副市长问他，便说了句："是我在省里的一位同学给我发的短信。"这话可是有分量的，而且分量轻重难测，轻则省里某医院负责抢救的一位医生是他同学，重则省委或省政府某领导是他同学。侯坤一脸沮丧地说："如果你这话是真的，那也太可惜了，于市长可是位踏实干事、正直廉洁的好领导。"

经侯坤这么一说，大家便都说起于市长的好来。达岚镇党委书记张文澜说："我没直接领受过于市长的教诲，也没直接在他手下干过，但我感觉得出他为人做事的实在，没有那种虚头巴脑的成分。最近两年市政府出台的政策，真真切切地惠及普通百姓，特别是我们达岚这种资源匮乏、交通不便的大镇。治山改水，建水库护水源，达岚流向汲水河的水质明显变好。如果不是于市长下的死命令，那三家水泥厂和四家皮革厂怎么搬迁得了？"欧阳莹也接上说："于市长这两年对我们教育也很支持，我们学校前年新建了两幢教学楼，听说市里补助了一半以上。"

跃鱼水泥有限公司董事长马奔突然冒出一句："于市长抓工作还真狠，我的水泥厂，硬是装了减排装置和废水回收管道，花了我几百万啊。如果真有这事，有些人要额手称庆了吧。"众人愣了一下，觉得话里有话，等他的下文。马奔过了好一会儿，一口喝干杯中酒，说："于市长来之前，黄岭市在赤峪的大小建筑工程公司几乎包揽了赤峪市政府一半多的投资项目。自于市长上任，这种局面便被打破，建筑公司一下子机会均等。黄岭市在赤峪的建筑承包商收益大减，单书记已多次遭家乡人的诘难。那里面可有他老婆亲弟弟办的公司，他能不着急吗？我还听说一个重要消息，这次换届，上面正在考虑把他调到省人大任副主任，由于市长接任市委书记。如果是这样，那岂不是要了黄岭市在赤峪的建筑土豪们的命？我是供应水泥的，没少和那些土豪来往，那都是些什么人我心里清楚。"贾叶扶不紧不慢地冒出一句："越说越没边了，没有证据的事少说，这话也只能在这里说，出了门赶紧忘掉。"左山却一笑，说道："这种下结论的话确实不宜说，大变之下，看谁收风景，然后听公论。"

马奔还要辩解，林小田的手机突然响了，他赶紧接听："曾处吗？周六还加班？什么？好，知道了，我马上报告包市长。"挂了电话，林小田苍白的小圆脸开始涨红起来。他定了定神，起身绕到包若谷身边，俯下身子说："市委办综合处曾寅处长通知，在家常委下午三点钟在市委常委会会议室参加紧急会议。"曾寅是单书记的贴身秘书，和包若谷之前在省里干的几乎是一样的活，工作上二人也没少交流，常委会由他通知，那是特例。包若谷甚是不解，听后只是点点头。他不喜欢喝酒吃饭时间过长，举起酒杯和侯坤、贾叶扶碰了一下杯，说："感谢盛情款待，还望多多支持啊。"

一行人吃完饭走出餐厅，包若谷和他们热烈握手、告别，最后，同两位守在门口的工人也握了握手。由于距离下午三点钟还有近两个小时，赶回赤峪只需四十分钟，贾叶扶有心与包副市长加深交往，便提出请他在公司招待所稍作休息再回。正好包若谷也有意和贾叶扶再深入交流，以便了解更多实情，于是欣然答应。侯坤因需安排应变事宜，只得先赶回县城。包若谷握着他的手说："事出突然，下午要开常委会，必须赶回，麻烦您替我向周滨副书记和其他党代表道歉，实在是迫不得已，只好推迟到下周了。"侯坤自然一口应承。

这里名义上是公司招待所，其实不逊五星级高档宾馆，几个主客房是按总统套房的标准装修的。贾叶扶陪包若谷走进一间主客房，在外间客厅松软的沙发上坐下。林小田和佟一青去了另外的房间。

随即进来一位身材修长的年轻姑娘，瓜子脸，大眼睛，直鼻小嘴，皮肤白皙细腻，深蓝职业装下是凹凸有致的曲线。包若谷一见之下不禁大吃一惊，竟然是她！天哪，说天地太大，同住一个城市的人几十年碰不上一回；说天地太小，曾经是那么遥远的人，忽然间在一个不起眼的地方不期而遇。

那女子是焦雨霁，几年前还是北京某大学的学生。包若谷是省委书记的秘书，到京后，领导参加一些活动时，他不便相随，无所事事，便与在京的同学、朋友相约聚餐。一位关系特近的同学知道他当时刚离婚，便想帮他梅开二度，带了焦雨霁来与他相识，希望玉成好事。包若谷自然不好拒绝，更何况焦雨霁对男性有着超强的吸引力。焦雨霁听说包若谷是省委书记的秘书，那无疑是心目中的英雄人物，一见之下，倾心相许。此后，包若谷还真把这女孩放在了心上，几次去北京，都想方设法与焦雨霁相会，大有欲订终身之势。然而，两人都不肯先开口，慢慢地由热转凉，就没了下文。包若谷以为焦雨霁不肯说出愿嫁他为妻，是嫌他离异过，且年龄相差悬殊。后来，他偶去北京，焦雨霁竟因故未再赴约，他担任办公厅副主任后，几乎就没去过北京，一晃两年过去，两人再无联系，最后，他竟连她毕业后去了哪里也忘了关心。直至娶了现任老婆，包若谷以为焦雨霁这一页已彻底翻过了。

焦雨霁似乎早已知道今天的服务对象是包若谷，那份镇定从容、安之若素不是临时可以装得出来的。她在背对着贾叶扶的瞬间，巧妙地给包若谷使了个眼色，那意思分明告诫他不可在此相认。包若谷自然不傻，相认麻烦太大，岂可造次？

他看着她揭开茶杯盖，看着她纤细的手指放茶叶，看着她缓缓地往杯里注水，最关键的是从她身上居然飘出淡淡的久违的茉莉花香。贾叶扶笑着介绍说："这是我们公司的秘书焦雨霁，我出高价从沂安人才市场聘来的。"包若谷不禁笑了起来，觉得有点失态，赶紧掩饰道："贾董事长身边真是美女如云啊。"贾叶扶也笑道："食、色，人之性，此为圣人言，如吾辈人等，除了赚钱，也就这点爱好了。看美女如赏名画，品美女如尝佳肴。包市长如有雅兴，我也可以帮你培养培养。"包若谷知道这"培养"的含义，笑道："身不由己，我哪有贾董事长这般福分啊。"贾叶扶便说："每个人身上都有一条暗河，只是污染程度不同而已。条件都是靠创造的，自己创造不了，让别人来帮你创造也是创造。"

包若谷知道贾叶扶这是在拉拢自己。这个大企业的所有者，手里究竟握有多少资产一般人都不清楚，像包若谷这样的市级领导还必须与这样的资产所有者搞好关系，否则，贾叶扶把企业一搬迁，直接影响全市经济增速，也直接影响他这位分管领导的信誉和威望。为此，有不少领导干部与私营企业老板之间有说不清、道不明的关系，称兄道弟，利益往来，有的甚至处于被企业主绑架的状态。包若谷从内心里痛恨这些丑恶现象，但表面上却必须随波逐流。他还不知道赤峪的水有多深，不知道汲水的水有多深，更不知道这位贾叶扶的水有多深，不能贸然涉足是肯定的，但断然拒绝贾叶扶肯定也是错误的。于是他哈哈一笑道："贾董事长刚才说愿意扶我，现在又说培养我，您所做的自然是为我好，我发自内心感激，非常愿意做您的学生，老师能为我创造条件，我当然求之不得啊。"

贾叶扶是什么人？聪明绝顶，自然理解包若谷的话意。看焦雨雾茶已泡好，他挥挥手，示意她先出去。焦雨雾扭着屁股走出房间，趁回头之机，向包若谷飞了个颇含深意的媚眼，随手把门带上。包若谷漫不经心地说了一句："真是人间尤物。"贾叶扶哈哈一笑说："包市长若看得上，那也是她的福分啊。"

包若谷知道这个话题着墨已够，便转而诚恳地说道："贾董事长是省人大代表，对赤峪市方方面面洞若观火，我是初来乍到，还望贾董不吝赐教，扶我一把。"贾叶扶听了这话，也就收起刚才的玩笑态度，正经说道："赐教谈不上，李书记调走前对我这里很是关照，你是他的秘书，我没有理由不扶你。"

有了这些话做铺垫，两人的关系立刻近了许多。包若谷便顺着贾叶扶的意说："谢谢您。我眼前最看不明白的是于天勤市长的死，刚才席间有些人的话好像有别的内涵。您能帮我分析一下其中隐情吗？"贾叶扶听了这话，并没有立即回答，而是问："您中午不打算休息吗？"包若谷才四十多岁，中午休息对他并不要紧，于是说："为求真经，何惜一眠啊！"

贾叶扶便对包若谷说："好，那我中午也只好放弃休息，陪你聊聊了。"包若谷还要说感谢的话，贾叶扶用手势制止了他，说，"你在省里当秘书时最不熟悉的，大概就是赤峪市。李书记两次来赤峪都不见你陪在他身边，其实你即使来了，也未必能了解此处的官场内幕。于天勤市长的死是偶然的，但包含着必然性，今天不被毒死，保不住明天就被砸死。"

包若谷用吃惊的眼神看着贾叶扶。贾叶扶没说错，给省委李书记当了四年秘书、一年办公厅副主任，赤峪市是他最不熟悉的。他对这里关注最少，因为他觉得赤峪的市委书记单玄明是省长孙达文那条线上的人，除非和省委李书记一起来赤峪，他一般是不会在李书记在位时独自来赤峪的。不仅如此，就是与单玄明的交往也严格局限于工作范围，绝不越雷池半步。他之所以被安排到赤峪市来，是因为他在担任省委办公厅副主任时，新来的省委常委、秘书长许佳银在常委会上提议，让他担任赤峪市委副书记。省委书记赵荣飞新来，大概不好说反对的话，就同意了。省委副书记夏中和找他谈话时，他提出要做些有担当的政府实际工作，就改任了常委、副市长。

贾叶扶没有顾及包若谷的表情，继续自己的话："先说于市长之死吧。于市长喜欢吃黄鱼，尤其喜欢吃野生大黄鱼下面条，这个饮食习惯似乎赤峪市很多人都知道。沂安是个滨海城市，不像赤峪市只一个吻海县靠海，所以，于市长每次回沂安休息，家里保姆都尽量做野生大黄鱼海鲜面当早餐。今天早上于市长吃的依然是野生大黄鱼海鲜面。据保姆说，她早上去菜市场，路经敲更弄时，遇见一个老头拎着一条野生大黄鱼迎面向她叫卖，那鱼看上去鳞片整齐光亮，特别新鲜，就像刚从海里捞上来的。卖鱼人说是凌晨刚刚在海里用小网捕的，有一斤半重，急于换钱。一问价，觉得也不贵，保姆便买了来，趁着新鲜，下了一锅海鲜面，于市长一家三口全吃了，保姆也吃了。结果，四人全部中毒，但除了于市长，其他三人经过抢救已经脱离了危险，保姆中毒最轻。于市长的夫人李青萍和女儿于珊瑚还在留院观察，保姆已经出院。据她说，她只吃了一碗面条，鱼全让市长一家吃，这是规矩，一直如此。夫人和女儿只吃鱼肉，于市长喜欢吃鱼子，所有鱼子几乎全是他吃的。后经医院配合公安查明，于市长死于河豚子中毒。你想，野生大黄鱼体内怎么会有河豚子？可以肯定，是有人将河豚子放入了野生大黄鱼体内，这显然是谋杀。但据保姆说，卖鱼人是在敲更弄向她卖的鱼，那地方据说是即将改造的城中村，周围没有监控摄像设备，根本无从查询卖鱼的老头。"

贾叶扶人在汲水，对发生在沂安的事居然了如指掌，宛若亲历。包若谷再次对他刮目相看，异常谦逊地诚心请教："这会是什么人干的呢？于市长难道得罪过谁吗？"

贾叶扶继续说道："于市长当然得罪过人。他在枫海市就已得罪过不少人，在赤峪市自然也得罪过人，只是被得罪的人有的在明里，有的在暗里，明的可查，暗的却无从查起。这一次之所以有人敢下此毒手，也是因为看准了于市长得罪的人太多，料想难以查实，或有足够的权力控制查实。内情恐怕不是一般地复杂，凶手究竟是谁，我可不敢妄加猜测。但有一点可以肯定，就是于市长的存在威胁到了某人或某一团体的利益，于市长一死，某人或某个团体就可获得利益。"

包若谷越听越觉惊恐惶惑，一个私营企业主对市里主要领导之间的事情如此清楚，连身在其中的他也自愧不如。这是好事吗？如此的社会生态对区域发展有什么利弊？

当包若谷走进市委常委会会议室时，恰好下午三点差两分。令他惊奇的是，常委几乎全都到齐，书记的右侧还多坐了一个人——省委常委、组织部部长黎清丽。她一头短发，白皙的圆脸，弯月眉杏仁眼，鼻梁挺直，小嘴厚唇，四十四岁的人，看着就如三十几岁模样，典型的美人坯子。包若谷与这位部长是非常熟悉的，甚至熟悉得超乎寻常。在他进门的那一刻，两人目光相遇，都不易察觉地点一下头，算是互致问候。他立刻将目光移向单玄明，明确无误地表示出迟到的歉意，尽管不是真迟到。单玄明今年虚龄五十，头发灰白干枯，宽大的额头上已有三五道"公交线路"。他向包若谷一点头，说道："若谷同志辛苦了，休息日还在走基层、进工厂，熟悉各方面情况，精神可嘉。"包若谷吃不准这种表扬的真实内涵，笑着谦恭地答道："能力有限，勤以补拙。"然后在最后一个位子上坐下。这是规矩，他是最迟进常委的，前面所有人都比他早，在没有明确他任副书记时或新常委进来之前，他就是常委中最末一位。

第三章　说实话，意外非常

　　于市长的位置空着，此刻在座的都知道他已经死了，谁都不会去占这个座位，尽管也许有几人内心里觊觎这个座位。空位的对面是市委副书记丁文魁，四十五六岁，一头乌黑发亮的短发，白净面皮，精神焕发。见包若谷进门，他友好地点了一下头。空位旁边是市委副书记、纪委书记夏立言，五十一二岁，一张瘦脸黑中带黄。他目光内敛，仿佛谁都看又谁都不看，包若谷进门时他友善地扫了一眼。他的对面是常务副市长向正鑫，此人理了个小平头，从头到脚明显营养过剩，一张冬瓜脸如同涂了油一样出彩，前凸的肚子与四十岁的年龄极不相称，他对包若谷的最后出现面无表情。挨着夏立言的是市委组织部部长张岚山，四十来岁，头发向右靠齐，一字眉下是一对充满善意的凤目，他在包若谷坐下后，送去一个点头微笑。张岚山的对面自然是市委宣传部部长熊烈光，一副镶金边眼镜架在一张胖脸上，他也向包若谷点了一下头。再下面是政法委书记、公安局局长李心夔，一个五大三粗的中年人。李心夔的对面本来应该是丹山区的区委书记刘广大，今天缺席未到，坐的是市委秘书长梅婧艳。这是一位三十八九岁的女性，皮肤白净，瓜子脸柳叶眉，丹凤眼悬胆鼻，嘴巴不大嘴唇厚，也算得上美人一个。李心夔下首是人武部部长刘益武，一身戎装，三十七八岁。他们都在包若谷落座后，用友好的目光瞄了他一眼，以示打招呼。包若谷就坐在梅婧艳的旁边。他的对面坐了列席会议的市委办公室主任蒋求壬，一位三十六七岁的男性。

　　见与会人员到齐，单玄明宣布会议开始。"周末把各位召集来，事出有因，也事关重大。我先介绍一下，这位是省委常委、组织部部长黎清丽同志，相信这里大多数同志都认识。下面就请黎部长代表省委宣布有关事宜。"由于他的语气、表情格外庄重凝滞，话音落下后无人鼓掌。

黎清丽直截了当接过话题："同志们，下面我代表省委宣布两件事。一是通报于天勤同志因食物中毒不幸去世的情况。于天勤同志于十二月八日早上八点钟，在家用早餐后，因食物中毒，抢救无效，不幸去世，享年五十一岁。于天勤同志生前历任省政府办公厅副处长、处长，办公厅副主任，枫海市副市长、市委副书记、市长，赤峪市市委副书记、市长等职。该同志为人正派、办事认真、工作敬业、处事公道、清正廉洁，他的身上时刻彰显着共产党员的崇高品质，是我们党员干部的学习榜样……"黎部长细述了组织部门掌握的于天勤同志在不同岗位上突出的工作业绩，讲了半个多小时。至此，黎清丽宣布完了第一件事。她端起面前的白瓷杯，揭开盖子，轻轻吹了一下漂浮在水面的几片茶叶，啜饮一口，顺便用眼角余光扫了众人一眼，令她暗惊的是在座者脸上都平静如水。

对于赤峪市班子的现状及其中的关系，省委组织部还是清楚的。单玄明作为市委书记，最希望谁成为他的搭档；而最顺理成章可取代于天勤接任市长的丁文魁，又绝非单玄明的意中人。在座的常委中除了向正鑫是单玄明一手培养的外，其他常委不是前任留下的，就是省委组织部安排的，所以，单玄明要想超越常规形成某一集中意见也不容易。为此，省委常委会决定先在赤峪市委常委内以票决制形式，推荐一名市长候选人。黎清丽接下来就要宣布省委的这一决定。

"下面，我宣布第二件事。鉴于赤峪市当前面临的实际状况，经省委常委会研究，决定由赤峪市委常委会以票决制方式，推荐一名提名市长人选，报省委常委会审核研究。在票决之前，省委征求了玄明书记意见，提议了两位候选人，但推荐范围不局限于这两人，每位常委有一票推荐权，可以在候选人中选择一位，也可以画去票中候选人，另写他人。下面请列席会议的省委组织部干部二处处长谢世群、副处长李霆开展票决工作。"

她的话音刚落，从后排列席会议的位置上走出两位三十二三岁的年轻人，一位是处长谢世群，另一位是副处长李霆。谢处长站在单玄明书记对面，宣布票决规则。李霆给每一位与会常委分发推荐票。包若谷是认识两位处长的，刚才进来时已与两位点过头，算是打招呼，拿到推荐票后，才发现省委提议人选是丁文魁和向正鑫。很明显前者是省委的提名，后者是单玄明的提名。包若谷在到赤峪市之前，就有一位好友给他透露过信息，丁文魁是省政府一位领导的表弟，两人关系非同寻常，这位领导还有个老同学是赤峪最大的房地产开发公司的老板。据说这家房地产公司在赤峪深受丁文魁的照顾，几乎提供着赤峪一半的新增房源。而向正鑫是单玄明一手提拔上来的，"没有单书记，就没有向正鑫的今天"，这是向正鑫的原话。于市长在任时，办事公道、依法循理，向正鑫只能在他的职权范围内按规矩行事。单玄明给他的旨意他无法落实，如重大项目工程安排，只能严格依法招投标。眼下有这个机会，单玄明自然希望向正鑫担任市长，这层利益关系在座的几乎尽人皆知。

包若谷看着这张推荐票，心里很矛盾：按规矩自己要支持省委的意图，但是，如果向正鑫担任了市长，自己顺理成章可以成为常务副市长，位子便可略向前移一步，而且这一步也很重要。他打钩的笔就在两人之间犹疑了一会儿，但当他抬起头正好看到黎清丽投过来的目光时，他立即毫不犹豫地在丁文魁的名字下打上钩，并签上了自己的名字。

丁文魁拿到推荐票后，似乎一样犹豫不决。这一刻他想了很多，当选市长仕途前进了一步，当然是好事，但接下来如何当好这个市长，却有一大堆难题，为此，自己已经表示过不愿接任市长；可是，要直接推荐向正鑫，他又心有不甘，明知道向正鑫是单玄明的亲信，一旦向正鑫担任了市长，赤峪又将会是怎样的一个局面？这个钩还真难打。此时，他突然看到黎清丽正把目光投向包若谷，对，他迅速在下面的空格上写上包若谷的名字并打钩签名。

向正鑫拿到推荐票后一刻也没有迟疑，就在自己的名字下打了钩，并签上名。夏立言面对推荐票没有太多考虑，并没有在两位提名人下面打钩，而是另填了一个人的名字，打了钩签了名。也许是常委们对于天勤的死有更多的理解，对提名中两人的利益阵线太过清楚，其余常委除了单玄明打了向正鑫的钩，其他人不约而同地另写他人后打钩签名。

当两位处长将计票结果送到黎清丽面前时，她的脑子嗡的一声，脸色不易察觉地红了一下，这一结果是她始料未及的。她抬头严肃地看着谢世群的脸，那意思非常明确，你们有没有搞错？这可是政治任务。谢世群脸上静如止水，镜片后面的目光是坚定自信的。黎清丽再无怀疑之处，只能当场公布票决结果。她再次拿起面前的白瓷杯，浅浅地啜饮一口，说道："下面，我宣布票决结果：包若谷七票，向正鑫两票，丁文魁一票。按刚才宣布的票决制规则，包若谷同志作为市委向省委推荐的市长人选。"包若谷大吃一惊，睁大眼睛不认识似的看着黎清丽，仿佛在问，这怎么可能？当然，单玄明也是受惊不浅，怎么会是这个结果？包若谷这几天难道在暗中串联？这群常委也太不给我面子了！想到这里他不禁满脸通红，几个麻点变得格外显眼，狠狠地宣布道："散会。"

　　这又未免显得太不正常。于市长突然去世，新的市长提名人选爆了冷门，许多工作要安排强调。今天周六，明天一过，后天上班，于市长的一摊子工作谁来料理？好不容易把常委们召集到一处，作为一把手对这些善后事宜居然毫无布置。"散会"两字一出口，单玄明立即意识到自己的冲动造成的失误，但他毕竟是市委书记，迅速拿出了补救措施，说道："明天下午三点，继续在此召开常委会，邀请人大副主任、政协副主席以上、纪委副书记等同志列席会议。"又回头向黎清丽征询意见道，"黎部长，省委对赤峪市长人选的指示明天上午能明确吗？我希望新的市长人选能立刻接手于市长的工作，明天下午的会上也可一并布置。"这一举措不能不说是一个完美老成的手法。之所以不在这个会议上安排善后工作，一是因为新的市长人选未经省委批准，工作不好安排；二是人大、政协、纪委三套班子中该列席会议的今天未邀请列席。再说，明天是星期天，不影响工作。明天下午常委会开完，后天上午开全市领导干部大会时正好通报情况与布置工作一并完成。黎清丽听了却稍觉突然，省委能否在明天上午明确人选，可不是我可以左右的。但她旋即明白了单玄明的心思，说："我会尽快向荣飞书记汇报，争取尽早明确。"

　　包若谷一分钟也不想在会议室多留，听完单玄明的会议通知，起身与谢、李两位打了个招呼，回头看一眼黎清丽，低头顶着许多人的目光就要离开会场。正当他要跨步出门时，身后传来单玄明干涩的叫声："若谷同志，请到我办公室来一下。"包若谷无奈地停下脚步，眼看着其他常委离开会议室，只好站在门口，流露着感谢的目光笑着与他们一个个打招呼。这样一来，倒变成他是有意提前一步到门口，专门向投他票的常委们表示感谢了。纪委书记、组织部部长、宣传部部长、人武部部长、公安局局长、秘书长都向他投来充满期待和信任的目光，笑着轻声说道："祝贺你。"他一时也分辨不出真情还是假意，只好一律感激地笑答："谢谢。"临到向正鑫出门时，他脸上的笑容便极不自然，既像笑亦像哭，居然一个字都说不出来，只点一下头擦肩而过。丁文魁走过来时却是一脸坦然，带着如释重负般的微笑，到门口时，却轻声地说了句："辛苦你了，有空来坐坐。"那目光便显得意味深长。

黎清丽在常委们离开会议室时正与单玄明说着话，那意思是让他自己也向荣飞书记电话报告一下，讲明这里急于安排下一步工作，请省委早做决断。最后，她向单玄明告别，说："我们这就赶回沂安，争取尽快向领导当面报告。"单玄明诚挚地邀请道："时间已经不早，无论如何吃过晚饭再回去吧。"黎清丽知道单玄明此刻的真实心情，坚决地说道："不了，改日再来打扰。"单玄明只好说："既然你去意已决，我也不便强留。"黎清丽走到门口，见包若谷还停留在门外，便主动上前招呼道："若谷同志，你好，又见面了。"包若谷被动地握着黎清丽的手，说："黎部长辛苦，时间不早了，三位还是稍留片刻，让我略尽地主之谊吧！"

"不了，我们这就赶回去。"话虽说得随便，黎清丽的手却在包若谷的手上不易察觉地用了点力，那里面把什么意思都包含了进去。

包若谷跟着单玄明走进书记办公室时，秘书曾寅已经先一步到达，准备为领导服务。这是一位三十三四岁的资深秘书，个头与单书记不相上下，也是倒三七分头。他是单书记走上厅级领导岗位以来一直形影不离的人，现在和单书记一样，家在省城，在赤峪就住在单书记的别墅里，随时为领导做好服务工作。跟单书记久了，他连说话的声音都像极了单书记。他穿一身蓝色休闲装，看到两位领导进来，便去取杯泡茶。

单玄明将手朝沙发一让，说："若谷同志请坐。"包若谷顺势在沙发上坐下。曾寅恰好端过茶来，嘴上说着："包市长请。"包若谷客气了一句："谢谢。"曾寅又帮单玄明的茶杯续上水，放好，退出，带上门。

办公室内只剩下单玄明和包若谷，两人都是端茶在手，谁也不说话。良久，单玄明首先问道："这些天走访下来，对赤峪的情况了解得怎么样了？"

"还行。本来今天下午开完汲水党代表座谈会，就打算全面梳理一下了解到的内容，形成赤峪情况报告的初步框架，先交单书记指点一下，看我了解得是否到位。现在看来只能到下周了……"包若谷见他问这个，以为他要了解自己对赤峪的初步看法，正欲顺着这个话题往下说，单玄明却干巴巴地打断道："对刚才清丽部长宣布的结果有什么想法？"包若谷只好硬生生转变话题，答道："说实话，意外非常。"单玄明一笑，说："意外？其实仔细想想却一点也不意外。"

"此话怎讲?"包若谷一脸迷糊。单玄明喝了口茶,看着包若谷说:"省委常委会上就有人提议让你担任市长,是孙达文省长坚持安排丁文魁。赵书记新来,只好让步,但提出按干部选拔任用条例,先由市委常委会票决提名人选。本来省委只放一位候选人,是我坚持要放两位候选人,向正鑫同志对政府工作熟悉,工作干劲足,思路清晰,从工作经验和实际需要看,都比丁文魁更优些,这样才把向正鑫也摆了上去。"包若谷正惊诧于单玄明的坦率,却听他又说道,"票决结果出现这种状况,是我始料未及的。我预想的结果是两人选成平票,让我没想到的是,竟冲出一匹黑马,你的背景、能量比我预想的大得多。好,大背景大能量干起工作来才有大成绩。"

包若谷听出了他的言外之意,本想说"这里面我可什么都没做,我的一票是投给了丁文魁的",可转念一想,还是不要解释,越解释越让人相信你从中做了手脚,让他觉得自己背景大未必就是坏事。于是,包若谷张了张嘴,说了句:"都是为赤峪人民做工作,哪个岗位都一样。"这话一出口,连自己也觉得太假了,把单书记当成什么人了? 单玄明却并没计较他的话,继续说下去:"赤峪市也需要大背景大能量的人来任市长。不过,你不要高兴得太早,票决结果只是一个小小的开始,八字还不到半撇。就我本人来说,我当然希望向正鑫担任市长,但是,你来担任市长也是个不错的选择,毕竟还有向正鑫担任常务副市长。我更相信,我们之间一定能精诚合作、相互支持的,你说是吗?"

包若谷听得暗自惊心,如此谈下去,岂非有拉帮结派之嫌? 他很不愿意继续这种谈话,于是说道:"我服从组织做出的任何决定,也将按照组织规矩做任何工作。不管在哪个位置上,您都是我们的领导,我会在思想上、行动上与组织保持高度一致。"

单玄明本想敞开心扉与包若谷谈一次,使他成为自己政治团队理想的一员,甚至亲信、股肱。他深知作为一把手,光靠组织赋予的权力驾驭下属是不够的,还需要亲和力、凝聚力、人格魅力。听了这话,他心中迟疑了一下,觉得自己是一厢情愿了,哈哈一笑,说道:"不愧是省委书记身边出来的,政治觉悟就是不一样。放心,外面的一些说法,我并非不知道。真真假假,你应该有这个辨别能力,用不着我说。我一贯以做好赤峪市工作为第一位,一切向党和人民负责，时间长了，你自然就知道了。"

从单玄明办公室出来后，包若谷让竿甘泉开车送他到宿舍楼。这楼也叫"常委楼"，是市里为外来副市级以上领导干部准备的住宅区，凡外地来的领导干部，一律住在这里。除市委书记是东首独栋三层别墅外，其余三幢是三层公寓楼，一到三层，每层一户，里面是三室一厅的布局，各类设施一应俱全。

包若谷的房间在第三幢公寓楼的三楼，进门时保洁人员已经打扫好房间。进来后，他在沙发上枯坐着，回味着今天的所闻所遇。于市长突然去世，自己莫名其妙地被推荐为市长人选，刚才是来不及细想，此刻应该可以仔细考虑了。利在何处？可主持一市政府工作，施展自己才华；官升一级，仕途有成。弊在何处？秀木招风，谗言纷至，矛盾聚焦；尤其于市长之死，若系人为，自己或将步其后尘。这样一想，他竟无端地打了个寒战，冒出了置吾于炉上之危矣的感觉。怎么办？难怪丁文魁不投他自己的票，可其他常委为何都投我包若谷的票呢？难道他们都觉得该将我置于火炉之上吗？丁文魁要我有空去坐坐，黎清丽的轻轻一捏，那里面一定都有无穷深意。

这样想了片刻后，他来到卧室，拿起红色电话机，拨了一组号码，响过几声嘟后，传来了他熟悉的声音："遇到难题了吧？情况我已清楚，这里面不可能有你做的手脚。我还是那句话，抓住主要矛盾，顺其自然，谨慎有为，踏实做事，公正担当。"他本想把自己对利弊的分析汇报一遍，但转念一想，觉得已无必要，对方高瞻远瞩，讲得已十分深透。他只得说："感谢领导关怀，我一定努力，不负所望。"

"好，就这样。"对方不等他再说话已挂了电话。他只好放下话筒，细细地回味刚才电话里的每一个字。那指示应该是明确的，一切听从组织安排，自己不要有任何争取当选的举动。正当他前思后想心神不定之时，桌上白色电话机响起。他停了一下，从容接听，原来是丁文魁的电话："你下来，还是我上去？"

"不不，丁书记，当然是我下来，您稍等，我立即下来。"

丁文魁就住在同一幢楼的二楼。他们都是外来干部，家在省城，自然集中居住于赤峪市民心目中的"常委楼"。一般情况下，"常委楼"在周五晚上到周日晚上是没人居住的，除非出现非常情况。如被通知召开紧急会议，按常规周六下午开完常委会，多数也是要赶回家里的，但因为今天通知明天下午再开常委会，所以绝大多数外来常委便没再回去。说"绝大多数"，是因为单玄明书记已经赶回省城了，具体是去做什么的，一时无法细说。有的说，他是向省长汇报去了，也有的说他是向省委书记汇报去了。

包若谷走进丁文魁的居室，发现里面已开了空调，一派温暖融和的氛围。丁文魁随手关上门，回身跟进，忙着烧水泡茶。包若谷换了一双松软的棉拖鞋，来到客厅的沙发上坐了。这房子结构与楼上一模一样，两间朝南大寝室，中间部分是客厅，进门处连着卫生间，北面有书房、餐厅、厨房。空调、电视机、冰箱等家用电器及常用设施全部统一配置。丁文魁泡了一壶上等福建铁观音，拿了两只白瓷小杯，也来沙发上坐了，将杯子往两人面前各放一个，注入茶水，说声："请用茶。"他放下茶壶，先端杯在手，闻了闻，啜了一口。包若谷也如法炮制，情不自禁地夸了句："好茶。"

丁文魁转着黑豆眼珠，看了包若谷一眼，似笑非笑地说道："若谷同志，这一下只好辛苦你了。想不到其他常委都与我一个心思，你可是众望所归啊！"包若谷一脸坦然地说道："丁书记，我可是连一点思想准备都没有啊，好在省委也未必就照准。我就奇怪，按说您接任这个市长是顺理成章的事，为什么要选择退出？"丁文魁笑着说："你初来乍到，有些事自然不清楚，一会儿夏书记大概也要来我这里，他会把一些情况讲给你听。不过，这么多常委都放弃了组织提名人选而选择你，你应该能从中咀嚼出一些味儿来的。"正说着，响起了敲门声。"应该是夏书记来了。"丁文魁说着起身去开门。

门外站的正是中等个子、黑瘦脸的夏立言，他的目光在丁文魁的脸上一闪而过，问道："晚饭你准备了？"

"你放心，不会饿着你的。"丁文魁答道。夏立言进门，换鞋，走向客厅。这边包若谷早已起身笑着迎过来："夏书记好，您坐。"

"别跟我客气，以后我们要共事的，年龄上我大些，叫声哥，我就开心了。"夏立言不紧不慢地在沙发上坐下。丁文魁又拿了个小白瓷杯过来，给夏立言倒了一杯茶。

夏立言端起茶杯，一饮而尽，也不说好喝不好喝，却说道："快打电话，把晚饭落实好。"包若谷忙说："好好，我让办公厅小田主任安排一下。"说着拿出手机就要打电话。丁文魁忙阻止道："不用了，我已安排好了。"

"最好再来个人，凑成一桌打'红五'吧。"夏立言又提出要求。"你放心，你这点爱好我总还能满足的，现在先说正事吧。"夏立言故作迷茫道："正事？这周末还有什么正事？"丁文魁给每个人的瓷杯斟上茶，说道："老夏，抓紧时间吧，等下还有人来。"

"怎么讲？讲什么？"夏立言依然似笑非笑、似看不看地问道。包若谷忙说道："夏书记，我刚来，对这里的情况一无所知，还请多指教。"

第四章　为官因势而定

"你提名让若谷担任市长，总该让他知道，你为什么提他吧？"丁文魁说道。

"这事你还没跟他说吗？"夏立言问道。"我就等着由你给他讲。"丁文魁拿起开水瓶往泡茶壶里倒着热水说。夏立言将瘦弱的身体向后一靠，说道："这事说来也简单，我们也只是不想让赤峪变成某个人的赤峪，或者说让赤峪的经济秩序更符合市场经济的规范。在我们纪委眼里，这个社会除了大家都看得见的利益流通渠道外，还有一条利益流淌的暗河。作为纪委书记，我有责任使暗河干枯，尽量减少领导干部腐败的机会，努力压缩腐败空间。若让文魁去担任这个市长，他必然走向腐败。"包若谷吃了一惊，他怎么可以这样说一位市委副书记？反观丁文魁却如没事人一般，只是笑而不语。"你不用奇怪。"夏立言仿佛看透了包若谷的心思，继续说，"文魁和单玄明都是省长孙达文的嫡系部队，而且文魁还是他的表弟。赤峪市赤峰房地产开发总公司董事长劳佩民是孙省长的同学，这几年，他利用这层关系已经在市区拿到不少土地进行房地产开发项目。外界传言是文魁书记打招呼拿的地，其实，他从未打过招呼，实际上是劳佩民自己利用了孙省长和文魁这两张牌，取得下面一些部门领导的关照拿的地。"

"那你怎么能说丁书记会走向腐败呢？这与他无关嘛。"包若谷问道。

夏立言拿起白瓷杯，一口喝干了铁观音，继续说："他当然会。他明知劳佩民借他的名义在各部门游说，却一声不吭，还应邀出席他的饭局，甚至收受他的礼品。比如这里的高档烟酒、茶叶茶具，几乎都是由劳佩民供给的。但有一点，他自己不吸烟，这些烟全贡献给了办公室。当然，他也有他的难处，劳佩民的邀请和送礼，他不能拒绝，一旦拒绝，面对的不是劳佩民，而是上层领导，那就将得罪他们。"

"所以，是有人希望我担任这个市长，但我不能担任这个市长。如果我担任了这个市长，我可能做不到于天勤这样公开、公平、公正，反而会成为某些人聚敛财富的工具和保护伞，将成为腐败分子。"丁文魁接过夏立言的话说道。

包若谷冷静地听着，心中衡量着这些话语的真实程度。丁文魁话音一落，他再次问道："可您岂不是错过了这次晋升为正厅的机会了吗？"

"为官因势而定，你觉得我是升了官，走向监狱好呢？还是不升官，自由平稳地走向退休好呢？"丁文魁反问道。包若谷还是疑惑不解地问道："就没有别的办法了吗？比如担任市长后，您也走于市长的路呢？"但话一出口就觉不妥，自己在港南省官场又不是一天两天，问得未免太幼稚了。丁文魁不屑一顾地答道："那样的话，我会比于天勤更惨。而且于天勤并没能管住劳佩民拿地，他怕把单和我全得罪了，工作做不下去，几次私下里和我交换意见，我都诚恳告诉他，让他按规矩办。"

"那为什么不选择向正鑫，而要选择我？"包若谷终于说出了内心中无法解释的问题。

夏立言微微一笑，说道："知道你一定会问这件事，叫你到这里来的目的就是要和你讲这件事。"夏立言看着窗外灰蒙蒙的天色，有意缓和一下口气说道，"单玄明是黄岭市崖南县人，崖南是有名的建筑大县，出了不少建筑包工头，号称十万建筑民工闯天下，其中就有不少是单玄明的亲戚朋友。那些建筑包工头得知单玄明到赤峪市担任书记后，便陆续跟了过来。其中就有他的内弟袁杰，这人在黄岭市注册了黄岭市人杰建筑工程有限公司，在赤峪注册了一家分公司，专门承接赤峪市政府重点建设项目的建筑工程。除此之外，还有山峰建筑、田岭建筑、石岙建筑等七八个建筑公司。这些建筑公司在于天勤来赤峪市担任市长前，承包了不少赤峪市政府投资的建筑项目，有的甚至只承包工程，不搞实际建设，一拿到工程项目，抽走10个点，把工程甩给其他人去做。于天勤来后，对这一状况进行了整顿。随着这些势力受到打击，这些建筑公司便只能与其他建筑公司一样平等参与竞争，往日优势一扫而尽，赤峪的建筑市场环境得以改善。现在于天勤一死，如果让向正鑫担任市长，可想而知，于市长的努力将付诸东流，黄岭的建筑公司很可能再次在赤峪一统天下。问题还不止这些，我们更担心的是存在建筑质量、投资超预算及重大利益输送问题。"最后这几句话，把包若谷听得毛骨悚然、不寒而栗，问道："有这么严重吗？"

"这还只是建筑市场方面的事。还有一个就是工业企业污染治理的问题，向正鑫不知出于什么目的，竟然连单书记的意见也不听，公然与于市长对立，反对搬迁汲水县的污染企业，坚持让企业自主投入建设治污设施，允许污水处理后达标排放。谁都知道这一做法是空谈，因为一些唯利是图的经营者往往舍不得治污设备投入及运营的费用，千方百计偷排污水，有的还将治污处理中的污染物偷倒偷埋，结果是污染照样存在，无法根治。"夏立言说的这些，有的包若谷其实已经有所察觉，有的却是首次耳闻，不禁心惊肉跳。

向正鑫离开常委会会议室后，直接回到政府大楼，躲进自己的办公室，心情就如窗外阴沉寒冷的苍穹。他连日光灯也懒得开，关上门，一屁股坐在沙发上。这是一个让他万万想不到也无法接受的结果。他曾多次与丁文魁交流过思想，拐弯抹角、旁敲侧击、深入浅出、抽丝剥茧、费尽心机，总算吃准了丁文魁的心思，丁文魁其实不想担任市长。那么，只要于天勤一走，这市长非他莫属，几乎是铁板钉钉的事。包若谷来时，他也曾有过一丝担忧，但见包若谷排在自己后面，便觉得没什么威胁了。更何况单玄明这个一把手力挺自己，应该可以十拿九稳，谁知道事与愿违，结果是竹篮打水。

让向正鑫打破脑袋也想不明白的是，其他常委竟个个都投包若谷的票。于天勤的死是突然的，此前没有一点征兆，包若谷要串通也没这个时间。除非丁文魁跟其他常委打招呼，但也不像，丁文魁有一票，应该是他自己投的票。如此看来只有一种解释，其他常委都看好包若谷，买了这只"潜力股"。那些人也真是，平时一桌吃饭时都怎么说的？"向市长年轻有为，前途无量。""向兄弟大胆向前冲，我们都做你的坚强后盾。""向市长是单书记的得意门生，只要单书记大力推荐，向市长自然就可披挂上阵。"可想不到真正到了需要投票时，却个个另投他人。

这一刻本该与单玄明一起分析一下原因的，但人家却找包若谷谈话去了。他们会谈些什么呢？结成新的同盟，让包若谷为他单玄明所用？完全有可能。向正鑫忽然觉得自己将有被单玄明舍弃的危险，因为看到自己在常委中如此缺乏人气，便像抛弃一只养烦了的狗一样将他扫地出门。向正鑫于三九寒天在阴冷的办公室里惊出一身冷汗。

　　丁文魁的居室里，夏立言还在向包若谷介绍着赤峪市企业界与少数官员之间利益输送的种种说法，这些说法都来自一封封举报信。夏立言说："近五年来，这方面的举报信一直不断，但都是匿名的，可里面内容却眉目清楚。如反映某项重点工程最后结算远远超过预算、概算，工程联系单所涉费用占总造价五分之一，甚至还存在偷工减料、工程质量不达标等问题。"包若谷听得心惊胆战，不禁问道："查过吗？"夏立言被问得一愣，似乎不知如何回答。他当然查过，而且也有初步结果。所有调查都是秘密进行的，不惊动任何人，只查信中所提情况，不幸的是很多都是事实。比如重点工程耗资从不到十亿追加到十三亿的记忆江大桥，表面上看，固然有地质复杂、工期延长、材料涨价等因素，实际上的情形很难查清。群众反映建造过程中有偷工减料、以次充好的情况，但大桥建成两年来都在顺利通行，质量问题没暴露，纪委也无法深查。再比如，领导干部贷款投资或借钱给企业，参与企业利益分配，这些情况虽能查实，可处理很难。想到此，他只好说："大桥是单书记内弟完成的，也算是形象工程，我们总不能打自己的脸。再说纪委有个不成文的规定，凡匿名举报的，一般不查，所以也就分析综合一下情况，具体未予查实。"

　　包若谷本想追问为什么不向省纪委报告，但转念一想，报告省纪委，省纪委还是要向省委常委会报告，其结果可想而知，便改口说道："纪委办事应当维护市委工作大局，大家都做增光添彩的事，偏你这里冒出来扯脸皮抹黑，领导岂不对你有想法？再说了，为官清廉的情形大多相似，人人两袖清风；为官腐败的状态却千变万化，各有各的腐相。查腐败本就难，光靠你纪委书记向前冲，一把手不支持，弄不好便左右不是人。"夏立言忙说："感谢若谷同志的理解啊。"正说着，响起了敲门声。

　　丁文魁起身说道："是张部长来了吧？"说着便去开门。门外果然是张岚山，他进了门，换了鞋，搓着手说："就从办公室走到这里，手都有点冻痛，这天气是越来越冷了。"见包若谷和夏立言在沙发上坐着，便打招呼道，"包主任、夏书记，你们早来了？"张岚山原是省委组织部办公室主任，包若谷在担任李书记秘书和办公厅副主任期间与他交往颇多，关系密切，所以张岚山顺口就叫了包主任。夏立言半开玩笑地更正道："小张，若谷同志马上要担任市长了，你可要改改称呼了。"张岚山笑道："对对，我这人是太恋旧，总是怀念那些跟在领导身边无忧无虑的日子。"包若谷笑道："你别听夏书记开玩笑，爱怎么叫都行。"

夏立言又冲着张岚山说道："小张，听丁书记说，你为我们准备了晚餐？"张岚山其实并未接到丁文魁的指示，却笑着说道："是的，小事一桩。"回头问丁文魁道，"丁书记，要不我让汤部长把饭菜送到您居室来，怎么样？"丁文魁说："好啊。"

张岚山转身进了卫生间，给市委组织部汤副部长打电话。

丁文魁对着张岚山的背影说："少送几个菜，让小食堂张师傅把我们四个人的饭菜送这里来。"夏立言忙说："不用了吧，让单书记知道我们一起在你这里吃饭，岂不又给你添个拉帮结派的罪名？还是我们各自让秘书告诉老张晚上不到小食堂吃饭吧。我是已经让小刘说过了。"包若谷不知所措地点点头。丁文魁一想也对，说："还是你想得周到。小张，那就听夏书记的。"张岚山说的汤部长是组织部常务副部长汤兵渊，赤峪本地人，他的小侄子在市区新河大道旁开了一家香汤大酒店，提供吃、住、玩一条龙服务。那里酒菜一流，是政府不少部门招待客人的定点场所，只要汤副部长一句话，送酒送菜那是招之即来的事。那酒店离市委、市政府大院虽然远，但有保温措施，酒菜送过来也不会太冷。

张岚山打完电话后，走出卫生间说："说好了，汤部长说他会亲自送来。"

"坐吧，喝点茶。"丁文魁又拿了个小白瓷杯，边倒茶边说。包若谷不清楚张岚山是否知道刚才夏立言讲的这些情况，不便继续刚才的话题，便换了个角度，问张岚山道："张部长，你和我说实话，是不是丁书记暗中和你打过招呼？"张岚山看了一眼丁文魁说："你别忘了，我可是省委组织部过来的，这点组织原则还是把得住的。我可以肯定，在跨入会议室门槛之前，除了省委组织部三位，没有人知道有推荐市长人选这一项。"丁文魁点点头说："从正规渠道上看，应该是这样。"

"你没看到黎美女拿到统计结果时那个惊诧的模样吗？手都发抖了。"张岚山还要说时，手机响了，"是汤部长，有什么变故吗？"他疑惑地问道，"喂，什么？请我们到酒店去？什么？汤老板要我请客。这个可以有，但还得等我请示一下领导再定。"他挂了电话，说，"领导，您看怎么办？汤老板要我请客。反正是周末，也没什么事，要不我们都去那边？"丁文魁看着包若谷，包若谷笑笑说："我听您领导的，该怎么的就怎么的。"夏立言兴奋地说："这个好，有小张请客，就去那边吧。这么冷的天，这么远的路，菜送到都凉了。丁书记这里有好酒，带两瓶去。"

"去倒是不用带酒，还怕香汤没好酒？"丁文魁一笑，说。张岚山于是给汤副部长回电："就定在五点半，找一个隐蔽些的包厢，不要让任何人来打扰。这么冷的天，总不至于让我们从街上逛荡着过去吧？对，让他开车来接。"

夏立言笑着说："小张还是挺能办事的。"

"我这是为各位领导做好服务工作嘛。"张岚山谦虚道。作为组织部部长，他对身份最是清楚敏感，在这里他无疑是位置最低的。本来如果只按常委的身份，他还在包若谷之前，但刚刚推荐了包若谷为市长人选，情况就变了。包若谷很快就会被任命为市委副书记，位列单玄明之后。那么，现在在他面前的竟是三位副书记，他自然只能认真做好服务工作。

向正鑫是地道的赤峪人，他的老家就在赤峪市丹山区临河街道。赤峪市的地名来自市区西北面一片大山形成的大山峪。主峰天梯山耸入云霄，海拔近两千米，几路山脉绵延至此忽成七道断崖，且每道断崖岩石胭红，古人由此命名为赤峪。赤峪口是一个近五十平方千米的峪口湖，这是一个历史悠久的人工围湖，湖堤早已几经翻修，最近一次大概是二十世纪七十年代，浇铸了钢筋混凝土地梁、坝核，配以石砌坝面，修建得相当稳固，看上去气势恢宏。自堤坝与峪口山体衔接处的泄洪口起，有一条宽二百余米的大河蜿蜒而下，穿城而过，名为赤峪河。千百年来赤峪河水滋润养育了两岸人民，成了名副其实的赤峪母亲河。

赤峪城最早只建在河的北岸，多少年来，形成了北岸城市、南岸农村的固有格局，而且赤峪城模仿长城建造的城墙就离北河岸不远，一道城墙三道门，中间是正门，出城过河是一座十米宽的大石桥，两侧相隔一千米处有两道边门，边门出城是两座浮桥。二十世纪七十年代，大石桥被拆建成宽二十米、钢筋水泥结构的跨河大桥，但两座浮桥却一直沿用到二十世纪九十年代，一座被拆建成现代化的双孔斜拉桥，另一座被拆建成了多孔跨弧桥。改革开放以来这一格局被完全打破，主城区大幅度向东南方向拓展，沿河两岸也已修起了大大小小各种类型的桥，城区已经延伸至赤峪河尽头的记忆江了。记忆江是一条通海大江，入海那一段属于赤峪市下属的吻海县。在赤峪河与记忆江的交汇处有一港口码头，常年有渔船靠岸销售海鲜。

丹山区在赤峪城东南面，由原来的丹霞县撤并而来，因区域靠近丹霞山而得名。那里曾是依城致富的风水宝地，村民一年四季种菜的收入要超过城里人做工的收入。而现在，那里已成为赤峪市高楼林立的新城区，向正鑫所在的村也已整体搬迁，那里已建起了赤峪市最大的工业园区。

撤县那年，向正鑫正担任丹霞县县委书记，参与了撤县建区的全部工作，完成任务后，被提拔为副市长。当年他才三十六岁，在全省干部队伍中是最年轻的副厅级干部之一。两年后，他进入常委班子，并明确为常务副市长。第二年，杨凌市长调走，单玄明明确告知他，要安心本职，积极有为，尽职尽责支持新任市长工作。知道市长一职与自己无缘，他也就没了竞争的欲望。但于天勤担任市长以来，单玄明私下里曾隐约地表示过对于市长做法的不认同，甚至在一次酒醉后与人说，希望于天勤尽快离开赤峪，他要向省委提议由向正鑫担任市长。可令他意想不到的事太多，于天勤不是被挤走的，而是暴亡；省委不直接指定市长人选，而是提名两人进行票决；票决结果居然又在省委提名的两人之外。所有这些意想不到，都在一天内发生了。向正鑫在光线阴暗的办公室内，寻找着自己吐出的烟圈扩散的方向。他有太多的事想不明白，所以独自蜷缩在办公室的沙发上，连灯也不开，一支接一支地抽烟。

窗外灰蒙蒙的天色和移动着的乌云告诉他，温度一定很低，办公室里因为开着空调，温度适中，所以感觉不到一丝寒意，但向正鑫却感到有一股寒意自脚底升起，直逼心脏。其他常委不投他的票，还有另一种解释：他们觉得于天勤的死与他和单书记，甚至丁书记有关。说白了就是他们怀疑三人中有人谋杀了于天勤，因为于天勤一死，他们三人都有可能成为得利者。

他扪心自问，自己做过这种伤天害理的事吗？能做这种丧尽天良的事吗？不要说做，就是想也不敢想。丁文魁会做这种事吗？他多次表示不愿干市长一职，对市长一职畏之如虎，应该也不会干那种事。那么就是单玄明了，他似乎曾在自己面前讲过希望于天勤离开赤峪的话。原以为凭着他与省里某领导的私人关系，会想办法将于天勤调走，谁料想会出现这样一个结果，就算一点不了解内情的人也能看出来，如果于天勤是被谋杀的，单玄明一定难脱干系。如果真是单玄明出手杀掉了于天勤，那么单玄明的真正利益点在哪里呢？难道是为了帮他向正鑫扫清上升途中的障碍？未必吧？他自认为单玄明是他向正鑫进步的靠山，直到今天，他的每一次进步都离不开单玄明。但要让单玄明为他向正鑫的进步去杀人，这恐怕还难以令人相信，他与单玄明的关系还没达到这一层面。那么，如果是单玄明干的，他一定还有新的利益点。这个利益点不外乎赤峪的建筑市场，如果是出于这一利益点的需要，也许有人会舍命一搏。

但这又让他暗吃一惊。如果于天勤因此被谋杀，再如果一切如愿由我担任这个市长，自己挑得起这个担子吗？于天勤在赤峪创下的建筑市场局面，能在自己的手里回到杨凌市长时的状态吗？如果回不去，自己必将成为忘恩负义之人不说，恐怕也难逃于天勤的下场。如此说来，让包若谷接手这个市长，对自己也未必不是好事。这样一想，向正鑫眼前一亮，把手中燃着的烟往烟灰缸里一插，抬起头久久凝视窗外，他要把这层关系再仔细梳理一遍。

正当他凝思聚神思考分析时，桌上的手机发出了"嗞嗞"的振动声。他的第一反应是，谁会在这个时候来打扰我？不去理他。可是，这声音却响得非常固执，他只好起身去看一眼显示屏，居然是"雨霁"二字。他身体的某一部位受到了突如其来的刺激，右手不由自主地拿起手机翻开双屏盖接听。"向老板，你在忙什么啊？我是大东方雨霁啊，你都快半个月没来了，我都想死你了。"细嫩的声音让向正鑫立刻便有骨酥肉麻的感觉，但他不愿在电话里与她对话，平淡地说："老六在边上吧？让他听电话。"对方似乎也感觉出语气不对，极不情愿地将电话交给了另一个人。"向哥，有什么吩咐？"向正鑫此时已经想通了那层关系，心中豁然开朗，正需要放纵一下自己，便说："叫上几个兄弟，晚上乐一乐。"

第五章　拼商海，还需策略

　　向正鑫的夫人鲁奇是赤星电厂的会计，年收入在十万元左右，这与向正鑫的明面收入差不多。夫妻双方都有老人需要照顾，而且四位老人都没有收入，全靠子女们赡养。向正鑫的两位哥哥没什么文化，都是从乡镇企业下岗后，通过向正鑫的关系转到普通事业单位，家境都不如他，无力照顾二老。向正鑫只好每年拿出三万多元孝敬父母。这边鲁奇的两位姐姐情况和向正鑫的哥哥差不多，于是，向正鑫也每年拿出三万元照顾岳父母。女儿在市重点高中读书，各种开销一样不能少；新买的一套房子，每月按揭还款近六千元。就这样一种经济状况，如果向正鑫全靠自己的明面收入过日子，不要说努力到今天的常务副市长，恐怕连常务副区长都混不到。

　　向正鑫与单玄明非亲非故，也不属于战友、同学，连向正鑫都奇怪单玄明怎么会看中他，一路走来，处处都有单玄明的照顾。他还真以为是自己能力超群、工作积极、绩效突出，感动了单书记。直到担任副市长后，他的一帮铁杆兄弟为他庆贺高升时才说出了真相，原来这都是他们中排行第一的贾叶扶和第三的狄建华的功劳。贾叶扶是赤峪纱绸织造集团董事长，前面已有介绍。狄建华是赤峪煤炭开采集团公司董事长兼总经理，他的亲舅妈是省长的小姨子。还在向正鑫担任乡镇长时，在贾叶扶的精心策划下，他便通过这层关系，一次次为向正鑫上下打点，让孙省长通过单玄明照顾向正鑫，使向正鑫很快坐上丹霞县县委书记这个位子。这以后，向正鑫利用县委书记这个职位优势主动靠近单玄明，渐渐变为单玄明身边的红人。

　　向正鑫在兄弟七人中排行老五。老大就是贾叶扶，汲水县的头号民营企业家，也是赤峪市拔尖的民营企业主之一。他在这种场合中一般不大说话，只微笑着看各位的表现，似乎要让大家忘记他的存在，实在过意不去，才偶尔说一两句纠正的话，多数时候是微笑点头或劝大家喝酒，凸显几分老成持重。老二是茅新谷，四十二岁，赤峪皮革集团公司董事长，这人圆头圆脸，一副心宽体胖的模样。老三便是前文说过的狄建华。老四洪山宇，四十三岁，赤峪制塑总公司老总，矮胖身材，一对小眼睛整日似睁非睁，一张黑圆脸始终似红非红。洪山宇说道："别看我们这些私营企业主有几个钱，在人家的眼中始终只是一个民，要想上台面、受敬重，还得靠你们这些官来捧。"老六何家生，四十岁，赤峪市东风商城董事长，瘦高个，长马脸，鹰钩鼻，戴一副金边眼镜。他左手扶一下眼镜边框，说道："五哥能干上市长、省长是兄弟们的福气，我在商言商，拼商海，还需策略。等你有了足够的话语权，帮我在税务官那里说句话，减免税百分比稍微大一点，我的利润就能增加好几成。"老七郭峰顶，三十九岁，赤峪大东方娱乐城董事长兼总经理，他可是这里边最帅的一位，一米七八的个头，长方脸，小牛眼，鼻挺嘴阔，理了个寸头。他扯了个大嗓门接话道："五哥要是官再大些，帮我请公安局局长发个话，那些个真假警察到我娱乐城里少走几回，我的营业额还可往上提好多呢。你看那香汤大酒店，同样吃住玩一条龙服务，大大小小的官员、机关单位请客都往那里去，天天车水马龙门庭若市，还不是因为那老总的叔叔是组织部常务副部长，个个都奔着讨好副部长去的？大哥、三哥出钱为你铺官道，我举双手赞成。三哥有路子，施得开，我佩服。我要有也一样为你铺，你们如果钱不够，我们大家都愿意承担。"至此，向正鑫才明白，自己几次被提拔，原来都是有兄弟在那里花钱铺路，心头一阵发凉。

自那次祝贺荣升聚餐后，向正鑫便主动靠近单玄明，隔三岔五地到单玄明的居室去坐坐，常委会上不管怎样，他多数是无条件站在单玄明这边。只有在对污染企业偷排查处这件事上，他与单玄明唱了对台戏，他要尽最大可能保护那些哥们的利益。还有就是重大项目重点工程发包时向黄岭市建筑企业倾斜，但这一块由市长直管，他根本无法插手。面对单玄明似是而非的意向、袁杰的多次上门要求，他是心有余而力不足，觉得单玄明内心可能很不满意，只是表面上无计可施。

向正鑫让司机开车送到大东方娱乐城门口，早有郭峰顶站在门口迎接了。"五哥，他们都已经到了，就等您。"郭峰顶见向正鑫从车上下来，忙迎上去握手，然后将手一让，侧过身，请向正鑫往里走。

大东方娱乐城是由五幢八层楼构成的回字形建筑，各幢楼之间相互贯通。五楼以上是住宿；三楼以下一半是餐饮，一半是歌厅；四楼是棋牌室、沐浴室、足浴室、按摩室。向正鑫由郭峰顶导引至三楼999包厢。一路走来，已与室外形成鲜明对比，外面是寒风瑟瑟，里边却春意融融。这里位置相对较偏，更显得安谧雅静，由后窗向外看去，尽管天色灰暗，往远能眺青山苍然，就近可见河流汹涌。

这是一个豪华包间，进门处是摆着一圈沙发的休息厅，里面才是就餐厅，一张圆台面，可根据客人多少做相应调整，最多时可坐十几人，少时，五六人坐着也适合，一色的木雕靠背椅。先到的四位已散坐在沙发上，每人身边陪着一位妙龄女郎，穿的都是上红下绿的无袖旗袍裙。还有两位身材修长、亭亭玉立、妖艳婀娜的美女站在一侧，其中一位见向正鑫进门，立刻满脸笑容，娇滴滴迎上，莺啼燕语般说道："哎哟，向老板，这么多天不来照顾小妹，整个人都想坏掉啦！"说着，也不管向正鑫愿不愿意，扑上去就是一个吻。此人就是焦雨霁，这是贾叶扶指令今天专门来陪向正鑫的，上午在接待包若谷时，是以秘书的身份出现，打扮得自然职业化了点。晚上环境改变，那打扮竟是大异于前，你看她一米六八的个头，只比向正鑫稍矮一点点，柳叶细眉，杏仁大眼，瓜子脸粉嫩得似乎一捏就出水，身材曼妙，皮肤白皙，该凸的凸，该凹的凹，是那种男人一见就能想到"牡丹花下死，做鬼也风流"的女人。

向正鑫冷不防被她来这一下，本能地一个激灵，旋即想到自己是有言在先要乐一乐，可不能坏了气氛，便顺势将她揽入怀中，说道："我们虽然才见过一次面，我可也真想你啊！"此时，沙发上的四个人都已拥翠搂红地站起身来与他打招呼。茅新谷打着哈哈说："老五，人生难得一红颜，可别负了良辰美景好时光。"洪山宇一手拉着个头比他高得多的艳粉佳丽，说："老五，忙归忙，还是要劳逸结合，该放松时且放松。"狄建华正和他身边的美女窃窃私语，见向正鑫进门，只起身朝他一点头，说道："都入席吧。"带头朝餐桌走去。何家生却笑着迎上去说道："五哥，今晚我们不醉不归，也让雨霁的酒量展示一下，如何？"向正鑫边走向餐桌边说："和为贵、和为贵，我哪敢和老六拼酒啊？"

今天贾叶扶去了沂安赶不过来，餐桌上并没有按长幼来排座次，而是狄建华坐了上首，向正鑫坐了主宾位，两边各坐一位美女。然后才是老二两位挨着狄建华这边坐，老四两位挨着向正鑫这边坐下，接下来才是老六、老七各带了各自的妹妹坐。

众人刚入座，服务小姐已将八碟冷菜端上了桌，另有两名服务小姐开好两瓶五十三度飞天茅台、两瓶拉菲红酒，从向正鑫开始，逐一斟酒。

汤香儿开着奔驰越野车从"常委楼"接来丁文魁等四人，并没有将车停在香汤大酒店气派的大门前，而是拐个弯进入了地下车库，在电梯口前停下。汤兵渊副部长和沙丽萍经理已经在此等候，车一停稳，两人同时上前打开前后车门，丁文魁从副驾驶座下来，包若谷从后排车门下车，那边夏立言已自开车门出来，只有张岚山跟在包若谷身后。汤副部长与丁书记和包若谷握过手后，嘴上说着："欢迎各位领导光临，请，请上电梯。"自己站在电梯一侧，将手一让。几个人乘电梯来到五楼，出电梯直接进了"冬梅"包厢。这是五楼四个高档包厢的最后一个，除了这个包厢的客人，其他客人除非走错，否则绝无可能到此。一进门，暖风扑面，迎接他们的是一道雪地冬梅画屏，转过屏风，才见一圈沙发，中间放了一个硕大的老树根雕制的茶桌，上面放着一套景德镇彩画陶瓷茶具。沙发对面是一个液晶电视，下面半月台上放了两个麦克风，再旁边还有点歌的电脑。踏上三个台阶，才到就餐厅，一张圆台面上已放了五个冷菜。走近看时，却是烧酒醉活虾、白切野猪肚、香菜拌花生仁、五香鹅肝、盐水佛手。这些都是当地比较流行的口味。

丁文魁要让张岚山坐主人位，张岚山却说："我只负责请客，不做主人。"丁文魁又让包若谷坐主人位，包若谷坚决不肯，丁文魁只好自己坐了主人位，拉包若谷坐了主宾位，夏立言坐在丁文魁左边，张岚山坐在包若谷右边，汤兵渊和汤香儿坐在他们下面。六人落座，沙丽萍和两位服务员过来斟酒，清一色的白酒，酒瓶上的商标已经揭去，但在座的个个都是酒场老手，闻到酒香，就知道这是眼下最高档的白酒。

汤香儿端起酒杯，恭恭敬敬地站起来，说道："欢迎各位领导光临，薄酒一杯，我先干为敬。"丁文魁举杯说道："汤老板坐着吧，别搞得这么认真，我们随意些。"大家听丁书记发了话，也就不再起身，只是举杯响应。汤香儿嘬地一口干了杯中酒，说声"谢谢领导"，才坐下。丁文魁嘴上说随意，却一口喝干杯中酒，说道："小汤，我还是带了好头，啊！"包若谷笑而不语，喝了半杯，夏立言一饮而尽，张岚山也只喝半杯，汤兵渊硬着头皮一饮而尽，却皱着眉头，露出一脸苦相。丁文魁对汤兵渊说："汤部长，这喝酒可是人生一大快事，你何以愁眉苦脸，仿佛痛苦不堪啊？"汤兵渊赶紧说："丁书记，喝酒当然是人生快乐之事，我只是自小看着我老爸喝酒都是这般模样，以为喝酒都要装出这种样子，久而久之成了习惯，以后一定痛改前非。我这就敬丁书记一杯，您随意，我喝干，决不皱眉。"说罢，离座来到丁文魁身边，手捧酒杯，弯腰曲背，把酒杯放得低低的，杯沿只碰到丁文魁酒杯的底端，然后，嘎的一声喝干了杯中酒，这一回果然眉开眼笑，一丝苦相都不曾露出。丁文魁也就笑着喝了杯中酒，说道："好，就是这样喝，这才像个男人样子。"

正说着，第一道热菜上来，这是一条约两斤重的清蒸野生大黄鱼，条形瘦长，金纹齐整细密。服务员放好菜，介绍道："野生大黄鱼，请慢用。"汤香儿连忙介绍道："这是昨天半夜赶到记忆江码头买的。我赶到时刚好有一条渔船靠岸，好在买鲜鱼的人不多。那船主我认识，人都叫他'捕鱼阿背'。他看到我连忙迎过来打招呼，我知道他一定有好货，赶紧过去，问他有没有什么宝贝。他带我到船舱里，打开几个泡沫箱，其中一个养着五条大黄鱼，还有两个一个养着几条石斑鱼，另一个养着三条河豚。我看果然都是活货，就讲好价钱，让他把黄鱼和石斑鱼全卖给我。谁知到我搬箱时，旁边冒出一个人来，说：'汤总，你无论如何让两条黄鱼给我。'我一看，是人杰建筑公司的办公室主任贾昭，看在他经常带客人到我这里吃饭的分上，我不好意思拒绝，原价转给他一条大黄鱼，一称一斤半重。"

他说了这么多，只不动筷子，其他人早已在丁书记带领下横去竖来，将盘中的大黄鱼消灭得只剩一半了。夏立言正在想是去刺还是翻鱼，张岚山伸过筷子将鱼头一提，整个鱼刺被拎起放在一边。他说："吃鱼不能翻，这样对主人不尊重。小汤慢慢说，我们继续吃，这鱼刺总会留给你的。"说得大家哈哈大笑。只包若谷听得非常认真，被大家的笑声惊得一愣，随即回过神来，举起酒杯恭敬地对丁文魁说道："丁书记，我敬您一杯。"两个杯子一碰，各自饮尽。

汤香儿笑道："只要各位领导开心就好，我要吃的话自己烧。也不知谁走漏了消息，说我昨夜买到了野生大黄鱼，今天一早，又有两位大老板打电话来死缠活绕，一定要我转卖他们一条，价格可以翻一倍。没办法，都是常来吃饭签单的客户，只好卖给他们了。刚刚去接你们之前，大东方娱乐城郭老板打来电话，要出三倍价钱，让我救济他一条，好，五条黄鱼统统搞定。"他这边说搞定，桌上盘中最后一块蒜瓣状的鱼肉被人夹走。夏立言笑道："好，这里也正好搞定，留下这条刺归你搞定。"正说着第五道热菜已上，正是红烧石斑鱼，看样子也有一斤以上，想必正是昨夜买来的野生活鱼。丁文魁将石斑鱼转到汤香儿面前，说道："小汤啊，我们也讲点人情味，这盘鱼由你先开吃吧。"汤香儿连忙端起酒杯走过来说道："谢谢丁书记关心，领导能来我这里吃饭，那是我的荣幸。来来，我敬丁书记一杯。"

包若谷是有心事的人，虽然也挨个儿敬大家酒，也接受别人的敬酒，但内心始终绷紧一根弦，尤其听说人杰公司办公室主任买了一条一斤半重的黄鱼，而且船上还有河豚，便不由自主地把这些与上午贾叶扶讲的联系了起来，难道其中真有什么因果联系？

向正鑫身边的焦雨霁三巡酒下来，已是酡颜微醺风情万种，兰花指捏了小酒杯尽将白酒往向正鑫嘴边送，嘴里莺啼燕语似的说道："向老板，小妹今晚将青春无私奉献了，这杯酒就算大英雄怜香惜玉了吧。"边说边将整个人往向正鑫身上靠过去。这一刻别说一小杯白酒，就是一小杯毒药向正鑫也会一饮而尽了。他今天官场失意，虽然塞翁失马焉知非福，但毕竟是竞争失败，本就想着来乐一乐的，焦雨霁如此投怀送抱百般勾引，正可谓正中下怀，心里便萌生出今天晚上无论如何把她给办了的念头。他就着美人的手喝下这杯酒，脑子便不由自主地往这方面想，动作自然也就有些放纵不羁了，回头看看其他兄弟，都同身边女子如扭股糖般缠在一起。向正鑫潜意识中还有一个声音在提醒他：他们都是私营企业主，你却不一样，他们能做的，你不能做。但向正鑫已经很难受潜意识的控制。焦雨霁往向正鑫的酒杯里斟上白酒，然后把这口白酒闷进他的嘴里。向正鑫差一点被呛着，想也没想便吞咽了这口不知何味的酒，只觉得浑身燥热再难自持，身体的某一部位再也不受他控制。他紧紧抱住焦雨霁，在她耳边说："我要你，现在就要，去哪？"焦雨霁梦呓似的说："我也要你，跟我来。"于是，两人相拥着进了一旁的一道小门。

第六章　能于顺逆都适应

常委会结束后，单玄明本想与包若谷深入交换想法，尤其想敞开自己的思想，让他了解真实的自己。可聊了几句，见对方思想设防，已先入为主，知道非三言两语能解决，便草草结束，叫上秘书曾寅，让司机刘雷驱车直奔省城沂安市。车上，他闭目静思。作为党的领导干部，他赞赏包若谷，为人正直，为官磊落，走的就是正道，这与于天勤一样，人民就需要这样的干部；作为市委书记，他太需要一班对他言听计从的班子成员了，尤其是市长，除了能大刀阔斧开展工作，还需要充分理解和支持他的工作，特别是支持他处理好上下左右的关系。于天勤是一位好成员，却不是好帮手，他经常要按照自己的章法开展工作，好在工作成效明显，所以自己一直容忍，甚至在重大工作上都支持他。可于天勤一点也不理解他单玄明的思路，一点也不顾及他的形象、威信、感受，一点人情味不讲。这让单玄明从心底里把于天勤当成一块鸡肋，食之无味弃之可惜，为此，确实想动他。单玄明的动他其实是想办法让于天勤走人，为此，他不止一次向省委组织部汇报市政府的出色工作，以及于天勤的超强能力，力推于天勤同志到其他市里担任市委书记，或者直接提拔到省里重要岗位任职。他在省长孙达文这里更是多次推荐，希望把于天勤同志提拔走。孙达文在前段时间甚至已经同意了他的推荐意见，打算把于天勤提拔到省里担任政法委常务副书记。但是，在市长接替人选的推荐中，两人的意见又难以完全一致。

孙省长要让丁文魁担任市长，单玄明却倾向于让向正鑫担任市长。在孙达文看来，于公而言，让丁文魁担任市长在干部提拔上更有把握；于私而言，对劳佩民的房地产开发绝对是一大利好。单玄明则是从赤峪工作实际出发，向正鑫是本地干部，干劲足，熟悉情况，解决赤峪发展中的问题比丁文魁能力强；同时，向正鑫作为他一手培养起来的常务副市长，对他一直唯命是从，让向正鑫担任市长应该同自己兼任市长没什么两样，可少许多麻烦。而丁文魁虽然也是自己一条船上的人，但毕竟和自己一样是孙省长培养的，担任市长后就与自己平分秋色，有的话他可能就不一定听。但不管如何，一切以党的事业为重，自己必须站在党和人民事业的高度，拥护省委、省政府的决定，此去面见领导也不过是做最后一丝努力罢了。

今天的事，虽然伤心和哀痛，但难免有一丝天赐良机之感。于天勤暴亡，他为失去这样的好干部悲痛不已，太出乎意料，随即便听闻有可能是他杀，而且凶手可能是与赤峪有直接利益关联者，这又让他暗自惊恐。孙达文上午就打电话问单玄明："你给我说老实话，你有没有在暗害于天勤方面动过脑筋？"他明确回答："没有，想也没想过。对于市长的不幸去世，我非常难过和哀伤。"

"你有没有在你的亲戚面前暗示过，或者不经意间说过类似意思的话？"孙达文依然严肃地追问。

"没有，绝对没有，我以人格、党性担保，我绝无此念。"

"向正鑫会不会有这种想法和类似的举动？"孙达文又问。"应该没有这种可能，他和于市长没有利益冲突。"单玄明回答道。孙达文最后说道："这样就好，你、丁和向都可算是我培养的人，我不希望你们在这方面出任何问题。顺便说一下，出了于天勤这事，升你为省人大副主任的事，只好缓一缓了，你也不要有什么想法。好，余下的事见面再谈。"

车窗外，天色更加灰暗，寒风将树梢压了又压，落叶飘飞，衰草低萎，不知时飘起了零星雪花，越向北开，雪花越密。单玄明忽然惊觉地问："小曾，天气预报今天有雪吗？"曾寅肯定地回答道："赤峪今天没有下雪，沂安有小雪，明天傍晚起转大雪，赤峪明天夜里有雨夹雪。"

"是吗？这么说我们明天早上赶回赤峪，应该不会受雪天影响吧？"单玄明疑惑地问。"这要看积雪程度，如果太厚，高速公路将封道，但是，我们可以走一级公路回赤峪。"曾寅显然也无法判定明天会积起多厚的雪，高速公路是否会封道，但还是给领导提供了一个可行的备用方案，足见此人心思缜密。担任秘书这么多年，而且跟随的就是一个领导，不但对服务对象的为人、喜好、性格、习惯、要求有充分了解，而且对领导周围的人事关系、利益趋向、情感纠葛也都了如指掌。曾寅更有一个特长，学什么，像什么，在领导开心的时候，模仿一下某位滑稽演员的动作、腔调能做到惟妙惟肖，借此，能恰到好处地为单玄明带来放纵一笑的机会。这么多年来，他的服务从未让单书记失望过，凡是单书记在工作生活中能想到的、需要秘书提供的，他都能在第一时间提供，有时候，领导未想到的，他也能在关键时刻提供。除年轻了点，他的身材、发型、容貌都越来越像单书记，几乎就是单玄明的象征。

单玄明不再关心车窗外的雪花，他现在需要思考怎么才能挽回目前的局面。十名常委，七票投给了包若谷，这是一个不可思议的结果。是有人在其中做手脚？应该绝无可能。那就是他们认为包若谷比其他人更适合担任市长？平心而论，如果放弃一切私人因素，就赤峪目前这一状态，确实是包若谷更适合这一位置。原因很简单，于天勤做得没错，换了丁文魁或是向正鑫任何一人都会有所缺失。由此可见常委一班人党性原则是强的，对是非的政治判别力也是准确的。但作为一把手，他还是想为挽回自己的面子去试一试。

单玄明的轿车到达沂安城后，并没有直接回家，而是驶进了沂安万龙大酒店，那里有赤峪市委、市政府驻沂安办事处。下高速时，曾寅已经给办事处主任关照天打过电话，所以，当轿车开进大酒店门厅前的天棚时，便见关照天和谢芝蓉双双从门口迎出。车一停稳，谢芝蓉疾步上前为单玄明打开车门，并甜甜地轻声招呼道："单书记，天下雪，冷，您多穿件衣服。"这谢芝蓉可是典型的美人，一米七的个头，身材曼妙，鹅蛋脸如染桃色，顾盼之间自有一种特别的风情。单玄明与谢芝蓉已不是第一次见面，下得车来，听她如此关照，笑着说道："关主任，你的小谢现在是越来越善解人意了。"关照天笑着说："我们做服务的，只有更好，没有最好啊。"

曾寅见开车门的活已被谢芝蓉抢先了一步，便直接从小车后备厢里取出了一个拉杆箱，跟在后面进了宾馆大堂。关照天过来将一张房卡交给曾寅，说："曾处，您的房间在十一楼，这是房卡，单书记在十二楼，怎么样？还是把单书记的行李给小谢吧，让谢主任代你做服务工作。"曾寅是副处级秘书，下面都习惯地称呼他为曾处。他并没有将行李箱交给关照天，而是看着单书记，单玄明没有回头，而是由谢芝蓉导引着走向电梯。曾寅便不置可否地对关照天一笑，拉着行李箱跟进了电梯。关照天只好停下脚步等刘雷。

电梯里，单玄明对曾寅说："你先到我房间，给郭处长打个电话，了解一下达文省长晚上什么时候有空，说我要求见他。然后，给尹燕秘书打个电话，了解一下清丽部长晚上去不去办公室。"说着，三人已走出电梯，来到一个房间门前。谢芝蓉拿出一张房卡开了门，说道："单书记，请。"单玄明一笑往里走，谢芝蓉紧随而进，曾寅拖个行李箱走在最后。进了门，谢芝蓉闪身去了卫生间，一会儿，给单玄明递上一块热毛巾。茶壶里的水已提前烧开，谢芝蓉匆匆为他们泡上热茶，这才不无留恋地走到门口说："单书记，你们先忙，晚饭在二楼白兰厅，六点半就餐好吗？"单玄明点点头说："先这样定吧。"

曾寅把谢芝蓉送出门，在门外小声说："谢主任先回吧，有任务我会联系你的。"

"好的，我走了。"

曾寅回到房内，急忙找出电话本，给两位秘书打电话约时间。

单玄明是几位可以直接进入孙达文省长家里的地厅级官员之一，足见他与孙省长的关系非同一般。省长府宅坐落于省委大院西北方向一千米左右的沂安城茅山湖畔，那里低山环抱，依山临湖，坐北朝南，冬暖夏凉。因是晚上，湖光山色全隐藏于朦胧昏暗和细细的雾雪之中，黑黢黢的山影看不出是什么颜色，只见昏黄的路灯在湖面的微波中摇曳出点点闪烁的光。

轿车进大门时，门岗只象征性地查问了一下，见是刘雷，已是老熟人，自然放行。单玄明手里拿了个精致的小礼盒，进门，换鞋。迎接他的是保姆辛春兰，一位三十几岁的妇女，身材匀称，模样标致。她是认识单玄明的，甜甜地叫一声："单书记，您好。"从单玄明手中接过小礼盒。孙达文已从沙发上站起来，说道："玄明，来啦？过来坐吧。"孙达文五十五岁，中等身材，一张长脸，两道板刷眉下架一副黑框眼镜。单玄明走过来，恭敬地叫了声："老师好。师母可好？"不知从哪年哪月开始，单玄明称孙达文为老师，据单玄明自己说，是在党校中青班学习时，孙达文给他讲过课，由此便认了老师。孙达文自己就比较模糊了，这么多岗位干过来，到党校去讲课是常有的事，实在记不清是哪年哪月哪日哪堂课中有位学生是单玄明，反正听了单玄明这种称呼非常受用。他极随意地说道："别搞得那么一本正经，你师母出差去了，还要三天才回来呢。"正说着，保姆端了泡好的茶过来，说道："单书记，请用茶。"

单玄明直着身体，在孙达文一侧的沙发上坐定，伸出双手捧起面前茶几上的茶杯，揭开杯盖闻了闻，说声"好茶"，便有滋有味地啜起茶来。孙达文见他落座，凝视片刻排铺在他上嘴唇的黑胡楂，心中升起隐隐不悦，便不再和他客套，淡淡地说："推荐市长人选搞出这么个结果，你在常委中的威信值得怀疑啊。"单玄明正在啜茶的嘴突然停下，脸上的几颗麻子闪出些许红光，手一颤，慢慢放下茶杯，说道："真让老师见笑，我也想不到，丁文魁和向正鑫两人在常委中如此缺乏认可度。"单玄明这意思很明确，我推荐的人，常委们不认同，是我缺威望；那您推荐的人常委们也不认同，岂不是您也缺威望？孙达文自然也咀嚼出了这层意思，心里更增添了几分不快，缓和了一下口气说："也是我当初思虑不周，没想到丁文魁临阵退却，自己不想干。"

"这为什么？"单玄明显然吃不准此中深意，不解地问。

"他对我说是觉得于天勤死得不明不白，自己怕摊上嫌疑。"

"老师，这件事确实有许多可疑之处，明明买的是黄鱼，怎么会吃出河豚子来？这里似乎有人为因素。"单玄明疑惑地说。

"这件事只要与你们无关就好，至于实际是什么情况，由公安忙去吧。"

单玄明隐隐觉得此事十分蹊跷，多少与自己在赤峪工作有所关联，但为什么关联、如何关联，一时又想不明白。孙省长既然让公安去忙，那定然有他杀嫌疑。他内心一紧，改口问道："省委对赤峪市长人选推荐结果有没有新的指示？"

孙达文昤了他一眼，说道："虽然还未开常委会，但荣飞同志听了清丽同志的汇报后，只和我简单地说了一个意思——既然采用了票决制，就要尊重票决结果，要按党的组织原则办事。"单玄明听后心里像塞了团棉花一样不爽，说道："就怕人代会上通不过啊。"孙达文当然知道单玄明的心思，说道："这一点，我也想到了，但包若谷同志初到赤峪，在常委中有这样的认可度，相信人代会上也能通过。你既然叫我老师，就是我的学生，说句推心置腹的话，我们要把更多更有用的人团结在我们周围。尤其你这个一把手，更应该学会打造团队，要让常委中的多数人支持你。什么是搞政治，就是搞大自己的团队，让尽可能多的人为你冲锋陷阵。你现在主政一个地方，更要有你自己的人才架构和团队板块。这次包若谷能否在人代会上被选为市长，你责任不轻，一旦选不上，不是他无能，而是你失职。"

单玄明怅然若失地说道："这么说结果已无法改变了。"

"在这件事上，你不要寄希望在改变结果上，而要从适应变化、服从组织决定上去努力，能于顺逆都适应。做惯了一把手的都有一个通病，习惯于改变别人，让一切随着你的意愿转变，只适合在顺境中干事，不善于在逆境中拼搏，眼里只容得下顺从的，心里容不下持不同意见的。但事实上并非所有事情都能如你所愿。有些事有些人，你是无法改变的，在这一情况下，你就要换个角度思考，努力改变自己，在殊途同归的前提下适应这些人和事。"说完，便端起茶杯，慢慢啜。单玄明知道到了该走的时候了，便恭恭敬敬地起身说道："感谢老师指点，学生一定朝这方面努力。"孙达文放下茶杯，起身虚送一步。

　　包若谷在酒席临近结束时，出门接了个电话，回头向丁文魁请假离席。丁文魁一听，先是一口拒绝，待听清原委，立即说道："那你赶紧去。小汤，找个司机送送包老板。"坐在包若谷身边的女子却不开心道："老板，我的临时朋友就这么走了，你说怎么办？我能不让他走吗？"汤香儿便说："包老板，有什么要紧事？能不去吗？"丁文魁帮忙解释道："包老板夫人从老家来到赤峪，还没吃晚饭，这可马虎不得。"汤香儿一听，只好随他去了。

　　原来，汤香儿叫来了二十位美女，谓之"二十金钗"，炫耀自己身边美女如云。这些女子似乎训练有素，大有不把几个男人灌醉誓不罢休之势。但这几位毕竟是自律意识很强的人，除了喝酒碰杯，手都不敢乱动一下。包若谷初到赤峪，不识潭水深浅，更是把心悬在喉咙口，找一空闲，躲进卫生间，给妻子和司机竿甘泉各发条信息，演了出假戏，得以成功离席。

　　包若谷一回到宿舍，立即躲进房间，给黎清丽发了条信息："可以通话吗？"不一会儿，黎清丽的电话打了过来："喂，我就知道你要给我打电话。说吧，想说什么？"包若谷被这话给问住了，停顿一会儿，才勉强说："我心里没底，省委对这个推荐结果将会如何处理？"黎清丽听后一笑，道："幸好你自己的一票是投了丁文魁的，要不然，我都不知道该如何判断真伪了。至于省委，肯定是坚持原则，按规矩办事。"包若谷听后依然难以把握，只好又问："黎部长能说得具体些吗？"黎清丽说道："还不够具体吗？赤峪现在处于云山雾海之中，不少事情不到最后一刻，都很难断定会是什么结果。你要有足够的心理准备。"包若谷听了更不得要领，只好说："我是初到赤峪，不仅两眼一抹黑，而且身边连一个得力帮手都没有，我已经意识到压力山大。"黎清丽听后说："一切都处于变化之中，你要适应变化。我只能和你讲这些了。"

包若谷内心七上八下，思绪依旧混乱，似乎酒劲也涌了上来，不禁迷糊着和衣入睡。不知过了多久，一声手机短信提示音惊醒了他。包若谷取过手机一看，竟是一首诗："曾经云雨君同狂，今日风流谁与觞？杯酒当初和泪下，青丝梳尽仍凄惶。"落款是焦雨霁。包若谷心里如塞了团棉絮般难受，这个女孩曾经给他带来感情的寄托，上午在汲水县贾叶扶那里偶遇，当时自己虽然表现出极为欣赏佳人风韵的姿态，但内心里把她与妻子叶屏蔚一比较，便立即做出了要将她拒之门外的决定。他清醒地认识到，身后的女人只能是叶屏蔚，切不可在女人问题上犯糊涂。此时收到这条短信，他竟有一种麻烦缠身的感觉，本想不予理睬，仔细一想，觉得还是表明态度为好。于是他依韵编了一首诗回了过去："人生长路忌轻狂，世态艰程宜拒觞。忘却当年相聚事，愿卿早日不彷徨。"

焦雨霁此时已送走了向正鑫，正独自蜷缩在大东方娱乐城的 666 客房里。她现在已完全成了风月场上的佳丽。包若谷虽然不是她的第一个恋爱对象，却是她付出真情最深的恋爱对象。当时她非常矛盾：一方面希望他娶了她，那样，她愿一生一世跟着他，"死生契阔，与子成说，执子之手，与子偕老"；但另一方面，她又觉得太亏，毕竟年龄相差大，还得做后妈，岂不可惜？她一直等着他先开口向她求婚，但他没有，除了甜言蜜语，始终不提娶她为妻的话。自从与包若谷相恋而又失联后，她就慢慢变成了充分利用自身资本赚钱的偷吃猫。

两年前，焦雨霁毕业后到港南省来谋职，有一半就是冲着他来的。此时，她虽已身携百万巨款，却还是不敢去找他，只是在暗中默默关注这位昔日恋人。她选择的依然是她认为最能实现她青春价值的职业——在省城最高档的夜总会做招待女郎，每天可拿到一千元以上的报酬。后来，她得知包若谷结婚了。一个多月前，她又风闻包若谷去了赤峪。再后来，她又遇到了贾叶扶，他提出六十万年薪带她走，签约三年，她同意了。

焦雨霁现在的公开身份是纱绸织造集团有限公司秘书，贾叶扶给她的主要任务是搞定向正鑫或包若谷，必要时拍下与他们做爱的录像。比如刚才她与向正鑫的一番云雨，就被全程录了像，她甚至不惜冒着怀孕的风险，未采取任何避孕措施，她需要赚取利润的极大值。为此，贾叶扶为她在大东方娱乐城专门包了房。上午是因包若谷要去公司，贾叶扶才特地接她去汲水与包若谷见面。包若谷一走，贾叶扶紧接着把她带回赤峪，自己匆匆赶去沂安。

焦雨霁看到包若谷回的诗后，心底升起一股寒意，有了一种一腔深情付东流的感觉。但片刻之后，她便明白，这不能全怪他，她与他的人生观、价值观有着天壤之别。当务之急是努力保持与包若谷的联系，绝不能就此彻底天各一方。想了想，她又给他发了条信息："雨余珍惜哥深情，不再心存非分萌。只愿情郎高处在，且悯昔艳江湖行。"这次包若谷没再给她回信息了。

　

省委在第二天上午九点召开了一个简短的常委会，拟定了赤峪市班子调整方案，由组织部安排力量考察。方案根据票决结果，由包若谷任市委副书记、市人民政府副市长、代市长；孙达文提议刘广大任市委常委、副市长；夏中和提名梅婧艳任丹山区区委书记；黎清丽提名副市长邵武阳任市委常委、秘书长；纪委书记应晓峰提名曲峪区区委书记江乃乐任赤峪市副市长，由曲峪区区长林甸国任区委书记，副书记张海任代区长。按说，出了于天勤这样的事，应该静观其变，静等一段时间，一来显示对死者的尊重，二来也可看看利益相关人员的表现，有助于搞清事情真相。但这次不同，赤峪面临着政府换届，市长人选等不起。方案确定后，省委组织部立即组建三个考察组对相关人员进行实地考察，要求在下周二下午的常委会上汇报考察结果。

第七章　壮梅开二度

　　这个消息一传开，有些地方的反响比赤峪官场还要大。尽管是周日下午，省委组织部的考察组已进驻赤峪市香汤大酒店。三点钟开始，与常委扩大会议同时，考察公告已在相关单位张贴，有关人员的考察谈话也陆续开始。消息不胫而走，在大东方娱乐城五楼一个棋牌室包间里，黄岭市人杰建筑有限公司董事长兼总经理袁杰、山峰建筑有限公司董事长赖栋林、田岭建筑有限公司总经理田方蕉、石岙建筑有限公司总经理石维新，聚在一起搓麻将。这四人中自然以袁杰为首，他今年四十三四岁，个子不高，理一个寸头，随手打出个"红中"，骂道："他妈的，这么好的机会看来白创造了，便宜了那个姓包的。"下手赖栋林，四十来岁，脑袋中间明亮一片，架一副金边眼镜，他也打出一个"红中"，说道："人算不如天算，有这样的机会，还要有能抓住机会的人，否则就未必是机会。"

　　"石董啊，你的功劳还是大的，天上不会自动掉馅饼，至少姓于的完了，大老板不用调去省人大了。否则，姓于的要求再苛刻些，我们只能喝西北风去了。"尖嘴猴腮、弓腰曲背、五十上下的田方蕉接过话说。他摸了一张"红中"，自己牌中已经有了一张"红中"，是去是留犹豫着。

　　"这件事我觉得还可再利用，不能就此罢手。你们都想个办法，最好能让大老板自己的人接任市长。"袁杰心有不甘地说。田方蕉终于打出一张"二万"，建议道："只有在会议上动脑筋。"赖栋林说道："这样做似乎风险大了点。"

　　石岙建筑公司的石维新是个三十来岁的年轻人，别看在这帮人中年龄最小，其智商却无人能及。他个子一米七左右，一张白胖胖的小圆脸，两道黑黢皴的一字眉，圆得像葡萄似的双眼目光深邃，两片厚嘴唇轻易不开启。他的公司目前是黄岭市几家建筑公司中唯一同时承包着几个工程项目，经营业绩不断增长的公司。他顺手捡起田方蕉打的"二万"，说道："和啦。你们别再花心思在官场上了，有些事，出手之前就应该想好，我们毕竟只是借东风，主角人家唱，有时候还需静观其变。如果真要我们做大事，就该谋定而后动，思虑一定要周全。"袁杰一推面前的牌，说："你思虑周全，怎么不早拿出万全之策呢？"田方蕉从牌桌抽屉里摸出六百元丢在石维新面前，说道："你现在是有米下锅不愁吃，饱汉不知饿汉饥，站着说话不腰疼。如果大老板去了省人大，我们恐怕连立足之地都会失去。别看你前几天运气好拿了几个项目，一旦拿不到，你也一样急。"

袁杰一边拿牌一边说："我们不能这么轻易地让姓包的登上市长宝座。"石维新被田方蕉抢白，不再说话，只管专心打牌。田方蕉便接口说道："在人代会上动动脑筋。"赖栋林边摸牌边说："市人代会上我们没几个代表，谈何容易？光自己几个人根本不顶事。"袁杰蛮有把握地说："人不是问题。这个事就落实给小石了，你赶紧好好想想。"石维新似乎并没留心他们说的话，抬头问道："我？我能想出什么好办法？"袁杰不满地看了他一眼，说道："我们都是一条船上的，别只想着自己发财，船翻了，谁也活不了。"

省委组织部的考察组从周日晚上七点半就开始考察谈话，直到周一下午结束。这次考察的对象是除包若谷以外的提拔人选，范围相对集中。包若谷因为距离前次考察不到三个月，原考察材料仍然有效，只需本人对一个多月的工作进行简单述职，经市委主要领导认可即可。考察组的精力主要花在对刘广大、梅婧艳、邵武阳、江乃乐等六人的考察上。三个考察组根据事先的分工，在市委组织部的配合下，经过一个晚上和一个白天的紧张谈话，终于完成了考察任务。

第二天下午三点钟，包若谷等人接到省委组织部通知，明天上午到省委接受组织谈话。第三天的《港南日报》、港南电视台和政府网站同时发布了领导干部任前公示。

石维新自那天在麻将桌上勉强接受了袁杰交代的任务后，一连几天吃睡不香。他可不同于袁杰这帮人，并非从泥瓦匠到包工头再到公司总经理的，而是从国内某顶级建筑大学毕业后，邀请了几个同学创建了这家建筑公司。在黄岭市，承包建筑工程非常困难，要想让一家建筑公司站稳脚跟，不仅要拜尽同行各路码头，还要千方百计接近市委、市政府及下属部门的大小官吏。为此，他很快拜在袁杰的麾下。在黄岭市，建筑界没有不给袁杰面子的；市委、市政府及下属各部门，没有不给这位赤峪一号首长内弟面子的。石维新不是什么超人，更没有当市委书记的姐夫，哪怕远隔十万八千里的表姐夫也找不出当市委书记的。

石维新在承接第一个建筑工程前，通过亲戚的朋友引见，携款十万拜见袁杰，并允诺这个工程接下后，以五个点孝敬。袁杰一听，眼珠子几乎瞪出眼眶，这个工程预算两点三亿，五个点就相当于一千多万。这送上门的红利哪有拒绝的道理？袁杰立即满口应承，并给甲方单位的主要领导打招呼。果然，石维新在招投标中如愿以偿。这一个工程做下来，虽然给了袁杰五个点，但石维新管理到位、控制严格，在保证质量的前提下，实现了近十个点的利润。有了这第一桶金，他的公司便有了添置硬件的资本，一跃成为黄岭市一流的建筑企业。袁杰第一次尝到甜头后，对石维新便另眼相看，接连帮他拿到几个大工程。石维新与几位同学精诚团结，合力攻坚，各司其职，向管理要效益，以管理保质量，充分显示了他们这个从一流建筑大学里走出来的团队的优势，几个工程做下来，优良率达到百分之百，有的重大工程项目便主动找上门来，连袁杰的五个点都不用孝敬了。

眼下这件事，着实让石维新头痛。按说他完全可以脱离袁杰的关系自立门户，但是，单玄明是这里的市委书记，靠着袁杰只有好处，暂时不会有害处。自从之前为袁杰出过几次主意后，袁杰便把他视为心腹，但有些阴损的主意可一而不可再。要达到不让包若谷担任市长这一目的，一般的小动作根本不起作用，除非……想到这里，一阵寒意袭上心头，这也太恶毒，一旦败露，自己将万劫不复。

十天后，省委任命文件下达，包若谷任赤峪市委副书记，赤峪市人大常委会任命包若谷为副市长、代市长。不久，赤峪市第十五届党代会如期召开。考虑到赤峪市工作的延续性和稳定性，省委决定单玄明继续留任赤峪市委书记。

接下来的投票和十五届第一次全委会顺利进行。闭幕式上，单玄明代表新一届市委班子做热情洋溢、激昂奋发的讲话，决心带领全市党员群众，群策群力、卧薪尝胆、励精图治、实干担当，为把赤峪市建设成为现代化城市而努力奋斗。

包若谷尽管抱定了顺其自然的心态，但既然省委要求自己挑起这副担子，不免担心，自然也捏了一把汗，毕竟初来乍到，万一选不上委员，这洋相出得可就大了。直到选举结果出来，闭幕式上稳稳地坐上第二把交椅，他这才放下悬着的一颗心，思量起人代会上怎么争取选上市长。

半个月后就是元旦了，冬天的氛围日益浓郁，路边沟壑里铺满了凋零的落叶，北风一阵紧似一阵，带着漫天云团奔向南方。这是一个多云天气，不像就要下雨或下雪的样子，但风很大。包若谷乍从宾馆出来，禁不住打了个寒噤，好在来接他的轿车就在不远处，他紧赶几步过去，竿甘泉已为他打开了车门。一坐上车，包若谷还真有些身心疲惫，参加党代会的这些日子里，除了到各组讨论，就是坐在主席台上听报告，几乎每天晚上都要与各地代表们沟通联络，不到十一点以后不能睡觉。近半个月来，不要说回家，就是与老婆在电话里多说几句话也难。

包若谷现任老婆是他的高中同学，结婚不到两年，刚刚在今年春季生了一个儿子。他的前妻毕玉环是他在省电视台工作的同事，是记者兼播音员，他们曾经是人人羡慕的一对。谁知花艳招人，不知开始于哪年哪月哪日，奔跑于全省各地的记者最终没能看住闭月羞花的播音员老婆，她红杏出墙了。戴上"绿帽子"的他，开始是真不知情，此后是装不知情，因为那个男人是副台长，在台里决定着他们的进退去留。而他也确实在毕玉环身上倾注了一片深情，希冀她能回心转意，无奈之下只能委曲求全，成了台里没几个人看得起的"乌龟记者"。直到有一天，在一次偶然的巧遇中，他被省委书记李世超看中，直接被调进省委办公厅当了省委书记的秘书，一干就是几年，从综合处副处长到处长，再到办公厅副主任。四年前，那个副台长因贪污受贿，东窗事发，身陷囹圄。包若谷的播音员老婆因经济上受贪官牵连，犯了贪污罪，锒铛入狱。

毕玉环在入狱前为使儿子不受影响，提出离婚，要求儿子跟随父亲。她给包若谷写了一首诗："青春消逝梦昨天，红杏出墙悔罪愆。柳败花残自作孽，人分家破各行边。且怜旧玉曾相爱，应悯娇雏世未谙。今欲离婚赴厄去，护其不受娘牵连。"包若谷本是深爱这位曾给他带来无比欣慰的美女老婆的，明知她早已移情别恋，还是死抱幻想，同时也虑及身份、顾及影响，默默维持着这个家庭的体面。至此，这座泥墙粉面再难维护，他也无法再装不知真情，黯然决定接受事实，带着十三岁的儿子，离开了毕家老宅。

当时的包若谷还是处长级秘书，当他向李世超书记汇报了前因后果后，李书记只问了一句话："傻爱出墙红杏，你还是不是个男人？"

包若谷当然是个男人，他在"峪青廊苑"买下一套一百五十平方米的公寓，付了首付，简单装修一下，便带着儿子匆匆入住。去年春节期间，盛州中学举办高中同学会，死活要他参加。当年读书时他连个小组长都不是，除了同桌的女同学叶屏蔚，好多同学都看不起他这个乡巴佬。而今，他却是全班同学中官位最高的一个，到场与否，直接关系到同学会的成败。那天，他上午到家，陪老父老母、哥嫂和妹妹一家吃过中饭，将儿子包宇成交给妹妹包若英，只身去了学校。

同学会上，相逢惊喜、觥筹交错、打情骂俏、抚今追昔等等盛况自不必说，而最让包若谷意想不到的是，他的同桌叶屏蔚虽然事业有成，却至今孑然一身，究其原因，竟然是自打高中读书起，便一直深爱着包若谷。这么多年来，先是眼看着包若谷考上大学，自己第一年没考上，第二年、第三年继续考，希望也能考上大学追上他，谁知一直不能如愿，只能认命。此后，她便希冀他大学毕业能分配回盛州县城，或者分配到海晏市，结果是包若谷分配到省电视台。她倒是经常能在电视里看到这个东奔西跑的小记者，但意识到自己与他地位相差悬殊，便只好把爱默默地藏在心里，始终不敢与他联系，只是经常悄悄去包家二老面前替包若谷尽孝，今天送这，明天送那，竟比包若英走得还勤，弄得包家二老都不知如何称呼她，后来，时间一长，便把她当作自己女儿对待。叶屏蔚放弃高考后，办了一家漆包线生产厂，经过十几年打拼，小厂逐渐变大，去年产值达到八千万，在县里已是小有名气了。刚开始办厂时，她傻傻地希望有一天包若谷能到厂里来采访。后来得知他已结了婚，就是那位漂亮的播音员。叶屏蔚照着镜子和她比了无数次，总觉得自己哪里也不比她差，但事实摆在那里，只好立定今生再不嫁人的志向，一门心思拼搏自己的事业，却依然替包若谷尽着孝道。

这段单恋故事在几个与叶屏蔚关系密切的女同学中并非秘密。当包若谷介绍完自己这些年的工作、生活经历后，几位女同学把叶屏蔚拉到包若谷身边，你一言我一语，讲述了这段秘密恋情，听得包若谷热泪盈眶。他当场问叶屏蔚："你还爱我吗？嫁给我这个二手货，你不觉得亏吗？"叶屏蔚泪眼盈盈地说道："我一辈子爱着你，不管你爱不爱我。如果允许，我要一辈子守着你，不管你是几手货。"在同学们的起哄下，同学会延长一天，为他们举办了婚礼。

包若谷恍恍惚惚、亦幻亦真，在同学们的促成下，就在家乡县城最高档的世界大酒店订了个豪华房间，拜堂成亲，壮梅开二度。这虽然是二度梅，却并不失浪漫和热闹。

那天晚上，包若谷和叶屏蔚直忙到零点，才回到房间。叶屏蔚化了妆，杏子眼明亮，柳叶眉细长，樱桃小嘴口红涂唇，鹅蛋脸上略施桃粉，个子高挑，身材苗条，四十多岁的人，身上依然保留着姑娘的气息，这点曾经让县里不少富商、官吏想入非非。包若谷已是过来人，而今夜在婚房中，凝视眼前这位自己当年奉为圣女，连正眼都不敢看的班花时，还是震惊了。时光退回去二十年，她依然是那位默默地来，在他的身旁默默地坐下的女孩子。那时，她常常悄悄地塞给他几斤饭票和十几块钱的菜票，轻声说："这个月多出来的，吃不了，送你吧。"一开始他还推辞，渐渐地便欣然受之，也只轻声说句"谢谢"。那时候，他敢对任何一个男女同学大声说话，唯独对她说话时声音提不起来。

第八章 高人演技如圣

"看什么呢？以前没认真看，想补上啊？"她眨着水汪汪的媚眼问道。他从追忆中醒过神来，说道："以前是我不敢看，有时趁你不备偷看。你还是老样子，依然那么美。"

"你在哄我开心吧？人哪有不老的？我已在默默地爱你中老去了，这点只有我自己知道。"她说这话时，眼泪开始在眼眶里打转。他把她轻轻地揽入怀中，说："你真的不老，只是我配不上你，让你受委屈了。"在这个年代，一个漂亮的女孩子，熬到四十岁依然傻傻地爱着自己，这是多么深厚的感情啊！我此生决不可负屏蔚，包若谷暗暗地下着决心。

放在这个年代，整个婚礼过程并不见得奢华，却已大大超过了他原先的想象，总觉得自己没把握好分寸。事后回到省委办，包若谷还专门抽空向李书记做了详细说明。李书记听的时候非常专注，末了，却只有简单的一句话："知道了。"

越接近沂安城，云块的密度越大，车窗外向后掠去的景色逐渐变得灰暗起来。会有雨雪吗？一个疑问起自心头。他这次回省城目的明确：要好好陪陪屏蔚母子，同时也要过问一下大儿子的功课。这与天气阴晴似乎关联不大，但他内心中还是本能地希望有个晴好天气。他无力左右天气，于是疲惫地向后一靠，不再看车窗外，干脆闭目入睡。

单玄明在会议结束后并没有急于离开赤峪，而是来到办公室，把秘书曾寅整理过的重要文件、报刊细细过目，见一时看不过来，便干脆先放在一边，思考接下去十天半个月内该做的事。他知道这些事秘书长、办公厅主任都会思考，并且会列出一个详细清单给他，但他觉得自己的思考与下面的思考是不一样的，哪怕是一样的结果，也有着不同之处。秘书长梅婧艳已经去丹山区担任区委书记，邵武阳进了常委担任秘书长，办公室主任蒋求壬会将拟好的单子交邵武阳，经邵武阳修改后，送来征求他的意见。但单玄明却自有他的敬业精神，他要亲自把所有需要做的工作先理出个清单，然后与秘书长的清单进行比较，哪些是自己想到他们没想到的，哪些是他们想到自己没想到的，分析原因后，修改定稿。

秘书曾寅轻轻敲了两下门，这种声音很特别，是单玄明十分熟悉的声音，永远是不紧不慢、从从容容的。"进来。"单玄明朝门口吩咐道。曾寅轻手轻脚走进来，又将带来的一批文件、简报、资料放在办公桌的一侧，为单玄明的茶杯续上水，就要离开。"等等。"单玄明叫住了他，说道，"这么多文件、资料，加上原先的都没来得及看。我今天去不了沂安了，让小食堂给我准备晚饭，你把这些文件、资料带去宿舍，我晚上再看。晚饭后，你不用来办公室，回宿舍等我。让司机老刘明天早上八点到宿舍来接。"曾寅温顺地答应着，整理好所有资料和公文包，带着退了出去。单玄明对这位秘书很满意，曾寅话语不多，性格内向，工作仔细，忠心耿耿，逢年过节还常来孝敬点小礼物，数量不多，情意到。这样的下属很难得，跟了这么多年了，单玄明正考虑着怎么提拔他。

待单玄明把今后半个月需要做的工作一一列在笔记本上后，天色已暗。冬季的夜幕下得早，不到六点，天已黑定。单玄明的生活较有规律，晚饭一般都要在六点钟吃，就是五点钟下班，他也要在办公室里工作到快六点再去食堂吃饭。他的这一习惯，使其他外地领导也只得在六点前后再去小食堂就餐。小食堂就在办公大楼一侧的附楼，乘电梯下到二楼，就有一通道与其相连。单玄明走进小食堂才发现，今天只有他一人就餐。食堂老张师傅边端菜边说："本来李局长说要来吃的，后来又说要去参加什么庆祝晚宴，不来了。"

单玄明面前的餐桌上放了四菜一汤，外加一碗大米饭，他一声不语，默默吃完，接过老张师傅递过的毛巾，擦了一把脸，这才说道："辛苦你了，就为我一个人留下来做饭。"老张立刻满脸堆笑说道："我这是应该的。您才辛苦，这周末了还回不了家，我们老百姓就喜欢您这样的好官。"听了这句话，单玄明一天的疲惫顿时烟消云散，微微一笑，走出了小食堂的门。他想在这绿化带的小路上走一走，带着老张师傅这句朴实话语的余音，任由思绪畅游夜空。一位市委书记能得到老百姓这样的评语，应该于心满足了。你自己说，这一年来或几年来，为这里干了多少件实事、大事、美事、好事，完成了多少重大工程、重点工程、亮丽工程、富民工程、民生工程，总结得头头是道，文章做得花团锦簇，其实都没用，连傻瓜都能用脚指头想出来，那些事都不是你干的，充其量你只是提了个头、说了句话。说不定那个提头的主意还是下面的智囊团的，干成这些事，其实与你没多大关系。毛泽东说"群众的眼睛是雪亮的"，这话一点不错。而要想让老百姓说句"你是好官"又何其难也。我单玄明要以党性、人格担保，此生必要做个好官，让老百姓发自肺腑地说出来：单玄明是好官。

　　一阵朔风过处，身旁高大的水杉树在几声瑟瑟的轻叹中掉下最后几片叶子。虽然天色阴暗，但单玄明能真切地想象出那凋落的枯黄色水杉树叶的模样。赤峪市区种了大量这种水杉树，尤其是道路两边和赤峪湖内侧的岸边。这种树造型标致，上尖下宽，既像一座塔，又像一把收起的伞。春季长叶后青翠莹绿，一到冬天，渐渐由黄转红，如果不遇刮风下雨，这种相连成片的红色能持续很长时间，更增添了赤峪城的赤色氛围。

　　走在从办公区到住宿区的路上，更确切地说是走在连接领导工作区与生活区那条很有艺术韵味的园林小道上，单玄明内心始终有隐隐约约的担忧，这担忧左右着他的情绪。这座园林是一座古代富商的私家园林，占地两百余亩，园内布局精巧，用太湖石构筑了两座小山、三处湖池，池水引自赤峪河水。其间不乏几百年的古树老藤，尤其是大小不一的水杉，有的直接从池中长出，高十几丈，几成树林。其间的道路纵横勾连、别出心裁，多数是用光滑溜圆的卵石铺就，分布于假山、池湖、花园之间；还有就是九曲跨湖石桥，那是用精心凿刻的石板搭成的，巧卧于碧水、微波、芙蕖之上。只要天不下雨，只要没有陪客晚宴，只要在大楼里上班，单玄明就会在这个时间慢悠悠地穿行于这些亭台楼阁、假山池湖之间。夏日白昼长，园林敞亮，一边景一边散步，还可说赏景健身一举两得；而在眼下这种隆冬季节，落日早已西下，周围老树在寒风中颤抖，山影幢幢，水光闪闪，阴气重重。虽然单玄明是无神论者，但也不免背上汗毛齐刷刷立起，虽然外表从容不迫，却只管专心走路，几乎目不斜视。

　　单玄明回到别墅，曾寅已经等在门口。作为秘书，他的待遇与领导是有差别的，只能在大食堂就餐。他一般都是在下班前请示领导，是否还有其他事，在领导明确回复"你去吧"或"你先下班"后，赶去大食堂就餐。吃完饭，赶紧回到别墅或办公室为领导服务。

曾寅为单书记递上拖鞋，关门，陪单书记上楼，小声说："您先看新闻，我去准备热水。"为方便服务工作，曾寅就住在别墅内的一楼，这对他来说，有点超越身份享受待遇，但也就失去了个人自由。单玄明为此还专门征求过他的意见，曾寅的回答是："我跟着领导到赤峪，就是为领导服务来的，做好服务工作是第一位的。"如此一来，曾寅给单书记提供的几乎是从办公室到宿舍的全套服务。

袁杰和石维新在红鹤楼"一地春"茶室里无聊地品尝着金骏眉。两人几乎对茶艺一无所知。石维新只知道泡的是红茶还是绿茶，所以，进门时泡茶妹问他们要喝什么茶时，石维新便随口说了一句："泡红茶。"泡茶妹又问："这里有祁门红茶、金骏眉、正山小种，还有岩茶大红袍和百瑞香，请问两位要哪一种？"这一问袁杰已是傻了，好在石维新灵活，他觉得带了红茶名字的一定不怎么样，后面两种排名靠后，还是放弃，于是选了第二种，就金骏眉吧。他不知道这金骏眉可是正山小种中的极品，价格最昂贵，接近大红袍。泡茶妹一听笑得合不拢嘴，赶紧说道："两位贵客是高人，知道金骏眉是本店的极品红茶。请稍等，我这就去取来。"石维新一听，知道今夜这茶"喝高了"，但既已出口不便更改，干脆大方装到底，说："顺便来点瓜子水果。"那泡茶妹嘴上欢快地应着，内心却在笑：原来竟是两头俗牛。品茶就是品茶，最多来点瓜子、松子闲嗑，已是落了俗，哪有配水果的？岂不把这茶味给破坏了？真正的品茶人是不食任何佐品的，更有讲究的甚至漱口刷牙后方才品茶。

袁杰是一个农村大老粗，初中未毕业就去学泥瓦匠，来过多次依然不懂茶道。石维新虽然大学毕业，却从未涉足茶道，对品茶是一无所知。但他聪明灵光，从泡茶妹离去时的眼神中看出自己出了洋相，却不明就里，只好坐下，心中便有了一丝忐忑，今晚可是要在这里见大人物的。

泡茶妹回来后，带了茶叶、瓜子、花生，还有一个水果拼盘，然后开始给他们泡茶。袁杰虽然是个乡野俗人，但来这里已经不是第一次，不懂茶道是不想学，这泡茶却已经看会了。待泡茶妹泡出第一道茶后，他便对泡茶妹说：

"接下去我们自己来，你可以回去歇着了。"泡茶妹懂事地让出位子离去，袁杰便坐了过去，添水、烧水、泡茶、滤茶、分茶，做得也还顺畅。石维新便恭维道："看不出袁总还会这一手。"

"没见过杀猪，还没见过猪跑吗？看多了自然就会，这比拌水泥、砌墙面容易多了。"袁杰漫不经心地说。石维新吃了一惊，想不到这个大老粗还有如此精细的一面。

"你不用吃惊，人都是两面的，有美的一面自然就会有丑的一面。别以为你读到大学，我没读完初中，就把我们彻底分成两类人了，其实并非那么回事。在你读高中读大学的那些年，我也在学，在另一个更大更广的课堂里学谋生技术，学做人技巧，说白了就是在学演技。"袁杰似乎看穿了他心中所想，慢悠悠地说。石维新第一次到这里来，更是第一次单独和袁杰如此一本正经地说话，闻听此言不禁问道："演技？"

"当然是演技。这个社会就像一个大舞台，人人都扮演一个角色，在社会上混得好与坏，全凭各自的演技。有人在官场上演得好，官运亨通；有人在商场上演得好，一本万利；有人在情场上演得好，美女如云；有人在战场上演得好，战无不胜。"袁杰一边为他添茶，一边轻描淡写地说道。

这些话对于石维新来说并不深奥，可就是没听到过，这难道就是他袁杰的学堂与自己读的高等学府之间的差别吗？石维新不愿再接着这个话题往下说，却问道："他能来吗？一个市委书记，深夜里到这种地方来给你布置任务？"袁杰用左手的中指和食指夹起小瓷杯，轻啜一口茶水，肯定地说道："他一定会来。"石维新并没有因他的肯定而打消疑虑，说道："你看电视里的单书记，办事讲话如此公道正派、清廉务实，他会深夜到这里来和你商量这种事？"

"这你就不懂了，所有人都存在两面性：一面是摆脱了低级庸俗，可登大雅之堂的光明磊落的一面；另一面则是暴露着小人贪欲，享受着低级趣味，自私贪婪、难见天日的一面。"袁杰依然漫不经心地说着这听起来根本不像他这位农村大老粗说的话。"你是说他也存在着两面性？"石维新问道。

"当然，是人都有两面性，有好的一面，也有不好的一面。孔圣人崇尚君子，要人们修身做君子，做了君子而后齐家治国平天下。在这种要求之下，人们自小开始学做君子，直到做了君子，方知做君子之不易。有的便一夜之间滑向小人，做了小人才晓得自有小人之乐，乐乃人所欲也，大部分君子都有趋乐之欲。尤其某些大君子，手中有了大权力或大资财，更向往小人之乐。然而，小人之乐上不了大场面，尤其不能以君子之态享小人之乐。于是，有的便只好巧妙伪装。需要以君子之态出现于人前的，便俨然成为君子；需要享小人之乐时，又悄然回到小人之状。你看，这不是在演戏是什么？那就是在演社会大戏。但是，演戏也有讲究，得按规矩演，那学问大着呢。"袁杰这会儿似乎进入了状态，一番话说得石维新目瞪口呆，如非亲见亲闻，他是绝不相信这话出自一个初中未毕业的建筑包工头之口。仔细想想觉得也确是这么回事，至此，他方知社会大学比之高等学府并不逊色，关键看一个人是否真心在读。所谓"世事洞明皆学问，人情练达即文章"，说的不就是此中真意吗？

正当石维新咀嚼袁杰这些话时，袁杰再次给他的小杯里添了茶水，然后，一双小眼睛望着天花板，茫然说道："他可真是高人啊！高人演技如圣，明明是我姐夫，那声音、那身架，我比谁都熟悉，可他偏在紧要处演得滴水不漏。"石维新很想听听高人的高超演技，大气都不敢出，袁杰却不再说话，而是陷入了沉思。

单玄明由着曾寅安排，看完新闻节目后，泡了一会儿澡，由曾寅帮着搓了背，冲净擦干后，在温暖的书房里开始工作。曾秘书也一直陪着倒茶，整理资料，直忙到十一点，才各自安睡。今晚的"常委楼"里似乎只有这栋别墅有人留守，整片楼区黑魆魆的，当从别墅窗户射出的灯光熄灭后，便沉浸在一片黑暗之中。大约两小时后，别墅单书记房间的东窗突然打开，从里面跃出一个穿一身黑色夜行服、黑布蒙脸、脚穿黑色软底鞋的人。此人出了窗口，轻捷地攀住离窗一米左右的一棵水杉树，顺着树干下探几步，轻轻一跃，纵身落在围墙上，再一个老鹰展翅，两脚稳稳站在了假山的太湖石上，然后，几番兔起鹘落，消失在黑暗之中。

袁杰仍在和石维新交流关于人生演技的问题："其实，人们身处不同场合，演戏的要求各不相同。以官场最严，以商场最累，以情场最烦，以战场最烈。"正说着，茶室窗户传来几声噗噗的敲击声。袁杰立刻起身，说道："来了。"随即打开窗户，伴着一股扑面冷风，一个黑影嗖地蹿窗而入。

袁杰已经见过多次，并不感到吃惊，从容地关上窗户。石维新却吓得差点大叫出声，以为有歹徒袭击。却见来人虽然穿窗而入，落地却是悄然无声，又无明显恶行，这才惊魂稍定。再看此君，穿的是一套黑色紧身夜行服，头罩与衣服相连，眼睛、鼻孔和嘴巴处都开了洞，两道阴森的目光从黑洞内闪出，上下打量一番石维新后，问袁杰："怎么带了外人来见我？"袁杰用手对来人虚让一下，说道："请坐。他可不是外人，是我们黄岭建筑界的新秀，是我手头的智多星。"黑衣人点一下头，在北侧空位上坐下，摘下黑皮手套放在桌上，伸出戴着白色细纱手套的手，接过袁杰夹过来的茶杯，放在鼻下闻了闻，啜一口，又吸了一口，那一口吸得发出了呼噜噜的响声，然后说道："福建武夷山的金骏眉。"袁杰立即解释道："我不懂，是小石经理点的茶。"

"在这里能喝到这样的茶也就不虚此行了。"黑衣人边说边将茶杯放在茶桌上，偏过头再次打量石维新，见他三十来岁，圆头圆脸圆眼睛，一身黑皮夹克，文静地坐着只管喝茶，问道，"你是石昂建筑公司的石维新吧？我注意过你的公司，这几年业绩不错啊，这么多黄岭建筑公司中，就数你最赚钱，是吧？"黑衣人的声音中透出一种威压和盛气凌人，听了让人反感。在石维新的记忆中，同是这种声音，听到的都是和蔼可亲的或者生动风趣、平等商榷的口吻。黑衣人见石维新只是轻轻地点了一下头，便不再理他，转头对袁杰说："茶是好茶，事也要有一个好的结果。我希望他出点事，并没有想把他干掉，怎么弄出这个结果？"

"此中情由我也不解。我和维新谋划的是让他得重病，卧床不起，无法上班，没想到出现了失误，竟把人给害死了。"

"什么人干的？事先没请示过你吗？"

袁杰答道："是我公司的办公室主任贾昭，办事可靠，对我忠心，事前告诉我说找到了见效快的好办法，还说不会要命，只会得重病。出了这样的结果，他也说是意外，我又不便追究他责任。"

"事已至此，追责也已无益，对你们来说，恐怕只是换了一个对手，眼前这种模式还无法因为换了个市长而改变，好在我一时不会离开这里了，对你们多少还有点帮助。"袁杰赶紧小心地接话道："那依姐夫的意思该怎么办？"黑衣人端杯依然呼噜噜吸干茶水，说道："不能再出上次这样的差错了，新的市长人选已经确定，改变已不可能。下一步，你们适当做些拦阻，搜集些他的劣迹，制造点舆论，让他知难，然后与我合作，再然后听我指挥。所以，你们下一步出招的目标是让他感到难，意识到这个市长不好干，尤其不能让他风风光光地上台。"说着，又回过头对石维新说，"你是黄岭建筑帮里的聪明人，好好帮着出点主意。"石维新忙点头道："领导过奖了，我尽力想办法。"

"这就好，大家一定要同舟共济，做事把握好度。"

袁杰见黑衣人布置完任务要走，赶紧问："办法定下后，还是先向你报告一下吧，免得你临时不知情。"

"不，不用预先报告，你们只管去做，下次见面还是老办法。好，我走了。"说完，黑衣人抓起桌上的黑手套戴上，又端过茶杯一饮而尽，站起身，推开窗，随着一股冷风袭进，依然嗖地蹿出窗去，几起几落便消失在夜幕之中。

"这人是你姐夫吗？他来无影去无踪的，岂不更像是梁上君子？"待袁杰关上窗户，石维新疑惑地问。袁杰肯定地点点头说："当然是我姐夫，那语调、声音，我怎么会认不出。"石维新依然不解地问："那他为何要用这副装束与你相见？这明显是信不过你嘛。"袁杰一脸茫然地说："也许吧。他是不懂我与我姐的感情。我早年父母双亡，姐姐一手把我养大，最后，我还没读完初三，就放弃学业去学泥瓦匠。为了我姐，我什么都愿意做，我赚的钱，姐姐要多少我给多少，每年年底我都会把这一年的业绩如实告诉她。也真不知道这位姐夫是怎么想的，怎么会连我都不相信。他和我们一起吃饭时，从来不用这种口吻说话，讲的也都是冠冕堂皇的话，甚至劝我们不要动歪脑筋，要理解和执行公开公平公正的招投标制度，要顾全大局，宁可牺牲小利，与今天晚上的他简直就判若两人。"石维新道："这就是人家的高明之处吧，在任何公开场合他都是正面角色，他演的都是正人君子。"袁杰一挥手，仿佛要赶走眼前的不快，说："不去想他了，还是商量一下，如何按照他的意思干我们的事吧。"

单玄明在六点钟被闹钟吵醒，很不情愿地睁开眼睛，窗外朦胧的晨曦阴暗昏沉。单玄明一般都能在闹钟铃响前五分钟自然醒来，睁眼适应几分钟，然后跟随闹铃起床，但总有那么一两天，他要被闹钟惊醒，而且醒后依然睡意深沉，这让他百思不解，怀疑自己是否患了某种间歇性疾病。此刻，曾寅往往已经静候在门外，听到闹铃声，开门进来，为他准备好洗漱用品、热水和运动服饰，又回身下楼。待单书记洗漱完毕出来，曾寅已身穿运动服等在楼下。两人出门后，在蒙蒙细雨中慢跑，来到园林的一片空地上，单玄明练起五禽戏，虎、鹿、熊、猿、鹤共五十四式，曾寅却在一旁看着，做些压腿、站桩等基本动作。这套五禽戏是单玄明读大学时体育老师单独教他的，他学会后坚持天天早晨练三遍，算来已练了快三十年了。对他来说，练这套动作完全是类似洗脸刷牙一样的程式，就像当初读书时做广播体操，根本没想过要练出什么真功夫。他感到的唯一好处是每天练后浑身通泰，神清气爽，精力充沛。他曾认真地教过曾寅，谁知年轻人虽很快学会，却未能坚持勤练，渐渐地干脆只看不练了，单玄明便也不再强求。

第九章　发展危机，破解良策

　　省城在赤峪的正北方向，直线距离约两百五十千米，所以，往往省城沂安已是冰封雪飘，赤峪还只是淫雨霏霏。这天，沂安城降雪"半夜乃发生"。当人们已进入温暖的梦乡时，阵阵凌厉的北风呼啸而至，先是带来几滴敲窗冷雨，接着便是一阵紧似一阵的冰雨，敲得门窗玻璃噼里啪啦地响，到后来，飞起了面粉似的漫天雪雾，四下里发出细细的唦唦声。直到东方晨曦微露，雪雾才变成了柳絮般飘飞的雪花。这雪花开始还有点羞答答，只稀稀疏疏地随风飞扬，不久便下得落落大方起来。鹅毛般的雪片也就毫无顾忌地飘飘荡荡、扯棉丢絮般从天而降。

　　包若谷的生物钟在六点钟准时"叫早"，不管在几点钟睡下，清晨六点前后五分钟内，他准能从睡梦中醒来。他睁开眼，发现叶屏蔚一只雪藕似的粉臂伸在被子外面，正搁在自己面前，赶紧将它慢慢移入被窝，触手处冰凉滑腻，不禁又爱又怜，悄悄地放在胸前，直到回暖仍不忍放手。叶屏蔚已被他扰醒，却假寐着，任由他抱着自己的手臂，享受着多少天来一直盼望的被温存呵护的甜蜜。

　　昨晚，包若谷到家已过八点。由于说好回来共进晚餐，叶屏蔚只让包宇成一人提前就餐，完成家庭作业，自己和母亲肖荻央干巴巴坐在客厅等候包若谷远道归来。包若谷一进门，见丈母娘抱着他小儿子和叶屏蔚坐着干等自己，感激地叫了声"妈"。叶屏蔚早迎上来接他手中的行李，他顺势抱住她，当着丈母娘面便是一阵热吻，还抽空说了句"想死宝宝了"。肖荻央在一边听了哈哈笑道："好大的宝宝。"肖荻央今年六十一岁了，眉清目秀，头发略显灰色，身材微微发福，但身板健朗，耳聪目明。她是一名退休教师，女儿产后，一直帮着带孩子做家务，为包若谷解除了后顾之忧。

她见包若谷对女儿如此依恋，嘴上说笑，内心十分满意，抱着孩子站起来招呼道："快吃饭，菜都快凉了。"包若谷只好放开叶屏蔚，接过丈母娘怀中的儿子。肖获央笑道："人道是一日不见如隔三秋，难怪你这副猴急相，先好好抱抱儿子，夜里把他交给我。"下面还有句话不便出口，包若谷和叶屏蔚都是心领神会，由衷地感激母亲对孩子的关爱。包若谷逗着怀中小孩，只见小家伙穿了一身厚厚的小棉衣，还被裹在小被子里，行动很是不便，只仰着胖嘟嘟的脸莫名其妙地看着父亲冲他叫："宇功，笑一笑，来笑一笑。"肖获央和叶屏蔚从保温柜里取出饭菜摆上桌。

包若谷抱着小儿子，正要去看大儿子，却见包宇成已从自己房里出来，亲热地叫道："老爸，您回来啦！"包若谷便笑道："儿子，咱俩再相逢啦。"包宇成应道："难得难得，该开中门放鞭炮列长队迎接的，可惜咱家就一道门。"包若谷便笑道："等我儿子出息了，赚了大钱造个有边门有中门的大庄院，那时我退休在家，等你每次回家，我都开中门放鞭炮迎接你，怎么样？"包宇成想了想，说道："理想是美好的，前景是诱人的，儿子我一定朝这方面去努力，就是怕让老爸等得太辛苦，为子不孝啊。"

包若谷笑着答道："没问题，有这么有出息的儿子，老爸甘愿等。"叶屏蔚忙过来圆场，笑着说："看你们父子俩，每次一见面就打嘴仗。宇成，来，再吃点吧！"包宇成笑道："我要再吃准成个大胖子，到时候老爸进门都认不出我了。"包若谷笑问道："怎么，你搞特殊化啊？"包宇成说道："我也想等着和老爸共进晚餐啊，可肚子不争气，咕咕叫，不让做作业。"肖获央忙说："宇成本是想等你回来再吃的，是我让他先吃的，孩子不像大人，容易饿坏肠胃。"包若谷忙说："我没批评他的意思，饿了就该吃。其实你们也应该先吃的，下次千万不要再等了。"包宇成从包若谷手中接过小孩，说："老爸，把弟弟交给我，你们都吃饭吧。"包若谷笑道："好好，既然你已吃过饭，那就帮着照管弟弟，抱累了就放到床上去，别硬撑。"

吃过晚饭，包若谷提出去检查一下包宇成的作业，叶屏蔚忙说："宇成的所有作业都是妈妈辅导，我帮着检查的，你该看看我纠正得对不对。"包若谷忙说："既是你纠正的作业，一定错不了。"于是，来到儿子房间，匆匆看了几本，发现叶屏蔚平时对这些作业检查得非常仔细，说道："让你费心了，你这个妈当得比我这老爸出色，辛苦了。宇成，你要好好感谢外婆和屏蔚妈妈。"包宇成真诚地对二人说："谢谢外婆和妈妈。"

安顿好孩子，两人匆匆洗漱完毕，回到房间，少不了激情喷发，云雨一番。娇喘稍停，叶屏蔚便向包若谷说起了正事："在老家盛州县城办的漆包线厂，虽然有总经理郭兰婷在那里顶着，我长期遥控指挥，但已经出现了技术和效益上的止步不前。我在与你结婚前就设想好的几项技术革新项目，至今未能实施，眼看厂子要走下坡路了。你说我该怎么办？"包若谷想知道叶屏蔚的打算，问道："你有什么打算呢？"叶屏蔚头靠在包若谷的胸肌上，说："沂安东风电缆厂是一家国有企业，也是沂安目前少数几家未转制的企业之一，省里和市里曾多次要求尽快落实改革措施，都因为多方面制约未能实施。近两年，由于经营不善、管理落后，出现连年亏损，去年产值一亿六千万元，销售一亿五千万元，亏损近千万，累计亏损五千万元。它是我厂的下游产品企业，已有多年的合作历史，至今，拖欠我们厂的货款达一千五百万元。三个月前，省、市派驻了体制改革联合工作组，经过一番调查协商，拿出了工厂的体制改革方案。"

包若谷听到这里，心里已是雪亮——东风电缆厂是沂安有名的改革阻力点。该厂虽然只有两百多名工人，可由于一开始企业效益太好，当时很多领导干部将子女往里塞，两百多名工人中有一百五十多名省、市领导干部的直系亲属，其他的也多少与领导干部沾亲带故。十几年来，多次启动改革程序，都是无果而终。改革不下去的理由很多，其中最重要一条是企业生产经营情况很好，属于盈利企业，可以考虑暂不转制。

毕玉环的哥哥毕士权就是凭着老爹是市经委副主任的关系进了这家厂的。曾在很长一个时期，每当包若谷在毕家遇见毕士权时，他都是牛得斜着眼睛看包若谷的。毕家住的是祖传的大宅院，包若谷与毕玉环结婚后住的是毕家外宅，就是走进大门看到的单层住宅。毕家的两个儿子住的是中宅，就是进了第二道门看到的二层楼房。毕家二老自然住在内宅，进了第三道门才能看到的一栋精致的两层小楼。这种状况一直持续到包若谷担任省委书记的秘书为止，从那时起毕士权再不敢斜着眼睛看他，并且，由主动打招呼发展到主动巴结，直至每次很远看到他都会满脸堆笑小跑着过来和他说长道短，甚至几次主动提出让包若谷一家搬到内宅和爹妈住在一起。对此，包若谷始终一笑置之。后来是毕玉环把内情透露给了他：毕士权厂里的经营状况每况愈下，奖金越来越少，面临改革下岗，希望包若谷能帮他调个好一点的单位。包若谷这才留意这家企业，但直到他离开毕家大院，始终未能帮毕士权调离该厂。听叶屏蔚这样一说，他不禁上了心，问道："什么样的方案？你不会打算掺和到这桩是非中去吧？"

叶屏蔚却并不将东风厂看作是非窝，相反，把它看成是企业发展壮大的一个重大契机。她温柔地看了一眼包若谷说："你先听我说完。这个厂我还是比较了解的，有三条欧洲进口的属于当前世界领先技术的全自动生产线，而且运营不到两年。企业亏损的原因有三个方面：一是人员太多包袱太重，新生产线用上后，文化水平低的工人大幅被淘汰，真正需要的懂技术会管理的工人欠缺，工厂只好招收一批对口的大学毕业生作为临时工使用，这就导致关键岗位上干活的都是临时工，而管理这些岗位的是不懂技术的正式工人。还有一批只挂名并不到岗干活的工人，他们只拿工资却什么活都不干。二是内部管理混乱，非生产性开支很大，财务成本支出超大。前几年，明明可以向银行贷款的，却不贷，而是向民间借贷，宁愿支付高额利息，其实这些借贷户都是相关部门领导和工厂管理层的人。三是前两年更换生产线投入的成本太大，折旧大幅提升，加上高利贷的利息，不亏本才怪。而从目前电缆产品市场看，基本还是卖方市场，所以，这个厂如果由我们接手管理，绝对是个盈利企业。"包若谷赞许地看了一眼怀中的女人，说："看来，你在沂安城这一年多还真没白待，对东风厂还做了一番深入调查嘛。再说说他们的改革方案。"

叶屏蔚判断不准包若谷的真实想法，只好自顾说道："具体的我说不清。企业目前已经停产清理，有应收款三千六百五十万元；应付款五千八百六十万元，其中主要是拖欠材料款和借款；厂房、设备、场地等固定资产和原料、库存产品等总资产折算后，计五千七百万元，其中设备按原价提取折旧后的五折计算，库存产品按出厂价百分之六十计算，原材料按进价百分之八十计算，厂房按建造成本扣除折旧后的残值计价，土地按工业用地评估价百分之八十计算，折算成现值，总计五千七百万元。企业与职工全部解聘，职工彻底摆脱与企业的关系。我接收企业后，只承担企业应付账款的本金，三年内不承担利息，应收账款由政府改革工作组负责催收。就是说如果我决定接管这个厂，政府还要付我一百六十万元，由我在三年内还清该厂五千八百六十万应付款。而政府则通过收回三千六百五十万应收款来支付职工的解聘费用和应付款的利息，其中大部分应付款的利息已经与当事人签订协议，三年内不计利息，三年后未还清的债务按银行一年期利率计息。好在其中有一千五百万元债务属于我们公司的，我其实只需要在三年内把四千三百六十万债务还上就可以了。"

包若谷听后内心很不以为然，这样的改革措施，工厂的工人能接受吗？假如政府收不回这三千多万应收款呢？岂不是要用财政资金来填这个空？反过来看，这意味着三年内叶屏蔚的新企业每年至少要产生一千多万的盈利，这压力也太大了吧。但看着这位爱他胜过生命的娇妻，无论如何不忍坏她兴致，更何况她是经营企业的行家，在市场经济中打拼了近二十年的她，对投资方向独具慧眼，不是他包若谷所能匹敌的。但他从一位从政者的视角判断，其中似乎存在着某种不妥，甚至潜伏着危机，只是一时难以明断，这使他无法找到合适的理由劝她放弃这个选择。于是，他尽管内心非常无奈，脸上却露出欣赏和鼓励的笑容，说："在经营企业方面我是门外汉，帮不了你什么忙，一切都要靠你自己去打拼。只是这种危机重重的企业，要挽回局面难度一定很大，你要有充分的考量与准备。"

"你放心，对于这家企业的发展危机，我已有破解良策。"叶屏蔚信心十足。"既然你已是成竹在胸，我自然支持你在企业发展上做出的选择。"包若谷终于表明了态度。

叶屏蔚得到老公的全力支持，更坚定了拿下东风厂的决心。但此时，她隐瞒了一个重要信息：省、市派驻东风厂的体制改革领导小组组长是包若谷的铁杆朋友，省发改委主任助理何肃宇。包若谷在省委办公厅担任省委书记秘书、综合处处长时，何肃宇是副处长，两人关系非同一般。当时的省发改委主任铁头锋有一次到办公室候见李书记，说起缺少个办公室主任，请包若谷留意物色，他立即找何肃宇征求意见。何肃宇已在办公厅工作了十五年，副处长干了六年，正想到部门去，一听说有这机会，开心得不得了，要包若谷帮他玉成此事。包若谷一边向铁头锋推荐，一边到省委组织部说情。何肃宇很快作为培养对象，被安排在省发改委担任办公室主任。两年后，何肃宇进省委党校读了三个月的中青班，几乎在包若谷去赤峪市的同时，被提拔为发改委党组成员、主任助理，进入了省管领导干部行列。何肃宇对包若谷是发自内心地感激。包若谷有什么事，忙前跑后的总有他的影子。上次包若谷在盛州娶亲，就有他在鞍前马后忙碌。这次何肃宇到东风厂牵头进行体制改革，巧遇叶屏蔚作为债权方参加座谈会，方知她在东风厂有一千五百多万元应收款，听出了她有接手东风厂的意思，便私下里约她了解真实意图。最后，也少不了按叶屏蔚能接受的价位来拟定改革方案，但有一条却也明确：都在政策允许范围内。

包若谷不了解这层内幕，只觉得自己在赤峪市担任市长，根据党纪规定，叶屏蔚不能在赤峪市行政区域内经商办企业。再说，他是从心底里喜欢和爱恋这位久经考验的爱妻，舍不得她太累，更舍不得扫了她的兴，破坏她的事业。

于是，包若谷轻抚着她一头柔美的秀发，温和地说道："如果你不是在和我结婚前就有这一摊实业，我可舍不得你去闯荡商海。眼下的情形你也是骑虎难下，可惜我不能给你提供什么帮助。既然有省、市联合工作组在把关，我也不便干涉，只要一切依法办事，应该不会有什么困难的。"叶屏蔚笑道："你放心吧，我都在市场经济的大潮中搏击十几年了，该经历的都经历了，你不用担心。"

有了叶屏蔚这句话，包若谷稍觉安心。在他的记忆中，国有企业转制或多或少都会反映出改革的阵痛，这一过程往往表现为各种矛盾的集中爆发。他可不想参与矛盾的任何一方，卷入是非之中。

向正鑫参加完党代会后，第一件事就是给郭峰顶打电话："七弟，这几天神经绷得太紧了，晚上去你那里松松绑。"

"好。你想一个人放松，还是把大哥他们叫到一起？"郭峰顶在电话的那一边恭敬地问道。"能叫到一起当然好，我担心他们来不了。"向正鑫说道。

自从那次聚餐与焦雨霁有过一次后，向正鑫就像只尝到了腥味的猫，时常回味。有那么几次他甚至蠢蠢欲动，拿起手机，翻出那天拍的焦雨霁的照片左看右看上看下看，直想打电话相约相会，只可惜内心有一股力量强行制止他做出越轨举动。焦雨霁也曾主动给他打过几次电话，却都因为挑选的时间不对，他不是在开会就是和领导一起研究事务，那可是真的有事。今天给老七打电话，他内心深处还是希望与焦雨霁有一次艳欢，可又怕和焦雨霁交往过深，留下什么后遗症。于是，在老七问他是独乐还是众乐时，他选择了众乐，希望在其他兄弟的监督下，避免像上次那样情难自抑。当汽车在大东方娱乐城门前停下时，向正鑫对为他开门的司机说："你先回去吧，今晚我朋友们会送我的。"

见向正鑫下车，郭峰顶西装革履地从大门口迎出来，嘴上热情地说道："五哥，你们这几天不是开会吗？你怎么还有空过来？"向正鑫听了一笑，问道："他们来吗？"老七按了电梯按钮，说："三哥本来就在这里，从上午开始一直陪客户在这里打麻将。大哥他们一听说你要来，自然要从百忙之中抽身过来。其实，七个人最难凑齐的是你市长大人，洪老四倒是正忙，接电话时人在沂安城，说是在争取买下一家国有电缆厂，不知怎么的，不是很顺，一听你要来，便说立刻往回赶，定要抢在吃饭前赶到。"

"买国有电缆厂？经济体制改革这么多年了，该转制的国有企业都已经转制了，能熬到现在不转制的企业无非两种情况：一种是问题成堆，难以解决，职工死扛，工厂早已无法开工的；另一种是产销两旺，经营情况非常好的。不知那个电缆厂属于何种情况？老四有钱何不在赤峪投资扩建本厂规模，却去沂安砸钱？省城还缺这点钱？"向正鑫不解地说道。郭峰顶见电梯已至五楼，待门开时将手一让，见向正鑫先出了门，他跟在后面说道："具体我也不清楚，待他来了，你好好教育他。"向正鑫笑道："天要下雨娘要嫁人，我才懒得去管他的事。只要他能赚到钱，把这里的厂搬去沂安，我也只能说赞成。"

"我给你安排个单人浴室，泡、搓、洗、按一条龙服务。"郭峰顶说着将向正鑫带到一个浴室门前，说，"这是俱乐部最好的单人浴室，祝老板休息愉快。"向正鑫一笑，说道："到了这里，这一百多斤自然便交由你来安排了，只是不要太过分。"郭峰顶笑道："不会，你放心。"说完敲门。一位身披薄如蝉翼的粉红纱巾、浑身线条毕露的美女开了门，低头躬身迎接。向正鑫也不看对方的眉眼，一步跨了进去。

第十章　腊月寒舍冷

一个小时后，向正鑫完成了这个浴室里的所有程序，但他已记不起细节，仿佛喝了忘情水，这一个小时在脑子里成了他人生历史的断片。

向正鑫走进 999 包厢时，老四洪山宇已先他一步赶到，一帮人都在沙发上喝茶坐等。洪山宇弯腰刚要坐下，一见向正鑫，便立刻站了起来，格外亲热地叫道："老五兄弟，就差你了，我从沂安过来也都赶到了。"贾叶扶等人也都从沙发上起身，见面握手拍肩相让，调侃着往餐桌走。上了餐桌，座次就要依规矩来了，贾叶扶自然坐了主人位，右手边与焦雨霁之间留出一个空位，让向正鑫坐。见了焦雨霁，向正鑫想起刚才浴室中的女郎，禁不住一阵脸热心虚。他已记不起自己是否和那个女郎有过超出界限的行为，但可以肯定的是，她的肌肤一定触碰过他的肌肤，甚至她的温软的手也一定触碰过他那玩意儿，至于结果如何，真的想不起来了。只是眼下在闻到焦雨霁身上飘来的茉莉花香味时，"小兄弟"竟毫无反应。焦雨霁有过上次相陪的经历，更不拿自己当外人，早已靠过来，一边莺声说道："向老板真是大忙人，打了这么多电话，就是不给小妹机会。"一边帮向正鑫脱下外套，挂在衣柜里。向正鑫在贾叶扶身边坐下，贾叶扶挨过来问道："喝点什么酒啊？"

"随便。"向正鑫心神不宁地回答道。"那就喝红酒吧，大拉菲，怎么样？"贾叶扶问道。"可以，我没问题。"向正鑫答道。

洪山宇隔了焦雨霁伸过头来说："我看还是喝茅台，我刚从沂安带来一箱十五年的茅台专供酒。"贾叶扶一听赶紧改口，说："那你怎么不早说？老五，还是喝茅台酒吧，怎么样？"向正鑫笑道："也可以，只是别把我灌醉就行。"老二茅新谷晃着圆脑袋说道："你放心，我们谁醉也不能让你醉，只是你不要自醉就行啦。"说罢哈哈大笑。众人也都跟着笑。向正鑫知道他们笑中的含意，却也不去计较。

洪山宇便对身边的美女说："晓倩，到205找我司机小张，让他把一箱茅台酒拿上来。"那位被呼作晓倩的姑娘应了一声，赶忙扭着屁股去了。

不一会儿，洪山宇的茅台酒送到，于是开酒上菜，斟酒举杯。席间，洪山宇将在沂安城购买东风电缆厂的难题抛了出来，说道："我也是这个厂的债权人，不过只欠我六百七十万，与盛州县那家厂相差一千万左右，怎么他们能买，我就不能买？"向正鑫问道："这里面还有没有其他背景？你了解过吗？我倒不赞成你去购买这种企业，把钱用在扩大本厂规模上不好吗？"

"你不知道，这是我们下游产品的生产厂，而且这家厂的设备相当先进。按照既定改革方案买下这家厂是绝对有利的。至于背景，好像有，但具体情况不明确，似乎是一位高级领导的夫人办的厂。"洪山宇回答道。

"盛州县？我们的包市长不就是盛州县的吗？别是市长夫人吧？"向正鑫饶有兴趣地问道。"你还别说，完全有可能。据我了解，包若谷的夫人是他的少年恋人，一直等他到前年才完婚，当时几乎轰动全省官场。听说这女人还是位老板，漆包线厂办得很不错。"贾叶扶慢慢腾腾地说道。"这就对了，那个最大的债主向电缆厂提供的就是漆包线。"洪山宇兴奋地说道。向正鑫心想，包若谷曾是省委书记的秘书，省级部门和沂安市有多少人是他的铁杆兄弟，他的老婆买下转制的国有企业想不沾他的光也难。这样的交易洪山宇肯定拿不到，更不要说人家还是第一大债权人。如果这个交易中另有问题，他包若谷一定脱不了干系。想到这，向正鑫便一脸严肃地说道："既然肯定了是包市长夫人的企业要并购这家电缆厂，四哥就该无条件退出，甚至到时候连债务都适当减一点。"他的直觉告诉他，应尽快让包若谷的夫人并购成功，最好是赶在人代会之前并购成功。

这次酒席上，七兄弟虽然也都和身边的美女们搂搂抱抱，但似乎因为有贾叶扶在场而稍有收敛。向正鑫因为有前奏在先，任凭焦雨霁百般挑逗也无动于衷，把焦雨霁冷落得兴味索然，看得贾叶扶都直皱眉头。酒席后，众人便各自散去。

焦雨霁回到长期包房，洗漱完毕，对着穿衣镜扭着屁股，欣赏着自己的胴体。这身材，男人见之谓之色，女人见之谓之魔，色魔钱财命，竟然集于一身，焦雨雾眼中看到的正是钱财。她要让这架"机器"充分运转，在其运行状态最佳之时，实现利益最大化。她已明白依靠肉体赚钱的局限性，不管是六千还是一万八，那都是小钱，上不了台面。她在预谋一场更为庞大的赚钱计划，一旦成功，贾叶扶的六十万年薪只能算小菜一碟。正当她浮想联翩之际，门铃响了，难道向正鑫回来了？焦雨雾急忙穿上准备好的睡衣，连内裤都未穿，便出来开门。

门口站着的是贾叶扶，三角吊梢眉下的小牛眼直愣愣地盯过来。焦雨雾吃惊之余，赶紧露出灿烂的笑容，边把贾叶扶让进屋，边笑着说道："哟，是董事长啊，这么晚还来给小女子送钱啊？"贾叶扶透过睡衣端详一眼焦雨雾，便本能地咽下了一口唾液，似乎要把升腾的欲火压下去，下意识地缓步走到沙发上坐下。可当从焦雨雾手中接过茶杯时，他发现她的睡衣前襟松弛，透过三角区，隐约可见两只耸立的丰乳。贾叶扶两腿间反应奔腾而起几难自持，端茶的手晃得厉害。"董事长，您这是？"焦雨雾见他如此，很不理解地问道，且随意地面对贾叶扶在床边坐下，两腿不经意地稍稍分开。贾叶扶一口茶尚未咽下，目光直飘进她雪白的大腿根部，可又偏偏就差那么一点，这口茶在嘴里吐也不是咽也难下，因急于回答，那茶便在嘴与喉咙之间来回奔波，发出咕噜噜、咕噜噜的怪声，好一会儿，总算一翻白眼咽了下去。听到焦雨雾问："董事长，您说什么？"

这句话却提醒了贾叶扶，他想到了此行的目的，强自镇定，说道："今天不打算让你赚六千、一万了，我要给你布置任务。从现在开始，你不能把自己缠在向正鑫一个人身上了，你要想办法接近包若谷，让他也上你的船，最好能让两人争风吃醋，年底，我给你发奖金。"焦雨雾粉脸一仰，说道："董事长，这件事太难，臣妾可能要让您失望啊。"说着，撑起身，来取贾叶扶手中的杯子续水，却又如被绊了一下站立不稳，借势跌在贾叶扶的怀里。贾叶扶再难自持，顺手抱住，说道："你今晚表现就不错，我想那包若谷未必能挡得住你这一招。今夜重奖，拿出你的手段来，就当训练，我给你一万。"

贾叶扶其实没多少干劲，还没等焦雨雾浪涛涌起，已成强弩之末偃旗息鼓了，匆匆穿衣起床，甩下一沓原封齐整的百元大钞出门而去。

焦雨雾懒洋洋地起身靠在床背，取过那沓人民币慢慢数着。她明知一定是一百张，但依然饶有兴致地数着，这是她用身体赚的钱。数着数着，她的思绪开始飘远了。贾叶扶要她去勾引包若谷，这本是她心中最乐意的事，然而，就因为是贾叶扶的指令，她犯难了。她与向正鑫、贾叶扶等上床那是投身江湖，混迹商海，是一种斩获利益的行为。而她与包若谷之间，则是一场超越年龄界限的恋爱。她从一开始认识他，到真情付出，希望做他的二婚夫人，只是因为没及时抓住机会，导致恋情落空。然而，这却并不能阻止她爱他、恋他。她甚至寄希望于他再次离婚，去做他的第三任夫人，包若谷应该是她心中的重点保护对象。

贾叶扶居然让她去毁他，岂非天方夜谭？贾叶扶为何要对付包若谷？有什么目的？除了让我勾引他，还有其他图谋吗？由于接受了套住向正鑫的任务，她这个秘书已经不再跟在董事长身边了，这本来正合她意，现在却觉得是失去了获取秘密的机会。包若谷似乎从不到大东方娱乐城来，上次给他发了信息，他回了一首诗，那明显是要远离自己的意思。这才是他，他就应该是这个品质，真心希望他能坚持住这份信念。她放下还未点清的钞票，拿起手机给他发了首诗："夜凉独处仍浓妆，颜俏孤芳缺爱郎。惊梦思君临险地，疑心艳遇颖先丧。"这一次，也许包若谷根本没空看，或早已入睡，总之，没有立即给她回复。直到第二天醒来，她才发现收到一条信息，也是一首七绝："非畏艳遇遭人伤，伦理德行是大纲。险境危途宜慎涉，阳关正道品沧桑。"

向正鑫并没有想好如何利用酒席上得知的这件事，只是隐隐觉得此中有于己有利的因素。几天后，他来到单玄明的办公室，汇报了新年重点工程初步设想后，试探性地问道："包市长的夫人是不是在盛州县办了个漆包线厂？"单玄明肯定地说："有的，这与包市长没有任何关系。"

有人轻轻敲了两下门，单玄明听出是秘书曾寅，朝门口说了声"进来"。曾寅手持一个文件夹进来，说："省委明电。"说着将文件夹恭敬递上，转身为领导添茶。

向正鑫接着说道："听说最近她在沂安市并购了东风电缆厂，这是一家面临转制的国有企业。"单玄明愣了一下，说道："国有企业转制，省、市有关部门都会对方案做出科学论证，应该不会有什么太大的问题。而且包市长现在身在赤峪，没有权力也没有时间插手沂安的事，我不觉得这对包若谷同志担任市长会有什么不利影响。"

向正鑫疑惑地看着单玄明，内心涌出一种被抛弃的感觉，难道他与包若谷已经达成某种一致？正当他疑而不语，看着曾秘书关上门出去时，单玄明却认真地说道："正鑫啊，你还年轻，今后有的是机会，在目前经过努力已成定局的情况下，你一定要认清形势，准确定位，全力配合包若谷同志做好工作。对任何事任何人都要有自己独到的洞察力和判断力，在摆正自身定位和明确角色的前提下，敢于担当、勇于作为、努力出彩，拿出对党负责、让群众信服的业绩。"向正鑫仿佛看到了他与单玄明之间隔着的一堵墙，心里升起丝丝寒意，脸上露出恭敬谦虚的表情，说道："谢谢单书记的教诲，正鑫一定全力以赴，恪尽职守，配合市长做好工作。单书记如果没有其他吩咐，我先回去了。"说完，见单玄明点了一下头，便起身离开。

单玄明看着向正鑫离去的背影，心中冒出了一个强烈的隐忧，包若谷的妻子在沂安买下电缆厂，千万不要有什么内幕。秘书曾寅进来，给他的茶杯续上水，收走刚才向正鑫喝过的残茶，放上新收到的简报信件，见他没有吩咐，便退了出去。单玄明随手取过一份《上半年气象分析》看，在其中"四月末到五月底，赤峪市几个山区县阴雨天将明显增多，且雨量较大，进入赤峪湖的水量将猛增，难免泄洪，将导致赤峪河暴涨，需要尽早做好防汛准备"一段话下面画了红线，在一旁写道："赤峪河多年未曾疏浚，淤积严重，如遇洪水，易成涝灾。政府及相关部门要早做准备，确保两岸平安度汛。"并签上名字。

单玄明又取过一份《市政建设快报》，看了一会儿，在"棚户区改造引发群众集体上访"的下面画了一条线，放在一边，脑子里闪出个挥之不去的问题：包若谷妻子并购沂安东风电缆厂真的没有暗箱操作吗？出于对一位携手共事的同事的关爱，他决不希望包若谷在这方面出问题，但是，包若谷毕竟来自省委书记身边，以他的人际关系，让妻子在并购国有企业中占点便宜，那可易如反掌啊。如果有人以此为题做点文章，下一步人代会将是什么局面呢？他十分讨厌无端冒出的思绪，干脆起身来到窗前。

这是双层玻璃的封闭窗，窗外是一片广场，寒风中是萎靡不振、黯然失色的草坪，叶已落尽、枝杈干枯的水杉树，寒冰覆面、呆板凝滞的喷水池，风卷尘舞、空旷寥廓的活动场地，回环曲折、整洁坚硬的游步道，顶天立地、盘龙绕凤的汉白玉文化柱，形态各异、遍布各处的大小雕塑，除了这些静物，单调得不见一个人影。漫天乌云正由北向南飞奔翻滚，单玄明顿觉严寒相逼。赤峪将迎来一个寒冷的冬天，这个地处南方却又相对偏北的山区城市能经受住严寒的考验吗？这里不像北方城市可以依靠集中供暖来解决群众的取暖问题，老百姓在严寒面前只能躲进房子甚至钻进被窝来取暖或保暖。偏远山村房屋质量差的、贫穷一点的农民就会在这样的严冬中面临难以跨越的困境。腊月寒舍冷，千万不能冻死人，否则就是他这位市委书记的罪孽。想到此，他朝门外叫了声"小曾"。话音一落，曾寅随即来到单玄明的办公室，黑框镜片后面流露出温顺的目光，看着单书记问道："单书记，什么事？"单玄明从窗外收回目光，微一侧身，看了一眼曾寅，他一直疑心曾寅鼻梁上的两只黑镜框中没有镜片，说："你去通知邵武阳秘书长和蒋求壬主任到我这里来一下。另外，你私下打听一下包市长夫人在沂安买下东风电缆厂的事，不要同任何人讲，有结果告诉我。"曾寅应道："好。"把单玄明茶杯中的冷茶倒掉，重新续上热水，然后才恭敬地退了出去。

曾寅来到自己办公室，先是从容地坐下，思考片刻，给秘书长打电话："秘书长，您好，单书记请您到他办公室来一趟……不清楚，好，那我挂了。"又拨了个号码，"蒋主任，您好，单书记请您到他办公室来一趟……好，那我挂了。"给两位领导打电话，他用的是一样的口气，只是分了个先后。他本想提醒一下蒋主任，说秘书长也来，但细细一想，还是打住。

不一会儿，蒋求壬穿着件大棉袄出现在曾寅的办公室门口，依然瘦削的脸上，挂着近视眼镜，镜片上有明显的光圈，枯瘦的手握了一本笔记本。曾寅赶紧站起来招呼道："蒋主任早，单书记还叫了秘书长，您是先进去，还是等一等秘书长？"蒋求壬便走进了曾寅的办公室，说道："那就先等一等吧。"说着在沙发上坐下。曾寅忙拿出纸杯给蒋求壬泡茶，刚打开茶叶罐，秘书长邵武阳已出现在门口。蒋求壬连忙起身，说道："别泡了，秘书长到了，我们这就进去。"曾寅忙叫了声："秘书长好。"在两个纸杯里放了茶叶，带上，跟着两位领导进了书记办公室。

邵武阳今年四十二岁，听说他是省里某领导的亲戚，却从未见他去拜访、联络，甚至也没听他说起过。他从乡镇领导到县长、县委书记再到副市长，一路走得稳稳当当。他在任职期间突出的成绩不是很多，却社会稳定、百姓乐业，没有上访，没有事故，所做的工作让领导放心。与其相处过的人公认，邵武阳为人厚道，容易相处，没有新奇的主意，也不用新奇主意，喜欢用现成的成熟的经验，做别人也在做而且做着比较稳的事。

不一会儿，邵、蒋两人在单书记办公室的沙发上坐定，曾寅已将两杯龙井绿茶泡好，一人一杯端到他们面前。

"单书记，您找我们有事？"邵武阳一边端起茶杯啜茶，一边问道。单玄明一直站在窗前，听见问话，慢慢转过身来，说道："你们有没有感觉到今年天气的异常变化？看这天色，似乎一场大雪已不可避免。根据气象部门提供的资料，近期会有几次较强冷空气南下，我市大部分地区都将受到严重影响。我的想法是，由邵秘书长牵头协调，市委办公室和市政府办公室联合发个文件，要求各地、各有关部门对此予以高度重视，采取相应措施，确保群众不挨冻，有关生产不受影响。当然，这事要先向若谷同志了解一下，先问问市政府有没有什么安排，如果他们已经有了安排，就按他们的安排办。两位看看，有什么想法？"

第十一章　踏小道，攀树翻墙

邵武阳首先开口，说："单书记所虑极是，防冻防寒工作确需尽早部署，我回去后立即与若谷同志联系，也听听政府方面的意见，随时向单书记汇报。"蒋求壬扶了下瘦脸上的眼镜框说："我听单书记和秘书长的，随时做好工作。据天气预报，今天后半夜起将有雨雪，未来两三天内都将是雨雪天气，最低温度将降至零下七度。"单玄明一听，深感自己部署的工作已显滞后，忙说："这件事看来要抓紧落实，要拿出几条切实可行的措施，确保在风雪严寒来临之前发到各地。"邵武阳和蒋求壬不便再坐，立刻起身，告辞出门。秘书曾寅再次进来，看了一下单玄明的茶杯，见满杯未动，便取杯将冷茶倒了，重新泡上一杯热茶，这才将两纸杯残茶取走，轻轻带上门。

包若谷接到邵武阳的电话时，正在全市重点国有企业——赤峪炼油化工集团公司考察，听了邵武阳的电话，忙说道："此事已在前天市政府常务会议上做了部署，专门成立了防冻减灾领导小组，向正鑫是组长，分管农业的副市长孙长灵是副组长。昨天已经拟定了防范措施，以文件形式下发各地和有关部门。怎么，你没看到文件吗？"邵武阳在电话那一头说了句客气话，挂了。包若谷不放心，叫过秘书佟一青，吩咐道："你去了解一下，我昨天签批的关于防冻减灾工作的通知有没有发出，什么时候送到市委办的。"佟一青听后点点头，立即到一边去落实了。

包若谷回过头，对身旁的叶连海董事长说："对不起，刚才是市委领导的电话，您继续介绍。"叶连海是位身材高大的北方汉子，由于赤峪炼化是央企的下属企业，他虽然是企业董事长，其身份却有行政级别，大致相当于正厅级干部。如此一来，他与包若谷竟是同级干部，所以，平时说话行事底气十足。当地的县委书记、县长与他根本见不上面，副市长来，他只叫副经理出面陪陪，已是很给面子了。赤峪炼油化工集团位于吻海县盘湾岛上，这个海岛距离吻海县陆地五千米左右，是利用盘湾海域的三个面积为一平方千米的小海岛，围海造陆形成的一片陆地，面积在五十平方千米上下。海岛与陆地之间由一条跨海大桥连接，海岛西南侧有一个天然良港，航道水深三十多米，建有十五万吨级原油货轮的泊位，十万吨级货轮可自由进出。炼油所需原料通过海上供给，成本较其他地方低。出口美国、日本、印度、韩国、新加坡等国家的汽油、航空煤油、芳烃等多种产成品，可以由船运完成。更有一绝，因为远离陆地居民，这里已逐渐成为成品油储藏基地，经过十几年建设，已具备两百万吨总灌容的原油和成品油的储存能力。同时，这里也是国家战略物资对二甲苯（俗称 PX）的生产基地，年产对二甲苯一百二十万吨，这无论在国内还是国际都有举足轻重的作用。

听过叶连海的介绍，包若谷心中更加明确了这个化工区其实已占据了赤峪工业的核心地位，不管是国民生产总值还是税收都占了全市的百分之二十以上，说白了，将近五分之一个赤峪工业是盘湾化工区的。一定要改变这种局面，包若谷暗暗下着决心，表面上却依然如沐春风，谦逊地请教道："叶董，赤峪的工业发展就靠您了。下一个五年计划里，盘湾化工区还有什么举措？"叶连海昂着魁梧身子上的大脑袋说："根据总公司对国内、国际两个市场的判断，对二甲苯这个产品将在较长一个时期里处于卖方市场。国内年消耗量的百分之六十依赖进口，市场价格几乎由日本、韩国、新加坡这些出口国说了算，我们其实在这方面吃了很大的亏。所以总公司有意再向盘湾岛投资八百亿到一千亿，拓展炼化一体化生产线，使对二甲苯的年产量增加两百万吨到两百二十万吨。"

包若谷听后吃了一惊，这几乎比现有化工区翻了一番，到时候可能要占去三分之一个赤峪的经济总量。他笑道："好啊，中央企业能如此照顾赤峪真是太难得太感谢了。只是，盘湾岛现有面积能承载得下吗？环境影响程度如何？"叶连海一对疙瘩眉下两只小牛眼盯着远方的海面，目光悠悠地说道："这也正是我急着找你来考察的目的。对二甲苯是目前中国经济的心头之殇，国家在几个地方安排生产基地，都被不明真相的当地老百姓给挡了回来。有个沿海城市，基础也有，条件也好，老百姓不明就里，受一些别有用心的人蛊惑，用闹事的方式硬是阻止了这一项目落地。要知道，我国目前对二甲苯的缺口每年为七百万吨，这样的基础产品，自己有能力生产却不能生产，还要拿出大量的外汇向日本、新加坡等国去购买，出高价，受制于人，岂不是奇耻大辱！如果说我们身处的是经济战争年代，那这一仗我们就算输给他们了。"他说着说着似乎动了感情，露出了一种民族自尊心受到伤害的表情。包若谷不禁也受到感染，坚定地说道："叶董，你说吧，需要我做什么？我一定全力帮助，不，应该是共同担责。"

叶连海猛转头，眼睛盯着这位年龄比自己小的市长，看了好一会儿，从包若谷毫无退缩、回避之意的眼神中，真切地感受到了一种可以依靠的力量，于是说道："没人要你共同担责，盘湾化工区出的任何事情，都无须你担责，我只要你能支持我。你刚才也看到了，盘湾化工区其实由几个区块组成，海港码头区、生产区、储存区、生活区、生态区，各区之间其实相对独立，就目前情形看，生活区与生产区、储存区之间有山相隔，还是比较安全的。但如果要上新一体化生产线，现有生产区就无法适应了。我的想法是将生活区改为生产区，而在你的吻海县城给我划出一片土地，建造化工城生活区。至于说到环境承载和影响，你放心，新加坡有个裕廊工业区，离陆地也是五千米左右，他们生产的产品中就有对二甲苯，新加坡人对环境的要求比我们高得多吧。"包若谷听后只能点头同意，说："我会抓紧把你的意见放在常委会上讨论，并且尽快统一认识，拿出一个具体的操作方案。"

此时，佟一青回来向包若谷报告，说："包市长，市府办的文件上午刚发出，还未能送到市委办。刚才通过电话后，才派人送过去了。"包若谷听后，心里很不是滋味，却又不便发作，只好说了句："知道了。"回过头对跟在身后的吻海县县委书记郑郭和县长熊八一说："刚才叶董讲的，你们都听到了，这是关系到赤峪发展前景的大事，也是事关国家发展的大事，你们要有充分的思想准备。一旦市里做出决定，你们必须不折不扣地执行。"郑郭是老资格的县委书记，熟知套路，在这种事上表态越积极越好，赶紧说道："我们一切听市里安排，回去后立即会同国土、规划部门在县城物色一处合适的地块，一旦项目确定，马上着手预征土地，进行项目报批工作。"

"这就好，有市长和郑书记的支持，我心中就更有底气了。至于以什么方式建设，有的是时间商量。"叶连海更懂得其中的曲里拐弯，但也不把门关死，留有余地尚可进退。

正当包若谷风风火火接替赤峪市市长角色，一边保证政府有条不紊运作，一边马不停蹄跑各县市区、各企业、基层，了解实情会见人民代表，忙得不亦乐乎之际，一团团浓雾一样的阴影向他聚压过来。

还是一个周末夜晚，只是天阴得厉害，北风夹着飞雪铺天盖地地朝赤峪市倾泻。单玄明从食堂穿过园林时，几乎迷了路。因为少有人走，飞雪如棉，很快盖住了曲桥、石路、草坪，连池塘的水面也在不断压缩。单玄明绕了几圈后，才来到"常委楼"区的独栋小楼前，曾寅已经恭候在门口："单书记，外面冷，快进来。"说着，待单玄明进了门，他递上拖鞋，回身关上门，说，"您先看新闻，我去准备洗澡水。"

单书记洗完澡后，依然进书房批阅带回来的文件、资料，最后看了会儿书，十一点睡了。两个多小时后，还是这扇东窗，被轻轻打开，出来一个身穿黑色夜行服，只露出眼睛、鼻子和嘴巴的夜行者。他回身轻巧地掩上窗户，然后迎着寒风嗖地蹿上围墙边长上来的一株高大的水杉树，然后顺着树干下探，轻巧地落在围墙上，又纵身飞跃至太湖石上，踏小道，攀树翻墙，消失在风雪暗夜中。夜行人的动作极像飞贼侠客，如有行家遇见，一定能辨出，此人有着极深的轻功。只见他穿行于树木、屋顶、墙头，一切经他判断后，认为无人能看到的地方。此时此刻，这黑衣人更像是幽灵，寒冬雪夜，本就人迹稀少，加上他有意识地躲避，自然无人发现这个快速穿行于城市屋顶、房檐下的夜行者。

还是红鹤楼"一地春"茶室，袁杰和石维新相对而坐，石维新有了上次的经验，已经学会了泡茶。今天不敢再叫金骏眉了，而是叫了普通的正山小种。虽然喝起来没有上次的口感那么地道，但在他看来，也只是入口时差那么一点点。两人正在交流着最近赤峪建筑界的见闻，窗户上突然传来噗噗的敲击声，袁杰说声"来了"，起身拉开窗锁，窗户被推开，一个黑影蹿窗而入。黑衣人在茶桌旁首位落了座，看着袁杰关上窗户，说道："让你们久等了。"见袁杰坐下，端起石维新夹过来的小茶盅，闻了闻，又啜了一小口，在舌头上呼噜了一下，说道，"这茶没上次好，是极普通的正山小种，茶馆不会说是上次的金骏眉吧？"袁杰忙说："因给您发过短信后，没见回复，不知道姐夫是否真能来，所以就泡了普通的正山小种。姐夫喜欢喝金骏眉，我们这就去换。"这理由显然勉强，来者何时回过你袁杰相约的短信？还不是每次都如约而至？好在黑衣人似乎并不计较他的解释，只是简短地制止道："不用。"他是怕服务员来打扰，自找麻烦暴露行迹。室内开着空调，黑衣人这身衣服又不能脱下，缕缕燥热开始涌起。他便立即切入正题，问道："叫我来有什么事？进展得怎么样？"袁杰便说道："省里现在对于天勤之死，表面上似乎已经结案，实际上盯得死死的。好在那个保姆现在被我们控制了，正在对她洗脑。"

黑衣人不明就里，说道："这只是一个过失，我们也没有实际动手杀人，什么都不用怕，只要别往自己身上揽事就是。洗脑？洗什么脑？"石维新一边为他添茶，一边说："按照您上次布置的意思，我们已经对包若谷下套，到时候令他百口莫辩。"黑衣人十分专注地听完石维新细细端出的方案，缓缓说道："这事设计得还算巧妙，关键在于各环节的衔接，人选要准，洗脑要彻底。"

"这事您放心，被设计参与其中的角色间都有亲戚或人缘关系，从物品出处、转手，到实际发挥作用，都环环紧扣顺理成章，逻辑上绝无矛盾。必要时，还可以想办法设计出人证来。"袁杰认真地补充道。

石维新又将各个环节、先后顺序，详细述说一番。黑衣人听后，沉思默想一会儿，像是肯定这个方案似的点点头，问石维新道："你们掌握的有关方面的情况都真实可靠吗？"石维新边为他们续茶，边点头道："绝对可靠。为取得这些宝贝，可没少花钱。"黑衣人一笑，说道："不要怕花钱，只要做好这件事，以后有的是你们赚钱的机会。于家的小保姆背景如何？"

"小保姆叶辛荑的母亲身患重病，她父亲在家种着三亩多承包田，一个弟弟在读大学，家里开销基本指望她的工资收入。我们现在许诺她三条：一是承担她母亲所有医疗费用，一次性支付她的家庭十万元现金；二是支付她弟弟到大学毕业的所有费用；三是待风声过后，聘她进人杰公司就职，年薪十万。"石维新说道。袁杰紧接着补充说："就这样的条件，这丫头还没有最后同意，估计还得多砸些钱。"

黑衣人听后只淡淡地说道："这事你们要抓紧搞定，我这里再给你们提供一个线索。包若谷的老婆本来在盛州开了一家漆包线生产厂，最近在沂安要并购东风电缆厂。其中，是否有人为了讨好包若谷，有意压低价格，造成国有资产流失的情况有待查证。这事你们去查，摸清情况后，立即联系我。如有吞并国有资产情节，要查清来龙去脉，掌握有力证据，最好是与包若谷有直接关联的证据。你们可以从省、市负责东风厂体制改革工作组的人员着手查，尤其是从这个组长身上查起。有这两件事绊住包若谷的腿，他在人代会上就不会有好日子过，一旦选不上市长，这个局面对我们就非常有利了。”

石维新深感任务艰巨，这里面的关系千丝万缕，不临其境，很难查清，多半要靠砸钱来解决，忍不住说道："这事查起来难度不小，搞不好，花了钱弄来一堆假情报。"

黑衣人宽容地一笑，说道："让你们来做这事确实有难度，不过也没难到做不了的程度，只是多花点钱嘛，要看到这钱花出去的价值，看到将会有高额回报嘛。"石维新内心依然不服，心里想的是这钱还不是用在你政治斗争的需要上，为你排除异己，培植亲信，安置利益代言人铺路建桥？但嘴上又不好说出，便拿眼睛看着袁杰，意思是你看着办吧。袁杰啜着茶，耳听得窗外北风卷雪的呼呼声，看着面前这位难以捉摸的姐夫、市委书记、夜行人，他怎么也想不明白，单玄明明明是三位一体的，每当以不同身份出现在他面前时，居然是完全不同的一个人，他怎么也想不明白，完全不同的两个人怎么会集中在一个人身上。袁杰只知道，面前的姐夫就是自私、阴毒、唯我、唯利、来去如幽灵般的夜行人单玄明。此时的他，为达到自己的目的，不惜杀人放火，最毒的计谋他也能接受，最坏的主意他也想得出，是江洋大盗，是魔鬼撒旦。扳倒于天勤的要求是自己提的，让于得重病的思路是石维新出的，却是经他同意的。虽然没说害死于天勤，但搬掉怎么理解？活人能轻易搬走吗？让于天勤生病？这病死还不一样是死？然而，做这一切，他却没有留下任何蛛丝马迹，把自己出脱得干干净净。

袁杰内心虽然这么想，可表面上却丝毫不敢有所流露，堆起一脸笑容，说道："姐夫说得是，只要市长的权力被您掌控，花出去的这点钱算什么啊！我们一定抓紧查清此事。只是，姐夫，我们下一步怎么利用这两件事呢？"黑衣人嘿嘿一笑，说："这还用你愁，你不就是市人大代表？在会场上把这两份调查情况在代表中一传阅，或者编成短信发到代表们的手机里，那将会是什么样的效果呢？只是，你们动作要快，抢在会前把情况搞清，调查稿要写得简约明了，不超过两张纸，让人一目了然。"

"好，好，这没问题。"袁杰赶紧回答，他知道黑衣人马上要起身回去了，这是惯例，他每次来这里坐的时间不会超过半小时。果然，黑衣人一口喝干石维新续上的茶水，站起身说："那好，你们继续完善一下具体工作方案，我先回去了，情况清楚后我们再碰头。还有，给我准备一张五十万的银行卡，下次带来，我要疏通关系。"说着已经起身，打开窗户，迎着飞雪寒风嗖地蹿了出去，轻巧地攀住窗外的一株老柏树，然后起身一跃，像猎狗般蹿上对面积满白雪的平房屋顶，再然后，只见一个黑影几番兔起鹘落后，便如幽灵般消失在茫茫雪夜之中。

第十二章　只需查出佐证

于天勤之死在省公安厅无疑是投下了一颗重磅炸弹。这是几十年来少见的刑事案件，作案人手段阴险毒辣，虽有种种疑点，却又很难顺藤摸瓜一查到底。更为要命的是，保姆也吃了这鱼煮的面，丝毫看不出这保姆有联手作案迹象，而且，保姆自从被抢救回来后，大脑似乎受到了伤害，记忆不清思维紊乱，口供前后不一。刑侦处的陈述飞处长凭着多年的办案经验判断，此案前路漫漫，只可明松暗紧，文火炖老鸭慢慢推进。于是，他向厅党委分管领导建议，表面上只将此案作为普通的食物中毒案了结；暗中由他负责，从刑侦总队抽调人手，以"一二八"为代号开展侦查工作。这一建议得到了厅党委主要领导和分管领导的高度认可和肯定。于是，一个代号为"一二八"的专案组成立，组长是分管副厅长龙长胜，副组长是刑侦处处长陈述飞，下面组员是刑侦总队的破案高手、副处级干警周曲波和科员袁亚惠、吴桥。

陈述飞毕业于省警察学院，一毕业就被省厅刑侦队吸收，凭着过人的智慧和不懈的努力，十二年时间干到处长这个位子，在同龄人中属于佼佼者。但他的付出也不是常人所能比的，四十岁不到的人看上去像是奔五大叔，板刷一样的平头，三分之一是白发，额上横亘三条纹路，脸色青中泛黄，一双深邃幽暗的长条眼藏在厚厚的镜片后面，脸庞内凹，颧骨隆起，嘴唇厚重，下巴颏略显上翘。他本来不抽烟，自担任副处长起开始抽烟，一发不可收，现在是一天两包。他一开始就把工夫花在寻找那个卖鱼老头身上，可两个月过去，居然一点头绪也未能理出。

周曲波与陈述飞相反，五十出头的人看上去最多四十岁，一头黑发，两道浓眉，溜圆眼睛，青白长脸。他凭着多年的破案经验，查看了于天勤家附近摄像记录，耗时近两个月，结果茫无头绪。

　　袁亚惠三十来岁，一头齐颈短发，瓜子脸白里透红，额头圆润，两道柳叶眉，一对杏仁眼，鼻梁虽短却坚挺有力，一身警服衬托出勃发英姿。她和吴桥则从叶辛蕖的背景和沂州水产品来源入手，但经过两个月的调查，也是一头雾水，一片茫然。

　　今天，陈述飞把三人召集在一起。这里是一个隔音性能非常好的小会议室。陈述飞心情沉重地在会议桌前坐下，目光在三位脸上扫过，缓缓说道："自接手'一二八'至今，转眼一月有余，居然毫无进展，这是我投身公安以来首次遇到。今天，我们干脆停下脚步，一起仔细检查分析一下前期的工作，究竟错在何处，是最初方案不周，还是实际侦查有误；是对手作案高明，还是我们破案无能。大家畅所欲言，不必隐讳，只管直言，这里隔音好，不会外传。"说完，再次目视众人。从周曲波到袁亚惠再到吴桥，三人似乎都需要做些发言前的准备，不是抬头看天花板就是低头看手中小本子，没一个放眼直视他这位领导。良久，他只好诱导启发："不必顾虑，我们无非要纠正偏差找准正道，并没有要大家承担责任的意思。工作没做好，任务没完成，责任全由我承担。我看还是先由老周来说吧。"周曲波见再无躲闪余地，便只好硬着头皮，翻开笔记本，慢条斯理地开始谈他的想法："我现在就如置身在云雾之中，举目四望皆是茫茫雾霭，竟是头绪全无，接触案子这么多年，这还是第一次。我们在市区安装了这么多摄像头，尤其在重要区域，几乎是无缝对接，就如这个住有重要领导的区域，周围三千米半径内，大部分道路都在监控之中。我花了一个多月时间，看完了周围所有道路录像，就是找不到那个卖鱼老人，我都怀疑是否真有这么个卖鱼的老人。"他说完合上本子，目光落在窗外遥远天际的云彩上，仿佛那就是裹在他周围遮蔽望眼的迷雾。

　　"如果真是这样，意味着叶辛蕖向我们提供了不实之情，她为什么要这么做？"陈述飞见他不说话，沉思着问道。"这是最不可能的，叶辛蕖是在完全不知情的情况下买到这条鱼烧了下面条的，因她自己也吃了，而且回答问讯时处于刚刚被救醒的状态，她根本来不及说谎。只可惜她说的遇见卖鱼老人的这条敲更弄是个即将改造的城中村村道，包括相邻的几条路，是这个区域中唯一没有安装摄像头的监控盲区。这也太巧了。她似乎是有意选择了这么一条路，那个卖鱼老人显然也是预先知道敲更弄情况的。但是，这个区域并不大，只要走出这个区域，就会暴露在摄像头下。正如从叶辛薁离开于天勤所在的佳茵苑进入盲区，到走出盲区回到佳茵苑，都有摄像记录。但就是找不到那个从盲区任何位置进出的老人。"周曲波皱眉说道。

陈述飞见周曲波已缄默不语，转头看袁亚惠，用意不言自明。袁亚惠便开口说道："我们负责了解叶辛薁的背景。叶辛薁是盛州县盛乐镇叶家山村人，父母都是农民。她母亲长期患病；其父亲种着几亩田地，收成一般；有一弟弟在读大学。这是一个属于眼下十分困难的家庭。叶辛薁平时都在丽堂菜场买菜，而且习惯在三十三号摊位黄安乐那里购买水产品，这人是她同乡。而案发这一天她却没去菜场购买。赤峪那边民间的说法比较杂乱，有的说是单书记下的黑手，有的说是黄岭市建筑工程队下的黑手，也有的认为纯属偶然。到目前为止，还没有一条明白的线路。我要讲的就这些。"

"小吴有什么要补充的吗？"陈述飞问道。吴桥是位从警校毕业不久的青年，他抬起头，细长眼略睁大了些，黑眼珠闪出星火似的光，随即敛住，说道："所有作案都有动机，所有动机皆出于利，一个案子出来，当尘埃落定时，谁获利最大，动机一定最强。照这一定律，我在调查叶辛薁的背景时发现了这样一条作案线索。"吴桥不无得意地看了一眼满脸惊讶的袁亚惠，继续说道，"这个案子的核心是于天勤死了，最大的受益者是接替于担任代市长的包若谷。回过头来再看这位小保姆叶辛薁，盛州县人，与包若谷竟然是一个县的。进一步细查，还发现叶辛薁与包若谷的妻子叶屏蔚是堂姐妹，虽然略显远了点，但毕竟两人同在省城，这就不一般了。关键是叶辛薁常去购买水产品那个摊位的摊主黄安乐是叶屏蔚奶娘的老公，叶屏蔚的母亲也是黄安乐水产摊位的常客。如此一来，这条线索就变得异常清晰了。"

袁亚惠问道："什么线索？"吴桥细长眼睛睨了袁亚惠一眼，继续说道："很显然，包若谷为了争取市长宝座，授意叶屏蔚母女，利用叶辛薁在于天勤家里做保姆的关系，给于天勤下毒。其中黄安乐是提供黄鱼和河豚子的。这条线索已非常明确，只需查出佐证，破案指日可待。"

"这也太离奇了吧？照你这么说，包若谷夫妻及叶母、黄安乐和叶辛薁都是涉案者，包若谷会干出这种傻事吗？我认为目前这只是一个没有任何证据的臆测。"袁亚惠否定道。

陈述飞对此似乎很感兴趣，盯着吴桥问道："你的基本思路是正确的，破案的基本规则也把握得很好。就按照这个破案思路去侦查搜集，获取更多的有效证据。"

周曲波对陈述飞笑道："陈处长，小吴也真是后生可畏啊，我们一个多月来凝神聚力毫无收获，小吴跟着袁亚惠不哼不哈地竟然理出了这么一条线索。亚惠，你们两位在一起，平时没交流吗？怎么没见你谈过这条线索？"

袁亚惠不慌不忙地说："吴桥同志独立思考能力很强，此前我没听他谈起这条线索，而且我仍然觉得这条线索恐怕很难成立。"

陈述飞毫无表情地说："我们不能带着主观偏见判断案情，什么线索都有可能成立。小吴的这条线索至少解释了这一个多月来令老周茫然无绪的疑问。因为，叶辛荑一开始就说了谎，那条黄鱼根本不是从什么老人那里买的，而是从黄安乐或者叶屏蔚的什么人那里拿来的。如此一来，你老周就是再查三个月的监控摄像，恐怕也是毫无结果的。我看就按照小吴说的这个线索做实证侦查，必要时，控制保姆叶辛荑做进一步审查，监视叶屏蔚与包若谷的活动。"

周曲波和袁亚惠吃惊地对看一眼，都低下了头。

叶屏蔚认准了东风电缆厂的转制是自己走出盛州、移师省城的绝佳时机，于是决意并购。在何肃宇的尽力促成下，沂安市东风电缆厂转制方案很快获得市委、市政府批准，而且决定由盛州漆包线厂出资并购。一切按照方案确定的权利、义务关系处置规定办理，具体由转制改革领导小组代表市政府与盛州漆包线厂签订并购协议。

叶屏蔚接手电缆厂后，从盛州漆包线厂抽调了五个人，一位副厂长汤剑瑛，这是叶屏蔚的老同学、老闺密，还有会计方程果、出纳米兰、车间主任倪忠、销售总管仲夏杰。叶屏蔚带着这五人接管电缆厂后，先从原有工人中挑选了三十名文化程度高、年龄较轻、技术对口的工人，经过面试后，立即投入恢复生产准备。市场团队、生产团队、质监安监团队相继组建，并落实专人负责。此后，她又通过已录用员工的相互推荐，按照先见习试用、后正式录用的程序，在原厂中招回五十多名工人。经过半个月紧张的准备，新东风电缆厂以全新的面貌，投入了生产。叶屏蔚把盛州漆包线厂的一套管理制度，几乎原样搬进东风厂，工人减少一半多，效率提升近两倍，工厂内几乎看不到一个闲人。首月销售突破二千万元，东风厂再现当年辉煌，市政府对此十分满意。

毕士权从东风厂下岗后，拿了安置费回到家，整日无所事事，也曾去找过工作，可高不成低不就。他是奔五的人，是恢复高考前的高中毕业生，这文凭几乎拿不出手，在东风厂这么多年一直在办公室管后勤，就是采购厂里的日常用品和管理食堂。这在国有工厂里可以混得相当体面，又轻松又有小实惠，二十几年体体面面混下来，日子过得也不错，可除了把自己养得肥头大耳一身富态外，竟没有学到一技之长。这一下岗，他还真不知道自己适合做什么，夜里躺在床上想想千条路，早晨一觉醒来仍是门前一条道。老婆邱湫燕是同厂职工，原是厂里仓库保管员，同时下岗后，四十五六岁的人，早已是明日黄花，一时也难以找到工作。下岗安置费是有限的，哪怕不吃不穿，每月的养老保险是必须交的，儿子读书的费用是必须供给的，那存折余额只见减少不见增多，迟早会清零，心里便慢慢急上火来。

腊月阴天多，太阳出山迟。本就缺乏温度的日头刚露脸，就被四方聚拢的云块挡住。渐渐地，那些云块经过几番腾挪翻滚再弥漫相融，把天搅成了灰蒙蒙一片。最后，整个苍穹似乎成了一只反扣的灰色铁锅，变成一派似雨非雨的模样。毕士权反背双手，摇着鹅步踱出毕家大院，心情受到天色的严重影响，两道疙瘩眉皱在一处，三角眼朝天上地下扫了一遍，两扇蒲团脸间的阔嘴巴动了动，硬是没说出什么话来。

"毕主任，您这是去哪里潇洒啊？"这天，毕士权正心事重重一摇一摆地在街边晃荡时，冷不防耳边传来一声久违而亲切的招呼。他迅速回头寻那发声源头，竟是老厂的会计杨柳青。那女人比毕士权小了六七岁，一米六五的个子，身材丰满，前有丰胸挺起，后有肥臀翘着，桃花色的脸上笑出一朵花。见毕士权回头愣怔着盯视她，她一挺胸脯迎了上来，杏仁眼一媚一笑，小嘴巴一张一合，说道："怎么？才几天不见，就把你饿出火来了吗？"毕士权打趣道："这一日不见如隔三秋，你算算，我们不有十几年没见了吗？"杨柳青扭身嗔道："说得和真的似的，就会哄我开心，怎么就没见你来找我呢？"

"这不是怕你那位醋坛子老公吗？""他这段时间早去了赤峪市了，给他搞建筑的兄弟管工地去了。"杨柳青毫不介意地说。毕士权听得来了兴趣，说道："原来还真有机可乘啊？"

杨柳青见好就收，有意吊他胃口，说："你最近去过厂里吗？"

"没有啊，都下了岗了，还去干啥？"

"厂里可有一半人回去上班了哪，你怎么一点也不关心呢？"杨柳青有意引发毕士权的兴趣，把回厂去的工人数往多里说。这还真让毕士权上了心，他问道："真的？有一半人回了厂，怎么就轮不到我呢？想必你也没回厂吧？"杨柳青见时机已到，便小声建议道："这里人多嘴杂，街风贼冷，不如去我家吧，我和你慢慢计议。"毕士权听到杨柳青主动邀请自己去她家慢慢计议，早已心旌摇荡双脚发飘，连说："好，好。"一边点头，一边跟着杨柳青往她家走去。

杨柳青今天找毕士权是有目的的，因为几天前她忽然发现了毕士权身上潜在的价值，她要把他掌握在手中，越快越好。而毕士权对杨柳青却毫无戒备，他们已经有过几次偷欢，在他看来，与杨柳青上床的又不止他一个男人，转制前与杨柳青有一腿的多了。所以，他敢大胆地踏进她的二层半别墅。

然而，当毕士权在杨柳青温暖的空调房里干完那场肉搏战后，杨柳青的几句轻言细语，让他心悸了："我们的厂被你妹夫的老婆买了去，你得想办法让她聘我回去担任总会计。"毕士权吓了一跳，问："你说什么？买我们厂的是包若谷的现妻？"杨柳青依然一动不动地偎在他身上说："你装什么装？真不知道似的，想糊弄我？"毕士权一本正经地解释道："我还真是才听说，要不然，我也该为自己去找个活干啊。"杨柳青这才相信毕士权是真不知道，于是说："原来你是真不知道。我告诉你，包若谷的老婆按改革办测算的价格买下这家厂，占了很大的便宜。这里面一定有人做了手脚，我是老厂的会计，我知道他们把厂里的资产少算了好几百万。你只管去和她说，她要是不同意，我就动员全厂职工去上访。"

毕士权从杨柳青那里出来后，心里像塞了团棉花似的腻烦。他此生最不愿见到的就是这个妹夫。想当初，是毕士权看不起他，可到后来，人家时来运转，自己不得不拍他马屁，反过来求他，可人家硬是不给帮忙。再到后来，妹妹不争气，跟包若谷离了。这会儿去求他的现妻，怎么张得开这个口呢？毕士权在寒风中一路走，一路想，越想越不是味儿，真想给自己一个巴掌。

第十三章　破常规，暗流涌动

两天后，毕士权来到新东风电缆厂，在门卫室等待一番后，被带到叶屏蔚面前。

"叶厂长，这位是毕士权，曾在老东风厂担任后勤工作，他要找您。"办公室主任向奇一副公事公办的做派，转向毕士权继续介绍道，"这就是我们叶厂长。"

叶屏蔚脸上露出笑容，说道："啊，是老厂的老同志，请坐，请坐。"毕士权很想自我表明身份，却不知如何介绍自己。说我是你老公的大舅子？显然不妥。是你老公前妻的哥哥？也不妥。是包若谷大儿子的舅舅？还是不妥，自己连这个外甥叫什么名字都忘了。毕士权便在这样的矛盾中度过了尴尬的几分钟时间，好不容易在沙发上坐下。"叶厂长，我与包若谷原来是亲戚。"他终于费了很大的劲怯懦地冒出这样一句话。

叶屏蔚吃了一惊，其实，她一见毕士权的长相便猛然想起了包宇成，也便明白了他系何许人了，尽管心里有所准备，但还是没想到他会这样说。不过，她毕竟是历经商海磨炼的职场女性，随即一笑道："若谷以前的亲戚不少，但他从未向我说起，他要我别认他以前的什么亲戚。你有什么想法直说吧，看我能否帮忙。"

毕士权横下一条心，既然她先言明了不认亲戚，就干脆直说："我有两个要求，一是我自己希望能回到厂里继续做后勤工作，二是杨柳青也要回来做财务会计，就这两条。"叶屏蔚听后禁不住莫名其妙，什么背景？好大的口气！毕士权进门前，向奇已向她汇报过：此人无一技之长，有百贪之心，绝不能用。而毕士权为自己提要求本是情理之中的事，带上杨柳青那必定就另有隐情了。叶屏蔚并没有直接回答，而是端起茶杯小口啜着茶，脸上依然是淡淡的笑容，良久说道："新东风电缆厂是我从沂安市政府转制买下的工厂，所有运营都由本人指挥的团队进行，与其他人无关，尤其在用人上不受任何外力干预。对你和杨柳青两人当时在工厂的表现，我都做过了解，你们的工作能力和其他各方面都不错，但我们新东风厂无法接纳你们，只能请你们另谋高就。"毕士权听得脸上青一阵白一阵，心里直发虚。他生性高傲，不会求人，当初在包若谷面前就没认真求过，现在在新厂长面前更不会求人。一听让他们另谋高就，他立刻就想走人，但实在是咽不下这口气，端起茶杯猛喝一口，说道："好吧，既然这样，有些话，我也不多说了，到时候让全体未能回厂工作的工人一起到市政府去说。"叶屏蔚听后明显感受到了恐吓的成分，霍地起身，踱回办公桌旁，将茶杯往桌上重重一放，咯咯一笑，说道："我叶屏蔚可不是被吓大的。你请回吧，赶紧去找市政府，这是省、市联合转制工作组办下的事，你们最好连省政府也去找，这是你们的权利和自由，请便。"

接下来的事实证明，叶屏蔚处理得草率了一点。

毕士权满腔愤恨地出了新东风电缆厂大门，直奔杨柳青家，一路上认认真真地打着腹稿。如何联络工友、鼓动工友、带领工友集会游行，眼前急需的是理由，是拿得出手的理由。一条是让工友们感到受愚弄、被欺骗的理由；一条是在资产转移中有猫腻，甚至违法犯罪的理由。杨柳青那里应该有这方面的材料，对此，他信心十足。

由于春节在二月下旬，赤峪市委经过认真研究，决定在二月十日前开完"两会"。这样一来，包若谷便忙得脚不着地了，下属所有县、市、区都要跑到，那里的市人大代表全部要见面；各县、市、区经济社会文化生态发展的基本情况、特色特点都要大体掌握；新年工作如何谋划，常规动作有哪些，自选动作有哪些，经济、社会、文化、生态发展的突破口选在什么地方，有哪些工作有望冲在全省前列，并在国内产生影响，四方面发展都用什么口号；特别是经济发展方面，投资、出口、消费"三驾马车"如何拉动，如何协调壮大做强实体经济与发展服务业经济之间的关系；等等。他除了出席必要的应酬外，几乎把所有的时间都用在工作上，已是连续几个星期未回沂安城了。

下周就要召开人代会，包若谷决定静下心来，再细细地研究一下政府工作报告，去年一年的工作特色、亮点、成就要讲全，不可遗漏；新一年的工作目标、工作重点、重要举措、奋斗口号都要切合实际，确保实现。政府各条线各部门的主体职能是否都点到，先后顺序是否搞错，有没有过于刺激的语言，他要最后把关，然后，提交常委会通过。报告很长，足有万言，但包若谷内心十分清楚，明年是五年计划的最后一年，自己不仅要做好锦上添花的工作，更重要的是为下一个五年计划打基础。以经济建设为中心，依靠投资、出口、消费"三驾马车"拉动，提高工业产品科技含量、增量提质是重点。至于强调三大产业协调发展，注重发展以服务业为主的第三产业，这在包若谷看来只是套路，就如练拳的走架子。他只把握住两条：一条是农业和工业，尤其是实体产业永远是一个区域发展的核心基础，其他产业都是在这个基础上进行参与；另一条是财政收入，没有钱，办了事心里也不稳，政府无限制地负债办事，那是无能和不负责任的表现。

在第二天召开的常委会上，包若谷在所有与会者都发表了对政府工作报告的看法后，就支持盘湾化工区建设，在吻海县建设化工区城市综合体以及赤峪能源开发建设谈了自己的看法后，说："在强调发展的同时，我也特别强调生态环境建设。于天勤同志与玄明书记做出的搬迁汲水污染企业的决策是完全正确的。我们不仅要发展工业，更要保护环境，在两者发生冲突的情况下，前者应无条件服从后者。有绿水青山才会有金山银山，只有保护好绿水青山，才有永恒的金山银山。汲水县的汲水河是赤峪湖的主要入注水系，污染了汲水河也就污染了赤峪湖，这是事关几百万人民生活质量甚至生死的大事。目前，赤峪湖的污染日趋严重，两会以后，必须立即着手搬迁这些污染企业。这些在报告中已经做了强调，各位提出的意见，请起草组酌情修改。"

单玄明对此非常认同，说道："若谷市长最近走遍了全市，情况了解很透彻，这个报告很好，有对往年常规工作的延续，又有新的发展起点。毕竟是省委书记身边跟出来的，不一样。报告通过后，有关工作要迅速跟上，特别是吻海县以及市里的国土规划部门，要全力支持化工区城市综合体建设。有关核电项目建设也要争取，宣传部门要积极配合政府做好工作。至于生态环境建设当然要强调，但在报告中还是不提汲水污染企业为好，会后照做是一码事，不提照样做。若谷同志，这事还是听我的吧。"

在座的都是聪明人，单书记提出的"不提"那真是设身处地为包若谷着想。这样一来，在常委们的眼中，书记与市长的关系是相当不错的，尤其在新的一年的发展思路上高度一致，原来滞留在心头的疑虑几乎被一扫而空。只听单玄明接着说道："下周就要召开'两会'了，这次是换届'两会'，选举任务很重。虽然人员调整已到位，但这只是开头，不算成功。这不仅仅是我和组织部部长的责任，也是全体常委成员的责任。大家一定要绷紧神经，高度敏感，对一些苗头性的消息要及时报告，采取相应措施，将不良事态消灭于萌芽状态。"

转眼到了星期天，恰好天空放晴，蔚蓝的苍穹上飘荡着团团白云，竟是个难得的隆冬丽日。上午是政协会议报到，四百多号人陆续来到赤峪金光国际大酒店大堂，这里已有工作人员以党派、县（区、市）等为单位恭候报到的政协委员们。下午，包若谷参加了政协预备会，在主席台上就座。周一上午，他又参加了政协开幕大会，依然在主席台就座。下午和周二上午都参加政协委员讨论会，他作为市政府主要领导，虚心听取政协委员的意见和建议。周二上午是人大代表报到，下午他参加预备会，晚上去看望代表。周三上午才是最重要的，将举行人代会的开幕大会，他将出场做政府工作报告。就这样，包若谷怀着高度紧张的心情，小心翼翼地应对着一个个会议。虽然都在按照事先安排有条不紊地进行着，看似风平浪静，但包若谷总觉得有一双眼睛，从一个看不见的方位，暗中盯着他，伺机而动。

如此患得患失、战战兢兢、如履薄冰地挨到周三上午，表面上依然风息树静。清晨，天色已经由晴转阴，据天气预报，有一股较强冷空气正在南下，赤峪城区上午起有雪。代表们热切的心情与这天气正好处于两个极端，人代会就在这个阴冷的早上正式开幕。

包若谷上台做政府工作报告时，会场始终平静如水，秩序正常。异常出现在包若谷报告做了一半左右的时候。先是包若谷的秘书佟一青接听了一个电话，是包若谷的妹妹包若英打来的，说是包若谷的父亲在种菜回家途中，被汽车撞伤，正在抢救，生死不明。包若英希望包若谷速回盛州。佟一青接完电话后焦急地在后台转圈。继而是会场里出现了异常动静，有一份材料，不知从谁的手里开始扩散，向前后左右散发。同时，不少人开始翻看自己的手机，显然，这材料已传到了手机上。继而，看过材料的代表开始左顾右盼、交头接耳、窃窃私语，对政府工作报告便无意再听，会场上出现少有的不平静、不安分，给人突破常规、暗流涌动的感觉。

单玄明是历会无数的人，一眼便知大事不好，脑袋里嗡的一声，表情依然平静，只几个麻点加深了颜色。他放下手中翻看的报告，装作方便，离席来到后台，见市委办公室副主任汪非常正和佟一青一起说事，便招呼汪主任过来。其实汪和佟见他出来，已经向他迎来。单玄明立即问道："非常，会场里似乎有私发材料在传，你马上去搜集一份，同时查明材料出处。"汪非常立即回答道："单书记，材料我刚才已经在下面拿了一份，出处不明，核心内容是两件事。第一件事，有人从省公安厅获得消息，据目前查到的线索判断，于天勤市长死于他杀，包若谷有重大嫌疑。第二件事，包若谷利用自己在省城的关系，帮助其妻叶屏蔚并购沂安东风电缆厂，涉嫌侵吞国有资产，引发原东风厂职工群体上访。另外，小佟刚接到包市长妹妹打来的电话，他父亲遇车祸正在抢救。"单玄明心里咯噔一下，这都什么情况，竟然全凑在一块。前两件事似可预料，可他老父亲的车祸却是不测之事。他对汪非常说道："你和市府办林小田副主任分别代表市委、市政府去盛州医院，并与当地党委、政府联系，要求他们尽力抢救老人。小佟快去通知林主任。"

汪非常和佟一青走后，单玄明呆立原地一动不动，双眼望着会场一角。包若谷还浑然不知，在认真地做报告。这两件事已经在代表中传开了，如果此情属实，他还怎么参选市长？那是坐牢枪毙的罪。但直觉告诉他，包若谷与此二事毫无关系。如果因此造成省委意图无法实现，自己如何向省委交代？又如何向赤峪人民交代？对此，自己有脱不了的干系。眼见得包若谷的报告已近尾声，单玄明已没有更多的时间思考了，一切只能让真相说话。他果断回到自己的座位。随着包若谷读完报告的最后一句，台下本来嗡嗡嘤嘤的杂音反而消失了，也没有人鼓掌，就这么尴尬地僵持着。又是单玄明发觉了异样，他赶紧带头鼓掌，引领了部分主席台就座者跟着鼓掌，然而，台下却始终只有极少的几个人鼓掌，掌声稀疏实为罕见。

包若谷当然是聪明人。他在做报告过程中已经感觉到会场出现了异常，只是不谙详情，隐隐觉出于己不利，内心也曾一度惊惶，但自思问心无愧，复归安然。及至报告结束，出现这种冷场，反而让他冷静下来，他说道："各位代表，本届政府工作报告，是经过几上几下征求意见并修改，最后经市委常委会审定的，各位如果对我本人有什么看法，可以在任何时间、任何场合向我指出来；如对本届政府工作报告有意见，也可以在讨论的时候提出来，我们共同把赤峪的工作做好。谢谢。"然后，离开发言席向会场和主席台各鞠了一躬。

包若谷回到自己座位，单玄明与旁边的市人大常委会主任章荣叶打了个招呼，拿过话筒说道："各位代表，我们注意到，刚才在包若谷同志做政府工作报告时，有人在非法散布黑材料，这个材料中所反映的事未经证实。我希望各位在省有关部门做出准确结论之前，不信谣，不传谣，共同维护大会良好会风。会务组要严肃追查散发非法黑材料事件，查清真相，依法追责。"他一说完，章荣叶立即宣布第一次会议休会。单玄明扯了一下包若谷的袖子，说道："你到我房间来吧。"

这份材料最后发到了每位与会者的手中，连包若谷的手机里也收到了材料的照片，他坐在酒店单玄明房间的客厅沙发上看完了材料后，已没有了丝毫惊诧，反而心神泰然了。他抬起头看着凝目注视他的单玄明，问道："单书记，您觉得我该如何应对呢？"这话说得语调平静，单玄明不得不感叹包若谷的镇定大气。他十分认真地问道："你先告诉我，这两件事与你有多大程度的干系？你必须说实话，否则，我无法帮你。"包若谷一脸庄重地答道："除了接手东风电缆厂的是我妻子外，其他无任何关系。人在做天在看，我相信天道公正。"单玄明内心为之一松，有这样的底气，事情就有挽回的余地。他用兄长般的口气说道："那好，这样我就心中有底了。这几天你就当没事人一样，照常去参加各组讨论，我这就赶往省委汇报。另外，你父亲车祸住院，我已派汪非常和林小田前去协助料理。"

"什么？我父亲车祸？怎么没人告诉我？"

"是我不让小佟告诉你的，这就算夺情为公、忠孝难全吧，但事实会证明这是正确的。我可以断定，你这几天的手机，包括你的行动，已完全处于公安机关的监控之中了。你不要去盛州甚至到沂安，对你只有好处，我争取省委、省政府尽快还你一个清白。"包若谷听后觉得还真是那么回事，只好先安下心来，但还是立即拨通了妹妹包若英的电话，对方带着埋怨的口吻说道："你当个市长就忙得连电话也接不了吗？我知道你在做报告，你秘书和我说了，当时情况急，我也是急得没了主意才打你电话。后来，是交警送去医院的。若山就等在医院，手续都是他在办。老爸身上多处骨折，肋骨也断了两根，还在手术中，人也没醒过来。医生说，命应该能保住，但也很难说。哥，你能不能来一下？"包若谷只好充满歉意地说："这里在进行换届两会，我脱不开身，我等会议结束，立即赶过去。这两天你和若山辛苦些，照顾好老爸，一有情况立即给我打电话，啊？"

第十四章　局外者，如临其境

单玄明见包若谷打过电话，便关切地问道："怎么样？情况还好吗？"

"应该能保住性命，只是现在尚在手术中，人也未能醒来。"包若谷一脸焦灼、不无担心地答道。"这事你急也无益，就算你赶过去也于事无补，你赶去能做的事，汪主任他们都能做好，所以，你不如全身心应对眼前的危机，从容参加讨论，注意回答代表们在讨论中的提问。我这就赶去省委，如有人问及，就说我去省里参加重要会议。"

包若谷回到自己的房间还没坐下，佟一青就敲门跟了进来。他先到浴室里为包若谷拿了块热毛巾递上，然后往烧水壶里加了点水，烧上，再从包若谷的公文包里取出茶杯，倒掉残茶，添上茶叶。不一会儿，水开了，他往茶杯里冲好水，端过来放在包若谷前面，转身又倒掉烧水壶里的残水，重新灌满水烧上。包若谷默默地看着这一切，这些活自己曾是行家里手，现在轮到别人为自己干了，而且干得和自己如此相似。不知佟一青此时内心做何感想，是眼见得为之服务的领导要倒霉了，深为前景黯淡而懊恼，还是觉得这包市长真是可怜，无论如何应该为他服务好最后几天呢？包若谷不经意地睨视了一眼佟一青。可他脸上没有任何表情，只默默地做着他认为该做的一切。包若谷收回思绪，他需要思考更重要的问题。待佟一青将烧开的水注入热水瓶后，他平静地吩咐道："一青，没事了，你也去歇会儿吧。"

"好的。早上到的重要信件，我已做了摘要，放在您公文包里。"

"嗯，好，我一会儿看。"

佟一青离开时顺手关上门，包若谷安坐在套房客厅的沙发上，端茶啜品。黑材料上的两件事他自思确实与己无关，那么，是谁在背后捅刀子？其目的是什么？自己来赤峪才几个月，得罪了谁呢？他想把自己到赤峪以来所做的一切从头理一遍，希望能从中找出蛛丝马迹。正当他回忆着来赤峪后的桩桩件件时，传来了敲门声。"谁？"包若谷回过神来问了一声，听到佟一青回答："是贾董事长来访。"急忙起身开门。

贾叶扶的来访是出乎包若谷意料的，这位来自汲水县的私营企业董事长，已经在他心目中留下了忠厚长者的形象。"贾董事长，快请进，我正想找你哪。"

贾叶扶穿一件棕色水獭皮毛领子的黑色真皮长大衣，戴一顶玄色呢绒鸭舌帽，吊梢眉下的小牛眼微笑中透着凝重。进了门，他双手握住包若谷的右手，下意识地捏了捏，说道："包市长，我一个小小的私营企业主，能让市长大人惦记，真是不胜荣幸啊。"包若谷把贾叶扶让到沙发上坐下，看着佟一青给他泡好茶，并给自己的茶杯续上水，说道："小佟，你在自己房间帮我挡一下客，我与贾董事长要说点事。"佟一青应承着退出门去。

房间里只剩两人，四目相对，各怀心思。包若谷觉得在这位长者面前自己用不着丝毫隐瞒，便直截了当地说道："遭遇如此袭击，真有点如入云雾山中，还望兄长指点迷津啊。"贾叶扶一脸慎重地说道："来者不善啊，这阵仗大有挤走你的架势。好在这两件事其实与你都无重大干系，但对你担任市长的投票将会有一定的影响。"

"我是一头雾水，十分惊讶，诚惶诚恐，亦真亦幻啊！"包若谷不胜感慨地继续说道，"我到赤峪纯属偶然，让我担任市长本就非我所望，居然能把于市长遇害的线索往我身上引，这份'才智'还真不简单啊。在这样的环境中工作，无异于刀尖上舐血、烈火中取栗，细细想来真让我心惊肉跳。你信息灵通，亟望剖析一二啊。"

"这两件事是有人从沂安搜集来，捏在一起的。于市长这件事，源于公安系统，也是专案组不久前才梳理出来的线索。于市长的小保姆与你妻子是表亲，经常在你妻子的奶爸摆的鱼摊上买鱼，于是，推测是你授意你妻子从奶娘那里买了野生黄鱼和河豚，然后将河豚子放入黄鱼腹内，再将鱼卖给小保姆的。这从公安的破案推理上分析是合乎逻辑的。"贾叶扶慢条斯理地说着，似乎觉得有点口渴，端茶啜了一口，继续说道，"据说，小保姆已经推翻前面的供词，说这黄鱼来自你丈母娘之手。公安部门早上已经将你妻子的奶妈、奶爸叫走调查，只是这二老死活不承认卖过黄鱼和河豚。至于沂安东风电缆厂事件，是你前妻的哥哥毕士权和原厂会计杨柳青两人，因未能回厂工作，鼓动其他转制下岗赋闲在家的工人发起的，理由是原厂资产评估不准，有巨额资产被少报或漏算，落入了私人腰包，转制工作组凭关系、卖人情、收好处，是典型的私吞国有资产。又说你利用原来在省委工作期间形成的关系网，出面替你妻子做工作，向某些人打招呼，又让你妻子私下行贿，最后低价买下了电缆厂，捞取国有资产不下千万。"

贾叶扶讲的比材料里写的还要详细，局外者，如临其境，犹如亲见亲历。包若谷听得芒刺在背，不禁问道："策划得如此巧妙，依贾董事长看，究竟是何人所为呢？"贾叶扶眼望天花板，啜着茶，说道："依我看，还是利益关系，看看如果你落选了，谁最有可能接替市长；或者，你不担任市长，哪个群体获益最大。"对此，包若谷刚才在脑子里也匆匆想了个遍，却难以锁定人群。他一脸茫然地说道："也许是我来赤峪时间太短，我还真想不出，我任市长对谁更有利，对谁更不利。"贾叶扶一本正经地说道："如果你担任不了这个市长，依目前的情势，只能是向正鑫担任市长或单玄明兼任市长，不管是哪一种结果，得益的一定是黄岭市建筑企业。"

"黄岭市的那些建筑公司老总？这次参加两会的似乎有三个政协委员、两位人大代表。"包若谷若有所思地说，"难道散发材料的人就在这几个人中间？""这倒不一定，他们完全可以通过其他人或让一些不明真相的人代发材料，有的甚至是传到代表的手机上的。就目前这个情况，难道还让公安插手调查？那将立即变得风声鹤唳，这两会还怎么开得下去？"包若谷听得心里咯噔一下，对啊，这事还得糊涂了。难怪单玄明走前让自己该做什么做什么。

"我也只是一点浅见陋识，至于该如何应对，要看包市长的智慧了。"贾叶扶说到这里停住，只端杯啜茶，似乎在等着包若谷的下文。包若谷此刻反而冷静了，黑材料上列的，通过贾叶扶传的，总共就是那么些内容。按照贾叶扶的分析，爆料方就是单玄明所代表的黄岭市建筑公司，他们是利益方。可单书记为什么急于奔赴省求救？从目前实际情况判断，单玄明的处置方法应该是最有效的，这不是自相矛盾吗？那么就是另有始作俑者，会是谁？包若谷心头忽然冒出一句话："来说是非者即是是非人。"不，这太不可思议了，这位长者应该是纯粹出于对自己的关心爱护来为自己分忧的，不可胡乱疑人。于是他说道："董事长，你知道，我来这里才几个月，出发点就是想在政府干个副市长，做点实际工作，根本没想到要担任这个市长。于市长去世，我以为组织上会另派能者继任，最想不到居然让我顶这个职位。我连担任市长的念头都没有，怎么可能去做害死于市长的事？怎么可能让我妻子去做这种事？我相信省公安厅这点破案能力还是有的。至于我妻子买下东风电缆厂，那是她一手操办的事，我根本无暇顾及，有没有和谁打招呼，找经办人一查即可。所以，我的想法是听单书记的，以不变应万变，让事实说话，一切都由真相来证明。"

贾叶扶听后一笑，说道："好，包市长光明磊落，身正不怕影子斜，那我就放心了。我们那里几位代表，我一定与他们沟通好，决不让市长失望。"说完起身告辞。包若谷本还想与他多聊聊，至少请他帮忙出个应对的主意，见他欲告辞，只好起身相送。

送走贾叶扶，包若谷心里似乎添了一块莫名的疙瘩，一时却又想不明白。他这是来做什么的？难道仅仅是为了告诉我这些情况，要我相信他能让汲水的代表投我的票？正在此刻，门铃再次响起，佟一青在门外汇报说："包市长，丁书记找您。"

"好，快请进。"包若谷一听丁文魁来找，立刻高声说道。丁文魁穿一件灰色长羊绒大衣，下着灰色呢裤，脚上是棕色高帮皮鞋，目光内敛，脸上看不出什么表情。包若谷笑着将他让进会客间，两人在沙发上坐下。佟一青为丁文魁泡好茶，退出房间，关上门。丁文魁目光一闪，问道："刚才来的是贾叶扶？"包若谷坦然应道："是，对我很关心。"丁文魁眉毛不易察觉地一动："是吗？来向你通报内情，还是替你出主意啊？"

"你对他好像很了解啊，他讲的比那份黑材料还要详细，我正奇怪，但他没出什么主意。"包若谷颇为疑惑地答道。"那你一定把你的应对之策告诉了他，而且与他不谋而合了。"

"你神仙下凡啊，我看这市长原本就应该由你来担任啊，连累得我跌进这趟浑水之中。我确实把我的想法说了，甚至说是单书记出的主意。"丁文魁脸上闪过一丝狡黠的笑容，说道："我要是坐到你这位置，今天或许不会有这事发生，可难保今后不被他们送进监狱。不用担心，单书记不是去省委了吗？是白的黑不了。我就怕你有什么想不明白的，急于做出什么应对之策。我就闹不明白，他这葫芦里究竟卖的什么药？今天会场上这出戏一定与他有关，甚至有他亲自导演的可能，显然想把你赶走，却又拿出这个釜底抽薪的绝招，让你渡过这个难关。难道他想对你说，这份黑材料并非他的人炮制的？或者是想在你面前展示一下他翻手为云、覆手为雨的高超政治才能？反正我是懂不了，你懂吗？"丁文魁细长眼中射出两道锐利的光，仿佛要穿透窗外铁灰色的云层。"也许这份材料真的另有出处呢？"包若谷悠悠然说道。"绝不可能。我是政法委书记，只要你说声查，我立马下手查个水落石出。"

"我相信你的能力，但还是以和为贵，先按单书记的指示办吧。"包若谷制止道。"也只好这样。但是有一点，你还是要小心贾叶扶，这是个有背景的人，他的背景我至今未摸透。"丁文魁最后像是在对自己说。两人正感叹着环境复杂，思量着如何应对时，佟一青在门外敲了敲门，说道："包市长，夏书记和张部长来访。"

"是我让他们来的，怕你烦闷，想不开。"丁文魁说道。"谢谢，患难见真情啊。"包若谷的感激之情溢于言表。他起身开门，见黑瘦脸的夏立言和下巴微翘的张岚山立在门口，忙笑道："二位好，请进。"两人见他一脸轻松满面笑容，暗自佩服他这份定力，对视一眼进了门。佟一青帮他们泡上茶，又给包、丁二位的茶杯续了水。包若谷说道："小佟，再有人来，就说我不在。"

佟一青应承着退出，顺手关上门。他来到对面隔了两间的自己房间，开门进去，恰好座机响起。佟一青迟疑了一下，万一是会务组来了通知怎么办？不接可不好，终于还是拿起话筒。原来是向正鑫，想见包若谷，听说包市长不在，继续问道："那包市长什么时候能回来？"

"这个我一时也不好说。这样，向市长，我这就与包市长联系，一旦明确，立即向您报告好不好？"向正鑫无奈地说："那只好这样了，谢谢小佟。"

向正鑫挂了电话，呆立在房间窗前，看着窗外灰暗的苍穹，那里似乎正在酝酿一场新的暴风雪。宾馆房间里的温暖如春并不能驱赶走心头对外界朔风凌厉彻寒刺骨的感觉。上午会场上的事带给他的是莫名其妙的震惊，自己不能扶正的纠结已经过去，安静了之后只希望平平静静、踏踏实实地做好手头的工作，期望着自己的艰辛拼搏能入上司慧眼，能为百姓称赞。正所谓有作为方能有地位，最怕的是不给你作为的机会，甚至是剥夺你作为的机会，你就是有天大的本事也只能靠边站。

向正鑫是在手机里看到这份黑材料的，他的第一感觉是纯属胡说八道，尤其是第一件事，要说是他向正鑫施毒计谋害于天勤，逻辑上还说得过去；要说是包若谷干这事纯属天方夜谭，他那时还在自己之下，死三个于天勤也不一定轮到他。这么简单的道理，用脚指头都能想到，省公安厅的人难道全是饭桶？

这是何人所为？是单书记吗？可他在会上表现得义愤填膺，定性为非法散布黑材料，要严肃查清真相、依法追责。如果不是他，那就会有人怀疑到我，我没做这事，可难保别人不替我做这事。想到这里，他的脑袋轰的一声，发际膨胀、头皮发麻、浑身燥热，原来自己心里暗暗担心的竟是这个。向正鑫颓然坐在会客室的沙发上，冬瓜脸白得几乎泛出青色，双目茫然地盯着窗外灰暗的苍穹。如果他们背着我暗放毒箭，射中的恐怕不会是包若谷，完全有可能是我向正鑫。他如坐针毡、心神不宁地过了约一刻钟，终于忍不住给贾叶扶打电话。贾叶扶接到向正鑫的电话，连忙解释道："你放心，这是损人不利己的招数，兄弟们没这么傻。至于是谁搞的名堂，你也不用去关心，这事与你无关，你该怎么做还怎么做。他是你的顶头上司，出了这样的事，你总该有所表示吧，否则情商也太低了点。"这话倒是提醒了向正鑫，他立马决定去看看包若谷，但给佟秘书打了电话后，却被告知包若谷现在不在，看来还真被这突如其来的事搅得手忙脚乱。不是由单书记到沂安去请求省委查明真相了吗？难道他去做的并不是包若谷希望的？如果这个黑材料是他一手指使人炮制的呢？他去做的自然是相反方向的工作。包若谷可能还被蒙在鼓里，该不该告诉包若谷？向正鑫再次纠结了，万一自己判断失误怎么办？

会务组给这位常务副市长安排的也是套房，里外两大间。秘书住在斜对面的一个单间，向正鑫已吩咐过晚上有事外出，拒接所有访客。他进门后便一直关着灯，这一刻，忽然觉得空旷和寂寥，焦雨霁这个名字便在脑海中悄然浮现，这个妖魔一样的女子，还真的上了他的心。那两次聚餐后，她便经常主动邀他去那个地方风流快活，让他到了欲罢不能的地步。可自昨天晚上起，她却让他增添了一股无形的压力，她告诉他已怀上了他的孩子，而且，她坚持要把孩子生下来。

向正鑫本想让焦雨霁去流产，这样一了百了大家轻松，可焦雨霁却流着泪说道："这是我们爱的结晶，你是副市长，是高智商人士，我好歹也是大学毕业的，我们的孩子一定是优秀人才，如果是个儿子，将来一定比你强。"一句话打动了向正鑫的心。向正鑫虽然有两个哥哥，三兄弟却生了三千金，他老爸有事没事常念叨："真是一代不如一代，你爷爷生了五个儿子，我好歹也生了三个儿子，你们怎么就这么不争气，个个生一丫头片子。不孝有三，无后为大，我都无脸去见列祖列宗啊。"如果焦雨霁生的是儿子，那可是我向正鑫此生的一大幸事。向正鑫于是妥协了："那好，你可要保护好自己的身子，只是这几个月别人看不出还好，过几个月你挺个大肚子还怎么住这里？说说，你是怎么打算的？"

"这不用你担心，我会去租一处房子，叫个保姆，直到孩子生下来。只是，你要去做通嫂子的思想工作，让她同意领养这个儿子。"向正鑫听她这样谋划，觉得十分可行，自己的儿子当然得由自己养，便欣然同意，一时还像打了鸡血般兴奋，问道："只是我有一事不明，你为我做出这么大的牺牲，我将何以为报呢？"

"只要你担任着这么大的领导，还怕满足不了小女子的一点心愿？"焦雨霁娇媚一笑，答道。"什么心愿？说来听听。"

"我现在也说不清，比如求你在权力范围内办点事，别人办不成，我能办成，那也算一个吧。"

"嗯，这种要求不算过分，应该满足的。"向正鑫爽快地应承道。焦雨霁心中却甜蜜地想，到时候你大笔一挥，那可能就是几百上千万的钱啊。

第十五章 照推理，嫁祸于人

"事前没有一点征兆，在包若谷同志的政府工作报告做到一半多的时候，下面开始出现异状，有人在传看材料，显然是未经同意发出的。不久，我的手机里便收到了材料照片。"下午，单玄明在赵荣飞书记的办公室里先简略地汇报了事件经过，然后提出了自己的想法，"我让包若谷同志继续按照会议安排参加各类活动；由我代表市委向省委、省政府汇报具体情况，希望省公安厅在三天内拿出一个包若谷是否涉案的结论，省发改委给出一个东风电缆厂转制中是否涉及国有资产流失、包若谷与此是否有关的结论。"赵荣飞的四方脸上始终静如止水，浓黑的一字眉下一双凤目露出深邃的目光，紧闭着的厚唇微微向两侧拉展，以示他对此事高度重视。单玄明已经说完，他并没有立即接话，而是沉默良久，才说道："让事实说话，这办法不错，但是，三天内拿不出结论怎么办？"

"所以我请求省委、省政府给予支持，请省委下指令，要求省公安厅务必于三天内拿出包若谷是否涉案的结论。"单玄明说道。赵荣飞听后一字眉不易察觉地抖了一下，随即平和地说道："你的迫切要求可以理解，省委当然会高度重视。好，你先回去吧，先把'两会'开好，省委自然会给你一个最好的结果。"单玄明原本以为赵书记会将公安厅厅长郭德一和分管副厅长龙长胜叫来，听一听他们的进展情况，没想到赵书记会直接让他走人，他先是一愣，继而起身，说道："那好，我就先回去了。"

此刻，孙达文省长正在听取铁头锋主任的汇报："前面讲的是转制方案形成的全过程，这不是哪个人、哪个部门单独决定的，更不是何助理一人能定的。方案确定后，经过省、市两级审计部门审计，都认为符合有关体制改革文件要求，这才付诸实施的。关键在于东风电缆厂在改革转制后，运营势头良好，头月上缴税收超百万，沂安市对此非常满意。"孙达文的长脸上没有一丝笑容，两道板刷眉微微皱起，黑框眼镜后射出两道疑惑的目光，问道："那原厂职工为什么还会上访？他们指出的国有资产被少算，部分利益落入个人腰包，又是怎么回事？"铁头锋回答道："这是该厂原会计和包若谷前妻的哥哥两人鼓动的，他们提出三条新引进的生产线设备，不应该按提取折旧后的价格再打五折计价，认为其中有一千万元资产流失。但方案中的这一计算方法并没有错，原因是，这三条生产线购进时的价格，比目前同类产品在国际市场上的价格每条要高出五百多万元，如果将目前东风厂的三条生产线单独出售，还卖不到方案中折算后的价格。方案中按折旧提取后的百分之五十计价，也符合我省工业企业转制有关文件精神。当事人上访主要是因为没有被新厂回聘，所谓国有资产流失只是借口，也不排除有幕后黑手在操纵的可能。"

"有什么证据吗？"孙达文问道。"没有，目前只是基于对这两人行为的分析，觉得他们不具备鼓动上访的能力和财力。"铁头锋回答道。"小何，你还有什么补充的？"孙达文问道。"上访者诬陷我与他人勾结，从中获利，我请求组织上还我清白。"何肃宇不无委屈地说。"改革开放以来，工作最难的莫过于国有企业转制，工作中受点委屈是难免的，要相信组织对群众所反映的问题的判断力。"孙达文又转向铁头锋说，"从东风厂转制的过程和结果看，改革是成功的，至于上访者是否有配合赤峪市'两会'搅局的嫌疑，也就是你说的幕后操纵可能，可以做进一步调查了解，但也没必要搞得兴师动众。这样，你们以省市联合工作组的名义，写一个简单的东风电缆厂转制情况说明，交给我。""好的。"铁头锋应道。"没事了，你们先回去吧。"孙达文下了逐客令，铁、何二人忙起身告辞。

单玄明端着茶杯走进孙达文办公室时，孙达文的长脸一点也没有因为单玄明的来到而缩短的意思，大有拉得更长之势。单玄明心领神会地走到沙发上坐下，秘书郭和煦给两人的茶杯续了水，又退了出去。

"怎么回事？怎么让人到'两会'上去散发黑材料？"孙达文待郭和煦退出后，突然语气严厉语调沉闷地问道。单玄明内心一阵戳怵，连忙肃然端坐，说道："学生工作失误，请老师批评。"

"一个市委书记连'两会'这种大事都把握不好，冒出这么低级的错误，还配当市委书记吗？我知道你心里怎么想的。就因为包若谷是大家票选出来的候选人，不是你心目中的人，所以你就工作失误，眼看着省委出洋相，是不是？你觉得这样会有你的好处吗？我敢断言，黑材料里所反映的两件事都与包若谷没一点关系，搞这份材料的人很笨。我怀疑就是你底下那一帮王八蛋搞的，不是你授意也与你脱不了干系。"单玄明脑袋轰然炸响，仿佛自己的潜意识被暴露在了光天化日之下，额头直冒虚汗，鹰钩鼻尖细汗津津，脸上麻点红光闪闪，连自己都无法解释何以如此惊慌失措，良久方稳住了神。这正是他一路上心底的一个隐忧，会不会就是袁杰这个不争气的妻弟在背后干的坏事？他颤抖着手捧起茶杯喝两口茶，说："出了这样的事，老师不管怎样批评学生都不为过，只是学生再不济事，也不至于授意别人搞这种砸自己饭碗的蠢事。我当时在会场发现后，也是如五雷轰顶，坐立不安的，当场严词切责，要一查到底，严肃处理，然后立即赶来，向老师请教如何善后。"说着眼圈已红，直欲掉泪。孙达文一开始觉得自己点到了单玄明的要害，但后来见他言辞恳切、神情委屈，便觉得是自己话说重了，于是缓和了一下口气说："我们毕竟是党的高级干部，维系一方百姓安宁，责任重大。在大事情、大场面上绝不能出丁点差错，否则就是不合格，就是犯罪，无法向党和人民交代。这件事你必须妥善处理，挽回影响。"接着，孙达文把东风电缆厂转制的实际情况向单玄明通报一遍，最后说，"可以肯定的是，转制方案本身不存在问题，转制更不存在问题，包若谷同志与这件事毫不相干。对此，省政府将会向赤峪市提供正式情况通报。"单玄明听后，精神为之一振，说："这就好，我会尽最大努力，向代表们解释清楚。"

当单玄明悻悻地从省政府大楼离开时，一辆白色警车恰好驶进大院，在省委大楼前停下，省委常委、公安厅厅长郭德一和分管副厅长龙长胜、处长陈述飞从车上下来，匆匆走进大楼。单玄明内心一阵纠结，不知出于何因，对自己今天到省里跑这一趟感到非常窝囊，他不再多想，匆匆上车。

赵荣飞习惯地坐在北边的沙发上，郭德一坐在他正对面，龙长胜和陈述飞坐在一侧的长沙发上。汇报自然由郭德一开始，他坐直身子微微前倾，略有白发的三七分头恭敬地面对赵书记。待他把前段时间对于天勤被害一案的侦查情况简略地汇报后，赵荣飞便把目光移向陈述飞。

陈述飞从未在省委书记面前报告过工作，开始难免紧张，哆嗦着嘴唇汇报完情况后说："我们判断，是包若谷通过其妻子与奶娘联系，买了黄鱼装进河豚子，转卖给小保姆，毒死了于市长。目前，我们已经通过控制和审问小保姆，得到证据。"赵荣飞一直平静地听着他述说，见他停下，便转头看郭德一。郭德一忙说道："这是陈处他们侦查组的说法，我们龙厅长对此却有不同看法。"

　　赵荣飞微蹙的一字眉舒展了一下，转眼看向龙长胜。龙副厅长是军人出身，转业前是陆军某师的政委，他向赵荣飞点一下头，说道："我不赞成侦查组目前锁定的所谓线索。首先，将包若谷指定为本案得利者不切实际。不管从哪方面看，在案发前，包若谷都不具备接替市长的条件。他初到赤峪，连副市长也只是个候选人，怎么就会立即接替市长？至于他后来担任代市长，那有着很大的偶然性。其次，小保姆现在改口是从叶屏蔚母亲手中购得黄鱼。若是这样，那天早上，叶屏蔚的母亲就必须进入现场，可又查不到她进入现场的录像。其实，去调查一下叶屏蔚和她母亲那天早晨进出小区的监控录像，就有可能得出结论，可你们又不去查。再次，如果鱼是叶屏蔚卖给小保姆的，按照侦查组的思路，就是叶屏蔚从黄安乐那里既买了野生大黄鱼，又买了河豚，这种情况很特别，向黄安乐一查问就清楚了，可也说至今未查证。实际上你们是去查过了，黄安乐断然否定卖过野生大黄鱼和河豚。据此，我的判断是有人有意将线索引向包若谷，让侦查工作进入误区。陈处，是不是这样？"陈述飞青黄的脸上露出几许暗红色，说道："那是试探性侦查，如果进入正规程序，黄安乐一定会说实话的。"

　　"那是你们动大刑的结果吧，我不赞成这种做法。"龙长胜毫不客气地说。"对，不能搞刑讯逼供。"赵荣飞也跟上一句，接着说道，"我看情况基本清楚了，郭厅长留一下，你们两位先回去吧。"

　　待两人走后，赵荣飞直盯着郭德一问道："他们两种意见，你更倾向于哪一种？"郭德一疙瘩眉微微蹙了一下，黑豆眼一闪，说道："按照推理，应是嫁祸于人。我倾向于龙长胜的意见，包若谷不可能也没理由策划这样一个谋杀案。"

　　"那你怎么任由下面的处长拿出这么一个荒谬的结论呢？"赵荣飞不动声色地问道。"他们有证人的口供，这就不好硬压制他们，我相信陈述飞的能力。"郭德一有些两难地答道。"对陈述飞的能力我早有耳闻，只是素未谋面。此人品质如何？"赵荣飞若有所思地问道。郭德一朗声答道："陈述飞同志品行端正，一心只在工作上，这点我是可以打包票的。"

"你敢肯定他不会被人重金收买？"

"不可能，他要能被人收买，早不是他了。"赵荣飞听后笑道："那你说怎么办？有人要我三天内拿出包若谷是否涉案的结论，我怎么回复呢？"郭德一摸摸光亮的前额，说："你知道，我从来不打击下面同志的工作积极性，尤其是不破坏他们的工作安排。"赵荣飞一笑，说道："那好，我也不破坏你的工作规矩，只是尽量抓紧些。"

郭德一走出省委大楼时，白色警车还在等他。上了车，郭德一对陈述飞只说了一句话："你只有三天时间，三天内要有基本结论证明包若谷是否涉案。"陈述飞的话只有两个字："知道。"

单玄明从孙达文那里出来后，并没有在宾馆住下，而是匆匆吃过晚饭，直接赶回赤峪市。冬天落日早，上车伊始，还能看得见车窗外阴暗的景象，路边的高楼、林木向后速退。出城后，进入一片空旷的平原地带，高大的白果树、水杉树伸展着枝杈，偶尔见几个鹊巢筑在树丫上面，在凛冽的寒风中孤独地守望。透过树林，还能看到朦胧的城市边缘，那里正渐渐依稀难辨。这一切都随着车速的提升快速地向后退去。铁灰色、灰褐色的乱云怪兽、山峦奔涌天际。没多久，车窗外便变得灰暗混沌直至暗黑一片。

单玄明闭目冥想，他回忆着省委书记和省长在他汇报情况后的回应。赵书记没有当场具体表态，但他看到了省公安厅领导出现在省委门口，是赵书记召他们来的吗？如果是，侦查结果如何呢？孙省长态度明确，而且，情况也了解清楚了，已经可以证明包若谷是清白的。正如孙达文批评的，我如果眼看着这次选举失败，那么出洋相的首先是我单玄明，缺乏基本的控制局面能力。我作为一名党的地级市委书记，受党的教育培养多年、党的恩情雨露浇灌几十年，从革命接班人的苗子培养到今天，正是该为党的事业做出重大贡献的时候。如果在这件事上干砸了，那将有负党和人民的重托，也难怪赵书记对我不冷不热的。对呀，我何必这么急匆匆跑到省里呢？一个电话不就可以了吗？下午'两会'讨论政府工作报告怎么样？都有些什么样的议论呢？……

轿车在寒冷的高速公路上疾驰，车灯在昏暗中刺出一条光道，不断地显现出前方有限范围内的景物，无非路边土坎岩壁上的衰草败叶、耸立两侧的脱叶树枝，偶有几座村落民舍一闪而过，窗户上透出或黄或白的光。单玄明由对工作的焦虑转到对自己前途的不安。本想在赤峪市委书记这一岗位上，为老百姓做些实实在在的好事，让赤峪经济社会文化发展上一个新台阶，向党和人民交上一份满意的答卷，借此走上省级领导岗位，做更大贡献。现在看来，前面的道路纵横交错荆棘丛生，一不小心就有迷失方向的可能，为赤峪做好贡献还需竭尽全力谨慎行事啊！奔波与思维的疲倦把他送进了梦乡。

　　单玄明的手机一直由曾寅保管，此时，发出两声短信提示音。曾寅拿出来扫了一眼。但是这铃声却惊动了单玄明，他的两只黑豆眼睛霍然开启，愣怔片刻后，说道："拿来。"曾寅顺从地把手机递给他。单玄明打开看时，却是衰杰发来的短信："晚上老地方等候。"他不屑一顾地删了。奇怪，这个内弟怎么回事？总是发这些莫名其妙的信息，什么老地方见，这么晚了还去你家里吗？

第十六章 出脱干净 口眼不闭

　　单玄明在预定时间赶回了赤峪市，他也没回宾馆住处，而是直接来到办公室，先翻看今天的报纸，头条是昨天人代会的预备会。不一会儿，曾寅就把今天的重要信件及所列的摘要送了过来。单玄明翻看一遍，居然没有关于今天人代会上异常情况的只言片语，这几乎让他不敢相信。至少人大应该有一个情况专报啊，是疏忽，还是以为我晚上不会回来？都有可能，似乎后者的可能性更大些。他仔细地看了看明天的工作安排：上午参加大会，下午参加两个代表团的讨论，晚上市委宴请赤峪市在外（非港澳台地区）发展的工商巨头，大多是在上海、江苏等地的建筑公司老总。这些老总可不是一般人，他们是赤峪在外的精英代表，带出去一批建筑民工，每年为赤峪带回上百亿资金，凡是有人在外搞建筑的村，个人建房是越建越好。所以，市委、市政府对这批建筑公司老总相当重视，每年两次慰问，每年一次的建筑大会也已连续搞了好几年。看完这些，单玄明不再在办公室停留，叫上曾寅一起，借着朦胧夜色，穿过阴暗的古园曲径，在寒风中回到了他们的住处。

　　入夜，还是那座古典建筑红鹤楼，还是那个"一地春"包间。石维新一边泡着金骏眉，一边赔笑道："今晚又是一个雪夜。"动作做得如同泡茶小姐一样娴熟，已把一杯斟好的茶水夹到袁杰的面前。

　　"今天会场上这一手干得不错，我看包若谷都有点乱了，下午参加讨论几乎是被动应付，不断地出去接电话、打电话，你这份材料看来会起大作用。"袁杰一边啜着茶水，一边说道。"这还不是靠花钱买的？光在那个叶辛薰身上就花了几十万了，我听贾昭说，他在东风电缆厂花的钱也不少。"石维新似乎对此另有想法。袁杰说道："贾昭那里也有几十万了，不管多少，既然老板要求我们这样做，我们还是听他的吧。"石维新说："关键是老板是否靠得住，照他这个神出鬼没、神龙见首不见尾的样子，一旦有事，他恐怕会将自己的罪责出脱干净，不但躲得远远的，甚至丢卒保车，落井下石，也未可知。"

"这不会，你放心，我可以打包票的。"袁杰拍着胸脯说。"如果包若谷选不上市长，向正鑫能当上市长吗？"石维新的圆脸已恢复了常态，不无担忧地问道。"这你先别管，如果当不上，至少在近期，大小事情由老板说了算。只要老板出手快些，把几个大的投资项目先安排了，这些上十亿的项目我们每人拿一两个，管他明年谁来担任市长。"袁杰得意地说道。"现在这样的形势下，他还敢亲自指派项目？恐怕没这胆量了吧？"石维新毕竟对法律和形势有自己的判断，对袁杰指望倚仗单玄明拿到工程项目的想法，始终不以为然。

笃笃的敲窗声响起，袁杰立即起身开窗，一个黑影带着一股刺骨的寒风涌进了"一地春"。袁杰急忙关上窗户，回身时，黑衣人已经在主宾位端坐，黑面具眼孔中射出两道深邃的目光。见袁杰回身落座，黑衣人端起石维新夹过来的茶杯，边喝边问："有什么重要情况？"

"姐夫，我们照你的意思，在'两会'上做了这一动作，效果还是明显的，请示下一步怎么办。"黑衣人想了想，回答道："电缆厂的事，证据不足。于天勤的案子加大力度，包若谷就有可能让纪委叫进去，只要他进了纪委，这市长就选不成了。下一步，要做好自我保护，千万不能让我们的人落入公安手中，一旦被盯上，要立刻断线。你那个贾昭，要注意了，我担心他有可能被公安盯上。如果是这样，要让他立即停止一切活动，随时准备把他送走。"他目光凶狠地说道，"绝不能让那个女孩再改口，让她坚决咬住包若谷老婆不放，只要咬住了她，包若谷就上不了市长这个台，要让他做定这个冤大头。小石你别舍不得钱，只要市长暂时空缺，你们有的是赚钱的机会。今天这茶很好，如果没有其他事，我就不多停留了。近期非重大情况，没有紧要事情，不要再约我。"他说完这些，又端起一杯茶，牛饮而尽，起身欲走。袁杰急忙先去开窗，一阵寒风挟着雪花呼的一声闪了进来，袁、石二人不由自主地打了个寒噤，黑衣人却像条猎狗似的嗖的一声穿窗而去，迅速消失在大雪飘飞的茫茫夜色之中。袁杰和石维新尽管已不是第一次见识黑衣人矫健的身手，却仍然为之惊愕不已，看得目瞪口呆，良久回不过神来。

就在黑衣人离开红鹤楼"一地春"窗口攀檐上墙的一刹那，似乎听到身后有人叫了一声："那是什么?"这一声喊，几乎把黑衣人吓蒙，他立即四肢着地如狼行狗奔，迅速脱离对方视线，才听得身后传来另一个声音："好像是条黑狗。"黑衣人惊魂甫定，他攀屋檐，过屋顶，踏墙头，钻竹丛，上树干，总之，借助一切可以掩人耳目的环境，穿街过巷，在苍茫雪夜中带着内心驱不走的惊悸，回身奔往"常委楼"自己的住处。

黑衣人的惊悸并非毫无道理，因为，他听到的声音，来自两位盯梢石维新的省公安厅刑警。他们是陈述飞派出的刑警钟莫成和田更伟，这两人是在调查叶辛羮个人收入来源时，顺着她近期几笔收入的转账人线索，从银行监控录像中发现了目标，至今只搞清楚此人是石岙建筑公司的总经理。钟莫成租了一辆出租车，田更伟找了一辆三轮车，都停在红鹤楼茶馆门口，希望查清与石维新相关联的人与事。刚才两人还请示了陈述飞，是否潜到楼上接近茶室去一看究竟，却被领导否决了，怕万一打草惊蛇，还是先在外面盯着。

忽见一条黑影落在墙头，似乎是穿了夜行服的人，霎时间变成一条狗，翻越墙头，攀爬屋檐，穿过竹林，飞跃上树，转眼间消失在雪幕之中，无影无踪，弄得两人都怀疑看到的是真是幻。由于他们的主要目标是石维新，怕节外生枝，眼看黑影消失，二人仍坚守在车上，盯着红鹤楼茶馆门口。

包若谷是在下午参加党政代表团讨论时，接到父亲病危的电话的，无奈之下，只好向大会请假。先是妹妹包若英打的电话，她哽咽着说："哥，你快回来吧，爸不行了，医生说，肝脏被断骨刺破，救不了了。再不回来，怕是见不上最后一面了!"包若谷的内心被深深刺痛，他对代表们的发言再也听不进去，只好含泪向与会代表致歉："对不起，各位代表，家父上午遭遇车祸，抢救到现在，生还无望，我这不孝儿子不得不赶去见上最后一面。请各位见谅。讨论继续，联络人员记下后，原稿送我拜读。该回复的，我将逐一回复。现在我向大会请假，请章主任把我的请假要求带给主席团。"代表们见他这么说，都面露同情之色。陪在一侧的章荣叶忙接过话说："这事非常意外，我代表大会主席团执行主席同意你的请假要求，快去吧。"包若谷离开会场还没走到门口，汪非常的电话也打过来了："包市长，对不起，老人家没救过来，医生是从沂安赶来的，但还是晚了一步。您还是快点赶回盛州吧。"包若谷听后忙说：“你们辛苦了，这里还有好多事等着，你们先回来吧，我这就回盛州。”挂了汪非常的电话，他与佟一青匆匆走出国际大酒店会议中心，竿甘泉已驾车静候门口，待两人上了车，直奔高速公路。

几个小时后，到达盛州人民医院门口，早有汪非常和林小田在此迎候。二人见包若谷从车上下来，赶紧迎上，叫了一声“包市长，您到了”。包若谷一句话也没问，他知道问半句都是多余的。两位副主任更是一言不发。他们去的不是太平间，这给包若谷带来一丝希冀，至少还能见老父最后一面，或许能说上几句话。上电梯，过楼道，楼道两侧已站了不少亲戚，包若谷顾不得打招呼，直接进了病房。

见他进门，包若山和包若英含泪分别从两边迎上，叶屏蔚陪着老母亲斜坐在病床边的凳子上，泪眼汪汪朝他看。包若谷第一眼看见父亲时，还以为他在张口和他说话，疾步赶上，待触摸到老人手时，已冰冷僵硬，方知过世多时，只眼睛未闭，嘴巴张着。包若谷顿觉一股冷气自腹内上蹿，直达心房。“爸。”他小声呼唤，如同平日里重逢一般，白净的长脸泛起青色，眼中开始溢出泪水。“爸，你应我一声，轻一点也行。”自打记事时起，父亲就是自己的靠山，就是呵护自己成长的大手，就是自己走出家门闯荡天下的精神支柱，就是自己此生一路走来的天地。“爸，你怎么不等我到就走了呢？”这一句话的声音大了，也哽咽了，包若谷终于声泪俱下，伏在老父身上撕心裂肺地号啕大哭，抽搐的身体震动了病床、病房甚至医院。他这一放声大哭，带动了他的母亲、哥哥、妹妹、嫂嫂、妹夫等人一齐高声痛哭起来，似乎都有太多伤痛被压抑着，似乎早等着允许放声大哭这一刻的到来。一时间，整层楼哭声响成一片，悲痛哀伤的凄楚氛围顷刻笼罩了整个医院。

其实，包父在下午包若谷接到汪非常电话时就已断气了，按规矩早该送太平间或殡仪馆。只因为怕包若谷太过难受，医生们帮着圆谎，只说老人还是昏迷不醒，需要静躺，在手术室拖延了两小时后，又送到病房。包若谷七十来岁的老娘和哥哥妹妹虽已哭过多次，都是不敢号啕，这一下哭出声来，呼天抢地地释放悲怆的同时也很消耗体力。包若谷的母亲钮茂秀第一个撑不住，哭着哭着，便接不上气来，倒在死者身上。包若谷大吃一惊，赶紧和叶屏蔚扶起老娘，“妈，妈”地叫个不停，包若英转身跑出去叫医生。等到医生和护士进来，众人已将钮茂秀抬到陪护床上躺着了，包若谷夫妇还在不停呼唤着。进来的医生一见包母病状，忙为她做人工呼吸，几下过后，老人终于睁开了眼睛。

经过此事，大家逐渐止住悲声。包若谷便吩咐联系殡仪馆，叫出殡车。其实，这些都已由汪非常和林小田布置妥当了，只等包若谷一句话，连出殡车带殡葬工都在楼下等着，殡仪馆也已布置了灵堂。经过一阵忙碌，给死人擦洗换衣移尸安置妥帖，已是深夜十二点了，众人陆续离去。包若谷见汪非常和林小田、佟一青还在旁边，便把他们叫在一起，说道："感谢两位主任为我做的一切，辛苦你们了。时间已晚，你们现在去宾馆住一晚，明天早上由竿甘泉送你们回去。我要最后陪我父亲几天，有什么情况可以电话联系。"汪非常关切地说："包市长，您也要节哀，其实明天的大会对您也很重要。"包若谷沉重地说道："于官场仕途而言当然很重要，好在于百姓的切身利益尚有可弥补的机会，不致铸成大错。父亲于我有生身养育之恩，我不愿为此惹人耻笑。"汪非常见劝说无效，也不再勉强，只好说："好吧，那我们听领导的。"说完带着林、佟告别包若谷，去乘竿甘泉的车。

包若谷原本打算让叶屏蔚陪着母亲去休息，转念一想，正好趁此机会问明一些情况，于是便让包若英和包若山都陪母亲回去休息。灵堂内一下子静了下来。叶屏蔚走过来依在他的身旁坐下，柔声说道："老公，别太伤心了，看你这个憔悴样，自己也要注意身体。"包若谷爱怜地看一眼爱妻，说道："你不是也很辛苦吗？更要注意身体。"他本想把郁积在心中的疑问全都抖搂到她的面前，可话到嘴边实在于心不忍，只好打住，字斟句酌。良久，他问道："最近厂里还顺吗？"叶屏蔚轻声说道："还顺的，没有让你操心的事，我能挺住。哎，我说件事，你不许难过啊。"

"什么事？你说吧。"包若谷双手轻扶着她的肩说道。

"你之前有没有一个叫毕士权的大舅子？"原来还真说到了正题上。包若谷答道："是毕玉环的哥哥，怎么啦？"

"他来厂里要求上班，还替一个女会计求情，也要回厂上班。我没答应，他们就联络起来，鼓动老厂下岗的工人上访、闹事。市里出面保我们，省里来了审计人员，对旧账目又审计了一遍，发现他们老厂购进的三条生产线虚报进价超一千五百万，算下来，我转制出价还是偏高了。那个女会计可能要被追究刑事责任了，不知你的那个大舅子有没有牵连进去。"

听了这话，包若谷心上的一块石头落了地，至少妻子并购国有企业的事对他已没有影响了，这多少给他带来一分欣慰。但他还是想了解爱妻确切的心态，接过话说："我和他们早已没了联系，如有牵连，也未必帮得上忙。我只担心你，一个人办这么个企业，太累了，你看，四十几岁的人就有白发了。"叶屏蔚心间涌起一股暖流，这让她强烈地感受到包若谷对她的深情真爱。她把头轻偎在包若谷的肩膀上，鹅蛋脸上飞起一片红霞，说道："如果我老了，头发全白了，你会嫌弃我吗？"

"不会。"包若谷不假思索地答道，又补上一句，"不管你变成什么模样，你永远是我心中最美的爱人。我一直在想，我该如何帮助你，让你免受如此劳累。"

"不用，有你这份心，我便心满意足了。"叶屏蔚十分欣喜地喃喃自语。包若谷却突然转了话题："屏蔚，如果有一天我不再做官，你还愿意和我在一起吗？"

"当然愿意。"叶屏蔚利索地答道，"我才不在乎你是什么身份，只要你是我的就好。我心里其实不赞成你到赤峪去做什么副市长的，那么远，还不如就留在沂安市里好。"

"如果我不当什么市长，和你一起办企业，怎么样？"

叶屏蔚眨着漂亮的杏眼，说："这太好了，只是太委屈你了。妈就说过这话，她说最好你能和我一起办企业，别去做什么官，累死累活不讨人好。"

此刻包若谷心中忽然萌生出一种从未有过的念头。何苦要在这群人中你争我夺地求生存呢？如果我辞去一切职务，回家帮着老婆办企业，还会有人把谋杀于天勤的黑砖往我身上砸吗？父亲已经去世，我做官给谁看？亲娘根本不在乎我做什么，岳母更希望我去帮她女儿办企业，爱人更愿意我在她身边寸步不离。至于其他人怎么看我，无非是我的身份地位能给他们带去多大的利益，给他们提供多大的利用价值，我更是毫无在意的必要。他深情地看着身边的女人，轻声说道："也许妈说的是对的，我应该回来与心爱的女人共挑重担。"叶屏蔚已是睡意上头，加上一天劳累，微闭着眼睛，含糊不清地说了句"我想睡觉"便不再说话。

包若谷只好侧身抱住她，灵堂里顿时静得只能听到呼吸声。闻着爱人身上的气息，看着灵床上父亲僵硬的面容，包若谷脑子里忽然变得一片空白。良久，他渐渐回忆起刚才母亲、哥哥、妹妹、嫂嫂、妹夫以及那些亲戚在哭泣中说出来的父亲车祸经过。父亲有早起下地干活的习惯，一年四季如此，既是下地劳动，也是锻炼身体，干到九点来钟回家，几乎天天如此。他每次出门骑一辆三轮车，出村后，沿公路走过一里许，转向一条机耕道，二三百米后就是承包地了，地里按时令种着各种蔬菜。今天早晨出去是割掉一批长到顶的青大头，移出一片空地来，打算过几天种马铃薯。就在整完地装上菜，骑着三轮车到公路上时，一辆工程车从侧面撞了上来，老人连车带人摔倒在地。工程车倒也没有逃逸，司机停车后急忙下车救人报警。据林小田汇报，交警到现场后，经过周密的勘查，确认是一起偶然的交通事故。肇事司机虽是外地人，但在盛州县境内开工程车已经有好几年了，其身份不存在任何值得怀疑的地方。此人目前已被警方拘留，赔偿事宜由工程车投保的保险公司负责处理，司机对车祸的解释是，老人骑车突然侧转，司机刹车不及，撞了上去。

父亲一生谨小慎微，走路、骑车一向非常小心，怎么会在公路上不避让大车？他要侧转怎么会不先看看身后来车呢？难道……如此想着，他看着父亲的双眼便开始流泪了，深深的愧疚和悔恨悄然涌上心头。悔不该接受组织上的安排，如果自己在常委会上坚辞不受，一定不会有父亲车祸、自己身背黑锅的情况发生。父亲，难怪我见到你时，你竟然口眼不闭啊。

第十七章　今夜无眠

盛州比赤峪靠南，风雪飘不到，但冷空气照样要南下，无非是雪变成了雨。从后半夜开始，淅淅沥沥下起雨来，气温也变得更低。包若谷与叶屏蔚已不再坐在长椅上，而是坐进了专为陪夜铺设的地铺里。叶屏蔚钻进被窝照样睡着。包若谷却依然睁眼看着父亲，似乎父亲会在他的注目中突然开口和他说话。然而，不知何时，他眼前一晃，门口却走进一个人来，定睛一看，居然是于天勤。这位于市长，他在来赤峪前曾见过两次面。一次是他随李书记去枫海市考察，见于市长汇报工作时条理清晰，都用事实数据说话，印象很深。另一次是于市长借向赵书记汇报工作之机，先到当时他这位副主任的办公室来坐坐，主动介绍了有关赤峪发展的情况，也正是于市长的话引起了他对赤峪的关注，当时却根本没想到自己会来赤峪工作。到了赤峪后两人也做过几次单独长谈，但说的都是赤峪发展面临的重大难题和处置方略。有时也谈及赤峪的历史人文，但对官场状况却讳莫如深，从不涉及，偶一触及，于市长也以一句"留你以后在工作中体察判断、自我把握"打住。

于天勤一进门便说："包主任，节哀啊，我也来看看你的老父亲。"包若谷连忙起身迎上，说道："于市长，原来您还活着，我终于可以脱离这个是非窝了，您坐，您坐。"于天勤说道："我当然活着，可如果不让某些人以为我死了，他们怎么会跳出来呢？怎么会如此丧心病狂呢？只可惜枉死了无辜的包老爷子，我这就向他赔礼道歉。"说着跪在亡灵前深深叩下头去，额头触地似有砰砰之声。包若谷深受感动，说道："于市长，这不是您的错，是某些人心太黑、太狠，我老父地下有知也不会怪您的。"说着，双手扶起于天勤在长椅上坐下。于天勤回过头来问道："你刚才说，终于可以脱离是非窝？你想逃避?"包若谷毫不隐瞒地点点头，说道："于市长，我如果不被推上这个位子，就不会有那么多的敌人，就不会危及我的家人。我爱妻办着这么大个企业，经济上根本不用操心，我辞职回家帮爱妻管理企业，妇唱夫随，这辈子会过得很幸福，又何苦待在赤峪这个是非之地？"

于天勤听他说完，回头默默凝视灵床上的包父，说道："你害怕了，牺牲了老父亲就把你打垮了，那些人的目的也就达到了，赤峪市又可以任由某些人为所欲为了。他们又可以毫无顾忌地以污染水源、牺牲公众利益为代价获取私人财富了，赤峪人民的生存环境将依然面临严重威胁。还有一些人又有机会堂而皇之地通过一些所谓的开发项目，将国家利益、人民利益通过某条暗河输送到私人的手中了。对于这一切，你我虽然可以一气之下撒手不管，正所谓眼不见心不烦，可群众毕竟眼睛雪亮，得眼睁睁看着大好环境变坏、青山绿水成为历史记忆，目睹辛辛苦苦创造的财富，被人巧取豪夺据为己有。我们与我们的前辈差距怎么那么大？一样是共产党员，他们可以面对枪林弹雨、刀山火海，义无反顾、勇往直前，可回看我们，面对危及人民生存环境、侵吞国家利益的危情，居然选择退缩、回避、视而不见，去追求自己的所谓幸福。若谷啊，那样，你的老父就算白死了，你还算是个男人吗？"这话说得太重了，让包若谷惶恐不安，他双手捂脸，无地自容。良久，他含糊地问道："可于市长，我该怎么办呢？"

"以不变应万变，挺起腰杆，忍辱负重，决不退缩。"听了这话，包若谷想想，依然不得要领，问道："能不能说得具体些，比如这几天如何应对？"可良久不见回话，抬头一看，灵堂内空旷寂静，除了自己和爱妻，再无其他活人。包若谷心里一震，原来自己竟和于天勤在梦中相遇。

包若谷这次惊醒，再无睡意，怔怔地想着自己该如何进退。面对单玄明时如何表态呢？于天勤让我以不变应万变，怎样才算不变？不去参加会议算不算不变？天亮后，一定会有人来吊唁，自己无论如何不可离开，否则，将遭人唾骂甚至耻笑。至于赤峪那边，最多也就顺其自然，代表们愿意投谁的票就投谁的票，也许这就是以我的不变应对会场上的万变吧。

石维新先袁杰一步走出红鹤楼茶馆。此刻，雪似乎下累了，变得稀稀落落，由于地气湿暖，雪一着地就变成了水，水泥地面湿漉漉、明亮亮的。石维新扫视一眼周围，直接上了停在车位上的黑色奔驰轿车。在三轮车上的钟莫成和田更伟立刻坐上出租车，发动起步，尾随而去。这一切恰被走出门的袁杰看到，他迅速警觉地钻进自己的白色路虎越野车，尾随而行。天黑得连街道上的路灯都失去了信心，变得惨淡而阴暗，挥洒而至的飞雪在灯光中飘摇落地，顷刻间化为水。袁杰拿出手机拨通了石维新的电话："喂，你被盯上了。"

"知道了。怎么办？"石维新问道，语气平静得出奇。"上赤梁峰会所，我让贾昭派人在半道上配合一下，静悄悄地让他们消失。""好，知道了。"

袁杰说的赤梁峰会所，是赤峰房地产开发总公司新建的一处高级娱乐场所，石维新和袁杰已经去玩过几次。据说，那里的美女都是空运来的外国少女。也真难为袁杰瞬间能想到这么个去处，既与自己圈内人无关，又是一个道路十分险要、最合适的杀人灭口之处。袁杰向贾昭发出指令后，便不再跟踪，弯入另一条公路回了自己住处。

石维新接了袁杰的电话后，开始专心地开车，车速不紧不慢，像是完全没有发现自己被盯梢。穿过一条街，又拐入另一条街，估计贾昭派的人已经上了赤梁峰盘山公路，石维新这才打电话问袁杰："安排的人到位了吗？"

"已经上去了，是杜兵，你可以与他直接联系。"

"好的。"挂了电话，石维新优哉游哉开车奔向赤梁峰。

这赤梁峰其实是赤峪湖上的一个景点，临湖一面是千仞壁立的赤色岩石悬崖，像一道坚硬的山体脊梁，其背面却是相对平缓的山坡，难得的是，崖顶有一块两万平方米的平地。站在临崖处，不仅能一览赤峪湖山水全景，还能远眺赤峪市区风貌，那可真是风光无限、美不胜收。这里曾经建有一座寺庙，早已坍塌，也曾有农民去开垦居住，但终因交通不便，弃之而去。赤峰房地产开发总公司的劳佩民，在一次游览赤峪湖周边风光时，偶然发现这块宝地。他以房地产商人独有的眼光看中此处，几乎以零地价拿下了峰顶两万多平方米土地和修筑上山公路所需的山地。赤峪市之所以愿意以零地价出让，是因为赤峪需要开发湖区山水风景，而政府又无力投入，有民企愿意投入是好事。

盘山公路是整个会所工程最先完成的，由于里程较长，投资者限于财力，铺设的路面宽度仅够两车交会，有些地方甚至更窄，虽是沥青铺面，但沥青面层较薄，有的已露出沙层。有几处弯道紧临悬崖，还来不及做护栏，最是危险。全线没有路灯，如果路况不熟，石维新自己也不敢夜上赤梁峰。

离开一级公路左拐进入盘山公路后，石维新给杜兵打电话："到哪了？"

"已上了三道湾，我们在鹤嘴崖交会吧。"

"好。事了后，你们到下面看看，要确保万无一失。"石维新依然平静地吩咐。此后，他开始有意识地加快速度。钟莫成和田更伟都是初次来到赤峪，对盘山公路去往何处毫不知情，如果知道这是去赤梁峰的唯一通道，他们也许会沉稳得多。眼下一见奔驰车加速，他们以为石维新已发现被跟踪，想甩掉他们。坐在副驾驶座上的田更伟首先发话："他想溜。"钟莫成一边加速，一边说道："你放心，他跑不了。"就这样，两车一前一后快速地绕山上行，眼看就要接近鹤嘴崖。这是一个很特别的弯道，受地形限制，要先绕一个小弯，紧接着再绕一个大弯，才能从缓坡面斜插而上。从小弯到大弯的外侧就是悬崖。当石维新的奔驰车转过小弯来到大弯处时，杜兵驾驶工程车，关闭车灯，在弯道处与其交会而过。当出租车转过小弯追来时，工程车不仅占据着整个车道，而且突然开启大灯，迎面停立。钟莫成根本看不清眼前路况，凭直觉以为弯道已过，应该是缓坡斜道，一偏方向，欲与来车交会而过，谁知小车突然腾空而起，飞身直下悬崖。随着一声巨响，出租车坠落山谷，随即起火燃烧。杜兵驾车逃离现场。石维新眼看跟踪自己的人随车坠崖，葬送火海，不禁心花怒放。他见飞雪已停，决定当晚留宿赤梁峰。

在汽车腾空而起的一刹那，田更伟意识到遭了暗算，他本能地一手拉开车门，一手摁了两下手机的通话键，还想拔出保险带扣环时，车已着地，只能扔掉手机。之前，田更伟的最后一个电话是打给陈述飞的，请示要不要进茶馆近距离跟踪。

陈述飞在睡梦中被惊醒，一看是田更伟的电话，立刻接听，电话里传来类似爆炸燃烧的声音，却听不到田更伟的片言只语。陈述飞的脑袋轰的一声，难道两人这么快就遭遇不测了？对手也未免太强了。他大声叫道："更伟，是你吗？你们在哪里？怎么啦？"但是，除了听到一些燃烧的声音外，却是寂无人声。陈述飞不甘心就此挂断，这是自己现在联系现场的唯一通道。他按下了录音键，放下手机，用家里的座机拨打钟莫成的手机，希望自己是多心了，或许是田更伟的误拨。然而，连拨三次皆联系不上，这就毋庸置疑了，两人一定是遭遇了非常险情。他再也睡不稳，立即拨打了龙长胜副厅长的电话。龙长胜显然也是在睡梦中被惊醒，尽管十分痛苦，仍然振作精神。"什么事？"龙长胜问道。"我派往赤峪市盯梢嫌疑人的两位刑警可能已经遇害。"

"怎么回事？说详细点。"

"我刚接到其中一人的电话，呼叫他时没有回话，里面传来类似爆炸和燃烧的声音，我再拨另一人的电话时，怎么也联系不上。"

"你认为该怎么办？"龙长胜已完全进入状态。"我要求赤峪市公安局配合查找两位的下落，因为其中一人的手机目前还与我保持通话状态，应该很快能够准确定位。同时，我请求带几名刑警奔赴赤峪，必要时限制某些人的自由。"陈述飞快速地说道。"我这就给赤峪市公安局局长打电话，让他们直接与你联系，全力配合查找两人。你可以在刑侦总队随意挑选人手带上，我这就和他们总队长说好。至于限制相关人员行动，要先请示我，由我请示领导后再答复你，不可乱来。"

"好吧，我听领导的。"

龙长胜倒八字眉一蹙，清癯的长脸上泛起一道幽暗的红色。这是一个心思灵动机智百变的人才，他在陈述飞的电话中听出了问题的严重性。两名干警在盯梢嫌疑人时突然遇险，且多半是遭人暗算，被盯梢者无论如何脱不了干系。事情发生在赤峪，赤峪公安理应配合彻查，但是，能保证不走风漏气、万无一失吗？他犹疑了片刻，拨打了赤峪市委常委、政法委书记、公安局局长李心夔的电话。李心夔自然也是在睡梦中被惊醒："龙厅长龙马精神，这深更半夜还想起给我打电话？"

"你别美，这件事够你今夜无眠。两名盯梢嫌疑人的省公安厅干警在赤峪遭遇不测，现要求赤峪公安局全力帮助搜寻。眼下陈述飞的手机还保持着与出事人的通话状态。你的任务是帮助找到出事人的位置，更具体的情况，由陈处长和你们联系。要尽可能缩小知情者范围，做到外松内紧，不可张扬。"龙长胜语气沉沉地在电话那头说道。

李心夔早听得血脉贲张、额头冒汗，两只大眼瞪得溜圆，听龙长胜布置完了，赶紧说："领导放心，我亲自督阵，尽快锁定目标。再见。"这边挂了电话，立即拨通分管副局长欧阳德的电话，"快起床，叫上司马羊到我办公室来。"司马羊是市局刑侦科科长兼刑侦支队支队长。

李心夔放下电话，一边算计着如何以最快速度找到通话手机地点，一边迅速穿衣起床。他下了楼，司机开车在门口迎候，上了车，直奔公安大厦。

李心夔来到自己办公室，欧阳德和司马羊已经等在门口了。"我已查清陈处与他的手下田更伟在通话，两人用的都是移动手机。田更伟在赤峪的位置，已通知移动公司定位。"李心夔没想到司马羊办事如此利索，十分赞赏地问道："移动公司要多长时间才能锁定？"

"应该很快能回复的。"司马羊答道。正说着，他手上的手机响了起来。"是移动公司的。"司马羊说道，"喂，你好……在赤梁峰一带，目前正通过赤梁峰基站传达信号……好，谢谢。"等司马羊挂了电话，欧阳德立刻说道："赤梁峰只有一个私人会所，那里现在正是生意红火时，难道他们两位盯上这里了？"

"不可能，应该是他们盯着的目标上了赤梁峰，夜走这条道。坏了，给交警支队纪武常打个电话，问问赤梁峰一带有没有交通事故报案。"李心夔皱眉说道。

欧阳德立刻用手机拨打纪武常支队长电话。那一头显然也是从梦中惊醒："欧阳局，你还没睡啊？什么事？"

"今晚交警支队有没有接到过赤梁峰一带的交通事故报案？……时间？就这两小时内。"

"我这里没有，我查询一下区大队，也许没上报。"

"好，那快查，我和李局都等着。"放下电话，欧阳德这才在李心夔办公室的沙发上坐下。司马羊忙去取来热水瓶给两位领导泡好茶，自己也用一次性纸杯倒了一杯白开水，然后在欧阳德旁边落座。三人喝着已经并不热的茶水，各自想着心事。还是李心夔开了头，说道："你们都来判断一下，省里的两位干警会是一种什么情况？"欧阳德首先说道："要看两位盯梢的是谁，出于什么目的。如果是针对赤梁峰会所及其经营问题的话，估计是被那里的保安扣了，或者是打了。杀人灭口，应该没这么大胆，也无此必要。如果盯着某个对象，又让被盯者发现了，而且事关重大，那就有可能在半道上出了意外。"

"司马羊呢？你说说看。"李心夔看着闷头喝水的下属，突然问道。司马羊似乎早有他的想法，说道："手机开着，而且拨打陈处的电话，据我判断，这是当事人在面临危急时刻做出的本能行为。据此，我判断两人可能已无生还希望，最大的可能是连人带车摔下了赤梁峰。如果没与其他车辆刮擦，估计夜里还无人报案，当地交警也不一定知道。"正说着，欧阳德的手机响了："喂，纪局好……什么？都没接到过事故报警吗？好吧，再见。"

李心夔暗暗点头，沉着脸说道："你们说的都有道理。这样，司马羊，立即从刑侦队抽选五个人，再加一名急救人员，都到局里待命，陈述飞一到，我们立即出发。"

"是，我马上布置。"司马羊答应着，出门去了自己的办公室。

石维新在赤梁峰会所享受了洗浴按摩等一系列服务后，昏昏睡去。不知过了多久，石维新眼前展现出赤梁峰壮美的景色，突然，他看到了那辆翻落到悬崖下的出租车，出租车边上有不少警察在丈量、拍照。然后，几名警察从扭曲变形的车内小心地抬出了两名死者。尽管隔了这么远，石维新依然能看到那两位死者的面容，他们怒目圆睁，仿佛在叫喊"凶手就在山顶！"石维新吓了一跳，再也不敢看那个地方和两位死者，回头往回走，可没走几步，前面就迎过来几位全副武装的警察，为首的一位指着石维新叫道："这就是凶手，别让他跑了。"

石维新吓得一个转身朝赤梁峰跑去，跑着跑着，前面出现了悬崖峭壁，再无可逃之处，但后面的警察依然不依不饶紧追不舍。石维新禁不住仰天大叫一声"天亡我也"，便纵身跳下悬崖，这一跳终于让他惊醒过来，原来是南柯一梦。梦醒后，他一看手表已是凌晨四点，回想梦中场景，忽然心头惊悸异常，自己怎么可以在赤梁峰上度过一夜？这可是天大的是非之地，躲之尚且不及，怎可留宿？这样一想，便再也睡不着，摸索着穿衣起床，决定尽早离开这是非之地。

陈述飞带着周曲波连夜奔赴赤峪，驾车的是刑警白亦农。警车闪着警灯一下高速，就见一辆同样闪着警灯的警车已停在出口处，见到陈述飞的车后，直接导引而去，白亦农随即跟上。两车一前一后沿赤峪湖畔的环湖公路直奔赤梁峰下。在此之前，司马羊已经带人根据移动公司确定的方位，找到了坠落在悬崖谷底的出租车，那里恰是一片寸草不生的乱石滩。由于汽车着地后起火燃烧，整车已面目全非，车内人员全部身亡。

第十八章　对手更强劲

陈述飞借助灯光看着车内两具被烧得面目全非的战友遗体，额上的三道皱纹深深地凹进，塌陷的双颊如铁铸一般僵硬，两行热泪止不住流下，沉重的自责和内疚油然而生。他们是执行我安排的任务牺牲的，是我轻看了对手的狡诈与歹毒。石维新，赤峪一家建筑公司的老总，在短短半个月内，无端支持叶辛荑一家几十万元，非亲非故，为什么要收买穷山沟里出来的一个穷姑娘？这一举动违背常理，极为可疑。是要纳她做二奶？完全不像。只有一个解释：要她改变口供，把河豚子来源指向叶屏蔚。原本只想从外围了解一下此人的背景，没想到竟然露出了冰山一角。这场车祸与石维新有脱不了的干系，如果说在此之前陈述飞对石维新只是怀疑，那么这场车祸让他肯定了石维新身上一定有重大犯罪嫌疑。他至今不清楚石维新在黄岭市的背景，更不清楚石维新与袁杰、单玄明之间的关系，否则，他紧接着的行动也许不会如此冲动和盲目。只见他轻擦着泪眼，抬头仰望赤梁峰。

此刻，北风正起，云层松动，西坠的明月偶尔在云团间露一露模糊的脸。赤梁峰像一头昂首吞月的怪兽，黑黢黢地傲视着面前的赤峪湖，暗夜中看不清它的真实面容。这么凶险的山势，盘山公路是通往何方的？"上面这条盘山公路通向哪里？"他问道。一旁的欧阳德答道："赤梁峰顶是一家高档会所，开业不久，生意还不算太好。"陈述飞听后猛然一个愣怔，直觉告诉他，石维新还在山上，先抓起来，突击审查，打他个猝不及防，我就不信捞不出我想要的东西。令他始料未及的是，对手更强劲，接下去发生的事，让他深悔出手还是慢了半拍。

陈述飞回头对欧阳德说："欧阳局长，你带我们去一趟峰顶。曲波，上车。"

两辆警车在晨曦中一前一后开上了赤梁峰顶，在一座五层大楼前的停车场外侧绕了个大弯，来到会所门前停下。陈述飞、欧阳德分别从车上下来，正要走进会所大门，回头见停车场上一辆轿车起步向场外开去，显然是要下山。陈述飞心头一紧，难道是目标想溜？他赶紧奔向总台问道："请问石维新先生住哪个房间？"服务员看了他一眼，不紧不慢地说："他刚退房，走了。"陈述飞立即回头，对欧阳局长说："目标刚走，追。"众人立即回到车上，两辆警车拉起警笛，亮起警灯，朝弯道上的轿车追去。

石维新走出会所大门时，猛见两辆警车一前一后飞驰上山，知道一定是冲他而来，情急之下几步跑到自己的轿车旁，匆匆开门上车发动起步。他必须抢在警察进会所之前逃离赤梁峰。就在石维新即将绕完停车场外侧大弯道，进入下坡路时，身后尖厉的警笛声突然鸣响。他内心一阵惊悸，本该踩的那一脚刹车被放弃，任由汽车向下奔驰而去。随着坡道的不断延长，车速不断加快，眼看车到转弯处，已是非踩刹车不可的时候，他才缓缓踩下刹车，然而不见任何效果，轿车依然如脱缰的野马般飞驰而下。石维新这一惊非同小可，不及细想，紧握方向盘，按下双跳灯，开启大灯，尽量靠近山体一侧转弯下行。但毕竟车速仍在加快，在转过两处弯道后，石维新内心恐惧加剧，判断翻车已是迟早之事，心想与其到撑不住了翻向悬崖，不如主动翻往平缓山坡。只见他先将轿车猛地擦向一侧的山体，在惯性作用下轿车瞬间掉头翻滚，随即离开公路，翻入公路一侧的山坡，在山坡上翻滚两周后被两株大树挡住。从外面看，轿车已被撞得扭曲变形。石维新打完方向盘后，在轿车侧滚时，脑袋撞上了车门玻璃，立刻失去了知觉。

陈述飞只看到那辆轿车直接开往下坡道，判断石维新是有意识逃跑，对白亦农说道："对方要逃跑，注意安全，追上去。"白亦农毫不迟疑紧追而去。但当陈述飞坐的汽车转过弯道时，对方的轿车正飞速转弯，一闪而去。"对方车辆失控了！"周曲波对陈述飞说道。"我看到了，石维新恐怕也是遭人暗算了，螳螂捕蝉，黄雀在后啊。"陈述飞感叹道。

当陈述飞等公安干警来到石维新变形的轿车旁时，大家心里都一沉，眼见石维新生还无望，又一条线索被切断，对手何其狡猾阴毒！待小白拍过照片，几个人协力将轿车翻转，这才看清车内的石维新满头满脸是血地歪在一边。

"赶紧打开车门救人。"陈述飞吩咐道。司马羊疾步上前，一拉车门，居然纹丝不动，忙捡起一块石头，轻轻砸碎车门玻璃，伸手从里面拉开车锁，但车门依然因挤压变形无法打开。情急之下，司马羊只得用石块敲掉前挡风玻璃，然后，大家协力将石维新从前面拖出来，放在草丛中。陈述飞试了试石维新鼻息，似乎还有一点气息，说道："还有救，赶紧施救。"欧阳德转身对司马羊说："快让急救人员先来现场抢救，再呼叫120前来支援。"司马羊立即打电话催促山下急救干警上山。陈述飞已经从车上拿了急救包，对周曲波说道："你先将他头上创口的血止住，做些简单处理。"周曲波接过急救包给石维新包扎。

陈述飞凭着多年公安工作经验判断，石维新的轿车是在上了赤梁峰后被人卸掉刹车片的，如果是这样，那么自己跟踪石维新算是瞄准了正确目标。可惜的是料事不精，准备不足。他面前的对手比狐狸还要精明，比豺狼还要凶狠，出手之快、下手之毒，让人始料未及。他立即向龙长胜简洁地汇报了这里的情形，并建议道："不管石维新能否救活，我的意见是立即将他送到沂安救治，同时封锁消息，严加监控。"龙长胜听后，说道："我同意，李心夔那里我与他联系。你如果直接从赤梁峰往沂安送人，一来，石维新创伤程度不明，能否顶得住长途颠簸是一个问题；二来，你们的周围一定有不少眼睛盯着，一旦发现你们送往沂安，难保路上不做动作。这样，我立即让省武警总医院根据你提供的石维新伤情，组成一个专家组，派武警救护专车赶往赤峪。到时候你们见机行事，金蝉脱壳也好，暗度陈仓也罢，总之，要悄无声息地将此人送往沂安。"

陈述飞不得不佩服龙副厅长的判断，觉得自己的一举一动，其实都在对手的眼中，不由得心头一紧，赶紧收起手机，对欧阳德说："欧阳局长，赤峪市哪一家医院最好，也最安全？"欧阳德不假思索地答道："当然是人民医院。"

"那好，就将石维新送去人民医院，请您布置武警对人民医院实施警戒。石维新手术和住院的楼层要确保万无一失。"陈述飞恳切地说道。欧阳德此刻才感觉到此案非同一般。罪犯似乎步步预料在先，步步抢先下手。经陈述飞提醒，他一阵惊悚，立即与各路人马联系。

袁杰的判断很直接，公安既然盯上了石维新，那么自己可能也已被盯上。

他开着那辆路虎越野车在市区多绕了好几条路，仔细观察车后情况，在确认没有盯梢的车辆后，才开回金犀花园别墅。

袁杰开车进金犀花园大门后，特地朝反方向绕了一圈，将车停在一个阴暗处，刚好能看到大门口，熄了火，开启一丝窗缝。黑暗中，他静静地凝视小区门口，似乎在等待着什么，十分钟后，依然没有他不希望看到的情况出现。这么说，他们只盯上石维新，而且是刚刚盯上，这些人一定不是赤峪的，他们多半来自省城，如果是这样，今夜干掉了两个盯梢的，石维新其实也就彻底暴露了。袁杰静静地思索，觉得背上一股寒意在往上直蹿……良久，他直接拨通了杜兵的电话，问道："我是袁杰，你在哪里？"

"老板，我在出租车翻下来的乱石滩，车在烧，两人都在里面。"

"干得好，这样，你回赤梁峰会所看看，石经理今夜一定在那里留宿，不要惊动他，把他奔驰车上四个轮子的刹车片拿了，让他跑得快一点，明白吗？"

"明白，在他下山前，奔驰车上四个轮子的刹车片全失效了。"

"另外，想办法把他的手机弄到手。"

"好，我知道了，这就去想办法。"

"你今夜也留宿会所，明天早上顺便看看他下山的情形，如有不顺，立即告诉我。"

"明白了，老板。"杜兵接完电话，立即赶往赤梁峰。

正如龙长胜判断的，陈述飞抢救石维新的一举一动全在杜兵眼中。当赤峪人民医院的急救车出现在赤梁峰盘山公路上时，他想当然地认为石维新一定没有摔死，而且被送进了赤峪人民医院抢救。还没等救护车离去，杜兵已经把这里的一切报告了袁杰。袁杰正准备去参加人代会，今天还是分组讨论政府工作报告，他必须按要求准时参加。听了杜兵的报告，他的心一下子吊到了喉咙口。石维新必须死，谁让他知道得太多，他不下地狱谁下地狱？人民医院里当然有袁杰认识的人，但没到托付如此重任的程度，还是要让贾昭去想办法。同时，他也向杜兵交代了伺机解决石维新的任务。杜兵心一急，回身悄悄上山，来到停车场急急忙忙开了一辆黑色轿车下山。

陈述飞将欧阳德约进自己的轿车内，说道："欧阳局长，你马上给市急救中心打个电话，让他们再派一辆急救车过来，然后让急救车与我们时刻保持联系。"欧阳德不明所以，略一思索，急忙照做。

急救车上下来的救护人员和武警救护人员一起对石维新进行了现场抢救和检查，发现除脑部震伤以外，就只有两处骨折，一处是肋骨断裂，另一处是股骨骨折。经过简单处理后，应该问题不大，这是参加抢救的皮林翰医师的结论。陈述飞依然不放心地问道："皮医师，从这里到沂安有一个多小时的车程，路上没问题吗？"皮林翰细想了一下说："至少能保命，虽然没做过 CT，无法准确判断，但从外表看，并没有太大的危险。"

"那好，我们现在先送赤峪人民医院。"陈述飞回过头对白亦农和司马羊说，"一会儿，我们的救护车出发后，一定会有车盯着我们，你们想办法尽量堵住它，让救护车先行，何时放行，我会给你电话的。"

陈述飞交代完这些后，与欧阳德、周曲波、皮林翰及两名医护人员一起上了救护车下山而去。两辆警车却横亘路中迟迟不动，直到杜兵的轿车出现，才缓缓向下滑行。司马羊内心由衷地佩服领导判断准确，眼见得一辆黑色轿车自上而下跟随而至，便缓缓启动，慢慢前行，恰好挡住了后车的去路。杜兵遥见救护车疾驰而去，却无计可施，只能跺脚骂娘紧随其后。

救护车在山下一个废弃的石矿旁与第二辆救护车相遇，两车迅速开进石场，打开车门后，救护人员将石维新抬上新来的救护车，陈述飞随车而去。周曲波则装成伤员，随皮林翰和欧阳德继续留在原车上，当载着石维新的救护车进入绕城高速连接线后，他们才上路前行。两辆警车似乎是开不惯下山道路，一到达平缓公路，车速立刻加快。不久，跟在后面的杜兵终于能远远地看到前面行驶的救护车，他心头的石块这才落地，不远不近地与前车相随而行。一直盯梢到赤峪人民医院门口，看着救护车驶进里面，他才驱车离去。袁杰给他的任务十分明确，只要看着抢救石维新的车辆进了人民医院大门，就算大功告成，余下的就是自己悄悄脱身。

袁杰此时身在会场，心思却早已飞往医院。他把处理石维新的后续事宜交给了贾昭，究竟结果如何，却似悬在半空中的炸弹，落地之前难以断定是否会爆炸。如果石维新在医院经过抢救死而复生躲过此劫，他不仅不会为这个利益集团死守秘密，甚至会反戈一击，将此前种种作为和盘托出，一切狼窃鼠为、蝇营狗苟都将暴露于光天化日之下。那时，他会为此承担责任吗？自己能将这一切归咎于他或贾昭吗？恐怕很难，自己与石维新的结局也许并无二致。袁杰禁不住一阵觳觫，惊出一身冷汗，短眉紧蹙，鹰钩鼻尖渗出几点细细的汗珠。好在此刻众人都在翻看政府工作报告，谁也顾不上察看谁的神态。这一来，反倒提醒了袁杰，便也认真地翻看起政府工作报告。

上午，单玄明听完李心夔的情况汇报后，明确指示，要全力抢救石维新，用最好的医生，不惜一切代价，想尽一切办法把幕后黑手揪出来。他甚至在下午参加完港澳组代表讨论后，还专门把李心夔叫到办公室询问此事。已经四点多了，李心夔接到电话后匆匆赶来，一到曾寅办公室门口，见他双眼直盯面前，似乎是翘首以待，笑着问道："曾大秘这是在思考哪项大政方针啊？"

"我思考什么大政方针，我听这脚步声判断应该是您来了，才眼巴巴看着的。快进去吧，单书记在等您。"曾寅边说边起身引着李心夔来到书记办公室。

身材高大的李心夔往沙发上一坐，那三人沙发大有难以招架之势，整个往下一沉。单玄明随意地起身，对曾寅说："你把我桌上资料整理一下，重要的留下，过时的、次要的，收走。"

说完，他来到一旁的沙发上坐下，问道："上午听你讲了省公安厅两位同志在我们这里不幸遇难，石维新又受了重伤。究竟是怎么回事？我听后还是不得要领。抢救结果如何？有没有生命危险？"李心夔听后一时竟不知如何回答。他其实还是下午去了医院，才听欧阳德说出实情的，但至于省厅同志为何盯梢石维新，欧阳德与他一样一无所知。医院的布置是为了诱敌上钩，只有参与者知情，连急救室外围的武警都被蒙在鼓里。单玄明是市委书记，虽然石维新是黄岭建筑帮的人，但单书记与此事应该没有关系吧？出于这样的思考，李心夔犯下了一个足以使一天的精心策划全盘落空的错误。他坦然地说道："省厅同志到这里来是为盯梢石维新，至于什么原因他们没说，也就不便问。省厅觉得他们的人在盯梢石维新时遇难，是石维新发现被盯梢后施了诡计导致的，所以要拘捕石维新，不想他就出了车祸，据现场勘查，是有人在他车上做了手脚。"

第十九章 宇宙大，天威莫测

"什么？这岂不是螳螂捕蝉，黄雀在后吗？"单玄明浓眉下的晶豆眼闪烁着两道强光，问道。

"就是这么回事，所以，我们现在在医院就是要布网捕雀。"李心夔喝着茶，神秘地说。"啊？这又是怎么回事？"单玄明身子往后一靠，似乎并不十分感兴趣。毕竟袁杰是自己的小舅子，曾几次说起家乡这个建筑帮里的人，石维新这个名字单玄明也曾多次听到。出了这样的事，自己一点不关心肯定说不过去，但又不能太关心，否则就会变成干扰公安办案了。李心夔几乎没再细想，说道："石维新本人早在上午就被送往省武警总医院，留在人民医院的是我们安排的替身，就等着这只黄雀再度现身了。"

"好，这一安排还真是巧妙。"这句话说得话音稍重，语调也有点异样。单玄明这一刻仿佛感觉到内心压上了一块石板，直觉告诉他，袁杰一定与此有关。如果石维新是遭人暗算，这个暗算的人必定会再次出手置石维新于死地。这个人会是袁杰吗？如果是自己的小舅子，自己将如何面对赤峪的老百姓？早就听说他们以前利用自己的影响拿工程，虽然被市长制止了，可依然造成了很坏的影响。如果再出这样的事，自己只有引咎辞职了。李心夔哪里想得到单书记此时此刻心中的感受？只当是欧阳德他们的精心谋划赢得了领导的高度赞赏，自己也跟着脸上有光，不过就是听起来声音似乎大了些，也许是领导一高兴有点失态。果然听单玄明放缓了口气说："我是觉得你们安排得好，由衷地为你们的妙计叫绝啊。"他继续说道，"这事你要亲自坐镇指挥，绝不可有半点差错。"

此时，曾寅手拿资料走过来插话道："单书记，整理好了，这些我带走了。"单玄明头也没回，说："好，你去吧！"

李心夔待曾寅出门后，继续说："这您放心，里里外外都有武警把守，只要这只黄雀出现，我相信，插翅难逃。"

贾昭已经根据袁杰的指令，对如何让石维新永远闭嘴做好了周密的计划和部署，他决定亲自混进去探明情况，夜里再动手。贾昭今年三十五岁，是贾叶扶的亲侄子。他把灭掉石维新的计划，寄托在贾叶扶的掌上明珠贾芝霖的身上。她是他的堂妹，是人民医院的胸外科主刀医师，人称"冷面一刀"。贾芝霖身材曼妙、气质典雅、容颜娇美、风情万种，在她脱下白大褂，穿上各式时装时，走在街上，回头率几乎是百分之百；但是，一旦上了手术台或者在不认识的人面前，那可是冷若冰霜、冰艳逼人。因为贾叶扶膝下只有一女，所以，她自小视贾昭为亲哥一般，一听贾昭约她，便匆匆下来见面。她坐上贾昭开来的奔驰SUV，一股香水味扑鼻而至，贾昭也无心细辨是什么牌子，笑道："我妹妹最好去开香水公司，在医院里实在是屈才了。"

贾芝霖噘起小嘴说道："我才不要，我就喜欢拿刀子在人身上划的感觉。"

贾昭听得内心一寒，忙收心慑神，说道："哥有正经事要你帮忙。"

"哟，这么慎重，什么大事？需要我动刀吗？"贾芝霖眨着大眼睛侧脸相问。

"你没见你们医院今天戒备森严的样子吗？"贾昭阴沉沉问道。

"看到啦，这与你有关系吗？"贾芝霖好奇地问。

"有关系，他们要救的人是我的仇人，我希望他活不成。"他的脸上布满了阴狠的杀气。

贾芝霖似乎并不在意哥哥的表情，淡淡地说道："在治疗过程中死人是常有的事，只可惜他们没让我参加抢救。你要我做什么？"

贾昭原本就没打算让妹妹动手杀人，说道："不让你做什么，你只要想办法带我进去，看一下抢救室或此人住的病房位置及布置就可以了。"

"这还真有点像电视剧场景，怪刺激的。这样，下午五点到五点半是医生下班与换班的时间，人来人往，医院秩序相对混乱，你四点半到我办公室来吧。"

"要到下午四点半吗？也好，那时抢救应该已经结束，夜里就在病房动手。"

"只能这样。一来，我要先去查明伤者住的是哪间病房；二来，只有这段时间才有带你看的机会。"贾芝霖办事还是认真的。

现在，贾昭就在贾芝霖的办公室，他身穿贾芝霖准备的白大褂，头上戴一顶白帽，脸上一个白口罩，脖项上挂一副听诊器，还真像个医生，端坐桌前。贾芝霖在轻声介绍着医院的整体布局，还真像电影里要偷袭医院的间谍在接头。

欧阳德和司马羊在赤峪人民医院精心布置着捕雀行动。从上午伤员被抬进手术室后，只有随后赶到的一批省武警总医院的医生、护士相应跟进，此后，手术室大门始终紧闭。医院被告知借用手术室，医生、护士都是来自省医院的原班人马，本院医生、护士不得入内。这段时间，从电梯到手术室的走廊上每隔三五米就有两名武警站岗，这样的阵仗谁还敢无事找事无端靠近？下午三点钟，伤员头蒙纱布躺在担架床上，吊着血浆瓶，被送进预订的 318 病房。于是，三楼自上而下紧急戒严。欧阳德的命令是："哪怕有一只蚊子从你面前飞过，也要捉住看一看是公的还是母的。不管什么人踏进这个楼道、路过这个门口，都要全程录像。"为此，专门在楼道的一端对着电梯方向加装了一个摄像头，监视病房门外所有来往行人的一举一动。

李心夔在单玄明的办公室坐到临近下午五点才离去，他是乘机把希望单书记支持的经费追加、干部提拔、编制扩充等几个积累已久的问题都抖了出来，要求单书记在适当时候给予支持。单玄明耐心倾听，或赞许或否定，丝毫没有厌烦的意思，最后亲切和蔼地送李心夔到门口。单书记在宽敞的办公室内来回踱步，内心深处强烈的不安令他无法安坐，大脑里两种思想进行着激烈的交锋：赶快告诉袁杰，石维新已被送往省武警总医院；不行，这是出卖党的机密，无异于叛党；再不告诉他们就来不及了，万一此事与袁杰有关，到时候老婆要你办这办那更是麻烦；不可，泄露了这一机密，省公安厅两位同志的血就白流了。作为一名党的高级领导干部，一定要经得起名利地位甚至坐牢的考验。如果你内弟在赤峪杀人灭口罪名成立，你还怎么再担任市委书记？还谈什么为党工作？他如果杀人，就应该依法服罪，我救得了他这次，救不了他下一次，我决不能给共产党员这块牌子抹黑。单玄明脑袋里的战争持续了很久，他的党性立场一次次占了上风。

下午五点钟下班时间一到，楼道里脚步杂沓，人声鼎沸。贾芝霖朝贾昭一点头，两人起身一前一后走出门去。

住院部大楼共七层，从空中俯瞰如大鹏展翅状，两端和中间都有上下楼梯和电梯。贾芝霖的办公室在五楼胸外科病房区，到三楼病房区需要往下走两个楼层。贾芝霖带着贾昭顺着住院部西首顶端的楼梯往下走，到三楼后转入楼道，正是没被武警戒严的那一半病房区。两人一步步走向戒严区，按照原先设想，将从楼道的这一端走到另一端，"路过"318病房门口，就在快要接近戒严区时，贾昭的手机里传出熟悉的《土耳其进行曲》。

贾昭不得不放缓脚步，一看是袁杰的电话，赶紧接听。对方急促地说了一句："停止行动，石维新已被送去省武警总医院。"贾昭只嗯了一声，硬生生收回迈向东首楼道的腿，急匆匆拉了一下贾芝霖的手，转向大楼中部的电梯门前，按下上行按钮。回到办公室后，贾芝霖急不可待地问道："怎么回事？怎么突然不去了？"贾昭心有余悸地说："我们差一点上当了，这里的布置全是假的，石维新已被送往省武警总医院了。"

"好险！这么说，我们两个差点就落进了他们设计的圈套？"贾芝霖问道。"这倒也未必，关键在于夜里的行动，一旦实施，那就一定是飞蛾扑火有去无回。"贾昭边脱衣服边说道。

袁杰正静等贾昭的捷报，却接到单玄明手机打来的电话："袁杰啊，听说和你一起的石维新老板发生了车祸？伤势很重嘛，人都已经送去省武警总医院了嘛，你要多关心啊。"袁杰听后无疑是霹雳加身，急切间只得说："他出车祸是知道的，只知道伤得不轻，在赤峪人民医院抢救。怎么，已经转到沂安去了吗？"

"是的，早上就转走了。"说完，也不等袁杰回答，便挂了电话。

这一天，包若谷寸步不离灵堂，他的那些同学相互转告后，纷纷前来吊唁。他们哀怜地看着老爷子，鞠躬上香祈祷，最后都来劝慰包若谷和叶屏蔚节哀保重。然而，让包若谷心寒的是，来的全是自己的同学、亲友，没有一位当地领导。只乔雩打来一个慰问电话，说自己在中央党校学习，一时脱不开身，敬请谅解。这与两年前他和叶屏蔚结婚时的情形反差也太大了，那时，他在省委书记身边，对那些人有着不可忽视的利用价值，所以他们趋之若鹜、争相买好；而今天，他不但远离省委书记，而且卷进了一场是非旋涡，弄不好自身难保，不但已失去利用价值，甚至有可能给他们带去麻烦，于是，连当地盛州县政府礼节性的慰问也不见踪影。

这样也好，经过这次挫折，他看清了世态炎凉、人情真伪，看清了官场交往的利欲熏心。正这么想着，却见一辆黑色轿车停在大门前，从车上下来的是省委常委、组织部部长黎清丽和她的秘书尹燕。包若谷恰似在茫茫暗夜中独行的孩子猛然看见亲娘一般，无比激动地迎了上去，目光中说不清是期盼、委屈还是感激、悲哀。他哽咽着说道："黎部长，您怎么亲自来了？这么远的路，让您受累了。"

"你别这般儿女情长。我受荣飞书记委托，代表省委前来吊唁不幸去世的包家老人。"黎清丽不无深意地说道，一脸平静地走进灵堂，看了一眼平躺在冰棺中的老人，退后几步，默哀致礼。尹燕是包若谷在省委办公厅时推荐给黎清丽的，见了面也只是点个头，一句话也不敢多说。包若谷默默看着这一切，内心五味杂陈，黎清丽的到来意味着什么？是组织上对自己的肯定，还是例行公事？如果是例行公事，又何必亲自到场？正当他心神不宁地揣摩领导来意时，黎清丽已转过身来，打量了他一眼，说道："你老父亲的不幸去世是一场意外，省委充分理解你悲伤的心情，对包老先生的不幸辞世表示沉痛哀悼。荣飞书记和我都以个人名义敬献花圈，这事由尹燕去办一下。我们两人到车上去说几句话吧。"包若谷随黎清丽来到轿车上，司机主动下了车，关上车门。"你有什么话要对我和荣飞书记讲吗？"包若谷吃了一惊，一种大事临头的感觉骤然而起，但他很快冷静下来，白的黑不了，黑的白不了，他思索了一下说道："我相信省委，相信赵书记和您一定会证明我的清白。"

"就这句话吗？问题是现在有人证、物证，证明是你指使家属，利用同于市长家小保姆的关系，谋杀了于市长。对此，你有什么说的？"黎清丽心里其实很不愿意问这句话，但这是与赵书记商量好的，她其实是代问。包若谷根本没想到熟悉的黎部长会有这一问，这意味着省委对包若谷谋杀于天勤可能性的认同。他的脸唰地一下变得灰白，原来受了委屈的孩子见到娘的那种感觉顿时化为乌有，他激动地反问道："难道赵书记和您都认为我有谋杀于市长的可能吗？难道连这么明显的嫁祸于人的伎俩省委都无法识破吗？如果不是省委搞什么票决制，我会被推到这个代市长的火炉上吗?"也是包若谷太过激动了，这三句反问，就像三把利剑直刺省委领导要害，见事不明、办事无能、决策失误三点指责显而易见。话一出口，连包若谷自己也觉得闯下了大祸，但既然已说了，一切听天由命吧。果然，黎清丽白皙的圆脸上红晕顿现，杏眸含愠，厚嘴唇不易察觉地颤了一下，说道："看来让你担任这个市长是赵书记、我以及整个省委都错了，我们都是无能之辈，就你聪明睿智洞见万里，所以也难保你早就研究分析过赤峪的人事形势，认为于天勤一死，最后这块肥肉将掉在你的嘴里，你算无遗策，于是动手害了于天勤，还制造了这么一个不可能的假象啊。"

包若谷怎么也没想到，这张美丽脸上的小嘴里居然还会吐出如此寡情刻薄的话语，与当初自己在李书记身边工作时的芳容笑貌竟有天壤之别，他的一颗心彻底地凉了。昨夜里梦中于天勤所说的激励之言，今日里省委常委亲来吊唁的鼓励之劲，再次一泻千里，包若谷不禁心如死灰，白净的长脸变得灰暗中带上一股青气，双眼耷拉着毫无生气，还流下两滴酸楚的眼泪。真是宇宙大，天威莫测，我又何必在其中挣扎呢？他无心再看一眼黎清丽惊疑的眼神，淡淡地说道："那好，我因涉嫌谋杀案停职吧，赤峪那边的'两会'我也不适合再参加，但我请求省委查明真相，还我清白。"说完，也不等黎清丽表态，径直下了车，关了车门。

包若谷一副管他天塌地陷、牛倒犁破的神态和话语，让黎清丽倒吸了一口冷气。她知道包若谷不可能做出谋害于天勤的勾当，省委当然也知道眼前的一切不过是嫁祸于人的鬼蜮伎俩，但包若谷如此发问，她又不得不维护省委的尊严，话赶话的就到了这个份上，本来只是想挫一下他的锐气，不承想他居然先把省委给"开除"了。现在的党员干部是怎么啦？如此受不得委屈，经不起考验和磨炼。按照黎清丽的脾气，与包若谷的谈话就该到此结束，叫上尹燕驱车而去，但责任和使命驱使她不得不按住性子，调整心绪，做她应该做的工作。找包若谷谈话不是让他撂挑子，而是要他面对危情，冷静处置、迎难而上。

黎清丽擦了擦潮湿的眼睛，再次从车上下来，走进灵堂。见包若谷跪在父亲的灵床前，颤抖着双肩强抑着不让自己放出悲声，黎清丽充分理解包若谷此刻的心情，包若谷此时如孤雁只鸿，唯有在自己父母跟前才可尽情倾诉内心的凄楚。只是他的父亲现在已无法聆听儿子的哭诉。她这样一想，差点又掉下泪来，定住神走过去，拍拍包若谷的肩头，换了副轻松的神态，说道："包市长节哀，起来陪我到外面走走。"包若谷用劲擦去眼泪，侧过头，看一眼黎清丽，仿佛又看到了自己在省里工作时常见的那个人，胸中的郁积去了大半，矜持地站起来，一笑道："让部长看到了我脆弱的一面，是儿不堪大用了吧？"

"你是不是要我也陪着你趴在地上哭泣，你才开心啊？"黎清丽睨了他一眼，自顾往外走。包若谷从这句话里感受到了某种女人的味道，这才是他以前认识的那个黎美人。

盛州殡仪馆建在县城外西南方向的一个山岙里，方圆十里内只见青山不见村落，听不见鸡鸣狗吠、牛叫羊喧，只时不时从殡仪馆内传出凄惨哀痛的哭声。两人走出殡仪馆，徜徉在一条通向山脚的机耕路上，踩着枯黄的衰草，以各自的心境欣赏着周围的苍山旷野。良久，包若谷一声长叹，说道："我真不知道，我何以会走到这一步，连老父的性命都搭了进去，谁能料定下一步还会有怎样的磨难在等着我？"

"在我们的身边流淌着太多的暗河啊，人性的暗河，利益的暗河，社会的暗河，体制运行的暗河，传说赤峪大地上就有真实的水流暗河。这些暗河虽然是非主流的、时隐时现的，却破坏着我们的事业，干扰着我们的工作，影响着社会秩序，有的对国家、对人民是有害的。"这话从黎清丽口中说出，让包若谷有醍醐灌顶之感，他感叹道："此为至理名言，我真怕有一天被某一条暗河冲倒。"

"所以作为领导干部务必心明眼亮、明察秋毫、立场坚定。你知不知道，就在你忙着家里丧事的时候，省公安厅的两名干警，在赤峪市执行任务时，中了对方圈套，翻车赤梁峰下，两人都活活烧死在车上？他们都有妻子、孩子、父母，为人夫、为人父、为人子，又有几人伤痛、几人悲切？"黎清丽不轻不重的话语无异于在包若谷的耳旁响起了一声惊天霹雳："也是为这个案子吗？"只听她说道："当然就为这个案子。本来以为这次能有所突破，可据公安部门的消息，进展不大。反观对手所为，竟极其老辣凶狠。你老父惨遭不幸，悲伤情感当然可以理解，但岂能只顾一己得失，迁怒于省委，撂开市里职责？共产党员的责任担当去了哪里？"

包若谷听得一头冷汗，正想辩解几句，却又听她说道："也怪我刚才言语尖刻刺着了你的痛处，请你谅解。你也是心情不好，这我能理解。省委要统筹一省大事啊，这你比我清楚，为你这一个市耗费如此精力，工作还怎么做啊？"她这已经是在替省委书记焦虑了。包若谷彻底领悟了黎清丽的意思，说道："您说吧，省委要我怎么做？"黎清丽望着远处带着点枯色的青山，说道："照眼下情形，你可能还会遇到意想不到的困难和挫折，但是，在什么位置就要担什么职责，该干什么干什么，始终坚持一条：任何时候都要履行好自己的职责，不能愧对人民，有负党的重托。"这话带上了浓郁的政治色彩，但细想起来，却完全在理。包若谷再没有辩解的必要，只得说道："好吧，我尽快返回赤峪。"

"不是尽快，是连夜，明天一早出席人代会的第二次全体会议。你要明白，你在会与不在会是不一样的，要为省委争脸面。"黎清丽用不容置疑的口吻说。

脱离杜兵盯梢后的救护车按照陈述飞的指挥，很快上了高速公路，奔沂安而去。车上，两位急救医生时刻盯着石维新伤情变化，心电图监测仪显示石维新的心跳极不平稳。陈述飞与省武警总医院急救车联系后，决定让他们在前方高坪服务区等待。半小时后，两辆救护车顺利对接。陈述飞看着医护人员将石维新抬上省武警总医院的救护车，对随车前来的副院长姜晏乐说道："姜院长，你们辛苦了，伤员对我们十分重要。"姜晏乐握着陈述飞的手说："陈处长，您就放心吧，龙厅长亲自给我打的电话，我有几个脑袋，敢不尽责？"

"那就好，我也放心了。不知医院手术室、病房有没有采取戒严措施？"

姜晏乐一时答不上来，只好说："我出来时没有接到戒严命令，这会儿应该安排了吧。"陈述飞立即拨打龙长胜的电话："龙厅长，我们已经在回沂安的路上，建议对武警总医院实施戒严，确保伤者免遭二次伤害。"

"这你放心，我已经做了布置。你对赤峪的安排没有信心吗？"龙长胜在电话里说。"赤峪的安排即使成功，这里还是会成为对手的目标的，我内心对赤峪没寄予太大的希望。"陈述飞认真地说道。

"我知道了。伤员情况如何？"

"不怎么理想，由于没有设备，不清楚受伤程度，医生的直观判断是很难醒来。"陈述飞忧郁地答道。

冬日黄昏悄悄降临，天色如同烧透了的木炭。团团块块的浮云在追逐着向南奔波，天空中不时撒下零星碎雪，落在路灯下潮湿的水泥地面上悄然消失，寂寞空旷的街道阴暗中带着湿寒。司马羊穿一身破棉袄破棉裤，戴一顶破旧棉帽，脚上盖着一床破被絮，蜷缩在医院大门斜对面一家小超市廊下的角落。他的脸上不知涂了层什么颜料，在路灯的斜照下竟是与一旁的梧桐树皮一样的色泽，只一双眼睛在扭曲的破帽檐下时隐时现，就如探照灯般在医院大门两侧来回游弋。他已下了决心，今晚无论如何要逮住那只"黄雀"。按照欧阳德的设想，对手很可能会在黄昏和明天凌晨两个时段动手，尽管有这么多武警站着明岗，但他仍担心狡猾的狐狸有办法躲过。那样，司马羊的埋伏就是最后一道防线了。可怜的司马羊挨了一夜朔风寒雪，瑟缩在破棉絮里冻得双腿抽筋、鼻流清涕，直到看着街灯暗淡脚步杂沓街市复苏，两个最佳作案时间静静过去，才不情愿地看一眼医院大门，抱起破被絮离去。和司马羊一样通宵未眠睁眼竖耳挨冻受寒的自然不止一人，欧阳德虽然在医生办公室，却是灵醒得如同猎犬随时准备出击。周曲波躺在床上充当诱饵，也是神经紧绷闭目静听，随时准备应对有人冲进来朝他身上动刀子扎针尖。那些站岗的武警更不用说，一个个站得笔挺，连脚都不能跺一下。

还是那个红鹤楼茶馆，"一地春"包间。当袁杰独自苦坐到凌晨一点左右时，窗户上终于传来熟悉的敲击声。袁杰打开窗户，一身夜行服的黑衣人，带着一股扑面寒气嗖地蹿了进来。袁杰关上窗户，亲自煮茶，给黑衣人端上一杯热茶，说道："今天只好煮点白茶了，石维新恐怕再也不会来为你泡茶了。"

"这件事你做得有点过头了。"黑衣人喝着茶，悠然说道。"当时情况紧急，无处请示，我担心他一旦被省公安厅抓进去，我们不仅前功尽弃，说不定还会一败涂地。"袁杰说的是实话，其实还是留了余地的，如果石维新供出来，恐怕姐夫你也一样难以平安。黑衣人并不知道他的想法，依然沿着自己的思路说下去："本来也可以给他些钱，让他远走高飞，躲过这一阵，避过风头，你们毕竟还是一起混饭吃的朋友嘛。我还是那句话，死人的事，尽量不做。"袁杰非常奇怪黑衣人今天何以变得如此婆婆妈妈，深更半夜等到你，可不是为了听你的事后指点的。他只好转换话题，问道："上面对包若谷什么态度？这两件事对他会产生多大影响？"

"眼下还不明朗。关键看你们能不能让那个小保姆咬住证词不变。石维新出事后由谁为她提供经济保障？要吸取上次的教训，不能再用汇款转账方式给钱，要直接向她提供现金。这事要落实得严密些。沂安武警总医院里的石维新是死是活一定要想办法探明，既然做到了这一步，就要坚持到底。你要想尽一切办法，别让他再开口。"蒙面黑衣人又变得阴险凶狠起来。袁杰吃惊地问："你是说公安是通过给小保姆汇钱的账户才追踪到石维新的？"黑衣人答："要控制好那个贾昭，我总觉得这个贾昭有问题。我们最初的谋划中并没有要害死于天勤，他却用河豚子要了于天勤的命，责任还落在你我的身上。我们根本没有想过动包若谷的老父亲，包的老父亲却被工程车撞死。直觉告诉我，可能是贾昭背着你我搞的阴谋。"袁杰吃了一惊，说："这不可能吧？用河豚子事前和我说过，我问结果会怎样，他说最多致残，一般不会死的。用工程车撞死包家老人，他更是从未提起。"

"这个贾昭的背景你清楚吗？""不很清楚，不过他办事我还是放心的。"

黑衣人像是突然想到什么似的问道："石维新离开后，他的公司怎么运作？他家属有什么动向？"袁杰答道："我正想说这件事。我有意把他的公司并过来，这样对他的家属也可有个照顾。"黑衣人沉默了一会儿，说道："不合适，石维新的公司本来就是他与几个同学一起创立的，少个石维新也不会垮。他的家属也会有公司照顾。你应该迅速撇清与他的关系，涉密部分全部切断。我敢断定，省公安厅很快就会来调查石维新的背景，就是这里，我们也要放弃，今晚离开后，不要再来了。"袁杰听后一阵惊恐，细想之下，还真觉身处危险之境，说："幸亏姐夫指点，差点铸成大错。"黑衣人没再说什么，似乎也觉危机四伏，喝了杯中茶，穿窗而出，消失在夜幕中。

第二十章　捕雀失败

上午九点，欧阳德和司马羊一脸憔悴地来到李心夔办公室，在沙发上坐下。秘书小杨给两人泡上热茶，转身出去。李心夔沉重地说："昨天，加上一夜，对手毫无动静，你们说说，这是为什么？"欧阳德说道："据我判断，医院里可能有对方的内线，非常清楚手术室内的一举一动，自然就明白了怎么回事。现在可能已经转移目标去了省城。也有可能对方知道石维新至今昏迷，说不了话，不急于动手，要等我们松懈了再出手，比如现在这个时间。"李心夔点点头，问司马羊道："司马呢，你觉得会是什么情况？"司马羊揉揉太阳穴，说道："我们从赤梁峰回到医院的路上有一辆车子是一直跟着的，到了医院门口，这辆车就不见了，这说明医院里另有人盯着，由于进手术室的全是公安干警，医院里的人根本插不进手，消息不可能走漏。我始终疑心对方将派高手对付我们，却一夜未见出手。我承认欧阳局长分析的两种可能性都存在，但还有另一种可能：我们的计划在意想不到的渠道泄密了，奉命暗杀的人，接到了取消行动的命令。"

"会有这种情况？不可能啊。"欧阳德疑惑地说道。李心夔心里咯噔一下，难道自己竟在无意中做了泄密者？这也太可怕了。这个想法只在他心里一闪而过，随即被他否定了。上午九点半，他将去参加人代会的第二次全体大会，时间不早了，直觉告诉他，捕雀失败。他无可奈何地说了句："都撤了吧。欧阳局长将这里的情况向省厅陈处长汇报一下。"

至此，赤峪市公安局一场捕雀行动无果而终。李心夔心情抑郁地上了他的专车，仰靠在车座上，一夜亢奋通宵无眠，这会儿却睡意上头，昏昏欲睡。不行，此刻不是入睡的时间。李心夔回想了自己昨天与单玄明接触的全过程：他是在临近下班时叫我去的，关心省厅在赤峪死了人，这是应该的；关心一个受伤的企业老总、政协委员，何况是同乡，这也应该。单玄明得知捕雀行动布局时，说话的声音似乎有点大，当时感觉是赞赏我们的布局，现在仔细回味，他是否在掩饰什么？为我们的安排叫绝，足见他对此事的重视，如果是这样，他早上就应该很想知道结果。当然，如果这个结果他已经知道了呢？

李心夔是常委，要在主席台就座，但只能看到单玄明的背影，这就无法观察单玄明的表情，也就无从揣测他的心思了。他想要不要在会议结束时有意碰见单玄明，但又否定了这个想法，只要单书记不召见他，他就悄无声息地离开。

省武警总医院一间监控极为严密的病房内，石维新经过抢救后躺在病床上。他的抢救过程极为复杂和漫长，CT 显示，左侧脑骨碎裂，脑血管多处受挤压变形甚至破裂，局部淤血，部分脑神经受损，经过手术处理，目前仍未脱离危险，生命体征很不稳定。陈述飞看着这具活死尸，焦虑忧愤却无计可施。他曾问姜晏乐副院长，对方直言不讳地说："这人十有八九将长期静卧，不死不醒。"然而，陈述飞等不起，本来以为石维新这张牌是他破解小保姆改变口供谜团的突破口，足以获取石维新背后的那条线索，现在看来将是竹篮打水了。还有两天时间，必须给省委一个定论，怎么办？只能尽快寻找新的出路。陈述飞狠狠盯了一眼病床，拔腿走出病房。

回到办公室，陈述飞取过叶辛荑前后的口供笔录细细翻阅，希望从这个看过多次的供述中另辟蹊径。陈述飞深知包若谷谋杀于天勤不过是一个荒唐的假设。他之所以赞同小吴的线索，目的不过是制造一个假象，让对手觉得公安已经将目标锁定在包若谷身上，从而放松防卫或采取相应的动作，果然就出了叶辛荑翻供一事。陈述飞并没有相信叶辛荑的翻供，而是把侦查重点放在叶辛荑为什么翻供上。很快查到了石维新，这个在短时间内为一位山村穷姑娘汇款十几万元的年轻建筑老板。谁知自己小看了对手，刚开始盯梢就叫石维新及其背后的人察觉了，牺牲了两名干警和包老爷子。虽然石维新落在自己手里，可就是一个活死人，如此细细一算，这一回合下来，自己竟是输了。

此时，陈述飞翻看口供笔录的手突然颤了一下。按叶辛荑的供述，鱼是叶屏蔚的母亲六点半左右送来的，只要查看包若谷家小区的监控，查明叶屏蔚与其母亲那天清早出门的时间，甚至还可以查看沿途录像，即可证明叶辛荑是否说谎。此举其实是陈述飞有意不为，让包若谷蒙冤本来就是破案的需要。一旦证实叶屏蔚母女没有作案时间，就会还包若谷清白，那么对手就会放弃在叶辛荑身上的努力，不再与她联系。从眼下的情况看，叶辛荑即使招供，也只知道石维新，不一定知道其他人，将导致案件侦查再次陷入僵局，但眼下不得不先证明包若谷的清白。陈述飞无奈地拿起电话，拨了几个号码，说道："老周，到我办公室来一下。"不一会儿，周曲波敲门进来，陈述飞一指办公桌前的椅子，说道："请坐。"转身从茶桌上倒了一杯茶来，放在周曲波面前，问道，"你知道包若谷的夫人住在沂安哪里吗？"周曲波不假思索地说道："包若谷的家在峪青廊苑，这是沂安市近年来开发建设得较为高档的小区。"

"你去看过吗？"

"没去过，在一次审问叶辛荑时顺便问起过。"周曲波答道。

"既然叶辛荑翻供后说是从叶屏蔚母亲手里买了黄鱼，你看了那么多监控视频，有没有看到叶屏蔚母亲出入峪青廊苑？"陈述飞问道。"没有，我曾特地留意过这里外围的几条道路，就是没有发现，但不排除她有意伪装后进出。"

"你就没想过去看一看峪青廊苑小区的监控？"陈述飞若有所思地问道。周曲波拿着茶杯的手猛地一颤，大悟道："对啊，这可是天大的疏漏，我这就去看。"

"我和你一起去，还要小区的保安和我们一起辨认。"

峪青廊苑小区虽然是高档小区，但距离市中心却远，属于沂安市南山区。而于天勤家的佳茵苑住宅区属于老区改造地块，接近市中心，属中安区，虽也偏南，但距峪青廊苑至少有三公里的直线距离。叶屏蔚的母亲到水产摊位买鱼实在是因为黄安乐的关系，图个人熟货真价实，饶是如此，她也只是隔三岔五去一次，平时更多的还是在小区外的丰足农贸市场买。峪青廊苑作为现代高档住宅小区，其电子监控设备和眼下的尖端设备一样，不仅全方位覆盖小区，而且还带了拾音系统，所记录的数据可保留一年。陈述飞和周曲波几乎没费什么周折，很快查到了于天勤受害那天的监控视频。叶屏蔚七点钟送包宇成去上学，七点二十分回来，停车上楼。七点三十分，叶母带一买菜的袋子出门，八点二十分拎着菜回来。八点二十五分，叶屏蔚出门去上班。由此可推断，叶辛荑的翻供纯属诬陷。陈述飞心中似乎早有预料，对此结果并不惊讶。

陈述飞立即将情况向龙长胜做了汇报。龙长胜依然紧绷着清瘦的长刀脸，蹙了一下倒八眉，说道："按照你当初的设想，让包若谷蒙冤，有助于引蛇出洞，现在把这条线剪了，你就不担心对方跟你玩失踪？"陈述飞沉思着说："这是没有办法的办法，如果不是要急着证明包若谷的清白，我现在也不会查清这个冤案。"龙长胜一笑，说道："一旦包若谷被证明清白，对方就失去了保护叶辛荑的理由，反过来可能会尽快灭口，毕竟叶是在他们唆使下才翻供的。对此，你们要有相应的对策，一是确保叶的安全，二是利用对方灭叶的举动，发现新的线索。"

　　"我已经做了相应安排，但我判断对方可能会放弃叶辛荑，原因是与叶辛荑接洽的好像只有一个石维新，而石维新虽在我们掌握之中却形同死尸。对方一旦了解真情，一定会放弃叶辛荑，按兵不动，对方蛰伏意味着露出尾巴的机会就少。"陈述飞极认真地分析道。龙长胜十分赞赏这位下属对案情的分析与判断，肯定地说道："你说的很有可能就是对方的选择，但我们既然知道了对方的行动，就可以针对其行动采取对策，具体细节要仔细推敲研究，最终目的要放在破案上。叶辛荑的嘴里真的问不出什么了吗？"陈述飞说道："她又回到原来的口供上了，说翻供都是因为石维新做了她的工作，给了钱，其余一概不知。案子几乎又回到了最初状态。"

　　"不，不能这么看。石维新的出现与全案一定有密不可分的关联，这是对方为了转移视线使的计谋。至少可以肯定，于天勤之死与石维新有关。我敢肯定，石维新不是孤立的一个人，他一定是赤峪某一伙人当中的一个，只是这伙人因为发现石维新露馅儿了，才要杀他灭口。下一步要依靠赤峪公安的配合，查清石维新周围的人。"龙长胜的这些话使陈述飞有了茅塞顿开柳暗花明之感，围绕石维新的圈子开展调查，这是一个新的思路。

　　赤峪位于港南省南北中心线偏北，每年进入冬季后，总会有那么一两天要一本正经地下两场雪。这两天阴云密布，冷风刺骨，落尽了黄叶的水杉树在寒风中瑟瑟颤抖，不时有零星小雪迎面飞来。与室外形成鲜明对比的是人代会的讨论会场。

　　今天上午，是人代会代表的一场讨论会。包若谷参加的是农业组和工业组共同参加的大组讨论，这个安排是包若谷主动提出来的。他了解到赤峪这两大产业之间存在着一定的矛盾，希望通过双方在人代会上的直接交流找到解决的办法。这些矛盾由来已久。首先是土地利用上的矛盾，为了发展工业，不惜将成片农田毁去，大大压缩了农业生产的空间。其次是农业生态环境被破坏，在工业区周围的农田，一方面因基础设施体系被破坏，排灌不畅，种植条件变差；另一方面，工厂在生产中产生的各种废水废气导致种植环境严重恶化，这是当前工农业之间最大、最尖锐也是最普遍的矛盾。参加会议的一半是农业组的代表，他们绝大多数是农村支部书记或村主任，还有两名农业科技人员代表、一名农业龙头企业代表。工业组代表绝大多数是工业企业董事长或总经理，其中就有贾叶扶、马奔、丁一彪，也有一两名工人代表。代表们就座后，就摆出了两相对阵的形势。包若谷在市政府分管工业和环保的副市长刘广大与分管农业的副市长钟汉以及秘书长仇远洋三人的陪同下走进会场。尽管只是小型的座谈会，但桌牌座位却准备得丝毫不乱，下面各路记者拿着"长枪短炮"也都严阵以待。

在主持人极其简短的开场白后，代表们开始发言。第一位是峪南工业创新区龙头企业神麟汽车制造厂董事长白宫生，他是省人大代表，坐在工业组代表的首位，发言自然由他开始。"尊敬的市长，各位领导，我就直言不讳了。我神麟汽车二期扩建和神汽生活园两个项目的土地征用迟迟拿不下来，已经影响到了我们企业的扩大再生产和人才的引进与留用，包市长上次来调研时，我也提到了这个问题，要求市政府尽快帮助解决。"此事，包若谷心里还是清楚的，神麟厂现有土地尚未完全利用，足够建造二期生产线，白宫生要土地并非完全为了建造生产用房，他的目的一是圈地，二是建造厂房出租，而且他盯上的这片土地正是工业园区以外的基本农田保护区。他的另一个项目神汽生活园项目要求的土地是城市规划中的房地产开发地块，有十几家房地产企业盯着该地块，其中就有赤峪房地产巨头——赤峰房地产开发总公司。可见，这两处土地都不是谁想要就可以给的，且不论你神麟要这两块地的目的，就算合法合理，也不是一朝一夕可办的事。但包若谷此时只能点头微笑，在笔记本上记下一笔，也不做任何解释。主持人便让农业组的首位代表发言。

农业组代表坐在首位的也是上一届的省人大代表，他是赤峪市赤南区南郊村党委书记冯雄，五十多岁的人，看上去精神昂扬。之所以称党委书记，是因为南郊村除了有村合作社以外，还有十一家村办企业，这些企业都不曾转制，全部掌握在村集体手中。南郊村一千五百多户村民大部分进企业上班，未进企业的农户被编入五个承包组，耕种村里的一千四百三十亩耕地。南郊村集体经济规模全市第一，所有企业年年盈利，农民年人均纯收入远远超过赤峪市城镇居民平均可支配收入。十几年来，村里考上大中专学校的学生，毕业后，百分之九十五回村就业。刚才白宫生提出征用的土地就属于他们村。冯雄拿过麦克风，说道："尊敬的包市长以及各位领导、代表，农业、农村、农民合称'三农'，历来受到党和国家的高度重视，中央每年的一号文件都讲到'三农'问题，我相信赤峪市政府也重视'三农'问题。刚才白董催着包市长尽快解决扩建厂区的土地征用问题，我实话实说，快不了。其一，这片土地是南郊村赖以生存的农保地；其二，这里不属于工业创新区建区规划范围，真要是规划建区范围，我们村里有七家工厂早集中到这里了。这是顺便说的话。我今天要反映的是工业创新区内企业偷排污水的情况。这是个老问题，多次反映过，政府管严了，收敛些，松了，就变老样子，严重影响了园区周边村的农业生产和人畜用水。希望包市长拿出一个彻底解决企业偷排污水的方案，并尽早实施。"

第二十一章　赤峪清流

冯雄话音刚落，坐在他旁边的市农科所所长庞仕龙迫不及待地接过麦克风，抢着说："请各位领导高度重视刚才冯代表提出的问题，由于工业废水大量进入河道，我市不少地方的农田灌溉用水水质日趋恶劣。我不得不指出汲水县在这方面存在的突出问题，几家规模较大的漂染企业和金属表面处理企业，污水几乎都是直排入河。汲水河是赤峪湖的重要水源之一，事实上，汲水河污染已经导致赤峪湖水质下降，危及整个赤峪市区的饮用水和农业灌溉用水。今年初，于市长经过实地考察后，曾严令汲水十四家企业停产搬迁，但是，据最近实地了解，汲水被叫停的企业已全部恢复生产，污水几乎都是直排入河的。对此，我要求市政府尽快制止排污入河，这是事关几百万人生存大计的重大议题。"

这件事包若谷略知一二，已是心腹之忧。汲水十四家污染企业虽然都是民营经济，却占了汲水工业总产值的百分之三十，年初被停产后，汲水县工业产值连月负增长，企业主更是叫苦连天，七八月份偷偷开工。于天勤得悉后，严令市环保局、综合执法局依法查处，直至再次关停待迁。因搬迁未能实施，连包若谷这位新来的分管工业和环保的副市长都被于天勤质问："你是省里下来的，应该知道主次轻重，如果赤峪湖水被污染了，整个赤峪市就废了，我们就是罪人！那时，需要多大代价才能恢复？"这是于天勤第一次也是最后一次对他说重话，事后于天勤还专门就此向他解释，说心一急，话就重了，请谅解。他其实非常理解市长的质问，打心底里支持关停搬迁污染企业。尽管分管工业，又面临选举，深感两难，他还是多次催促汲水县政府尽快落实搬迁工作，争取尽早在新的区域恢复生产。但此时，他却并不急于表态，而是让下一位代表发言。

接着发言的是赤峪炼化董事长叶连海，他说："盘湾化工区在市、县两级领导的高度重视下，新的一体化生产线实施计划已经敲定。吻海县支持力度很大，已初步划定生活区用地区位。我市利用海岛建设化工区的做法，受到央企高层的充分肯定。我今天要反映的是另一种现象，叫作实体产业不务正业危害大。有不少工业企业主，不把主要精力放在主业上，目光外移，把大量资本抽出去搞房地产开发，急功近利，企图大捞一把，奢望一夜暴富。这一方面暴露了政府对房地产市场监管存在漏洞，容易导致房地产一哄而起的混乱局面；另一方面助推工业企业经营者的浮躁心态，严重削弱工业企业自主创新、转型升级能力。在助推房市乱象的同时，很容易导致企业因资金链断裂陷入困境。比如，房地产行业遇冷，房产积压，销售不畅，工业资本被套，流动资金枯竭，后果将不堪设想。"这是切中时弊的观点，但要赤峪市政府解决，却又异常艰难。包若谷只能一一记下，不做当场表态。

这个上午的讨论会开了很长时间，代表们反映了大量现实问题，有的赤峪市能解决，有的市级无法解决。包若谷在最后发言中点了每一位发言代表提出的问题，肯定了代表们发言的积极意义，但对如何解决这些问题，只说了一句市政府将集中研究后尽快落实和解决。

下午依然是分组讨论，实际上是酝酿换届选举的人选安排。散会后，包若谷匆匆离开会场，并没去会务组安排的宾馆房间，而是直接回到"常委楼"，在小食堂草草用餐后，独自躲进居室。看着窗外寒风飞雪中的水杉，他心中泛起今早未能送别父亲火化的深深遗憾。自古忠孝难两全，却不料发生在自己身上，两行热泪溢出眼眶。如此为人值吗？他不禁扪心自问。回想下午的最后一场讨论会，那是讨论一府两院换届建议人选和省人大代表人选，一份由省委、省政府联合发出的文件《关于包若谷同志不涉及东风电缆厂转制和于天勤中毒案的说明》，随同人选名单及说明一起发到每位代表手中。文件明确指出，沂安东风电缆厂的转制完全按照设定的程序进行，该程序由省发改委依据相关文件拟定，转制的所有环节经各级审计机构审查，事实证明，转制是成功的。转制过程中不存在任何国有资产流失问题，也不存在受让方有不当得利问题。于天勤食物中毒一案经省公安厅侦查，不涉及包若谷及其亲属中任何人，与包若谷同志无任何关联。省委、省政府的说明文件具有极强的针对性，足以证明黑材料系恶意中伤，显然别有用心。然而能否彻底消除黑材料造成的影响，仍然未知，也只好顺其自然。

按常理，包若谷今晚应该到国际大酒店宴会厅，那里正在进行人代会的最后一次宴请。这是惯例，由市委、市政府宴请人民代表。时间安排在投票前的晚上，目的很明确，大家都懂的。包若谷当然知道参加宴会的重要性，端着酒杯到每一桌去敬杯酒，意味深长地拍拍这位的肩，拉拉那位的手，一切尽在不言中。但他很无奈，父亲去世，重孝在身，难以在这么多人面前展露笑容，与其一脸戚戚，不如干脆远离。回顾这三个多月来在赤峪的工作，酸甜苦辣涌上心头。一个念头忽然提醒了他：如果这担子落在自己肩上，往后将如何驾驭局面？目前首先要解决的是什么问题？在已经暴露的矛盾背后，究竟还有多少隐藏着的矛盾？这恐怕是担任市长后最牵制精力的事。然而，他不能停留于应对矛盾，他需要谋划大局，运筹帷幄，着手经济、文化、社会、生态四位一体建设的全盘统筹。

在临睡前的那一刻，他忽然想到了焦雨霁，如果没有与叶屏蔚结婚，还真有可能再去找这位昔日恋人。但这也只是一霎间的念头，作为党员领导干部，最忌讳的莫过于对妻子以外的女子动心。如果说，对敌人仁慈是兵家大忌，那么，贪恋女色就是为官大忌。不管这次选举结果如何，自己身为赤峪市的重要领导干部，必须注意形象，克制欲望，更何况心中已被叶屏蔚的真情填满，再没有了第三者插足的空隙。

贾叶扶在极度矛盾和焦躁中度过了人代会的最后几天。他在会上处心积虑地四下游说他的主张，请求市政府妥善解决汲水企业排污问题，切勿将汲水的工业企业一迁了之。最理想的状态是沿汲水水系建一条污水通道，让污水与净水水源分道扬镳，所有下泄的污水不进入赤峪湖，沿湖边开通管道至赤峪河，经处理后排放到赤峪河下游或至吻海县入海。他的这一方案投资惊人、工程浩大，而且还有不少过江过河等难题无法解决，会上除了向正鑫和刘广大几乎无人支持。不少代表直接指出，企业污水达标排放是最基本的要求，是污染企业就该搬出水源涵养区，贾叶扶这是把企业应该承担的责任推给政府，推给社会。在这种时候，贾叶扶只好笑着说："我们企业和所有排污者共同承担部分费用，其实汲水县所有企业连同家庭都要排放污水，按照水源涵养要求，都不能排放，你总不能把所有企业、所有人都搬离汲水吧。"

"你这是强词夺理，整体污水处理当然会有长远之策，这与重大污染企业首先搬迁是两回事。"南宫范毫不客气地将他顶了回来。

见这个主张行不通，贾叶扶便在一些饭局上推销另一个观点：市长最好由本地人担任，会更尽心尽力，那些外地官来这里都是镀金的，捞个资历不说，干的都是形象工程，人一走，旧的形象工程就会被新的形象工程替代。见这一观点更没人公开支持，贾叶扶便不得不加一句："包市长是个好人，原则性强，跟过省里领导，前途无量，我们私下里关系也很好的。"

贾叶扶挖空心思煞费苦心做这些，无非是想向正鑫当选市长。这需要二十名以上代表联名提议，他的铁杆朋友中凑不齐这么多人。他也想过拉拢其他人联名，但又心存顾忌。如果向正鑫没选上，依然是包若谷当选市长，他与包若谷之间岂不结怨？要知道，他在更大的公开场合，还必须充当包若谷的忠实支持者，兑现他以绿叶自居，扶持包若谷这朵红花的诺言。况且，那天晚上他还专门到包若谷房间去表过决心。所以他不能在更多的人面前表露心迹，有如被架上火炉般焦灼难耐。按照目前的态势，他的产业正面临着一场深刻的危机，在汲水的五家污染企业全部被认定为整体搬迁企业，这一来意味着纺织厂也要搬，否则成本就会大增。这得需要多少资金？本来他还撑得起，可最近几年已把大批自有资金投入房地产业。由于房地产市场低迷，投资一时难以收回，一旦搬迁，需要大量贷款，利息负担过重。贾叶扶粗略估算一下，搬与不搬，费用相差几个亿。

在这帮兄弟中，茅新谷有三家皮革加工企业也在搬迁之列，但他不一样，手里持有大量资金，说搬也就搬了，不过花掉点钱。虽然他也希望向正鑫担任市长，不用搬迁，但真正与政府较量时，他是不会挺身而出的。当然，与贾叶扶面临同样难题的还有金属表面处理企业和其他印染企业，但他们都是分散的独家企业，而且企业主都不是人大代表，在关键场合说不上话……

选举大会在不少人紧绷心弦的情况下完成了使命，包若谷以百分之八十三的赞成票和百分之十二的反对票当选赤峪市市长。这是一个非常尴尬的选举结果，低于百分之九十就算是低票当选了，这在赤峪市历史上还是第一次出现。然而，毕竟是顺利当选。包若谷的脸上自始至终静如止水，既看不出当选市长的喜悦，也见不到得票偏少的落寞。他的表态发言也极其简单："我衷心感谢代表们对我的信任和爱护，百倍珍惜为赤峪人民做出贡献的崇高岗位，高度重视代表们的意见和要求，忠实履行党和人民赋予的光荣职责，为开创赤峪现代化都市新局面，清正廉洁、求真务实、开拓创新、鞠躬尽瘁。"这几句看似简洁的话语，没有半句套话，完全发自他内心。

三天后的一个早上，细雪飘飞，包若谷应李心夔之约来到赤梁峰下的赤峪湖畔。赤梁峰隐现于雪雾苍茫中，昂首雄视着周边起伏的冈峦和寒凝成冰的赤峪湖，仿佛要将它看到的一切昭示于人世。细碎的雪末筛粉扬尘般在赤峪山谷上下翻滚奔涌，莽莽苍苍。有的明明着了地，却被一阵狂风卷起，随风飞舞一番，又在新处着落，或冰面或树杈，或枯草榛莽或乱石溪滩。包若谷的座驾跟在一辆闪着警灯的白色轿车后面，绕行于赤峪湖边的简易公路，迤逦来到赤梁峰下当初出租车坠落燃烧的位置附近。两车停稳，李心夔率先下车，看了看雪雾中隐隐约约的起伏山峦，回头对从车上下来的包若谷说："就在前几天的一个夜晚，省公安厅两位干警在盯梢石维新时，不慎从赤梁峰的盘山公路上摔了下来，车毁人亡，案子至今未破。每想及此，心头便如有千斤重压啊！"

"此事省委组织部黎部长曾和我说起过，省里对此高度重视，相信总有一天会将罪魁祸首绳之以法。"包若谷凝望着纷纷扬扬的雪粉中隐约昏蒙的赤梁峰，若有所思地说道。

"眼前，有些事云里雾里，怕一时也很难水落石出。如果有一天你突然发现，你追查的罪犯竟然就是你的上级甚至是你敬重的良友，你将如何选择呢？"李心夔说这话时深沉得超越了平时所有场合。包若谷深知其中意味，但在掌握确凿的证据之前，他不容许这位公安局局长有任何先入为主的揣测，自己更不会去附和他的揣测。"你们公安办事最讲究真凭实据，在掌握证据之前，我不会相信你的任何揣测。"李心夔默默地点点头，说道："这是必须的，有些事现在只是直觉，找不到证据，我只能如临大敌小心应对。"

"你知道就好。这个社会其实有不少暗河，人性中也有暗河。"包若谷的声音遥远而真切。看着包若谷深邃的目光似乎要穿透那层厚厚的雪幕，辨清深藏幕后的对手，李心夔忽然觉得心头淌过一股暖流。"我知道，你约我到此是希望我支持你，同时希望我警惕我的周围，对此，我非常感激，这说明你信任我。但是，我不得不告诉你，我们都是党的干部，在掌握确凿的证据前，我们必须按规矩办事，这个规矩叫作政治规矩。同时，请你注意，我总觉得赤峪有一股势力，这股势力对利益的追逐是不顾一切的。希望你能明辨是非，揪出祸首。"包若谷指着白雪掩盖下的赤峪湖继续说，"我们或许做不到让赤峪经济迅猛发展，但无论如何要守住这一湖赤峪清流。我已经几次到这里仔细查看，湖水正在变色，说明水质已在变坏。此水涉及赤峪多少人的安危，是必须倾全力保护的水源，没有公安配合，环保、执法、水利三家联合起来也未必做得到。"

李心夔吃惊地说："赤峪湖的上游是汲水县，于市长上半年在汲水大搞水源整治，曾下令关停搬迁九家印染企业、两家电镀企业、三家制革企业，还没有效果吗？"包若谷不禁忧心如焚，原先对此虽有了解，但前后经过并不十分清楚，尤其内部意见分歧如何，更是无从知晓。包若谷便问道："明确关停搬迁是几月份的事？"

"三月份，当时常委内部争论也比较激烈，但最后还是统一到关停和搬迁这个口径上。我觉得于天勤同志可能伤及某些人的重大利益了。"包若谷听后暗吃一惊，问道："常委会上都有些什么样的争论？"

"一边是代表企业利益的常委，提出由企业建造污水处理系统，所有污水在处理达标后排放，或者由汲水县出资建造污水厂，将企业排放的污水全部集中到一个管道，送到污水厂处理后排放。另一边就是于市长和单书记，主张根除隐患，将污染企业全部搬迁。理由是即使建了污水处理系统，由于运营成本高昂，这些企业为了自身利益，也不会严格按要求处理，甚至还会偷排，根本不可能改变局面；建造统一的污水厂更不可行，投资费用和运行费用且不论，要将如此大量的污水处理后达到饮用水源标准，几乎不可能。最关键的是，污水处理后的污物还留在汲水，污染着汲水这块水源涵养地，长此以往，将造成更大的污染。"李心夔答道。

"代表企业利益的都是谁？"

"向正鑫和刘广大，他们的理由是赤峪市发展工业不容易，尤其是汲水县，能有今天的工业局面十分难得。如果关停了这些企业，或者迁走这些企业，不仅汲水县工业将一蹶不振，就是赤峪工业也会受到一定影响。从表面上看，双方都站在赤峪发展的大局上，只是工作思路的差异。"

"明知做法不妥，却还坚持，这里面恐怕就不是工作思路不同那么简单啊!"包若谷遥望越来越大的雪花,似乎意犹未尽,却不再说话。

当李心夔走进自己办公室时,他的秘书杨巍跟了进来,轻声说道:"省厅的陈处长来了好久了,一直在贺副局长办公室,是否请他们过来?"

"好的。"李心夔说道。他还没来得及打开办公桌上的电脑,陈述飞和周曲波已走进了他的办公室,双双向他敬礼:"李局长好,打扰了。"李心夔边上前和两位握手,边说道:"两位辛苦了,来,请坐。你们来得正好,小杨,通知欧阳局长和司马队长到这里来。""好的。"杨巍答应着,为客人泡好茶离去。

欧阳德和司马羊很快来到李心夔的办公室,与陈、周两位打过招呼后,径直坐在沙发上。李心夔待小杨带上门出去后,谦恭地对陈述飞说道:"陈处,我们还是听从省厅的部署,你说吧,我们该怎么做?"陈述飞本就不善客套,在这种情况下更是喜欢直入主题,便郑重说道:"此次来,还是针对于天勤案。石维新在省武警总医院昏迷不醒,他引诱田更伟他们夜上赤梁峰,可以断定为谋杀。这一点,是我在复听手机录音后得出的结论。手机最后录下了有人专门赶到现场判断车内人员死活的声音。有个年轻人在接听电话,内容是:'老板,我在出租车翻下来的乱石滩,车在烧,两人都在里面。明白,在他下山前,奔驰车上四个轮子的刹车片全失效了。好,我知道了,这就去想办法。明白了,老板。'我反复听了这段话,一会儿大家可以听一下。此人明显在接受任务,这个开奔驰车下山的'他'显然是石维新。我判断,打电话的就是后来盯着救护车的人,他是谁?还有,电话里所说的'老板'是谁,是我们这次调查的重点。赤梁峰会所的停车场有没有监控?我当时疏忽了,未及时去查看,如果有,应该可以找出这个偷卸刹车片的人。还有,在赤峪人民医院布置的捕雀行动失败,估计也是这位老板的'功劳'。我们这次来,主要就是查清石维新的背景,通过查背景找出这个幕后老板。"李心夔听了点头道:"陈处抓到这个案子的神经中枢,大家再提提,先把需要搞清的问题找足,然后逐条解决,每解决一条,就能将案件侦查往前推进一步。"

包若谷今天主持本届政府首次市长常务会议,主要议题有三个:一是市长、副市长分工;二是逐条逐项分解落实政府工作报告中部署的工作;三是三大重要事项的落实。前两条没有争议，很快得以通过，各人分管的一摊其实早有惯例，可以说在包若谷上任前就已大致明了了。争议在于后面三大重点工作。

　　第一项，汲水县十四家排污无法达标的污染企业要整体搬迁。对此，会上有两种不同意见：一种认为应该搬迁，这是保护赤峪湖水源的需要，为了绿水青山，宁弃金山银山；另一种意见认为不宜搬迁，担心动摇赤峪工业经济主体，尤其对汲水县工业经济将有伤筋动骨之忧，更怕引起企业主投资外流。向正鑫激动地说："这件事我一直持反对意见，原来于天勤市长在时，我在常委会上就反对搬迁，现在依然反对搬迁。污染赤峪湖水体当然不对，我们还是要从企业达标排放上提要求。我的想法是十四家企业都要建污水处理系统，并严格监督运行，必须做到达标排放。"分管水利和执法的钟汉毫不客气地说："这只能做表面文章，其实这十四家企业多数已建了污水处理系统，问题是明知污水应处理后排放，却都偷偷直排入河，教育、罚款都不见效。除非你向市长天天去现场监督，那样也只能管住一家，其余十三家照样要偷排。其实，按照水源地保护标准，十四家企业的污水处理根本无法达标。"向正鑫回答道："用不着我天天去现场，只要执法到位就可以。"钟汉说："你要真让我执法到位，就该允许我依法办事。如果依法办事，这十四家企业早就该查封关停了。"刘广大抢过去说："把这十四家企业关停了，汲水的织造、电镀等工业将会从此一蹶不振，甚至可能引起企业外迁。到时候，我们将面对全市工业经济产值的迅速下滑，由此导致国民生产总值的负增长，倘若如此，我们又如何向上级交代？不说你包市长无能，也会说我们这届政府无能，我们这个班子无能。"包若谷说道："如果说要以牺牲赤峪湖的水质作为代价换取经济增长，不要说是汲水县的部分工业产值，就是赤峪市工业总产值，我也不干。所以，我宁愿戴上'无能市长'这顶帽子，宁要绿水青山，也不要以破坏环境为代价的金山银山。我看，这件事就这么定了，十四家污染企业坚决迁出汲水县。"

第二十二章　内有陷阱

　　第二项是环赤峪湖建造观光大道。包若谷介绍道："建造一条环赤峪湖的旅游观光大道，的确有助于提升赤峪城市品位，有助于开发利用赤峪湖周围的自然资源。特别是临湖的缓坡区块，是建造高档别墅区的理想所在。这已是上届政府确定的重点工程，因故搁浅至今，一方面投资巨大，政府财政一时承受不了；另一方面也有人担心赤峪湖水遭受另一种污染。大家可以各抒己见。"向正鑫接过话说道："这是一个改善赤峪形象的重大工程，政府缺钱，可以包装后通过招商引资的方式吸引外资进行开发，我建议尽快进入前期准备工作。"刘广大却说道："我不赞成匆匆开发观光大道，一来这是我市唯一一块依山傍水的自然景观宝地；二来涉及水源保护，开发后对赤峪湖一样会产生污染，这种近距离的污染应该比目前汲水河污染严重得多，在科学的、详细的、能保证自然景观和水源不受破坏的规划制定出来之前，什么人的投资、多少亿的投资都别动心。"杨一成现在是分管旅游文化的副市长，此项目对他而言是分管工作中的重大工程，也是具有突破性的亮点所在，不仅可以大大提高赤峪市的旅游品位，还可以为分管单位争取到一个大项目。但面对前面两位截然不同的意见，他又不敢把内心的真实想法和盘托出，只好慢条斯理地说："我赞成向市长的意见，应该尽快启动前期工作。刘市长的意见也对，不能因为开发观光大道给赤峪湖带来污染，所以要先设计出一个科学详细的不破坏自然景观和水源的实施规划。"刘广大只好说："你能保证观光大道建成后，自然景观和水源不受破坏？"

　　"这个请刘市长放心，现代设计水平能解决这个问题。"包若谷见杨一成这样说，便欣然说道，"那好，这个项目就由杨市长牵头，开展前期考察设计工作。"

第三项是赤峪湖西北面三百公顷缓坡山地出让事宜。有人愿意出价每公顷一百五十万元，连片开发成商住综合体。此项目系上级领导通过单书记指示市政府尽快决策的，因于天勤执意不肯提交常务会议而搁置。包若谷介绍完上述情况后说："这是较难抉择的，就现状而言，这三百公顷山坡地，就算七十五万元一公顷也不一定有人肯买，政府更是无力改造和开发，但真让你每公顷一百五十万元出让七十年土地使用权，却是心有不甘，觉得怕被人利用，担心里面会有什么阴谋。"向正鑫曾听单书记问起过这个项目的可行性如何，说是省里有领导也关注此事，具体如何又未明说，他判断应无条件支持这一项目早日落实。然而，向正鑫不清楚这一项目落地后究竟还有什么样的操作，便说："我觉得没什么可担心的，现在政府可用资金紧张，有这一笔土地出让金收入，也可缓解一下财政压力，我赞成尽快落实成交。"

"大家能否分析一下，如果这三百公顷山地缓坡以这个价出让开发，我们的利弊何在？"

分管金融的副市长江乃乐摸着青光光的下巴，仰起瘦白的脸，眨着三角眼，慢条斯理地说道："我看不准开发商打这块土地主意的目的所在，倒是听说过南方某地有这么件事，有人以五六万一亩的价格，向政府买下了几千亩山地，以此为基础绘制出一份规划图，拟建商住综合体，然后委托评估公司按该规划图纸重新评估地价，评估公司评出的新地价达到每亩上百万元。该公司即以新地价用几千亩地产向银行申请抵押贷款，获取一笔巨额资金。接下来虽然也按规划进行了投资建设，但投入不到一半，即按最新的评估价整体转让给一家大型企业接盘建设，一转手赚了上百亿。"

刘广大说道："撇开个人赚钱不说，这片土地得到开发，城市发展了，也是好事。"杨一成接话道："我认为，这个项目与观光大道项目关系密切，如果观光大道建成，该地块就不是现在这个地价了。这位购地者可能正是看中这个潜在价值，才提出购买这片土地搞开发。"这话无疑是一语道破天机，在场的无不有茅塞顿开之感。向正鑫心中不悦，又不宜再坚持己见，只能笑着随声附和。待每一位都发表了意见后，包若谷说道："既然有这个潜在的利益关系，那就先放一放，联系观光大道建设项目，对该地块进行统一规划，形成统一的建设布局后再行出让开发。"于是，第三项事宜被搁置下来，建议有关部门做进一步调查，分析清楚利弊得失，再报告市政府。

市长常务会议开到很晚，因为讨论完以上三个议题后，每人又就自身分管的工作提出了创新思路和重要举措。包若谷回到小食堂，外来领导干部们已经基本结束用餐。见包若谷姗姗来迟，单玄明笑道："若谷啊，我们都以为市政府班子首次常务会议，你要请客聚餐，不来了呢。"包若谷端起厨师端来的饭，说道："市委第一次常委会您都没请客，我哪敢僭越啊？为保护赤峪湖水质，我们决定按于市长生前决策，将汲水十四家污染企业彻底搬迁，估计会遇到不少阻力。单书记，还有你们几位，可得支持我啊。"单玄明收起笑容，说道："你放心，我全力支持你。这件事，我有责任，本该督促一抓到底的，老于一去，竟任其反弹了。你要找一个狠一点的帮手，一鼓作气，彻底解决，绝不能再有反复。"丁文魁接上说："要不要开个常委会，形成个一致意见？"

单玄明转脸看着包若谷，意思是征求包若谷意见。包若谷想了想说道："眼下市委还不宜出面。我在想，对于赤峪湖环境治理，是否需要有个更全面的大举措？目前需要解决的至少有这么几件事。一是水源涵养地保护，包括重污染企业外迁。好在这十四家企业全是违法未批企业。如果土地、规划、环保都办过审批手续，我们就需考虑如何补偿的问题了，还应制定具体政策性文件。现在，我们可以先由环保执法机构实施，依法查处，强制拆迁。对于那些保留在汲水的企业，排放的污水成分和数量虽没有上述企业严重，但集中起来，一样污染水源，只是程度不同而已。还有汲水的生活和农业生产污水，虽说过去这么多年来一直没人注意，但赤峪湖水体富营养化程度日趋严重，就是生活和农业生产排水造成的。对这两大污染源，一样要根除。二是赤峪湖周边开发建设的排污控制，今后，不管在赤峪湖周边进行何种开发建设，一律雨污分离，污水全部纳管外引，不准进入赤峪湖。三是对全市排污的控制和水源地的保护、水体整体质量提升等，需要有一揽子政策。但眼下条件尚未成熟，等汲水这边工作取得一定成果和经验后，再总结研究出一个整体工作意见，那时再提交常委会讨论，似乎更好些。"

单玄明听到一半已洞悉包若谷的想法，等他说完，立即说道："好，我们争取在全省率先搞出个治水样板来。"李心夔说："只要你包市长开口，我们公安全力配合。"张岚山说："综合执法局那位女局长陆晓仙有铁腕气质，此人可用。"夏立言说道："部分污染企业与少数干部有一定利益关系，包市长还需要顶住来自各方面的压力。"单玄明说："这个压力我们一起顶，对证据确凿的腐败分子，夏书记抓几个。"

"您说，抓几个？只要您说个数，我保证完成任务。"

单玄明叹息一声，说道："其他市地都风平浪静、莺歌燕舞，我们这里闹得鸡飞狗跳、风声鹤唳，那也不是善政啊，教育为主吧。不过，我们常委一班人一定要洁身自好，做出表率。"

几位又说了些其他事情，等包若谷吃完饭，便各自回到"常委楼"自己的住处。包若谷刚进门，还来不及开灯，手机里便传出一声短信提示音。打开看时，却是焦雨霁发来的一首诗："日日思兄不见兄，青丝绕指计谋穷。希求今夜得临幸，小女方舟横待宫。"包若谷心中一阵发怵，这姑娘想做什么？为贾叶扶做说客？下午常务会议的内容已经传到贾叶扶耳朵里了？看来自己在赤峪一直不与她来往是做对了。窗外天已完全黑了，不时有寒风挤压门窗的感觉。包若谷开了灯，换了鞋，踱到沙发上坐下，决定不予理睬。

焦雨霁独自横躺在大东方娱乐城包房里，依然希望包若谷能给她回条短信，却是久等不至，心里七上八下地不安起来。她怕包若谷不回信息直接赶来了。记得上次开两会，她去找贾叶扶时，在餐厅过道上碰见过他，他当时被迫停下与她说了几句话。她告诉他自己住大东方娱乐城 666 房间，他似乎心情不好，但应该是记下了的。

怕他来，是因为她不希望他来，她刚才发的信息是为敷衍贾叶扶的，本欲发一个警示他别来的信息，却怕自己的手机已经被贾叶扶监控。半个小时前，贾叶扶给她打来电话，问她与包若谷关系发展得如何，她说："你不是让我先搞定向市长吗？包市长那里还没有任何进展。""不行，你要迅速搞定包市长，最好今晚就让他上你床。这样，你给他发一条邀请的信息，不管来不来，明天给你一万。今天晚上他如果来了，我给你五万。如果和你上床了，明天我给你十万。"听了贾叶扶这些话，她隐约觉着有什么地方不对，仔细一想，不禁浑身发冷，原来自己在房里的一举一动都有人盯着，由此推断，手机也难免被监控。

活到这么大，除了她爸爸之外，包若谷是她最在乎的男人了。她早已下定决心：毁坏谁都可以，不可以毁坏包若谷；利用谁都可以，不能利用包若谷。

贾叶扶不知道焦雨霁与包若谷的过去，指望着焦雨霁引诱包若谷下水。焦雨霁表面上必须顺从，内心里却一百个不愿意，唯恐包若谷真的来。她于是钻进被窝，在手心上写了"内有陷阱，勿进"几个字，以备不时之需。

本来，焦雨霁的一切担心都是多余的，包若谷已经坐在客厅的沙发上看完《新闻联播》，又到书房写完日志，准备洗澡上床看书就寝了。恰在此时，电话铃声响起，包若谷接听，竟是丁文魁打来的电话："兄弟，别忙了，去大东方娱乐城唱歌，有人请的。"他本想说不去，可又怕引起丁文魁的不快，只好问："合适吗？"对方回答："夏立言、张岚山都去。"

"怎么去？"

"你准备好，一会儿劳老板派车来接。你没事吧？"

"没事。"包若谷回答。

从奔驰车上下来，在司机的引导下，直接进了地下车库电梯。到三楼，出门拐个弯，来到一个豪华包厢的侧门。司机推开门，做了一个请的手势，直到一行人走进包间，沿途竟是一个人影都未碰到，足见请客者心思缜密。

因为是从侧门进的包间，放眼之间一览无余。从正门进来是一道岫玉屏风，雕刻着《九老狂欢图》。门侧正墙是一块大屏幕。包间正中放了两张汉白玉茶几，摆放着各种时令水果、几道下酒冷菜，还有两瓶打开的人头马洋酒。围着茶几的一侧是绛红丝绒包面大沙发，沙发上已经端坐着五位妙龄女郎，一色的粉红薄纱裙，个个杏目桃腮，端丽曼妙，窈窕诱人。一见五人进来，她们便一齐起身相迎，举手投足之间纱裙内肌肤若隐若现。丁文魁这才向包若谷他们介绍一直跟随着的司机，说："这位是劳老板。"包若谷上前与他握手，说道："没想到让劳老板亲自来接，谢谢。"丁文魁转而又向劳佩民介绍，分别是包董事长、夏总经理、张老板。劳佩民早已是老江湖了，这几位，哪有不认识的，还用得着介绍？但表面上却丝毫不露，笑着说"请多关照"，一一握手。美女们都十分乖巧，听着这介绍，早已叫着"老板、董事长、夏总"，一人跟住一个，引导到沙发上去坐了。

"今天这五位唱歌佳丽分别是梅花、桃花、梨花、桂花、茶花，点歌服务是兰花。"劳佩民将几位红粉的特长一一介绍过来，包若谷这才仔细打量这位房地产大亨。见他四十七八岁，中等身材，粗腰凸肚，头发完全掉光，油亮的脑门与灯光交相辉映。劳佩民介绍完，说了句"各位，我们先唱，算是抛砖引玉"，便带头开唱。陪他的是梅花，点了一首黄梅戏《天仙配》中的《夫妻双双把家还》。

一曲唱尽，掌声鼓励，梨花接着唱了一段越剧《梁山伯与祝英台》里的《十八相送》，字正腔圆，清丽委婉余音未歇，掌声又起，于是众人碰杯喝酒……

包若谷心想，与其这样与素不相识的女子一起唱歌，还不如去看看焦雨霁，更何况她晚上还发来过一首诗。记得她曾告诉过他，就住大东方娱乐城666房间。他绝没有出轨的想法，只是想和她谈谈，了解一下她自分手以来的经历和近况。她身上有太多的疑点，他更想知道，贾叶扶究竟是何许人也。他乘电梯到六楼，又走向666房间。可他怎么也没想到，他在走廊上走向焦雨霁的情景，全让坐在监控室里的贾叶扶看得一清二楚，把贾叶扶看得热血沸腾，兴奋不已。

包若谷在楼道里缓缓走着，脑海中忽然闪过几句诗："惊梦思君临险地，疑心艳遇颖先丧。""险境危途宜慎涉，阳关正道品沧桑。"前两句是焦雨霁写给他的，后两句是自己回她的。不对啊，她之前的诗明显是规劝自己别再惦记她，担心因为与她的艳遇而遭灾，今晚发来的诗，与前诗用意完全相反，会不会另有隐情？想到此，包若谷不禁惊出一身冷汗，然而666号房已出现在他的面前。包若谷略一迟疑，还是举起了手，轻轻敲了两下门。这两声敲门声虽轻，在焦雨霁听来却无异于惊雷震响。她从床上一跃而起，奔到门口，在开启房门的同时，先伸出那只写了字的手掌。包若谷先看到焦雨霁一脸的怪相，然后看清了手心上的字，脑袋嗡的一声，立即稳住神说："我们在下面唱歌，想请你一起去，有兴趣吗？"焦雨霁答道："不了，我只想早点休息，谢谢领导。不进来坐坐吗？"包若谷这次理解她的用意了，说道："那好，不坐了，我们有很多人一起。"

"啊，那再见，祝你们玩得愉快。"

"好，再见，晚安。"包若谷说完，匆匆往回走。

贾叶扶在监控室里看得百思不解，包若谷明明走到门口，却只叫她去唱歌而不进门。那焦雨霁只穿了个三点式，胴体毕现，他居然毫不动心，这与他们初次相见时的情景反差太大。究竟是为什么？到手的鸭子怎么就这么飞了？

市政府第一次常务会议纪要一发出，各种反应都有。有的说包若谷铁石心肠，一点情面也不讲，十四家企业说搬就全部搬迁；有说市政府依然执行于天勤市长的决策，决心保卫赤峪的绿水青山，是对赤峪人民高度负责；也有的说市政府班子内部有分歧，包若谷一意孤行，不拿本地工业经济发展当回事，是不顾发展大局。

两天后，市环保执法支队进驻汲水县，将环保执法决定书送到十四家企业主手中，签好回执。紧接着，涉事企业停产，全部贴上封条。

贾叶扶临窗而立，看着厂区里洁净的水泥地、那些经过认真修剪整齐划一的冬青树、偶尔匆匆走过的工人、匆匆驶进或离去的货车，他再也无法保持以往的淡定和从容。下面五家污染企业必须搬迁，他为避免这一局面所做的种种努力，眼看要付诸东流。说是搬迁，其实就是无偿拆迁。由于是高污染企业，当初创办时，用地、规划、环保等相关手续一概未经审批，追究起来，是不受法律保护的财产。所以，在这次搬迁中，政府除了在赤峪工业区规划出一片用地外，所有费用都由企业承担。他的五家工厂搬迁费用要三亿多，这对于已将大量资本投入房地产的纱绸织造集团来说，是一个巨额负担。不行，绝不能就此罢休。

贾叶扶回身来到办公桌前，从老板台下的保险箱中拿出一本红色笔记本，翻到"借资"标签下的一页。那里详细记载着赤峪市几个部门负责人以每月百分之三的高息，借给集团公司资金的明细账，有的借资五百万元以上，每个月要从他的集团公司领走利息十几万元。他们以自己单位资金开户为条件，从银行贷出无息贷款，再高息转借给他。其实贾叶扶根本不需要这些借款，银行上门贷款都被他推掉多次，他接下来不过是为了维持一种关系，在他看来就是向这些人变相行贿而已，当作一种长线投资。他开始给这些人逐一打电话："某局长，我的集团下属五家企业面临搬迁了，你的借款正好在这五家厂里，看来本息损失是难免啦。"如此这般打过几个电话后，他便开始静观其变了。

接到贾叶扶电话的，都有着相当的话语权，给自己曾经的老部下或老同事打个电话，多少能发挥些作用。

市环保局局长朱水平自然也接到了贾叶扶这个电话。"贾董啊，您是知道我的情况的，我也是身不由己啊，这都是包市长一手抓的工作啊，我顶不住啊。"朱水平的语气几乎到了哀求的地步，"贾董，您财大量大，高抬贵手，先把那五百万本金还给我吧，企业搬迁的事我能拖则拖，尽量给足您时间，怎么样?"

"笑话! 你给我多少时间? 三年五年行吗? 工厂已经停产，还要在这么短的时间内搬迁，我的所有投资都无法收回，您老人家的投资自然也得泡汤。您还是行使一下您局长的权力吧!"贾叶扶口气一变，电话里听着像是变了一个人。

第二十三章　简从暗访

朱水平别无选择，只能在完成市政府工作和向贾叶扶妥协之间做出选择。正所谓"有所忧患，则不得其正"，有些人在不涉及本人私利的时候，能够心存公正，秉公处事；一旦掺和了个人私利，难免患得患失，再难保持中正平和心态，想走正道也难，自然导致处事不公。于是，进驻汲水县的环保执法支队开始出现莫名其妙的状况，支队长沙邱子因母亲住院请假离队，副支队长韩少杖因老婆车祸住院请假，还有几位大队长都以各种名义离队，另有部分队员以一些十分客观的理由请假离队。

如此一来，这支下派的环保执法队伍便显得七零八落，不成气候了。关键是执法支队在工作上完全走样了。自从搬迁通知书下达，给工厂大门贴了封条后，执法支队在开头两天，还派人去这些工厂门口巡查，看看封条是否被揭，工厂是否偷偷恢复生产；到后来，那些执法人员便无所作为了，整天窝在宾馆打牌玩乐。

几天后，市环保局党委向分管副市长刘广大递交了一份书面意见，大意是：本局已经按照市政府要求完成了对汲水十四家污染企业的关停查封工作，后续搬迁监管事宜将交由汲水县环保局完成。同时，通知下派的执法支队人员全部撤回，将监督迁移的工作交给当地环保部门。

刘广大在任丹山区区委书记时就与贾叶扶交往甚密，赤峪开发区是丹山区首创，最初的土地征用、详细规划、"三通一平"以及企业引进等工作，都由丹山区实施。贾叶扶的纱绸织造集团就是由刘广大做了工作后引进的，他以优惠的地价为企业提供土地，使纱绸织造集团的生产能力提升了百分之七十。当然，刘广大以夫人的名义筹款近千万借给贾叶扶的公司，每月赚取利息二十多万元。有了这一层关系，刘广大当然要站在向正鑫一边与于天勤对立，现在又与包若谷对立，冠冕堂皇的理由是维护企业利益，维护汲水的工业经济发展良好局面。他现在分管工业和环保工作，看到环保局送来的情况报告后，只往桌上一放，既不批签也不扔掉。刘广大知道，包若谷迟早会要他汇报汲水污染企业搬迁进展情况，到时候再将环保局的意见交给他。

赤峪湖水质依然在变坏，极有可能危及赤峪市几大水厂的饮用水供应。水利局局长肖迟龙不断接到各监测点水质变坏的报告，水厂已几次更换取水点，可取水范围正在缩小。这位正当不惑之年的矮个子局长，愁眉苦脸地坐在包若谷面前，激动地说道："这不是影响几个人的小事，这是事关全城人生存的大事。我也曾设想过截断汲水河的来水，建一条引河，将汲水河从落凤坡下导出赤峪，但这也有问题，一是压缩了赤峪湖的集雨面积，减少了来水量；二是落凤坡以下的汲水县三个乡镇用水量减少；三是要对落凤溪进行挖深改造，直通记忆江，工程量很大；四是要筑汲水河拦河大坝，工程质量要求极高，否则遇到汛期，一旦垮塌，后果不堪设想。综合各种因素考虑，搬迁工厂才是上策。"包若谷点头道："于天勤市长一定早已比较过这些利弊得失，所以才断然下令搬迁工厂。不过有一点我们也要理解，这些企业搬迁的成本也确实不可小觑，而且新落户的地区也一样要被污染，毕竟还是在记忆江流域。我思虑再三，搬迁也是无奈之举啊。"肖迟龙急道："不管如何，赤峪湖的污染必须立即中止，这是天理，违天不祥啊！你只要亲自去看过，就知道情况有多危急了。"

包若谷实地考察赤峪湖后，发现来自汲水县的河流水体污染十分严重，明显以工业废水为主，心急如焚。他决定亲自到汲水县实地察看。这一次他几乎是秘密出行，连秘书长都不说，只带上副市长钟汉、办公厅主任盛苍华、水利局局长肖迟龙、环保局局长朱水平、行政综合执法局局长陆晓仙、秘书佟一青和两名电视台记者，坐一辆面包车直奔汲水。同时，他让李心夔安排一辆警车，由欧阳德带上几名干警尾随而行。

路上，包若谷让陆晓仙坐在自己身边。这是一位四十三四岁的成熟女人，内穿一件红色高领羊绒衫，外加一件黑色皮夹克，下穿黑呢裤，一坐下，觉车内温度偏高，便侧身脱了皮夹克，横放胸前。包若谷问道："陆局长在执法局多久了?"陆晓仙答道:"不长,才五个月。"

"啊,也算是新官上任啊。原先在哪里工作?"

"在吻海县任副县长,分管文教卫。"

"很好,有基层工作经历,对下面情况熟悉。综合行政执法就是将各部门的行政执法职能集中在一起,在人力、物力上统筹使用,只是人员素质要求更高。到目前为止,还有哪些部门的执法未进综合执法局?"包若谷问道。

陆晓仙答道:"目前还有环保、规划、农林三家部门的执法职能归并正在衔接,争取今年三月底前归并到位。"

"好,这次把你带来,就是要你接手汲水县十四家企业的强行搬迁的任务,没问题吧?"

"我已有所了解,没问题。"陆晓仙轻松地应道。

面包车到了汲水县,直奔十四家企业所在地,具体位置已由司机搜索清楚,几乎是熟门熟路。车也不进厂区,而是停在靠近企业墙外的出水口。让人触目惊心的是,所到的企业都在照常生产,或黑或红或紫或黄或绿的、发酸发臭发腥的污水不断地从排水口奔向河流。有污水处理系统的企业,没一家经过处理再排放,生产继续,污水照排。在场的人人心惊肉跳,个个目瞪口呆,这样的水竟然全流进了赤峪湖!包若谷每到一个厂,都让电视台记者当场拍摄录像,立此存照。他指着污水问朱水平:"按照法律规定,企业向河道排放这样的污水,该怎么定罪?"朱水平嗫嚅着,一时应答不上来。肖迟龙抢过答道:"这要视排放出来的水中有毒有害成分而定,根据《刑法》有关条款规定,大约可判企业主有期徒刑三年。"

在察看和拍摄纱绸织造集团第三印染厂排污口时,从厂内走出十几名手持铁棍的青壮年,正在他们走近包若谷一行,要动手抢夺摄像机时,警车闪着警灯来到面前,从车上下来十几名警察,这些人一看势头不对,立刻退回。

欧阳德下车,带着警察要去追赶。包若谷制止道:"欧阳局长,穷寇莫追,先放他们一马。"欧阳德这才止步,过来与包若谷握手,说道:"保证完成保卫领导安全的任务。""谢谢,辛苦啦,有你们在,我们就放心了。下一步还需要你们密切配合,全力支持。"

包若谷的面包车突然出现在汲水县委、县政府大院的侧门外,此处紧临食堂。因为已经过了中午吃饭时间,饭店也不容易找,恰好汲水县政府食堂服务外包，有一个外卖盒饭的窗口，包若谷带头走向窗口。盛苍华反应快，紧赶几步抢在包若谷前面到达窗口，给每人买了一份盒饭。

也是赶巧，此时此刻，汲水县县委书记南宫范、县长侯坤、县政府办公室主任梁上宾正在这食堂楼上的贵宾厅陪客人吃饭。今天的客人是赤峪市财政局局长方成圆，专门为体验汲水县机关小食堂就餐感觉，以便推广在小食堂接待客人，节约财政开支而来，所以指定要在小食堂简单就餐，并告诫不准上烟酒。可席间却经不住南宫书记的劝，烟不上，高档酒不上，只喝啤酒，理由是啤酒比饮料便宜。

包若谷一行人买到盒饭，想要进食堂里面坐桌椅吃饭，却被保安拦住。"里面的桌椅只供院内机关干部就餐使用，外卖不准入内。"保安指着旁边一张小告示说。包若谷一声不响地端着盒饭坐在门外台阶上吃了起来，那里已经有不少农民工、外来客、学生一类人坐着吃盒饭。好在今日天公作美，丽日晴空，风歇树静，冬阳照在身上还有几分融融暖意。

包若谷边吃饭，边和身边一位民工攀谈："您是汲水本地人吗？"那人五十多岁，古铜色的脸上刻着不少皱纹，他显然没料到包若谷会问他，愣了一下，和善地答道："是的，我是乡下五峰镇的。"包若谷笑笑说："啊，五峰镇我去过，那里办了不少工厂，打工很方便的，你到县城不是来打工的吗？"

"是来打工的。"

"那怎么不在镇里的工厂里打工呢？"

"你不知道，我们镇里的那些工厂都是黑心工厂，不牢靠的，早听说市政府领导都已经下了搬迁命令，其实，我们也希望它们早日搬走。"

"为什么呢？"

"你们外面人不知道，那些工厂每天都向河里放坏水，我们那里的河塘都养不了鱼，偶尔抓了一条都不能吃。"

"怎么会不能吃呢？"

"那鱼肉有一股怪味，吃了恶心。"

"有这么严重吗？"

"我们那里有好几条河沟的水都不敢用来浇地了。也真奇怪，这种水都流向汲水河，都说这汲水河流到赤峪湖，赤峪人又吃这赤峪湖的水，我们都担心有一天就把赤峪人给毒死了。"

"你们为什么不敢浇地呢？"

"镇里农科员说，这水里重金属、有害物质超标，是有毒的。"

"那你们种田不是受到影响了吗？"

"这也没办法啊，反正种田也不赚钱，不如外出打工，一个月就能挣回一季农活的钱。"

正这么说着，一个声音传了过来："哟，这不是包市长吗？"

这时侯坤陪着年轻的市财政局局长方成圆等人晃晃悠悠地从里面往外走。

南宫范本欲亲自送别，是方成圆硬把他挡回去的，然后在小餐厅到县委大楼之间的通道口上挥手告别。侯坤这一声刚叫出口，立马肠子都悔青了，也是猛然间看到市长的一种本能反应，脱口而出，其实完全应该悄悄地拉着方局长往回走的。这是中午，中餐不准饮酒的规定早就有了，虽然没怎么执行，但公然在市长面前显露醉态，自然大大不妥。更要命的是，细看之下是以市长为首的一行人在大门外吃盒饭，自己陪着市财政局局长酒足饭饱、摇身剔牙地从里往外走。天哪，这一声呼叫岂不让自己陷于万劫不复的深渊？岂不要断送身边这位年轻局长的锦绣前程？这一声呼叫岂不成了我侯坤告别政治生涯之绝唱？这样想着，侯坤额头上汗珠在增大，两腿似被死钉在地上，一股强烈的小便欲望涌了上来。

倒是方成圆已经放开了侯坤的手，向只回头朝他们瞅了一眼，依然坐在台阶上边吃饭边和老百姓说话的包市长走去。"包市长，您好，您真是深入群众、紧贴群众的典范啊！还有钟市长、盛主任也在，还有朱局长、陆局长。包市长，您这是偏心啊，怎么就不给我提供这样的接触群众的机会呢？"说着话，一股酒味菜气直朝市长、主任、局长们扑过去。方成圆借着酒劲，自以为几句马屁拍得还算到位，谁知几位领导个个似笑非笑认真地吃着各自的盒饭，几乎没人理他。正当他尴尬难堪进退两难之际，包若谷起身说话了："方大局长还真是身在福中不知福啊，酒足饭饱后，来羡慕我们在路边吃盒饭的了。"说着站起身，"好啊，既然你有此美意，我成全你，下午就加入我们的队伍，一起调研吧。"

方成圆真想狠抽自己一个巴掌，真是自找麻烦，他们那趟事避之唯恐不及，一昏头竟伸出脖子自套绳索。贾叶扶的电话他也接到过，他私人借给贾叶扶六百万，还算有头脑，只说是借款，月利率百分之二。事实证明，不作为投资是正确的。"你贾叶扶手下并非只有这将被搬迁的五家企业啊,我的钱是借给你贾叶扶的,不是借给你将被搬迁的五家企业的,你如果觉得不需再借了,可以立即归还。"他的话倒是把贾叶扶堵得无言以对,贾叶扶只好说:"我不是这个意思,我只是想请方局长在市长那里说句话,能不拆迁,尽量别拆迁。付你利息的钱主要来自这五家企业。"

"这是什么话?如果拆迁了这五家企业,你就付不了利息了?那你赶紧把本金还清。"话虽这么说,但遇到机会还是要帮着说话的。可对包若谷不了解啊,内心皮鼓擂得惊天动地,脸上却丝毫不露痕迹,笑道:"好,那我下午就跟着市长'干革命'。"

那边侯坤已经没有任何退路,只好小跑着过来,嘴里连连说:"这是我工作失职啊,包市长、钟市长这么多领导来这里,我却一无所知,竟让大家席地而坐,盒饭充饥,我这当的什么县长啊!"包若谷却与他主动握手,笑着说道:"这不怪你,是我不让他们向你通报的。这么多老百姓都能席地而坐盒饭充饥,凭什么我们就不能呢?这不算大事,既然遇见了,那你就发挥作用吧,带我们去会议室。通知南宫书记和分管环保、工业、行政综合执法的副县长也来参加会议。"钟汉补充道:"让分管水利的周来成副县长也参加吧。"包若谷点头道:"好,就是这样。"

一行人随侯坤来到县委会议室,大家各找位置坐了。

很快,县委书记南宫范生气勃勃地进了会议室。"啊呀!包市长,您这是让我无地自容啊!"包市长一行来到汲水县,中午席地而坐就餐的情况,他刚才已经从秘书那里了解了,震惊之余,只能先做检讨,"包市长,您这样轻车简从,实地暗访,真令我羞愧不安。我们领导干部要都像包市长一样,那还有什么事情办不好的?"南宫范边说边过来和包若谷握手。包若谷笑道:"承你吉言,但愿我们今天能把搬迁十四家污染企业这件事敲定,给赤峪人民一个满意的答卷。"

第二十四章　青山绿水

"治好汲水之水，事关民生大计，我们无条件做好配合工作。"南宫范说着在南边中间位子上坐下。他一入座，市、县两级干部就算到齐了，南北各坐一边。包若谷也不推辞，拿过话筒先讲了起来："我知道，现在还不到上班时间，打扰大家休息了。但事缓从恒，事急从权，这件事已经危及几百万人生存大计，我这个市长的屁股都坐不住了。汲水县十四家污染企业长期向汲水河排放污水，已经导致赤峪湖水质严重变坏，就是汲水河本身也已经污秽不堪，老百姓反映，河里的鱼已经无法食用。上届市政府在认真调研论证的基础上，对汲水河上游进行了整治，决定搬迁这些企业，由于种种原因，搬迁工作未曾落实。本届政府在首次常务会议上研究决定，继续执行上届政府做出的决策，搬迁十四家污染企业，并派出了环保执法工作队进驻汲水县。但时间过去近二十天，十四家企业依然我行我素，生产在继续，排污也在继续。从我们上午实地察看结果可见，十四家企业没有一家使用污水处理系统，有的企业的污水处理系统只是个摆设，根本无法使用。今天这个会议，相关领导基本到齐，说现场办公会也好，说决策推进会也罢，会议只有一个目的：坚决、彻底、迅速搬掉这十四家企业，还人民一条干净的汲水河。市、县两级环保局局长都在，先请市环保局局长朱水平同志介绍一下这二十天来执行市政府决策的情况吧。"

朱水平在环保局干了近十年，还从未遇上如此极端的场面，原以为搬迁一事已经被他一纸书函挡回去了，分管的副市长已经认可，他这个局长自然也就完成任务了，谁想到市长会越过分管的副市长亲自督办。从上午上车起，他内心一直不安，至今未有应对良策。突然听到市长要他介绍情况，他只好拿过话筒开口说道："根据市政府决策，我局立即派出了环保执法工作队，查封了十四家企业，通知他们在规定时间内搬迁。此后，工作队进行过几天巡查，主要是督促企业停产搬迁。后来，将督促工作移交给了汲水县环保局，由汲水县环保局执法中队负责督促搬迁。"

包若谷脸上毫无表情，说："你把市政府下达给你们的任务转交给汲水县了？我怎么不知道？"朱水平说："我局有报告送到分管副市长刘广大同志那里了。"

"你报告了什么？报告了把市政府交给你们的任务转交给了汲水县环保局，是吗？哪位是汲水县环保局局长？"

四十来岁的汲水县环保局局长耿兴同立刻应道："我是。包市长，我局没有接到过负责搬迁十四家污染企业的正式授权文件和书面通知，只有下属的环保监察大队工作人员在送别市局监察支队时，市支队一位普通干部说了句'这里就交给你们了'，我们这位工作人员比较老实，以为是把市支队住宾馆的遗留事项交给我们办了，也就没向领导汇报。这话是我刚才打电话问他时他才说的。所以，市支队撤走后，我局没有再过问这十四家企业的事。照常规而言，违法案件一旦由上级机关着手处理，下级机关在没有接到正式通知或授权文件的情况下，是不宜擅自处理的。"

包若谷听后依然不温不火地说："这皮扯得漂亮！你们看，这样一来，一边是市政府的决策，一边是十四家违法企业的污水直排，全被这张皮掩盖了起来。"他突然提高了声音，"可做事最怕认真，一认真，皮就难扯了。朱水平局长，你说对吗？你还能说把搬迁十四家企业的任务交给汲水县环保局了吗？你担任了这么多年市环保局局长，真的连向下级机关布置任务也不会吗？"

朱水平脸上红一阵白一阵，油亮的额头上渗出了细密的汗珠。他完全没想到这位新任市长居然会如此不留情面，只好硬着头皮应了一句："这件事可能是个误会，我们的同志以为已经把任务转给县局了，我也是把事情想得简单化了，回去赶紧下个授权通知。"

"用不着了，你环保局既然干不了搬迁企业的活，我只好另请人手了。但有一条，在搬迁汲水污染企业这件事上，你的环保执法支队要服从市综合执法局调遣，必须随叫随到，配合得好，可保你头上这顶乌纱帽。"包若谷断然说道，"南宫书记、侯县长，你们两位也谈谈看法，这十四家企业该怎么搬迁？"南宫范看了一眼身旁的侯坤，说："侯县长，你先说吧。"侯坤刚刚从中午尴尬的心境中解脱出来，见南宫书记让他先说，心情多少有点紧张，只好笑一笑说道："为还汲水河流域一个青山绿水，也为了赤峪几百万人的饮水安全，汲水县政府无条件拥护并执行市政府决策。我就说这一句。"

南宫范拿过话筒说："包市长，首先我表个态，尽管搬迁了汲水十四家工业企业将减少汲水县全年百分之十的生产总值、百分之二十的税收，但是，我依然无条件支持市政府做出的搬迁污染企业的决策。在这个会上，我还想多讲几句。从汲水河到赤峪湖，离绿水青山的要求已经是越来越远，现实就明摆在那里。从汲水河的水质看，只要五天不下雨，COD（化学需氧量）一定超过每升四十毫克，高的时候要超过每升六十毫克，而我们国家规定 COD 标准是每升不超过四十毫克。这样看汲水河的水在不少时候就处于标准以下状态。还有氨氮、重金属的含量也是超标的。因此，要想打造真正意义上的绿水青山，我们需要开展一项巨大的治污工程。在这个工程中，搬迁十四家污染企业还只是一个开始。这十四家企业排放出来的污水不仅量大，而且处理难度大，如不搬迁，其他治污工程无法开展。汲水河流域是水源涵养地，应该将所有污水进行集中处理，达到排放标准后才能排放。这里面还涉及三块：一块是依然留在这一区域的各类工业企业，对于它们排出来的污水，要设立工业废水处理终端。另一块是生活污水，应该以村为单位集中起来，每村设一个处理终端，将污水处理达标后再排放。最难处理的是第三块，畜牧养殖和农田灌溉废水，也称农业废水。我的初步想法是，禁止农户散养畜牧家禽，所有畜禽采取集中和规模化、无害化饲养。现在有一种发酵栏饲养技术，能及时将畜禽粪便吸纳发酵，每月换一次栏基，直接加工成有机肥，极少有污水排放，又大大削弱废气泄放。引进这种技术，推行规模化饲养，再配以污水处理达标排放，就能较好地解决畜禽饲养污染问题。对于农田灌溉用水，需要建设一套农田供排水系统：第一步，根据农田分布情况建设一批农用水蓄水池塘；第二步是将各个污水处理终端排出的达标水，接入农田蓄水池塘；第三步，各蓄水池塘到灌溉农田间做三面光沟渠或泵站；第四步，在从农田排水口到下一位置的农用蓄水池塘间砌通三面光沟渠。由此，实现农业用水的循环利用。农用蓄水池塘尽量不接纳雨水流入，以减轻池塘蓄水压力，也让雨水更多地流入汲水河。这也可称为工业、农业、生活三大污水同时治理，或称三水共治吧。"

"好，三水共治，这才是完美的治水之道，此举若能实现，你就是赤峪市的治水靳辅。"包若谷由衷地赞叹，"真没想到我们南宫书记原来对此事早有谋划。"钟汉却说道："南宫书记谋划得确实周到，思路也正确，不过实际操作起来难度也不小。首先是资金投入问题，一个两百余户的村落，从排污管道铺设到处理终端建造，至少需要投入二百五十万，仅此一项，全县需投入十五亿。农田循环用水系统需要精准科学设计后，才能确定投入，估计不会少于二十亿。还有畜禽集中规模饲养的迁建补助等，没有五亿拿不下来。不计前面十四家企业搬迁费用，这汲水县三水共治就需四十亿。其次，农田循环灌溉系统在实际设计和建设中会碰到种种困难，一个环节做不好，整个系统报废，投入会付诸东流。最后，禁止农户散养畜禽，需要做通农民的思想工作，还要物色好规模饲养户。"

包若谷接过话说："这么大的工程，没有困难是不可能的，资金投入自然是以市里为主。钟市长的估算是四十亿，但没将工业废水集中处理系统计算在内，加上工业污水处理系统，我的想法是准备花五十亿，分两到三年投入。方局长，这笔资金由你负责筹集。农村生活排污处理和工业排污处理两大系统，由市、县城乡建委负责设计、监建；农田循环灌溉系统由市、县水利局负责设计、监建，建设主体为乡镇政府和村级组织，以污水处理终端为项目单位报批立项。我们回去后立即与市委、市政府班子研究落实，具体实施按市政府正式行文执行。十四家污染企业的搬迁工作由市行政综合执法局负责，市公安局和汲水县委、县政府配合实施，要在三天内拿出搬迁方案。市、县两级环保局执法机关负责立即查封十四家企业，必须马上停产清场，确保有效切断污水源。"

任务布置完后，包若谷首先问陆晓仙："陆局长，你有什么想法？"陆晓仙一脸严肃地说道："我听从市政府安排。环保执法什么时候能令十四家企业停产？我记得环保已经查封了这些企业的，朱局长，是吗？"朱水平内心已是极不舒服，但脸上却不敢流露，赔着笑脸说："我们争取三天内让十四家企业全部停产。"包若谷立即问道："为什么要三天？"朱水平硬着头皮说："我回去要开班子会议统一思想，然后，也要先跟这些企业老总通通气，最好由他们自己关停，尽量减少与企业主之间的矛盾。"

"照你这么说，是不是企业主不同意，你就没办法关停了？"包若谷淡淡地问道。朱水平支支吾吾地说："这个……强制关停，总不是理想的执法方式。"包若谷突然冷冰冰地说："这十四家企业从建成到投产是什么情况，你朱局长应该是心知肚明的，而且在上次下发的搬迁通知中也已写得清清楚楚。鉴于早在二十天前已经给这些企业下过通知，贴过封条，目前这些企业实际上是非法生产。我限你明天下午三点钟之前，让这十四家企业全部停产封门，由陆局长按时接管。如果你认为做不到，可以提出辞职；如果明天下午三点之前确实没做到，你不辞职就是渎职。你知道渎职的后果是什么。"

陈述飞、周曲波在赤峪一住就是半个多月，调查了石维新在赤峪的社会关系，这一过程十分艰难。首先是石维新的手机联系人中，除了业务往来客户，就是一些关系普通的亲戚朋友，为调查这些人员背景花费了大量精力，却收效甚微。显然，他另有一个联络手机，然而却没有查到以石维新名义登记的第二部手机，而且在石维新受伤的现场也只找到一部手机。最后，他们只好进入石峁建筑公司调查。然而，整个石峁建筑公司对缺了个石维新总经理似乎满不在乎，所有工作井然有序。代理总经理林永乐见到陈述飞时，不慌不忙，让座端茶，边接电话处理事务，边回答陈述飞的提问，对企业经营方面的问题如数家珍，可对石维新平时的活动、生活圈却知之甚少，特别是对石维新平时的交往圈子几乎一问三不知。陈述飞十分扫兴，只好问道："你知道在赤峪有几个黄岭市的建筑企业吗？"

"这个倒有所了解，正所谓知己知彼百战不殆。最大的是人杰公司，老板是袁杰……"这个戴着近视眼镜的年轻人说出了黄岭市在赤峪的全部建筑企业老板，却无法证明石维新与这些人之间的往来关系，甚至不知道他们是否有联系。陈述飞最后试探着问道："你们石经理平时在用的手机有几个？"林永乐想也不想便答道："有两个。不过，我只知道他的一个号码，另一个他不告诉我，我也不好问他。"

在石峁公司调查了三天，找了与石维新合作起家的两位同学和一些相关人员，得知他的同学在业余时间很少与他一起娱乐，他们工作中碰在一起时，除了探讨公司的经营状况，商量经营管理决策、如何承接工程项目之外，连有没有老婆都不曾说起，更不要说平时与谁在一起玩了。按照林永乐的说法就是，三个人合伙，石维新占百分之四十的股份，专门负责对外交往，承接项目业务；林永乐与张岩各占百分之三十的股份，一个负责内务，一个负责技术质量把关。

　　至此，侦查工作似乎又进入一片深深的迷雾当中。这天，几个人坐在小会议室里开起了"抽烟会"。陈述飞的板刷头更显灰白，三道横纹明显加深，厚镜片后的细长眼睛在烟雾中更显模糊。见大家进门落座，他给每人发了一支烟，先自点着抽了起来，却沉默无语。他不开口，别人也不便抢先。司马羊这几天从监控视频中获得了一些新线索，连欧阳德都没来得及汇报，所以也并不急于端出来。正当小会议室里烟雾笼罩死气沉沉时，李心夔端着茶杯走了进来。

　　"一看这副态势，就知道你们进展不大，迷雾重重了。"他一进门就立时打破沉寂，四人急忙起身打招呼。李心夔示意大家坐下，自己也找了个位置就座，"当冥思苦想仍理不出头绪的时候，就要跳出自己所想的范围，挣脱这个圈子，站在圈外看问题。正所谓当局者迷，旁观者清。"李心夔继续说，"从方法论上讲，要善于抓主要矛盾和矛盾的主要方面。要先看清全案发展的脉络，谋杀一个人，引发出追加谋杀两个人，甚至三个人，然后由脉络分析出作案的动机与目的。目的是什么？动机何来？是妨碍利益获取，还是保护利益存在？妨碍了哪些人的利益获取，又保护哪一个团体的利益存在？这就是眼下要一解到底的谜。解开这个谜其实并不难，赤峪涉及市长位置的利益团体就这么几个，结合当事人的背景分析一下，应该能找到。你们看是不是这么一回事？"大家被他说得心头一震，仔细想想还真是这么回事，思路顿开。李心夔喝了一口茶，起身说了句"我就不再打扰你们了"，踱着方步回去了。

　　陈述飞看着欧阳德说道："欧阳局长，这个谜还是要请你先解啊。"

　　欧阳德道："你们在石岙建筑公司不是了解到了吗？黄岭市在我市的建筑企业一共有七八家吧，这就是一个利益集团，其中领头的是人杰建筑有限公司，这个公司的老总叫袁杰，手下有几百号人，他是我们单书记老婆的亲弟弟。"

　　陈述飞吃惊地抬起头，眼睛在厚镜片后面闪出鬼火一样的光，问道："你说什么？赤峪还有这种情况？中央早有规定，主要领导干部的亲属不许在辖区内经商办企业，单书记难道不知道？"欧阳德笑笑说："这种规定有几个人认真执行的？也许单书记是真没看到过。有些领导干部的亲属还专往领导干部任职的地方赶呢。"陈述飞灭了手上的烟头，蹙起眉头说道："这样的亲属搞不好就是领导干部的掘墓人。马羊，你察看监控有什么新发现？"司马羊也灭了手上的烟蒂，说："陈处，你要么叫我羊，要么叫我司马羊，照你这样称呼，我就该称你为飞处了。"陈述飞笑道："我只是希望你活得好好的，那就羊吧。"这一来，小会议室的气氛变得轻松活跃起来。司马羊敛了笑容说道："昨天察看田更伟他们出租车的出发地时，发现了一条线索。石维新是从红鹤楼茶馆出发的，此前，田更伟他们一直在茶馆外监视，这中间好像还发现过什么，此后，他们就盯着石维新的车子去了。再往下看时，发现又出来一个人，这人就是袁杰。由此我判断，石维新当夜就是与袁杰在红鹤楼茶馆会面。"

周曲波浓眉下的圆眼一睁，连闪几道灵光，说道："岂止是与袁杰会面，石维新发现被盯梢后，一定第一时间向袁杰报告，接下去袁杰也许还会向另一人通报。他即使不是总导演，也一定是个谋划人，至少石维新的车祸与他有脱不了的干系。"

陈述飞接口道："还真是'山重水复疑无路，柳暗花明又一村'啊！如此说来，接下去的事，就是如何对付袁杰了。"

行政综合执法局把搬迁十四家污染企业作为眼下头等大事，连夜召开局务会议，讨论搬迁方案。会后，由办公室主任起草，陆晓仙亲自修改敲定方案稿。第二天上午，陆晓仙带着副局长兼执法支队队长廖晖，赶赴分管副市长钟汉办公室汇报。钟汉见两位一早登门，有点吃惊，扫帚眉一蹙，问道："什么情况？对搬迁工作另有想法吗？"边说边站起身让两位在沙发上落座。秘书严目新随后进门给两位泡上茶，转身离去。陆晓仙面带微笑，认真地汇报道："我局昨夜召开了局务会议，讨论制定了搬迁汲水十四家污染企业的方案，上午先向钟市长汇报，敬请领导把关。"

"啊，这么利索，陆局长的执行力让我刮目相看啊！"钟汉确实没想到这个局长行动如此迅速，内心顿生好感，继续说道，"包市长和我都怕你们畏难，所以包市长让你三天内拿出方案，想不到你一出招竟是迅雷不及掩耳。好，你先说说。"

领导的嘉许并没有让陆晓仙脸上增添丝毫喜色，她淡淡地说道："谢谢领导鼓励。我把方案的大体框架先向钟市长汇报一下，具体细节由廖局长解释。我们打算分三步走：第一步，停水停电，切断工厂生产用电，只保留照明用电，停止供应生产用水。这一步的目的在于防止企业继续生产，同时，也给企业一个思考缓冲的时间。考虑到有些企业依靠自主取水生产，决定半个月后切断全部电源。第二步，逐户谈话。如果企业方愿意自行搬迁，限其在一个月到三个月内完成搬迁，具体时间视实际搬迁工程量确定。如果有对抗政府执法，不肯自行搬迁的，也给予其一个月纠正时限，过期仍坚持不搬的，由本局强行搬迁。强行搬迁将不予保证工厂原有设备的完好，所有毁损及搬迁费用由企业主自行承担。第三步，拆除所有建筑，恢复平整土地。具体分组、时间安排、人员配备、有关部门及当地政府配合等，都已在方案中一一写明了。"

"好，'乐只君子，民之父母'。你这三步走得好，可谓有理、有利、有节、有担当。我相信你们在具体细节安排上一定比较周到，不再耽误你们时间，我们这就一起向包市长汇报。"

一会儿，严目新回来说："包市长正在会见几位基层上访干部，一有空就会来电，他让陆局长先等一等。"

第二十五章　古园石径飞身过

这天，包若谷接待完一批反映基层干部队伍状况的老干部后，对佟一青道："小佟，让钟市长和陆局长他们过来。另外，请秘书长安排在明天早上召开市长常务会议，议题是全面保护赤峪水源，实现汲水全域污水零排放。通知水利、农林、环保负责人，汲水县委书记、县长列席会议。"

包若谷与钟汉一起听完陆晓仙的详细汇报后，充分肯定了综合执法局的工作作风，赞赏这个方案详细缜密，决定在对原方案一些细节表述方面做适当修改后，于明天上午提交市长常务会议讨论通过，由市政府办公室发文实施。他最后对陆晓仙说："你们可以先从人员组成、资料筹备等方面入手，做好各方面事前准备，以便接到文件后，立即投入工作。"

单玄明在开完"两会"之后，忙着督促各地各部门贯彻落实党代会和两会精神，他要抢在春节前做完这件事。这段时间，他先后走访、调研了党委重要部门和几个重要县、市、区，每到一处都有重要指示，而且都在第二天的《赤峪日报》头版头条与市民见面。做完这些事，他才自认为满意。看看春节临近，他才把工作重心转移到慰问困难群众和三老人员上来。

这天下午，他与秘书长邵武阳、办公厅主任蒋求壬一起，慰问完几位赤峪的老干部回来，就在他走进办公室的那一刻，他又听到手机的短信提示音。他一愣，问曾寅："什么内容？"曾寅拿出手机，打开扫了一眼说："您的私信。"单玄明下意识地接过，只见屏幕显示："急事，今晚在天香茶楼'国色'包间会面，茶楼西侧第一个窗口。"单玄明每次看到这样的信息都会心颤股栗。这是袁杰发来的，他多数时候置之不理，但每次过了一晚，自己什么都没做，对方便不再理会，就如自己已经赴约，至于如何赴约，经过如何，自己竟无丝毫印象。他也隐隐约约听到一些风声，说市委书记如何暗中在黄岭亲戚面前，发泄对市政府主要领导的不满。可他心里清楚，自己从未赴过袁杰的约，也从未有过此类言行。对于袁杰发来的信息，他从未理睬过。可为什么他还会隔一段时间，照发不误呢？他也曾当面问过袁杰，可袁杰总是一笑置之，顾左右而言他。单玄明越来越觉得有个影子人紧随着自己，避之不开，挥之不去。他不是单玄明，却紧紧粘连在单玄明的身上，还以单玄明的名义干着单玄明不能干，甚至强烈反对的事情。

对于这个内弟，单玄明已经不止一次与妻子商量："按照规定，袁杰是不准在赤峪承包建筑业务的，你与他说说，让他退出赤峪。"可每一次妻子都列举一大堆理由，要让袁杰跟着他混口饭吃。"我也没让他拿你的工资过日子，也没让你批条子给他做工程，他的工程都是他自己凭能力拿的，你有什么理由让他离开赤峪？"说完这句话，妻子便再不理他。为了避嫌，他从不在赤峪与袁杰会面，几次在家里或者黄岭老母亲那里碰见，都是劝他到别处去发展，要依法依规经营。此时的袁杰多半一脸鬼笑，却不正面回答，而是说一些不着边际的话。

与此同时，监视袁杰的陈述飞也收到了这条短信，让他吃惊的是，接收信息的人居然是单玄明书记，尽管早有思想准备，但依然让他心惊肉跳。他若无其事地录下这条监控，然后起身来到李心夔办公室。身材魁梧的李心夔正在办公室里翻阅材料，见陈述飞进来时随手关了门，忙问："大处长，有重大发现了吧？"陈述飞一愣，在沙发上坐下，说道："李局长睿智过人，有神仙品位，这是第一个重大发现。"李心夔亲手泡好茶，端过来陪坐在沙发上，笑道："当面吹捧领导的同志往往是值得警惕的。当然，李局长智慧还是有一些的，做神仙也是目标。说说吧，第二个重大发现是什么？"陈述飞敛起笑容，一本正经说道："第二发现是李局长脸皮也比较厚。"

李心夔依然笑道："好，能当面批评领导的同志是好同志，应注重多岗位锻炼，以备重用。我就不信不把你锻炼出毛病，即使没毛病，锻炼完了，年龄大了，成老同志了，你就安心原地踏步吧。"

陈述飞一惊，说道："领导全这样吗？难怪我在处长的位置上停止前进了。"

李心夔笑道："这不好说。第三个重大发现呢？"

陈述飞想了想说："这第三个发现恐怕不宜再向您报告了。"

"为什么？"

"这会影响您的前程，害您多岗位锻炼停滞不前的。"

李心夔这才收起笑容，蹙起眉头，喝了口浓茶，说道："涉及一号了？到什么程度了？"

"眼下还只是开始。昨天，我们在歌厅有意让小姐透露出省公安厅来人查他的话，也算是打草惊蛇吧。今天，他终于给幕后人发去一条信息，约幕后人晚上见面。可接受信息的人居然是单玄明书记，他倒是一直没回信息。但直觉告诉我，他一定会赴约。我来请示您，要不要实施全面布控？"

"布控是必需的，但只布控不盯梢，尤其在从约会地点到单书记的住处之间，要悄悄地安放足够的摄像头。我让司马羊带上几个可靠人手帮你。"

"好，谢谢李局长。"

袁杰前段时间幸运地投中了赤峪南城文化广场基本建设项目，总投资五亿元，其中一期为大剧院建设，投资两亿元。开工典礼后，要赶在过年前，带领工程队进场，直到昨天才算有了眉目，便邀请供电、供水、交通、城管、发改几个部门的相关领导到人东方娱乐城去欢乐了一番。不想，从歌厅小姐刘燕口中得知，省公安厅正在调查自己，而且石维新已经醒了，医院正在帮他恢复记忆。

袁杰听得再也无心享乐，独自回到空荡荡的办公室，坐立不安。本来遇到这种非常情况可以与石维新商量，可眼下竟无人与谋。他在其余几个人中来回掂量着，赖栋林、田方蕉、侯一海、贾昭，以前做事从未与他们商量，今日商量未必会有什么好结果。尤其贾昭，虽说是他的心腹，但做事太过极端……想了半天，袁杰还是决定请示大老板，让他去想办法摆平。

午后开始，天色便阴得厉害，到了傍晚已是北风呼啸，细雪飘飞。袁杰心中也十分疑惑，怎么最近几次与他见面总在寒风雨雪天气？似乎有意配合他那一身的黑衣，记忆中好像就不曾有过风清月朗的夜晚。吃过晚饭，雪已下得密起来，纷纷扬扬，漫天飞舞，在霓虹灯映照下如梦似幻。袁杰开着他的小车来到天香楼外，停稳，下车。他装作欣赏飞雪、陶醉于佳景的样子，仔细观察了周边的每一个角落，甚至连停在周围的仅有的一辆轿车的里面也没漏掉。没有发现任何异常，绝不像有人盯梢。自昨晚以来，他一直疑心他的身后不远处有一双公安的眼睛在盯着他，他便时时观察、处处防范，不敢有丝毫非法举动，心惊胆战地过了一天，竟是毫无发现。袁杰都几乎怀疑是不是刘燕这小妮子在糊弄他，差点决定不见老板，直熬到下午快下班，才给他发了信息。

但袁杰毕竟落伍了，他经历丰富、读书不多，赚钱不少、阅历不多，娱乐不少、层次不高，一个手机拿在手里，百分之八十的功能不会使用，面对迅速发展的科学技术，不了解更不掌握，尤其对应用于社会管理的科技手段，于他简直是天方夜谭。他没听说过智慧城市、网格管理、云计算、大数据。他只知道承包建筑工程，然后招一批施工员、安全员、保管员、采购员、资料员、机械设备操作员和普通泥水工、农民工，让他们按设计图纸和监理要求筑基铸梁砌砖，自己管住钱，让办公室管理吃住行就可以了。做完一个工程，结算下来至少能赚个百分之十。若不到百分之十，说明里面有问题，但他永远不知道问题出在哪里。不过他会对着手下一个个问："这个工程做下来有问题，少赚了一百多万。把问题找出来，找不出来下次项目不要你做了。"可事实上往往是找出问题多的人，下个工程肯定没他的份儿。

所以，此时此刻的袁杰怎么也不会想到，他的一举一动早已第一时间显示在公安的监控屏幕上了。陈述飞和周曲波在屏幕前坐着看他故作悠闲地踱进天香茶楼，又与老板打了招呼，然后慢慢上了二楼，进了"国色"包间。

包间内自然温暖如春。袁杰转过屏风，身后跟进了一位身着大红真丝团花半袖旗袍的美女，她熟练地注水，加热，拆茶，洗杯，泡茶，滤清，注茶，然后离去，其间只问过一句话："老板，泡金骏眉还是铁观音？"袁杰答："金骏眉。"袁杰在她坐过的位置上坐下，独自泡饮。

陈述飞和周曲波加上欧阳德、司马羊四人在十几个屏幕前看得比袁杰焦急得多。监控单书记独栋别墅门口的屏幕已经显示他和曾秘书都进了门，许久不曾出来，像是已经安寝。从"常委楼"到天香茶楼沿路的监控显示着雪天路上的空旷与寂寥，雪花得更密更大，偶有行人经过，也是步履匆匆。奇怪，难道我们的行动被泄密？陈述飞情不自禁地与欧阳德对看一眼，他们是完全信任对方的，连下属都可以打包票。再看袁杰，却是一副气定神闲的样子，大概是茶喝多了，起身去了趟厕所。回来后踱至窗前，面南而立，接着又漫不经心地在房间内四处转悠。

此刻，一条黑影出了别墅的东窗，和往日一样悄无声息地落在树上，随后，下墙头，落湖石，古园石径飞身过。只是这一切都不在监控范围内，谁会想到深夜里的他，走的是这条道？

时间过了零点，又过了一点，屏幕前的四双眼睛无一闭上，只是已经满室浓烟云缠雾绕。就在袁杰踱向西窗，探看窗外雪景之际，眼尖的周曲波突然在一个屏幕不起眼的角落里发现了黑衣人飞越墙头，瞬间穿街而过，接近天香茶楼又突然消失的身影。正在四人为监控安装不到位焦急之际，屏幕中的袁杰却有了动作。只见他急切地打开西窗，侧身让黑衣人飞身蹿入。那人轻巧落地，已是稳稳站起，动作麻利娴熟，把四人看得目瞪口呆。待袁杰关好窗回身之际，黑衣人已经在茶桌旁坐定，这武功令在座四人自愧不如。欧阳德说道："这是他吗？明明白白见他进了屋内，一直没见他出门啊！"没人回答，因为在座的人心里皆有此问。

袁杰依旧叫了声："姐夫，今晚泡的是金骏眉，来，尝尝。"黑衣人的目光从两个黑洞中射出，难以判断面罩后是什么表情。他夹起茶盅，品了一小口，说道："好茶。"放下茶盅，问道，"都快过年了，有什么急事要叫我来？"袁杰给他的茶盅里注上茶水，说道："也许是我判断错了，也许是误传。不过年关到了，也确要与姐夫见个面。这是一张五十万的银行卡，密码依旧，姐夫拿去过年贴补家用。"黑衣人并不推辞，接过卡，放入贴身衣袋，问道："什么事误判？"

"是这样，我听说省公安厅派人来赤峪查我了，还听说石维新在医院醒过来了，只是目前处于失忆状态。"

黑衣人似乎吃了一惊，问道："到你公司去过了？"

"没有。"

"你公司有人被叫去调查了？"

"没有。"

"你发现有人在监视、跟踪你？"

"也没有。"

"那你是怎么知道这个消息的？"

"我是听一个歌厅小姐说的，说来的是她同学的哥哥。"袁杰有些不好意思地说。

"你多半是让人家给耍了！我在省武警总医院有同学，石维新如果醒了，那人会在第一时间告诉我。"黑衣人如释重负般仰身一靠，继续说道，"听说你最近接了个大项目，怎么样？还顺吗？"

"是文化广场项目，投资五亿，开工的是第一期。"

"这是你运气好，要抓住机会多赚钱，有什么需要照顾的，我自然会帮你。不说了，时间不早了。遇事要冷静，不要见风就是雨，自己吓自己。"说完起身，来到西窗前。袁杰忙跟过来，边说"我听姐夫的，以后不会这样了"，边打开窗。黑衣人平地跃起，一脚点在窗台上，嗖地穿窗而去，几下鹘起兔落，消失在雪夜之中。

第二十六章　必要时，冷箭射飞凤

这一回看清楚了，在由东向西对着天香茶楼大门口的那个监控屏幕的上角，一个黑衣人一闪而过，然后便如幽灵般消失得无影无踪。四个人茫茫然看着显示各条道路、各个路口、各处门口的十几个屏幕，那里只有纷纷扬扬的雪在不紧不慢地飘飘洒洒、漫天飞舞。袁杰坐下喝掉最后一杯茶，若无其事、不疾不徐地离开茶室，下楼，到总台签单，然后走向他的轿车。他用余光始终扫视着周围的角角落落，希图发现哪怕一丝异样，然而什么都没有，连来时关注过的那辆轿车也早已开走。袁杰在雪地里呆立了片刻，心里说不清是悲是喜，怏怏然开车离去。

"周处，你与欧阳局长带人立即对现场进行指纹和唾液取样，我和司马羊沿着西窗下的足迹追寻黑衣人。"陈述飞布置道。四人正要分头行动，却见一辆轿车匆匆开到天香茶楼大门前戛然停下。车门开启后，走下他们今晚的对手。

来的正是袁杰，只见他匆匆下车直奔二楼"国色"包间。陈述飞只好坐回原位，眼睛紧盯屏幕。只见袁杰坐回茶桌旁，漫不经心地泡茶、喝茶，磨磨蹭蹭又坐了近一个小时，然后若无其事地将黑衣人喝过的茶杯冲洗干净，放在洗涤壶中与其他茶杯混在了一起。四个人不禁大吃一惊，眼见他漫不经心地来到西窗，开窗朝外面看了看，然后淡定地出门。监控屏幕上的袁杰始终显得不紧不慢，他似乎欣赏片刻漫天飞雪，打开车门，开车离去。

监控室内一时沉闷得掉下一根针都能听得清清楚楚。太不可思议了，难道袁杰知道自己的一举一动已被监控。

他离开天香茶楼的短短几分钟内，有人给他通风报信？或者发现了被监控的蛛丝马迹？一时间，四人头脑中闪过这些念头。陈述飞首先回过神来，说道："差点犯下致命的错误。"司马羊不解地问道："陈处又有什么新发现？"

"如果袁杰再迟几分钟杀个回马枪，我们必定被他搞得手忙脚乱，弄不好甚至前功尽弃。"陈述飞说道。欧阳德却说："问题是他何以会杀这个回马枪啊？"陈述飞说道："袁杰是听说省厅来人调查他才约了黑衣人，在他看来，今天晚上的一举一动肯定都被公安监视了。虽然黑衣人否定了省厅人员在赤峪，但袁杰并不见得完全打消了疑虑。所以，他突然返回，至少有两个目的：一是要看看是否真的无人监视，我估计他已把茶室内的每个角落都认真地检查过一遍，好在我们安装的摄像头他是无法发现的；二是他来替黑衣人消灭证据，临去不忘洗刷茶杯，再看一看窗外积雪是否已经遮盖了脚印。"

"此人似乎有很强的反侦查能力啊，联系石维新案子，螳螂捕蝉，黄雀在后的手段，更可断定是他的杰作。只可惜今天晚上白忙乎了。"周曲波叹息道。

"你放心，不可能白忙乎。"欧阳德鼓励道。陈述飞说："我们最初是要证明单玄明书记是否涉案，现在看来要否定这个思路了，他的门始终未曾开启，除非这栋别墅另有出入通道。但据我们了解，没有。如果此人不是单玄明，那会是谁？袁杰这么轻松就把五十万的一张卡给了他，信息也是发到单书记的手机上的。还有，此人说话的声音似乎有些造作，嘴里好像含了东西，听不出真实声音，除非做声波分析，但这很难。从黑衣人这身手来看，根本无法与市委单书记相联系。"

"会不会有人复制单书记的电话卡，利用这个卡，冒充本人作案？"司马羊疑惑地说道。"理论上完全有这个可能。但是，这样做的难度非常大。"陈述飞答道。

"会不会是他的秘书，或者保镖？"司马羊又问。"单书记没有保镖，秘书曾寅是一个文弱书生，也看不出有这身手。"欧阳德继续说道，"今夜我们干脆到此为止，让袁杰彻底以为这是一场虚惊。周处，你明天再去接触一下刘燕，让她再见到袁杰时，找个理由说消息不准，事出有因。陈处，下一步怎么办？是否报告领导后，再商量个方案出来？看来要到过了年后再收网了。"

"好，就按欧阳局长的意思办吧。只是，这样一来，案子又得往后推了，只怕夜长梦多啊。"欧阳德却说道："放心，我们不怕梦多，也不怕夜长。"

陈述飞在临走前把这一夜的情况用电话向龙长胜做了汇报，得到许可后，决定先撤回沂安。

这么多年来，贾叶扶尽管也曾有过焦虑、彷徨，但从未如今日般泰山压顶。包若谷，这个让他一想起来就心惊肉跳、浑身战栗的名字，果然成了他命运中的克星。当包若谷作为常委兼副市长到汲水县来走访代表，与他首次见面时，他就隐隐感到此人将是自己的强硬对手。贾叶扶担心于天勤之后会不会由包若谷来接替市长，所以从一开始就小心翼翼地拉拢他，让焦雨雾去色诱他，为证实自己的判断，甚至当天下午就跑到沂安找表弟乔雩打探实情。得到的信息是明确的：省委已定下两个候选人，一个是副书记丁文魁，一个是常务副市长向正鑫，下午就到赤峪来开常委会，进行票决。于是，他安心地在沂安玩了一夜，庆幸自己及时把焦雨雾送到向正鑫身边。谁知一觉醒来形势大变，还没等他回到汲水，表弟已在电话里向他致歉，市长人选成了包若谷。

农历年关前的一场春雪下了好久，从竹筛摇粉芦花随风，到乱羽纷飞扯棉丢絮，挡住方圆十里景，遮蔽绵延万道岭，皑皑裹白山川大地，茫茫摇乱日月星辰。飙风卷起耸天雪柱，把汲水的山野田间沟坎溪塘填得严严实实。贾叶扶一身真皮装束，从黑皮帽、黑貂毛围脖、黑皮大衣、黑皮裤到黑皮鞋，全身裹进了暖融融的黑里。他驻足纱绸织造集团大门外，凝视漫天飞雪，沉思着。

假如在往年，假如没有眼下的困窘，贾叶扶会有充分的激情欣赏这场罕见春雪。他会叫来他的那一帮兄弟，拥炉煮酒，推窗畅饮。可如今不行，毕竟在这一片洁白浩瀚的雪的世界中，他只是一个小黑点，而且是显得极不协调的黑点。连乔雩都向他发出警告："包若谷执行的是省委、省政府的重大决策，看来你那五家污染企业也只能搬迁了，我没有任何理由叫他更改这个决定。你最清楚，这十四家企业绝不可能做到清洁排放，做不到清洁排放，就意味着污染赤峪湖。另外，包若谷老父亲的死，估计与你有关吧。表兄，悠着点，出了事，其实谁也帮不了你。"

这个表弟还真是个人精，估计自己的矢口否认未必就能打消他的怀疑，这是知根知底者对他做出的判断。以前他什么都不瞒乔雩，但不知为何，这次他却选择了隐瞒，内心有个声音在提醒他，表弟不是你儿子。是的，只有儿子才是能托付一切的那个人，才能守住最后的秘密，可贾叶扶没有儿子。

眼前的茫茫飞雪似乎只能让他的思绪更加紊乱。贾叶扶在发了一声感叹后，背着依然沉重的压力折回纱绸织造集团大门内，走向那幢会所式的办公楼。

"叔。"身后一声熟悉的呼叫让他吃了一惊，他猛然回头，却见他的侄儿贾昭正站在雪地里看着他。贾昭作为贾叶扶的侄儿，除了眼睛偏小、眼角下拉外，三角眉、鹰钩鼻和长脸都像他这位亲叔，甚至连走路的姿态也有点像。贾昭的公开身份是人杰建筑有限公司办公室主任，但袁杰始终不知道他是贾叶扶的侄儿。贾叶扶回身问道："这么大的雪，车子不好开吧?"

"还好，公路上都有人清扫积雪。倒是进厂的这段路积了厚雪，我只好停了车，步行进来了。您这么急叫我来，又要谋划什么大事啊?"贾叶扶蹙了一下三角吊梢眉，小牛眼向苍苍云天扫了一眼，说道："进屋说吧。"

两人进了温暖如春的董事长办公室，立即有一位漂亮美貌长身玉立的姑娘跟进门，为他们泡上茶，转身离去，并轻轻带上门。叔侄各自端茶轻啜，相视沉默片刻，还是贾叶扶先开口说话："前面所做的努力，结果不理想啊，看来依然阻止不了五家工厂被搬迁。"

贾昭惊奇地问道："确定了吗? 没想到这个包市长竟和于市长没什么两样。那个姓向的怎么就上不去?"

贾叶扶顺着侄儿的话说道："向正鑫缺底气，也缺人望，看来投资还需继续啊。你前面做的那些事，屁股一定要擦干净。"

"应该没问题，那都是袁杰发的指令，就算于市长被毒死，也是袁杰交代的。叫我让他无法工作，死了当然也是无法工作了。我对袁杰说，我以为只会致残不会致死。那两个黑材料，都是石维新一手搞出来的。"贾昭说着诡异地一笑。

贾叶扶又问："盛州那边没事吧?"

"放心，那件事，除了神仙，没人能查得出是故意的，司机是熟手。"

"石维新的事，你要留心，他那里如果被突破，袁杰这堵挡风的墙就倒了，袁杰一倒，单玄明很可能要受牵连，以后再做些什么事，就得另找屏风了。"

"我最近已经策划了一次活动，巧妙地进入省武警总医院蹲了三天，摸清了石维新的位置和状态。石维新依然死不去活不来，植物人一个。我之所以不动手是怕暴露自己，不过，石维新已经是囊中之物，唾手可得，我很快会解决了他。"贾昭知道贾叶扶今天找他来，一定又要实施他的重大决策了，于是主动问，"叔这次叫我来，有何吩咐？"

贾叶扶说："五家被列入污染搬迁企业的损失太大了，是整个集团上升还是下滑的分水岭。我希望春节过后，至少在他们要我搬迁的最后期限前，让包若谷不在其位。这件事需要我们计划得非常周密，不能露出任何蛛丝马迹。"

贾昭心头一紧，三角眉不由自主地向上一耸，说："难度确实很大。一个市长的行迹，有多少人盯着，虽然没有保镖，但一个秘书、一个司机，几乎一直跟着。让他离位，要么高层下令，要么釜底抽薪。如果我们自己动手，除非有一天他突然落单，不过这种概率太低。"贾叶扶说道："再难也得想办法，必要时，冷箭射飞凤。"

"冷箭射飞凤？怎么射？让包若谷成为第二个于天勤吗？"

"是啊，这也是最后的挽救措施。当然，我会先与他面对面交底，许他高额回报，比如给他百分之十的集团股权，这也是最后的底线，让他完全站到我们这条线上，成为兄弟加朋友。"

"他会答应吗？这个成本也太大了。"

"只要他答应，这些成本一定能带来更大的回报。就怕他不肯答应，逼着我们再杀人。这次的计划一定要缜密，切不可大意，可以利用一下焦雨雾。"

"她不是和向正鑫搞在一起吗？"

"包若谷不知道这事，而且焦雨雾对他还是很有吸引力的。"贾叶扶答道。贾昭思索良久，淡淡说道："这就有可利用的机会，但也不能太寄希望于她的身上，这女人可靠吗？"贾叶扶答道："这女人只认钱。"

由于年前突然而至的春雪，搬迁污染企业的工作被迫暂停。十四家企业已全部贴上封条，生产用电也已统统切断。腊月二十五，恰逢企业春节放假，停产封厂正在其时。在外地工人眼中，企业已被封停，正可回家过年，年后打工直接另寻他处；本地工人心中早已明白，政府下过搬迁命令，是企业主违规生产至今，对企业被封停都有心理准备，且大部分人另有退路。如此一来，正好消除了企业主鼓动工人起哄闹事，引发社会不安定的隐患。眼见损失已不可避免的企业主们便如热锅上的蚂蚁，焦虑不安，一方面，千方百计通过各种关系，迫使包若谷放弃搬迁企业；另一方面，都睁眼盯着贾叶扶如何出招，巴望他能与前几次一样，带头重新生产。

离春节还有两天，腊月二十八早上，包若谷带着副市长刘广大、秘书长仇远洋和秘书佟一青直奔吻海县，他要在春节之前再调研一次赤峪炼化集团公司。面包车一下高速，吻海县委书记郑郢和县长熊八一带着一批班子成员已经在收费口迎接。包若谷对佟一青说："让郑书记和熊县长上我们的车，其他人和车都回去。"佟一青急忙下车把包若谷的意见告知郑郢，一会儿郑郢和熊八一上了面包车。包若谷说道："郑书记过来，坐我旁边。"郑郢就在包若谷身边坐下，熊八一坐在了佟一青旁边。"我让你们两个和我一起去，你们却带了这么一大批人来，是不是离开他们，你们就两眼一抹黑啦？"包若谷半开玩笑半认真地说。郑郢忙解释道："一来因为是岁末了，大家都已经放下了手头的活，听说市长来，便想一睹领导风采。二来，觉着您去炼化集团不能太孤单，有这些人跟着，看上去也有点气势。"

"想不到你还真会拍马屁。什么一睹我的风采，我是明星啊？至于气势，我们是去表示友谊和关心，又不是去兵戎相见。"包若谷说完一笑，问道，"春节在哪过？"

"家在赤峪，应该会在赤峪住几天。您也知道，我们这些人，最难过的就是春节这些日子。"

"这是为什么？"包若谷问道。郑郢苦着长条脸，说道："您是没担任过县委书记，所以不知个中滋味。首先是提心吊胆，就怕县里出点突发事件。夜里十二点钟以后电话铃响，一般都不是好事，安全生产事故、社会治安死人事件、重大群体纠纷事件，都能搞得你心惊肉跳。七天假期，我至少得有三天到县里来走走看看，内心才会踏实。其次是接待任务重。只要我在家里落脚，总会有客人来拜年的，县委、县政府班子成员，各局局长，乡镇、街道书记、镇长、主任，甚至有的部门、乡镇副职，得有三四百号人吧。也不知道他们从哪个途径获取的消息，轮流着登门拜年。最后，我也得抽出时间去拜年啊。"

他还要往下说，车已停下，原来已经到了赤峪炼化集团公司总部的综合楼前。"包市长，到了。"佟一青提醒道。包若谷忙起身下车。董事长叶连海正好从大门口迎出，包若谷从车上下来，叶连海恰恰走到与他相距三步之遥处，双方各跨一步上前，握手。

"包市长，都年二十八了，你还牵挂着我们这个海岛企业啊。"

"叶董事长辛苦啊，都大过年了，还坚守在海岛上，与工人们一起，您是我们学习的榜样啊，我应该来给您和工人们拜个早年啊。"

"您客气了，感谢您给我们带来温暖。这位是新来的总经理孟超同志。"叶连海与包若谷握过手后，忙介绍跟在他身后的年轻人。孟超赶紧笑着上前与包若谷握手，嘴里说道："感谢包市长一行冒着严寒到海岛来看望我们。"

包若谷和孟超握过手后，回头介绍道："这位是分管工业的副市长刘广大同志，这位是市政府秘书长仇远洋同志，还有两位我就不介绍了，想必你们都是认识的。"叶连海和孟超与他们一一握手后，一行人来到三楼小会议室。

双方分宾主坐下，早已静候着的服务人员为各位泡上热茶。叶连海先开了口："欢迎包市长、刘副市长和各位领导莅临我集团检查指导工作。我们还是先聆听包市长指示。"包若谷首先表达了节日的问候，接着直奔主题："上次来学习时，叶董和我说起上二期项目的设想，我曾为此要求吻海县委、县政府高度关注，全力配合。今天来，就是想听听目前进展如何，有什么困难，我们有哪些地方可以帮助和支持。"

叶连海知道包若谷的意思，他是给企业解决难题来的。自从上次提出要将生活区移往吻海县城，县里倒是非常积极主动，落实了规划区块，帮助办理相关用地审批手续。后来却突然停了下来，县里提出要由他们物色房地产公司开发，叶连海不同意，因为炼化集团总公司有房地产开发企业，而且集团明文规定，类似建设不得对外承包。而有人却在上级领导那里拍胸脯打包票，要把工程揽给某房地产企业。如此一来，这个项目就僵在那里无法推进了。此事，包若谷已经知晓，他是特地来解决问题的。

于是，叶连海把几个月来的工作进展做了详细汇报，从向总公司打报告，讲到吻海县如何落实建设用地，直到目前因生活园区建设主体争议，耽搁进程。包若谷听后，尽管内心气愤，表面却丝毫不露，温和有加，转头对郑郢说道："郑书记，我感谢你们在帮助赤峪炼化集团生活区预征土地中所做的努力和支持啊，这是一个涉及国家产业战略的大项目，体现了你们高度的政治觉悟和党性原则。作为党的领导干部，一定要做到大事面前讲政治，利益面前不糊涂。这些年兴起的房地产业让很多人赚了钱，但是，有再多的人赚钱，也不能有在位的领导干部赚这个钱。赤峪炼化集团职工生活区如果让房地产企业介入建设，就意味着房地产企业要从中赚走一大笔利润，炼化集团职工几十年的辛苦积蓄可能会被房地产老虎侵吞。我不赞成这种做法，这个生活区就由炼化集团自主建设，职工是租房还是购房，都由企业自主决定。郑书记啊，我相信你的认识一定和我一致，也不会去打其中主意的，这也是政治啊。至于你下面有谁和你我认识不统一，你尽可采取措施，不换思想就换人啊。哪怕熊县长的思想不和你我一致，也可请求换人。当然，我相信熊县长这点政治觉悟还是有的。"熊八一脸一红，赶紧说："包市长，您放心，我和您保持高度一致。"包若谷一点头，继续说："炼化集团二期投资九百多亿，明年要全面启动，争取投入三百个亿……"他又讲了炼化二期投产将给赤峪市和吻海县带来的经济效益、社会效益，讲了半个多小时，听得叶连海心花怒放，结束后又带着他们在岛上转了一圈，并盛情挽留在小食堂用餐。

中国的习俗是年夜饭要在家里吃，以示团圆过年。于是，机关从腊月二十八开始实行轮流值班，到了年三十，基本上没人再来上班。领导们除了留下值班的和应付特殊安排的，也都回了家，尤其是外地干部。

像丁文魁、夏立言、张岚山、李心夔等，都在早上就回省城了。只留了单玄明和包若谷，准备下午回去。他们上午分别安排了一个活动，单书记去慰问三个敬老院，中午在最后一个看望的敬老院和老人们一起就餐。包若谷要去慰问三个贫困村的十户贫困户。陪同他前往的是向正鑫和仇远洋、民政局局长肖善德等人，还有两位电台记者、一位报社美女记者谢芝蓉。谢芝蓉是赶在农历过年之前调回赤峪市日报社的，理由是做不好接待工作，要求回来发挥自身特长。考虑到她曾是驻沂安办事处副主任，回到报社后安排了一个总编助理职务，竟成了名副其实的头牌记者，一般情况下不亲自出门，只做她看中的热点稿件。一行人乘一辆中巴车，直奔汲水县。

第二十七章　千年古道

汲水县其实以山为主，山才是那里的骨和梁。天梯山是位于三省交界处的大山脉，几条生发出来的次山脉有一部分向赤峪西北部逶迤延伸，每条山脉又有许多支脉，支脉再生发细脉，便形成了汲水的山山岭岭、坑坑洼洼，也形成了以汲水河为代表的几条水系。汲水的先民们也许是看上了大山深处的溪流清泉、茂林翠竹，也许是贪图这世外桃源般的幽雅恬静、与世隔绝，几千年来繁衍生息、代代相守，终于使这些山脉之间的宜居之处都布上了大小村庄。而两道最高山脉之间那片广阔的盆地，就逐渐发展成汲水的政治、经济、文化中心，即现在的县城。当各地都在建设村村通公路时，汲水也做了一番努力，无奈，实在是经济实力不足，至今尚有百分之十五的村庄未通公路，而且主要集中在汲水河下游流域，原因是越接近赤峪，山势越险要，地貌结构越复杂。

前几天下的雪大部分已经化作潺潺溪流，只有远处高高的山峁上还有几道白色，举目遥望，在阳光下闪着白亮亮的光芒。

车到鹿鸣乡，已近中午。这是汲水与赤峪相邻的乡，也是汲水河通向赤峪湖的最后一程。然而，汲水河流过鹿鸣浦后，便冲进了两山之间，两道悬崖峭壁相对而立，相距大约三十米，汲水河水涌入峡谷后，表面上似乎平静安宁，实际上却是暗流涌动、漩涡密布，河水在这里回环往复，犹如街市上拥挤的人流，浑然不知何方是出路。因受河水常年冲击，峡谷流深竟难以揣测。以前水流清澈时走近峡口，能看到一股深蓝的"琼浆玉液"在两道石壁间盘旋翻腾，但一样见不到河底。如今河水变色，时黄时黑，更让人看得头晕目眩、一片混沌。汲水河流经五里峡谷山川后依然在鹿鸣乡，那里是一片小盆地，其中分布着大小二十几个村庄，但内外交通靠的是千年古道，物流贸易主要靠肩扛手提。过了这个小盆地，汲水河在连绵群山中穿梭奔突，连下五道十丈瀑布，迤逦纳入赤峪湖。

包若谷一行的面包车跟随南宫范的越野车，在鹿鸣浦的公路顶端停下，鹿鸣乡党委书记凌立红，一位身段高挑、面容俏丽、略显憔悴的三十多岁女性，和四十七八岁的乡长林卫国，立即迎向黑色越野车。

南宫范急忙从车上下来，匆匆与凌立红打过招呼，便赶往面包车门前，包若谷正好走下面包车。南宫范连忙跨上一步，双手握住包若谷伸出的右手，说："包市长，您不顾艰辛，大年三十还到偏远山区去访贫问苦，真让我感动啊！"包若谷笑道："不就是普通的一天吗？其实，我早就该来这里走走看看的。今天去，也无非想给那里的贫困群众送一份温暖，同时也想实地看看贫困户的真实情况。"接着又与侯坤握手，然后才轮到与凌立红握手。凌立红说："包市长，您是有史以来踏上这片土地的最大的官，也是这里的老百姓见到的最大的领导。我们今天要去的地方在峡东，走的是千年古道，会很费劲。为了节约领导们的时间，我让联村干部把另外两个村最穷的七位户主请到了崖前村，领导们先在崖前村实地走访慰问三户贫困户，然后在那里与另外两村的贫困户座谈。"包若谷心里闪过一丝不爽，说好实地走访三个村，偏就安排一个村，还叫贫困户自己走来，这女书记的作风够官僚的。但他表面上依然温和有加，笑着说道："你是这里的'地主'，自然听你的。先这么安排吧，我们抓紧出发。"

"是不是先在食堂吃过中饭再去？"乡长林卫国忐忑地提醒道。包若谷头也不回，问南宫范："你知道路吗？"南宫范冲林卫国一笑，说道："我去过两次，认得路。"包若谷便问："那谁带路？"凌立红忙说："我带路。"

"好，我们带上慰问品，走路。"按照事先安排，共慰问十户贫困户，每户除五百元现金外，还送五斤猪肉、三斤腊肠、两斤白糖，每份十斤，共十份。队伍中市里来了九个人，县里来了五个，加上乡里的书记、乡长、联片副乡长三人，共十七人，除了市长、副市长、县委书记、县长，几乎人人手上随带一份慰问品。

一行人走在乱石铺就的山道上，山道两侧的岩壁凸出的石头下，还挂着一根根悬冰，散发着森森寒气。最初大家颇觉寒意凝重，一个个缩头拢手，只顾朝前走路。包若谷有意识地走在凌立红的身边，问道："凌书记，你们鹿鸣乡一共有多少村庄？去年农民人均收入是多少？"凌立红提着一份慰问品，边走边应道："一共三十二个行政村，去年农民人均年收入四千三百五十六元。"

"农民人均年收入超过四千元，已经远离贫困线了，总体上看，应该算不上贫困，怎么还有这么多贫困户呢？"包若谷边走边问。

凌立红答道："原因是多方面的：一是外出打工的人、开厂办企业的人收入高，拉高了农村人口收入总数；二是没有外出打工，又没办企业的人收入太低，实际收入与贫困线标准尚有差距；三是因病致贫、因病返贫的不在少数。我们今天要去的有一半是因病返贫的。"

包若谷看着古道两边茂密的树林，又问："这样的山区，空气清新，水质优良，应该是养生的好地方，怎么还会有这么多病人呢？"凌立红因为带着慰问品，走上坡的山路开始有些吃力，便渐渐放慢了速度，回答道："您说这山区空气清新，确实不假，但水质优良就不见得了。这几年汲水河下游的水质一年不如一年，连浇灌农田都影响作物生长，人畜饮用水虽未直接取自河水，但不少村里的地下水受到河水影响，水质变坏。几年来，生恶病的人数逐年增加。"

包若谷心里泛起几分寒意，说道："还是汲水河污染惹下的祸啊！要引导村民远离汲水河打井取水，确保饮用水的水质。"

"也不知怎么回事，有的村虽离汲水河远，可井水还是会受汲水河水质影响；有的村虽然也临近汲水河，但偶尔还能找着不受汲水河影响的井水。"凌立红若有所思地回答道。

在经过约一公里相对平缓的进山引道后，千年古道显露出了它的真实容颜，先是一段乱石砌就的宽不足一米、上坡近四十五度的台阶，贴着山坡呈"之"字形延伸上山。由于春雪新化，石阶阴湿，有的甚至冰凌残存，一脚踏上去咯吱咯吱响，极易打滑。行走在这样的山道上，双手空空尚不能健步如飞，更何况提着十斤慰问品。凌立红没走多少台阶已是香汗湿衣，可既不能放下慰问品，又不能擅自歇息，只好坚持着向上走。偏包若谷只顾着思忖如何才能解决下游群众饮用水不受汲水河影响问题，没顾上看凌立红的桃色粉脸汗湿刘海，只管按照自己的思路问道："都有几个村挖到过不受汲水河影响的水井呢？"这上山走路最忌讳的就是边走路边说话。凌立红哪曾手提十斤重物，翻越古道？这一刻正累得七死八活，恨不得扔了这沉重的慰问品。她好不容易憋着一口气，紧咬牙关，希望硬撑到走完台阶歇一歇，听得包若谷问话，觉得不回答太没礼貌，只好答道："这个还没有专门统计过，我知道的好像有五口井……"这一回答，一口气没提住，脚下一软便打了滑，叭的一下摔了个马趴，身体重重地趴在石阶上，还要往下滑，幸亏被身后的向正鑫挡着才稳住。饶是如此，凌立红这一下可摔得不轻，脚踝骨摔伤，疼痛钻心。包若谷急回身，与后面的向正鑫、仇远洋一起扶起凌立红，让她坐在石阶上。"是我疏忽了，怎么能让你一个女同志提着慰问品走路？怎么样？摔着哪里了？"包若谷自责道。

向正鑫接上说道："我们包市长只牵挂着山那边的民生疾苦，却没关心到眼前美女的辛苦。来，来，这慰问品还是交给我吧。"说着，接过这十斤重负。仇远洋见了，立即上前抢过，说道："这怎么行？还是我来吧。"向正鑫于是转身又来关心凌立红，只见她脸色苍白，牙齿打战，强自镇定着站立起来，衣襟、袖子、裤腿上都沾了泥水，也顾不上擦。由于来的领导全是男的，只市日报社来了谢芝蓉，却也提了慰问品跟在队伍后边。于是，这帮爷们你看我、我看你，都怕有失身份，谁也不好意思上前帮助擦擦。还是盛苍华反应快，首先想到女记者，忙叫道："谢芝蓉，快到前面来。"侯坤立即闪身让道，并从谢芝蓉手上接过慰问品。谢芝蓉手上一空，顿时轻松，噌噌几步来到凌立红面前，一见女书记这状态，立时领会，立马从坤包内拿出一包湿巾，取出一张帮凌立红擦。包若谷关切地问道："小凌书记，怎么样？还能走吗？"凌立红咬咬牙，活动一下两腿，尽管痛，但似乎未伤筋骨，便硬撑着说道："没关系，能走。"此时，南宫范和林卫国也从后面赶了上来。南宫范笑道："立红，你脸色不对啊，身边的领导太大，吓着了吧！"凌立红苦苦一笑，说道："都是你这位大领导不在身边保护我，让这千年古道欺侮了我。"

"你是这里的'地主'，古道还敢欺侮你？怎么样？还能走吗？要不你先回去，让卫国陪着去吧？"南宫范关切地问道。凌立红不想因摔跤影响工作，用手轻推一下还在帮着擦裤子的谢芝蓉的手，笑着说道："谢谢领导关心，我能走。"硬挺着转身向上走去，虽然两手空空，毕竟带着伤痛，便显得步履艰难。谢芝蓉连忙上去，扶着她同行。

这条山中古道虽然是半个乡上万人的出入通道，走起来却并不轻松。走过了"之"字形的乱石台阶后是一段坡道，没了台阶，全是碎石铺就。年长月久，碎石已被鞋底磨滑，上下坡走路都需格外小心。由于道路两边的沟渠开挖深度不够，有些地方的雪水就漫上路面，结的冰尚未化尽。路的内侧多挨着山体，各种杂树伸手可触，枯枝腐叶铺堆边沟；路的外侧多数是石坎岩坡，有几处还是悬崖峭壁，深谷中松涛呼啸，瀑吼流奔，看得人心惊胆战。走完这段斜坡路，迎面又是乱石砌就的台阶，却是一直伸向山冈，居然一眼望不到尽头。令人称奇的是，几千米的古道居然无一处破损，也不见一点人为丢弃的杂物。包若谷不禁暗自赞许，看来小凌书记为这次走访做了不少工作啊。

毕竟是坐办公室的，空手而行的几位相对还好些，但也都累得气喘如牛。那几位手里提着十斤慰问品的，早已个个走得满头大汗，十几个人前后拉出近五百米长的距离。包若谷还和凌立红、谢芝蓉走在最前头，向正鑫和仇远洋稍后，两人轮流着提一份慰问品。没提慰问品的南宫范和提了两份慰问品的林卫国走在一起。侯坤和市里的局长们走在一起，轮流提物品。

这一来，自然是空着手的包若谷和两位女同志最先到达山冈。这里叫峡口冈，翻过了这道冈，就进峡口东了。山冈平坦开阔，长满齐腰深的黄茅草，在紧挨路口处建造着一进三间瓦房，周围还建了高高的围墙，围成了一个山顶院子，远远看去活像城堡。对着路边的院门敞开着，门侧立一块大石碑，上面刻着"心亭"两个龙飞凤舞的大字。过往行人可以进院歇脚，屋前庭院和一间敞开着门的屋内布置着各类座椅石凳。这里显然有人居住，地面清爽整洁，院内屋前的几畦菜地打理得干干净净，老菜已拔，新苗未长。

凌立红已经缓过劲来，在谢芝蓉的搀扶下，首先来到山冈，转身对包若谷说道："包市长，进里面歇个脚吧。这里是峡口冈歇脚亭，虽然没有亭的形状，却发挥着亭的作用。"

"心亭，不知这两字在此作何解释？"包若谷看着石碑问道。

凌立红答道："想是眼前无亭不重要，只要心中有亭，便一样可以卸下重负，静心歇息之意吧。"此时，从里面走出一位十二三岁的小男孩，笑着道："叔叔阿姨们如果走累了，可以到里面来休息片刻，喝杯热茶。"

包若谷奇怪地问道："这大年三十的，怎么还有孩子在这山冈上？小凌书记，不会是你有意安排的吧？"

"有这必要吗？包市长，我可不会做这种事。"凌立红答道。"小朋友，都大年三十了，你怎么还不回家过年啊？"包若谷转而问小男孩。小男孩一边让他们进屋坐，一边答道："我爷爷奶奶住这里，我来给他们送过年饺子。爷爷去看路了，还没回，奶奶要我陪爷爷吃过中饭再回去。"正说着，从里屋走出一位六十来岁的妇女，穿着带补丁的黑棉袄，下着咖啡色棉裤，精神健旺，额头、眼角有不少刀刻似的皱纹。她一见三人，凝视了凌立红一眼，表情复杂地说道："三位客人快进屋坐坐。这山路不好走吧？来，喝杯热水。"边说边给三位倒茶。三人原本走得一身热汗，到山冈上时，临空叫寒风一吹，热意顿消，但冷风久吹，又觉得冷湿难当。乍进屋内，立感暖意融融，捧一杯热茶在手，便有进门回家的感觉。包若谷情不自禁地脱口而出："谢谢大姐。"

"不用谢，这是我们应该做的。大冬天的出门不容易，能到我们峡里走一趟更不容易，来的都是客。这是我们峡里人的敬客茶。"那妇人说着话转身入内，取来一个小瓶子和一小团棉花，走到凌立红面前，蹲下身子，说道，"走这里的山道最不能一心二用，弄不好要出人命的。把裤子撸上去。"凌立红脸一红，想拒绝，却没说出口，只得把茶杯给了谢芝蓉，双手慢慢撸起右裤腿，早见肉色的羊绒秋裤上已印着一片血迹。

"我的天哪，你是怎么走上来的？"那妇人心疼地说了句，就如亲娘对女儿的责问。她把药瓶和棉花放在一边，双手将伤腿的秋裤慢慢卷到伤口上边，只见一片瘀青中间破了杯底大小一块皮，肿得像发面馒头似的，还在向外渗着血水。一滴眼泪从凌立红的眼中不争气地掉落下来，正滴在伤口上。那妇人似乎也红了眼眶，哽咽道："忍忍，马上就好，这是祖传的自配伤药，内外伤兼治。"她打开药瓶，用棉花蘸上药液，轻轻涂抹伤处，一股清冽的药香立刻弥漫开来。如法处理好另一只脚和手上的伤后，那妇人将药瓶送给凌立红，说道："带回去，还有别处的伤，你自己去搽。"凌立红本想推却，却又想到自己胸口还在隐隐作痛，最先涂了药的腿伤痛已经消退，取而代之的是一股凉爽的感觉。这个女人，当她要施恩于你时，总是让你无法拒绝。凌立红这样想着，默然接下药瓶，放入坤包，却始终低着头，不看妇人一眼，她知道妇人的目光一直停在她的脸上。那妇人站起身，又取了热水瓶，给他们添上茶，这才在一条凳子上坐了。

包若谷道："想不到您还会治伤，太感谢您了，还有这敬客茶，真好。你们给每一位到这里来的人都敬茶吗？"

"敬，只要走进这屋里，冬有热水，夏有凉茶，一定敬上。这是峡里人祖宗立下的规矩。从这条出峡口的山路，到这三间峡冈上的瓦屋，都是我们峡里人共同修建的。自我丈夫的爷爷的爷爷，到我丈夫，临死前都住在这里，他们的任务就是守护这条跨越峡口山冈的翻山古道，给过往行人提供一个歇息喝水之地。"

正说着，小男孩引着向正鑫、仇远洋、南宫范走了进来，他们三人共同负责一份慰问品，走得比其他人稍快。见三人进门，妇人忙起身，给每一位端上一杯热茶。向正鑫和仇远洋连忙称谢。南宫范却问道："田嫂，田大哥呢?"众人这才知道这妇人叫田嫂，她显然没想到来客中还有认识自己的，一愣，凝视南宫范良久，说道："这位客人，恕我眼拙，没记住您高姓大名。"

"您没记住我不重要，每天那么多客人来往，您怎么可能都记得牢呢? 田大哥是不是又去巡路啦?"

"是的。我刚刚还和这几位客人在说，这是祖宗交代下来的活，承担着全部峡里人的重托，就是大年三十、正月初一，每天一趟巡路修路是必须做到的。"

"田大嫂，你们田家祖祖辈辈守护这条路，舍小家为大家，而且代代相传，精神可嘉，是峡里群众的楷模，是我们汲水县人民的骄傲。我听说您儿子现在还在外面打工，说是赚够了钱，等田大哥修不动路的时候他就来子承父业，有这样的事吗?"

"是的，你怎么知道得这么详细?"田嫂问。

"还有呢，你们听听这小孙子怎么说吧。来，小牛过来。伯伯问你，等你长大了，打算做什么?"这小牛其实已经是小学四年级的学生了，他走到南宫范身边说："等我长大了，先去打工赚钱，再娶个媳妇，然后生个儿子，再打工赚钱，赚够了钱，来这里接替我爸修路。"

"为什么要娶媳妇生儿子呢?"小牛毫不犹豫地仰起头，说道："等我老了，让我儿子来这里接替我修路。"

他稚气的声音引得所有人哄然大笑。大家正笑着，后面的人陆续来到，田嫂见了，连忙给大家一一端茶，小牛也帮着送茶水。见田嫂端茶去了门外，包若谷终于忍不住将心中的疑虑说了出来，轻声问南宫范："南宫书记，你说来过这里两次，对田大哥家又如此熟悉，这田嫂怎么会不认识你? 而且，小凌书记进门时好像也不认识田嫂，但田嫂明显认得小凌书记，却在有意地装不认识。这小牛更鬼，他的眼神表明，他认识小凌书记，可就是装不认识。这是怎么回事？"南宫范看一眼凌立红，说道："里面有故事的，这要凌书记亲自讲的。"

包若谷笑着晒了一眼南宫范，回过头来关切地问凌立红："你的伤怎么样？能走吗？"凌立红站起身，笑道："用了药，好多了，没问题。"

"时间不早了，要不我们先走吧，后面的也让他们抓紧跟上。"包若谷说完，抬脚往外走，出了院门便觉一阵寒意迎面袭来，赶紧将羊绒夹袄的内衬拉链拉上，还加了外扣。依旧由凌立红和谢芝蓉在前面领路，包若谷和向正鑫等紧随其后。

过了山冈，凌立红遥指眼下狭长的几十平方千米的盆地说道："这片区域周围的山夻和山峦间，分布着二十三个自然村，都属于我们鹿鸣乡。我们今天去的是右侧那个断崖前面的村子，有两百来户村民，是这一片位置相对中心的村。"

听她这一说，众人都停了脚步看。只见连绵群山层层叠叠地延伸向远方，炊烟雾霭缭绕半山，苍苍茫茫如梦似幻。山下一片狭长平地，中间被一条大河齐整切开，那河流却又进入了两山之间。周围山脚下、半山腰矮一点的山冈上都分布着大小不一的村落。右侧中间一道山脉延伸处，似乎是山体突然断裂，形成一道断崖。悬崖下部一道飞流喷泻而下，形成半幅瀑布，下面似乎有一个深潭，却不见有河流的去向。此时正是家家户户烧午饭时间，袅袅炊烟冉冉升腾慢慢飘荡，在阳光下如淡淡云雾横亘山间。几处烟霭几处村，多少山水多少人，就是这样一处闭塞的群山环抱之地，只因有着适合人类居住的条件，他们的祖上便不畏艰辛在这里落脚生根、辛勤劳动，代代相传，才有了眼前村子集群房舍连片的景象。

第二十八章　高人自在民间

　　连续的下山步道走得人双腿颤抖，尽管同样的路程用了不到上山时一半的时间，但是当一行人走进目的地崖前村时，家家户户都已在擦桌洗碗，老老少少们已经吃完大年三十的中饭了。

　　见这十几个人匆匆进村，有的还拎个袋子，沿路村民都用异样的目光审视着他们。早就等着的联村干部何辉、村支书韦德文、村主任章程，从村口迎上来。凌立红请示南宫范："南宫书记，我们是分组到户慰问，还是集中去逐户走访？"南宫范为难地看着包若谷，很明显，如果顺着大家的意，最好分组去走，节约时间。已过正午，人人饿得前胸贴后背，希望抓紧办完正事赶紧吃饭，但是，领导的心思不一定与大家一致。果然，包若谷开口了："还是一起去吧，不就这么个小村子吗？"众人自然再没二话，由韦、章两位在前面领路。走访的第一户是住在村庄西北角一处孤零零茅屋里的一位孤寡老人。

　　"洪奶奶是我们村贫困户的代表，一生未嫁人，今年八十五岁，依靠低保度日，兄弟姐妹远在他乡。村里逢年过节虽有所照应，毕竟难解困境，好在老奶奶身体还行，生活尚能自理。这草房，远看不起眼，近看足有三大间，每年都由村干部义务帮忙，自愿出工，盖新草一次，这已成了村干部每年的传统志愿活动。但是有一点，我们村里谁也不知道屋内结构，那屋顶其实都用老砖加糯米饭砌就，盖茅草是为了保护砖块不受损坏。"村支书韦德文一路上介绍道。不等敲门，洪奶奶自己开了门出来。只见她满头银丝绾成一个发髻，束在脑后，两道白眉下一对不失精神的眸子透露着年轻时的风采，因失了几颗牙，嘴唇有些凹瘪，满脸无法平复的皱纹书写着岁月的沧桑。她穿一身干净的玄色棉夹袄和夹裤，黑色的棉布鞋似乎是自制的，脸带微笑，腰板笔挺，站在门口，问道："客人们，有什么事？"没有让来客进门的意思。凌立红急忙上前一步拉着老人的手说道："洪奶奶，这是市里的包市长、向市长、仇秘书长、盛主任，还有县里的南宫书记、侯县长，都来看望您呢。"

"啊，这么大这么多的领导都来看我这个老太婆，还有南瓜书记、猴子县长也来啦？这大年三十的，太感谢了。我都没什么好招待。闺女，你都来看过我好几次了，知道这屋里男人是不能进去的，你看，这可怎么好呢？"她这话礼数不失，条理清楚，只南宫书记被称作南瓜书记，侯县长被称为猴子县长，让人哭笑不得。她几句话把客人全拒之门外，众人笑着相互看看。林卫国却巴望老人有这句话，拎了慰问品上前说道："洪奶奶，那好，我们就不进去了，这是包市长带给您的过年礼物，您就谢谢市长、书记吧。"

"卫国乡长，这个还要你来教我啊？交给闺女拿进去。"洪奶奶说着上前一步，却不和包若谷握手，毕恭毕敬地给包若谷敬了个九十度弯身礼。包若谷连忙伸出双手去扶，却在双手临近老太太身体十厘米左右时停住了。在场的人还以为包市长虚扶动作做得十分到位。只有包若谷自己知道他的双手再难向上抬起，手心似乎还有一股暖流透入，慢慢延及周身。这样持续半分钟后，老人才缓缓直起身子，脸色平和，气息如常，仿佛什么都没发生过。包若谷手心里的暖流中止，周身劳乏顿消，这一惊非同小可。他想，果然，高人自在民间，他赶紧从上衣口袋中拿出慰问红包，说道："洪奶奶，给您拜年啦！祝您老人家快乐幸福，平安健康！这是一点心意，还请老人家笑纳。"洪奶奶也不推辞，笑着接过红包说道："谢谢政府关怀，也祝您健康。不送了。"包若谷已知道她不与男人握手，于是举手作揖，说道："谢谢洪奶奶。"

接着走访的两户都是因家庭主要劳动力患病，花费了大量的医疗费用，导致收入剧减、生活拮据、家徒四壁的。

一户在村东南山脚下，这里是全村地势最高处，祖上建的四合院，竟是两层的木楼，块石加黑砖砌就的墙，曾被石灰涂成白色，至今还留着白色斑点。一行人穿过已经破败的石砌院门，便见两株高大的皂荚树一东一西耸立着，仿佛在向客人昭示昔日的繁华与风光。只是西侧厢房已经破败，塌了顶的屋内杂草丛生，这边主楼显然也已无人居住。走过石板铺设的明堂，来到东厢主楼，这里曾是整座院子中的尊者居舍，现在居住着一个七口之家。"户主曾旭民曾是我们村里的种粮大户，家里赡养三位老人——他自己的老父亲和媳妇的父母，最大的八十三岁，最小的七十八岁。还有两个小孩，儿子十六岁，刚读完初中停了学，开始帮家里干活，小的十一岁，还在读小学。夫妻俩本来种着十五六亩水田，一年下来收成也不错，刚好能维持一家开销。谁知从前年开始，两夫妻先后患病，一开始还查不出什么病，只是疲倦、肌肉酸痛、头痛、浑身发抖、日渐消瘦。后来，到医院一查，医生说是重金属铅中毒。分析原因，可能是两人在田间劳作时，常喝一个泉眼里的泉水。从去年开始，已多半时间下不了地，种的水田也减少到了五六亩，收成大减。今年上半年，被查出都患了恶病，种田就更难了。"韦德文在路上这样向包若谷介绍。

众人走进黑黢黢的东厢大灶屋，好一会儿才适应了光线。这是一个二十来平方米的老屋，顶上吊着竹篾隔尘，一个孤零零的大土灶旁有一个大水缸，已经接通了自来水。灶膛旁堆放着一些柴草。不远处立着一张大圆桌，桌上盖着一个竹食罩，周围摆放着十来条木凳。离桌不远处，靠墙立一架年代久远的老木橱，有一条木脚已经腐断，用一段木头顶着，想是用来放碗盘的。墙角还有一个粗缸，据散发出来的气味判断，应该是腌菜用的。几个人进屋后，好一会儿依然无人接应。包若谷上前揭开桌上食罩，只见上面放着三盘菜，分别是未切开的半块猪头肉、白菜炒猪肺、咸菜，想必是这家人今天的中饭了。包若谷有些不甘心地拉开老木橱的雕花嵌骨木门，一股老樟木的香味冲出，里面除了碗盏盘碟、醋酱油瓶，再无他物，揭开灶上锅盖，里面亦是空空如也。包若谷强抑心中震颤，问道："这一家的人呢？"

"来了。"随着一个苍老的声音从侧门传出，一位满头白发的老头扶着门颤巍巍地出来了。包若谷连忙迎上去，双手扶他在木凳上坐了。韦德文忙介绍道："曾大爷，这是市里的包市长、向市长、仇秘书长，县里的南宫书记、侯县长，乡里的凌书记、林乡长，他们都来看望你们家，这是上级关心你们啊。"曾大爷表情木然，两眼发直，说道："谢谢你们关心。我儿子、媳妇都生病，两个小的陪着去看病了，没回来。两位亲家还躺在床上。这大过年的，让你们走老远路来看，谢谢啊。"林卫国忙过来，递上一份慰问品，说道："曾大爷，这是领导们送给你们家的一点心意。"包若谷拿出红包递给曾大爷，说道："给您拜个年，祝您健康长寿，也祝你们全家新年快乐！"曾大爷躬身接过红包，说："谢谢领导。"包若谷本想与曾大爷多说几句，却发现说什么都不合适，只得重重地握了握老人的手，拖着沉重的脚步，离开了这座曾经繁华过的庭院。

第三户住的是建于二十世纪八十年代的三间老瓦房，家庭成员较简单，只有一家三口，可惜也是夫妻同患这种重金属中毒的病，地里该种的无力下种，该收的收不上来。十三岁的女孩李可子刚刚小学毕业，本该去读初中，却只能放弃学业，在家里照顾父母。饭桌上放着一团面粉，小女孩说："等会儿到地里去割些韭菜来，做饺子馅。"包若谷给了慰问红包后，又从口袋里掏出仅有的几张百元现钞，全部给了小女孩。仇远洋、南宫范、凌立红等人见了，也都纷纷掏钱资助。李可子感激得哭了起来，直到他们离开还未止住。

走访完三户贫困户，除包若谷外，已是人人精疲力竭、神情萎靡。南宫范提议道："包市长，我们先去吃点东西吧，大家都饿得不行了。"包若谷抬腕一看，已是下午两点钟了，忙问："不是还有贫困户叫到这里等着吗？他们呢？他们吃过饭了吗？"一旁的韦德文应道："他们都已吃过饭了，在村委会会议室看电视等着。""那好，我们就先去吃饭。"

午饭安排在村支书家里。这是一幢三层别墅式洋楼，是村里不多的三五幢楼房中最显眼的一幢，有点鹤立鸡群的味道。其他村舍多是石墙黑瓦，有的甚至是土墙黑瓦。来到高大的院门前，包若谷很想止步不进，但思虑再三，却找不出拒进的理由。走进院门，首先看到的是近五百平方米的庭院，栽种着各种花草树木，建造有多处亭台假山、蓄水的泳池、跨溪的小桥，布置得莫名其妙。

包若谷心中要多腻烦有多腻烦，脑海中硬生生蹦出"土豪"二字。走进铁岭红大理石铺地的客厅，中央空调早已让里面暖融融，两张大圆桌各围一圈靠背木椅，每桌上放有七八个冷盘和一个渐渐翻滚的火锅底。一位三十多岁、面皮白净、柳眉凤目的少妇，在里外奔忙着端菜，韦德文笑容满面地在前面引导。包若谷便有了一种被请君入瓮的感觉。也实在是饿极了，其他人都急吼吼地找位子坐了，有的甚至一坐下便举箸夹菜狼吞虎咽。包若谷无法拒绝这样的宴请，脑海里总有一种声音在与他的行动作对："对比一下你刚才走过看过的三个困难家庭，这宴席你如何下咽？你原本就该在鹿鸣乡食堂里吃了饭再来的。"

韦德文早已兴冲冲开启两瓶飞天茅台，给桌上的酒杯里倒上酒，说道：

"欢迎各位市里、县里、乡里领导光临寒舍。今天是大年三十，是一个开心的好日子，在这样的日子里有这么多领导做客我家，我真是三生有幸。一切尽在酒杯中，大家多喝酒，就是给我面子了。"说着，先举起酒杯，"来，这杯是我的欢迎酒，也不好意思向领导们提要求，我先干为敬。"一仰脖子喝干了杯中酒。

包若谷脸上始终露着淡淡的笑容，端杯在手，却不像向正鑫、仇远洋、南宫范他们那样热烈响应，只是轻啜一小口，说道："我是空腹不适宜饮酒，有没有现成的馒头？"韦德文立即说道："有，大年三十怎么能没有馒头？翠香，把馒头端来。"

此时，火锅底已放进一只乌骨鸡和香菇木耳，桌上已经端来糖醋甲鱼、清蒸河鳗、红烧牛蹄、盐水大虾等热菜。"这些菜，基本是这里的土产，板栗、香菇、笋干、红柿更是周围山上产量极大的农副产品。只因交通不便，运不出去，价格就卖不高。领导们多尝尝，尝着味道好的话，也帮我们山里人做做宣传。"韦德文边劝菜边介绍道。南宫范举起酒杯给包若谷敬酒。包若谷哪有心情喝酒？碍于情面，只得端杯相迎。南宫范说道："包市长，鹿鸣乡是我县的贫困乡。贫困的主要原因有两个：一是交通不便，二是因病致贫。如果公路能通，至少有一多半人可增加收入。"包若谷说道："你说得不错。这事县里先规划测算一下，向市长也在，我们共同出力，争取早日解决这里的交通问题。"

向正鑫酒杯一端，向凌立红说道："凌书记，包市长发话给你们解决交通问题了，还不快谢包市长。"凌立红连忙端杯起立，说道："包市长、向市长还有仇秘书长、南宫书记、侯县长，我都应该感谢的。小女子不会喝酒，就这杯敬领导，领导随意，我喝干。"

"啊，你就用这'土猎枪'把我们全扫进去啦？不行的。"侯坤起哄道。"来，馒头来了。"恰好韦妻招呼着端了一大盆馒头上来。包若谷便解围道："喝酒还是不要勉强吧。"说罢，拿了个馒头吃起来。馒头一来，这桌上便显得满满当当了。厨房里两位请来的厨师还在热火朝天地烧着。

包若谷吃了两个馒头，喝了一小碗热汤，不敬酒也不顾别人敬酒，悄无声息地起身离席，信步踱至室外。众人一见，顿时没了兴趣，也都草草吃几口馒头、喝点汤，匆匆散席，跟了出来。最先来到包若谷身边的是凌立红，她像犯了错的孩子般小声说道："包市长，对不起，是我工作没做好，让领导生气了。"

"生气？我生什么气？别多想，有些事，不是你我可以左右的，也不是我们当中谁做错了什么导致的。我是心里不安，改革开放这么多年，农民早该摆脱贫困，可还是有这么贫穷的农户。而同样是农民，贫富差距如此悬殊。"包若谷感慨道。"韦德文是工程承包商，以前一直在外面承包建筑工程。去年，村级组织换届，是乡里干部找到他，要他回到村里担任村支书。现在的村委会办公楼就是由他出资兴建的，还有村内道路硬化、村容村貌整改等，都是他出资的，今年一年，就花了他上百万的积蓄。"凌立红介绍道。

"你怎么不早说？"包若谷听后吃了一惊，知道自己错怪了这位农村好支书，回头见一个个都陆续从门口出来，赶紧回桌坐了。见韦德文神情沮丧，独饮闷酒，包若谷一笑，拿过酒瓶，先将自己的酒杯斟满，又给韦德文的酒杯加满酒，举杯小声说道："对不起，别往心里去，你是位农村的好书记。这杯酒我敬你。"韦德文一听，举起酒杯，心头积郁消了大半，两行清泪潸然而下，一仰脖子，喝干了杯中酒。

包若谷回到沂安已是晚上八点。包若谷见太迟了，硬拉了竿甘泉进门，让他无论如何吃了饭再走。由于路上一直与叶屏蔚保持着短信联系，所以，包若谷一进门，肖获央便说道："来得正好，饺子刚好起锅，开饭。"包宇成从自己房间出来，说道："爸，人民公仆啊，给你们的人民服务到年三十啊。我们也是人民啊，咋一点没想着给我们服务呢？"包若谷笑道："我这不是来给你们服务了吗？"叶屏蔚抱着小孩，说道："宇成，你爸够累的，别再烦他了。"包宇成忙从包若谷手中接过公文包，说道："知道了，人民现在正在为公仆服务哪。"叶屏蔚见竿甘泉跟在包若谷身后进来，忙道："竿师傅，快来，正等着你们一起吃饭呢。"

"年三十到市长家吃晚饭，是人生最具纪念意义的事了。"竿甘泉边换鞋边说。

众人于是围坐一桌，开始了年三十的晚餐。除了主食饺子，叶屏蔚还准备了不少菜肴。包若谷因为确实有点饿，一上来就先吃下一碗饺子，然后提议道："这是年夜饭，过了今夜，明天就是新春初一了，应该来点酒。"叶屏蔚笑道："早就为你准备着了，宇成，去拿来。"包宇成正嚼着一只饺子，只能点点头，转身去拿了一瓶红酒来。包若谷一看，居然是法国原装拉菲，笑道："好酒啊，哪来的？"却不急于打开，眼睛看着叶屏蔚，那意思很明确，来路不正者不食。叶屏蔚笑道："看把你紧张的，这是我委托一位法国客户从国外代购的。"包若谷笑道："我只是想了解一下来处，还能不信你吗？"说完，开了酒，给叶屏蔚、竿甘泉和自己各倒了一杯，还要给丈母娘倒酒，肖荻央坚决不要。包若谷只好放下酒瓶，举起杯子提议："来，满饮此杯，让我们来年红红火火。"

竿甘泉因为要开车返回，只匆匆吃一碗饺子，便起身告辞。包若谷不好再勉强留他，只得嘱咐他路上小心开车，宁慢勿急。

第二天是正月初一，四更天一过便有爆竹声远远地传来，五更未完，那爆竹声便密得如炒豆一般响个不断。更有甚者，竟在小区里放起来。

肖荻央睡不着，早早起床，洗漱完毕，便忙着准备早饭。睡在小床上的包宇功也开始蹬腿伸胳膊不安分起来。叶屏蔚抬头看了看，见他只是动，没发出声音，便不理他。包若谷却早已睁大了眼睛，问道："小家伙不会哭吗？"

"不会，你睡吧。"叶屏蔚答道。

"其实，我们恐怕也该起床了，虽然是正月初一，对多数人是最闲的一天，而我们属于少数人，这一天恐怕不会很闲。"包若谷说，他是根据吻海县委书记郑郓的话推断的。

"不会吧？去年春节我们也在这里过，不是风平浪静、逍遥自在的吗？"叶屏蔚毫不在意地说。

"想不到你这么聪明的人也有说傻话的时候。去年春节我还在办公厅，而且只是副主任。今年是一个地级市的市长，有多少人在想方设法巴结，想从我这里得到好处。官场上的感情投资也存在高回报的机遇，有些时候可能是一本万利的。"包若谷不无忧虑地说。

"我听说你们官场流行这样的话，说是'不跑不送原地不动，只跑不送等待重用，又跑又送提拔重用'。你那里是不是这样？"叶屏蔚轻声说道。包若谷笑道："我不管人事，至少目前没有需要我来帮助提拔重用的人。"

"那你怎么还说今天不会闲呢？"叶屏蔚不解地问。

包若谷苦笑道："人在江湖，身不由己，我也希望今日门庭清冷、平静如常、清风拂面啊。我叫你准备的礼品都准备了吗？"

"准备好了，一共两百二十份，每份是十克纯金打造的纪念章一枚，名义是东方电缆厂四十周年庆，是一只搏击长空的海燕造型。拿回去不喜欢的可以打首饰。一共花了我企业五十五万。"叶屏蔚忧心忡忡地说。

"别担心，所有礼品变现后归你的企业所有，亏损部分我补给你。但是，多出部分也要归我处置。"包若谷满有信心地说。"谁要你补？只要你对我好点就够了。只是我总觉得这有点像做游戏，你不收他们的礼，或直接退回他们的礼不就得了？何必煞费苦心搞得那么辛苦？"叶屏蔚依偎在包若谷身上说。

包若谷爱怜地抚摸着娇妻的脸，说道："你不懂，这里面学问大着呢，两者可有天壤之别。大过年的，下面的同志一腔热情地来拜年，带点礼品进门，这本是中国的节日文化，你却拒收他们的礼物，让他们一个个灰溜溜地拎着礼品往回走，你这不是冷水浇热脸吗？如此一来，送礼回去的，人人心中窝着一团火，恨不得将礼品摔在你面前，结果可想而知，他们并不会因你的清廉而敬畏你，相反，你从此与他们结下了仇恨，一旦有机会，有人自然要报复你。现在这样却不一样，我以基本等价的礼品回赠他，他见我收了他的礼，还回赠他一份看上去不起眼却价值不菲的小礼品，心里多半是高兴的，不会认为是退礼，事后还会感激。"

"也亏了我有这么个企业，要不然，看你拿什么去打造这些礼品。"叶屏蔚说。包若谷道："蟹虾各有路子，总会有办法的。"

正说着，小床里的宇功发出了啊啊的抗议声。很明显，小家伙对两个大人在那里窃窃私语，却对他不理不睬产生了不满。你看他一边叫，一边挥动小手，同时用力蹬腿，眼看就要将自己全身暴露出来了。叶屏蔚瞅了包若谷一眼说："今天让你尽尽做爹的义务，去抱抱他。"包若谷只得下床，抱起哭闹着的宇功，依旧坐回被窝。小宇功却不买账，看看包若谷陌生的脸，依然挣扎着哭闹，无论这位亲爹摇、抖、哄、吻，一概拒绝。包若谷泄气地把宇功交给叶屏蔚，说道："看来要做他的爹还需付出一番艰辛努力啊！"叶屏蔚笑道："知道带孩子不容易了吧？以后体贴着点。"包若谷说道："看你说的，我几时不体贴你了？"

"也没说你不体贴，我的意思是要更体贴。"

第二十九章　恰似云雾山顶

　　包若谷预想的没错，此时，在峪青廊苑周边，甚至小区内，已有不少陌生轿车在那里转悠。明明都来自赤峪，相互间却都不打招呼，那车内后排全坐着相应的人物，或领导或老板，他们都眼巴巴盯着某栋某单元 301 室的窗口。只要那里透出主人可以接待客人的信息，他们便准备迅速上前，争取做第一位拜年客。这一天里那么多人去拜年，除了前面几个和关系特别熟络的，领导会记在心里，其他来迟的，恐怕领导会因疲劳难以记得。

　　但是，不管他们如何急于抢先上去拜年，有一个规矩是必须遵守的：一旦有一个人先于自己走进了市长的家，后面的人就必须耐心地等到此人出来，甚至等到他消失，否则就有可能不期而遇，那叫撞车，难免尴尬。此时，市环保局局长朱水平就坐在一辆黑色路虎越野车的后排，车是从十分要好的朋友那里借的。他选择的位置非常有利，从一侧车窗望出去，刚好能看到包市长家的后窗，那是厨房的窗，那里已透出了灯光。打开车门走不到三十米，即可进入通往 301 的楼梯口。打听出这个位置可不容易，他在年前就专门托人调查，得到准确消息后，自己还特地来踩过点。此刻，他在算计着包市长是否起床，起床后必须做的事，一件件按常规耗时排下来，然后与窗口的灯光结合起来，判断自己何时登门合适。离他不远处，相隔两丈余，停着一辆不起眼的桑塔纳轿车。在绝大部分人眼里这只是一辆普通的桑塔纳，但内行人却知道，这是一辆德国原装进口桑塔纳，价格在百万以上。这辆车里面坐的是贾叶扶，他是通过贾昭托人打听出包市长的住处的。他比朱水平沉稳，此时正闭目养神，并不急于第一个拜年。他不怕包市长记不住他来拜过年，之所以这么早来，是要看看包市长对拜年送礼如何处理，他甚至带了微型摄像机来。这是一位潜伏者，他要看看包若谷如何应对这些礼物，以此决定是否上去拜年。

包若谷此刻已经起来，一家人围坐在桌前吃早餐。每人一碗汤圆，此中寓意自然是团团圆圆、新年圆满。包若谷吩咐道："今天情况特别，等会儿如有客人来，妈，你带着宇成、宇功躲进宇成的房间，锁上门，不要出来。"

"啊？市长大人，你在新年第一天就关我们禁闭啊？"包宇成一副不乐意的样子问道。包若谷一脸愧疚，说道："对不起，儿子，请原谅。"包宇成反而一笑，说道："开玩笑哪，你就认真。这道理我懂，怕别人给我和弟弟压岁钱，你不好推辞，是吧？"

"原来你什么都懂，真是个好孩子。"包若谷夸道。

包宇成却忽然神色暗淡下来，默默地草草吃完，进了自己的房间再不出来。包若谷知道，他一定是想起了他的亲妈。毕玉环进监狱前，每遇春节，都有各色人来拜年送礼。宇成每次都被他妈叫到客厅来和客人见面，而此时客人便会拿出一个红包，塞到他的手上。当然，这些红包最终都是"先由妈妈保存"，此后便再无下文。

这边包宇成才进自己房间，包若谷正想跟进去和儿子沟通几句，谁知敲门声已经响起。包若谷只好起身，对旁边的叶屏蔚说："你带着孩子先进去回避一下，把纪念章给我一份。"叶屏蔚点点头，抱起孩子，转身进了房间，拿出一个红锦盒，放在客厅的沙发上。只肖荻央淡定地收拾着。

朱水平在车内紧盯着 301 的后窗，刚才见灯光一闪，以为时机已到，匆匆下车，从后备厢里拎出准备好的礼品，正要快步冲向楼梯，却见团市委书记郑江峰手里拎了两个礼盒，不知从何处突然冒出，一个箭步已进了楼道。朱水平心中突然升起了一股莫名其妙的懊恼，这么早来，好不容易抢占了这个有利地形，却依然眼巴巴看着"头炷香"落入他人之手。

贾叶扶已经从睡梦中醒来。这人有一个非常惊人的习惯，想好了什么时候醒来，不管睡下多久，一定能在这个时间的前后两分钟内醒来，从不误事，从第一位拜年者出征开始，到刚刚凯旋的市卫生局局长茅琅新为止，已经有二十六位市级单位负责人完成了给包市长拜年的"光荣任务"。贾叶扶发现，这些拎着礼品上去的，在回来时谁也没有空手，每人手里拿了一个红色盒子。贾叶扶分析、研究、判断，最后得出结论：那个红色盒子里的东西，一定价值不菲。他们兴致勃勃地拎了各种礼品进去，统统换回了一色的礼盒。贾叶扶很想知道这个红色盒子中到底是什么，但是他不敢上去，不敢像这些官员一样，以下级的身份给包若谷拜年。他知道，在目前这种状态下，他贾叶扶给市长送的任何物品都将被视为行贿，按照包若谷今天的做派，无疑将被原封不动退回来。他思虑再三，决定不去触这个霉头，否则就将彻底失去化解眼前危机的机会。于是，临近中午，桑塔纳悄悄掉头，驶向了这个小区的另一个方向，因为乔雩的家也在这个小区内。

乔雩虽然也是正厅级干部，还兼着省委副秘书长的职务，门庭却比包若谷家冷清得多。初一早上除了秘书处林妙处长来拜过年，便再无人登门。直到临近中午，又响起了敲门声。乔雩正猜测着会是谁初一中午来拜年，打开防盗门一看，居然是贾叶扶。只见他手拎两盒礼品，吊梢眉连同鹰钩鼻、阔嘴巴笑成了一朵花，说道："秘书长，乔主任，表弟，新年快乐。"乔雩脸上笑着，嘴上热情地客套着，心里却犯着嘀咕，这表兄的麻烦事可不是那么好办的。"表兄这是干吗啊？拎这么多盒子来。来来，快请坐。"乔雩笑道。贾叶扶放下礼盒，坐在宽大的客厅里的宽大真皮沙发上。

这是一个两百多平方米的复式楼，位于三、四两层，三层是一个五十来平方米的客厅，还有厨房、餐厅、客房，四层大概是主、次卧室与书房。这种房子在贾叶扶看来，也就一般般，甚至觉得品位偏低。他打量着正对面的大屏幕彩电和眼前的阴沉木茶几，打心底里冒出两个字："老土"。然而，他表面上却丝毫不敢露出点滴心思，似乎心不在焉地问："弟妹和乔桥呢？"乔桥是乔雩的儿子。"到我老娘那儿去了，说是给老人家拜年，可能要吃过中饭才能回来。"乔雩答道。"大姨妈身体还好吗？既然这样，我们中午找个地方喝酒去。"贾叶扶反客为主，提议道。乔雩原不想去，可又不想烧饭，便顺水推舟道："我娘身体好的。表兄来我家，我本该请客的，中午我做东。"贾叶扶笑道："行了吧，这方面你还是让表兄操心吧。这就走吧，我知道有个好地方。"乔雩不再坚持，说道："好吧，最好人少点，尽量低调。"

桑塔纳在沂安城转了半圈，来到一条新建街道的一处大门前，门柱上挂一招牌，竟是"港南织造集团有限公司沂安筹建处"。乔雩笑道："看来表兄打算移师省城啦？"

"不瞒你说，我这也是无奈之举啊！"贾叶扶摇着头，露出痛苦的表情。

车子进了大门，里面却是宾馆式的建筑布置，只是没有对外营业的迹象。轿车开过一段林荫道，拐了两个弯，来到一幢八层主楼门厅前停下，早有两位迎宾小姐上前，一边一位开了车门，引导着两人进了大厅内。乔雩走着，内心冒出一种莫名的惊恐。贾叶扶这水似乎很深啊，凭着两人这么密切的交往和表兄弟关系，他在沂安拥有这么大一块地盘，自己竟一无所知，这人身上究竟还有多少自己未知的秘密？贾叶扶似乎猜透了乔雩内心的疑惑，走进一个精致的小型包厢后，主动释疑道："你不要疑惑，以为我瞒着你在沂安筑巢建穴，其实不是的。首先，这地方买下来才半年。这里所有建筑都是前户主造好的，我接手后才开始装修。至今，除了部分主楼，其他都未动工，全部完工大约还需一年半时间。届时，打算拿出一半对外营业，另一半做私人会所和商务办公。今天，我和你一样，也是第一次来这里就餐。"经他这么一解释，乔雩虽真假莫辨，却也稍觉心安。

此时，贾昭出现在门口，问道："叔、表叔，你们喝点什么酒？"乔雩从未见过贾昭，不禁一愣。贾叶扶忙对乔雩介绍道："这是我侄儿贾昭，也是你表侄。"乔雩忙点头笑道："是表侄啊。"贾叶扶这才对贾昭道："来一瓶茅台、一瓶拉菲，由你表叔挑选，菜要精致些。"贾昭连忙答应着退出。

两人几杯酒下去后，贾叶扶开始切入正题："表弟啊，表兄最近可是遇到了难题啦，眼见得损失巨大，也不知表弟能否帮忙渡过难关啊。"乔雩其实对他想说的情况早已了如指掌。在包若谷前几次回省城时，两人已多次探讨过赤峪的问题，他明确支持赤峪市彻底搬掉这些污染企业。包若谷不知道乔雩与贾叶扶的关系，把贾叶扶的情况单独提起，甚至也表示同情。"但是，同情归同情，毕竟这些都是违法创办的企业，既无政府规划土地批文，也无环保审批手续，至于某人口头默许之类，都做不得依据，所以，政府不能承担任何责任。为赤峪几百万人的生存计，必须搬掉这些企业。"包若谷这样和他说。现在，面对这个求上门的表兄，乔雩心中虽七上八下有点乱，但方向却非常清楚：这个忙我不能帮。好在这表兄不知道他与包若谷的关系，他也从未在贾叶扶面前提起过。他倒满一杯酒，敬一下贾叶扶，说道："表兄现在产业如此巨大，不仅在赤峪，就是省内也是数得着的，还有什么困难能难倒你啊？"贾叶扶愁眉苦脸地说道："办企业的都有一个共同点，一百万的家底办出一千万的企业，还有九百万靠的是借银行的钱，经营得好，除去全部成本和利息，有盈利是赚，反之就是亏。搞实体产业不像开发房地产，往往在盈亏之间徘徊。所以，一个庞大的企业，说不定一夜之间便冰山垮塌。"

乔雩虽然没办过企业，但对贾叶扶所说还是能理解的，至于他的企业眼下是否就到了如他所言的地步，那自然另当别论。于是乔雩说道："照表兄所言，难道是银行因银根紧缩，收了你的贷款？"贾叶扶吊梢眉一蹙，说道："哪有这么简单？实话和你说吧，这次完全是因为新来了一个市长，要搬迁掉汲水十四家企业，政府又不给任何补贴。其中五家是我集团公司的下属企业，更要命的是那些企业都处于我织造产业链的中段，真正是伤筋动骨啊。"乔雩故作惊诧地问道："你的产业链我也不是很清楚，都是哪些企业？"贾叶扶不情愿地说道："两家印染厂，两家漂染厂，另有一家电镀厂。电镀厂主要是为我在赤峪的两家汽车配件生产企业配套服务，同时承接其他委托电镀业务。"乔雩听后吃惊地问道："这可都是高污染企业啊，有污水处理系统吗？"

"暂时没有。"

"这些企业投产多久了？"

"最长的也就七年，短的只有五年。"

"一直都是这样应付过来的？"乔雩心里泛起一股对贾叶扶的腻烦感。贾叶扶举杯碰了一下乔雩的杯子，得意地说道："当然。你想，五家企业五套污水处理系统，总投入接近三千万，每年运营费用几百上千万，还不一定能达标，这可都是钱哪。真人面前不说假话，其实，什么污水处理系统，我其他地方有几家企业配了，那都是装给人看的，能不运行绝不运行，那可都是钱哪。"乔雩已经喝不出杯中酒是什么味了，对桌上精致的菜肴也失去了食欲，勉强笑道："那你现在打算怎么办？"

"这正是我眼下要求表弟帮忙的啊。你能不能帮我到包若谷那里说句话，让他高抬贵手，不再过问这件事？只要他放开手，不过问、不督促，我这五家企业就可以不拆迁了。"乔雩听了醉眼迷离地说道："表兄啊，别人那里我去说句话可能有用，至少不会起反作用。唯独包若谷那里，我不说还好，我一说，恐怕起的就是反作用。你不知道，我们俩当初一起在办公厅时，面和心不和，相互之间就是竞争对手。我这一说，他还不借题发挥，彻底搬了你的企业？再落个顶住上头压力的好名声。再说，这保护饮用水源的事，就是省委书记去压他，我看也未必有用。"贾叶扶一愣，内心鼓胀的皮球立刻泄了气，一杯酒也不想再喝了。

乔雯看出了贾叶扶的失望，本就腻味了这顿酒席，便起身说道："时间不早了，我也该去我妈那里接他们娘俩了。表兄慢饮，我先告辞了。"贾叶扶正在思量着如何应对，猛听到乔雯要走，思路被打断，心内不爽，于是说道："你领导这么忙，我自然不好留你，那就让侄儿送你回去吧。"

"不用了，谢谢表兄，我可以打的回去。"乔雯说着，逃也似的离开了这神秘精致的小包厢。

单玄明并没有在沂安过年，而是在大年三十，带着妻儿回到了黄岭市杨家坡别墅区。今年大年初一的早晨，单玄明早早地让司机来接他去了赤峪。按照惯例，他今天要去走访慰问节日期间仍坚守在工作岗位上的一线干部职工。年前他就多次慰问过老党员、老干部、老职工。昨天是市长慰问困难群众，今天是书记一线慰问，明天又是市长走访节日期间市场物资供给和景区等人流密集区域。电视、报纸、广播一宣传，整个市委、市政府班子节日期间坚守赤峪的良好形象就尽人皆知了。

从黄岭到赤峪，走高速需要两个小时。他五点半就起床了，司机刘雷昨夜就住在黄岭宾馆，六点钟准时到别墅门前接他。

车窗外的景色由暗而明，逐渐清晰，山山岭岭逶迤向后，虽也是以青绿为主，却间杂着不少橙黄暗红，透着苍莽和疲惫的气息。尤其临近公路两侧，落光了叶子的银杏干巴巴地探摸着苍穹，让人觉着有那么一股子傲气或傻气。不远处间或出现的村庄迅速后退着。还没看清风物，便已消失无踪，路边只残留了几株刚遭过雪压却依旧苍绿的老树的怪样。车进赤峪，公路两侧的银杏树已被高大的水杉代替，那粗犷的队列绵延不断地伸向远处。太阳已经出来，在前头一侧两三丈高的方向金灿灿地笑脸相迎，却常被高耸的水杉挡得支离破碎，有时干脆让一座山峁遮住了。

还有时间，可以休息，新春第一天，要以良好的精神风貌出现在一线干部群众面前，出现在全市人民面前。他带点强迫意识地让自己闭上眼睛，所有工作步骤都已安排妥帖，一切皆可顺其自然。可不一会儿，另一张面孔突然闪出，那是袁杰。昨天，袁杰在黄岭国际华侨酒店订了一个包间，两家人连同三个老人一起，在那里消费了一天。昨天夜里，书记夫人却突然问道："我弟弟前几天给过你一张五十万的银行卡，你都花在哪儿啦?"单玄明竟一时想不起来，只记得袁杰给自己发过信息，约自己见面，自己应该没去见过他，没见面，他又怎么会给我银行卡呢?"你别跟我说没拿过，我弟弟连存根凭据都让我看了。你不会养了小三吧?"书记夫人是沂安市沂坪区的一位副科级领导干部，也算是见过世面的，问起话来可不含糊。单玄明心里咯噔一下:我何曾有过什么别的女人? 也根本没有拿到银行卡，难道真有另外一个我? 单玄明再也无法入眠，目光炯炯地盯着车窗外，然而，竟一片朦胧，恰似云雾山顶，看不清任何景致。

第三十章　热情接待，务必回礼

　　直到车进市政府大院，单玄明才停止思索，也不再纠结于心中的疑惑。他必须将精力集中于眼前，全力以赴投入一线慰问。车刚停稳，秘书曾寅已抢上一步，拉开车门："单书记，新年快乐，小曾给您拜年。"这句话在曾寅心中酝酿已久，从话语的字数到语气、语调都把握得恰到好处。

　　"啊，小曾新年好，谢谢。秘书长呢？"单玄明边下车边问。"邵秘书长在办公室等您。蒋主任在车上等其他领导，离正式出发还有十五分钟。您到办公室洗把脸，喝杯茶，时间正好。"曾寅从车上拎出单玄明的黑皮包答道。单玄明对曾寅恰到好处的服务、清楚的表述相当满意，毕竟是跟随多年的人，虽然年龄差异没有父子间那么大，但在单玄明这里，确有几分将他视为儿子的感觉。单玄明满意地点点头，说道："好。"刚走过门厅，见邵武阳已站在电梯口，满脸盈笑，恭敬地说道："给单书记拜年，单书记新年快乐。"三人进了电梯，邵秘书长简略地介绍着一天的安排，非常明了，虽然事前都已商量、斟酌过多次，但这样提纲挈领的汇报，单玄明听着很受用。

　　进了办公室，单玄明习惯地坐在办公椅上。曾寅在他的茶杯里放了茶叶，冲上开水，端到他面前放好，转身去了里面盥洗室，那里的脸盆中已经倒好了热水。曾寅很快拧了块热毛巾出来，递上。单玄明接过，用双手摊在脸上闷了一下，然后在脸上各个部位细细地揉擦一遍。毛巾的温度把握得非常好，不烫手不烫脸，却够热。放下毛巾，精神为之一振，连那几个暗红色的麻点都光亮了许多。曾寅接过毛巾，递上木梳和小镜子。单玄明对着镜子梳了几下倒三七灰白头发，顺手还给曾寅，舒适地闭目仰靠在软椅上。他好想休息一下。邵武阳将一份行程安排表轻轻地放在案头，退到沙发上坐下。

上午的慰问对象主要集中在民生服务行业，电厂、供电所、公交总站、供水公司。当面包车和电视台的采访车开进赤峪供水总公司大门时，已经临近中午。公司总经理李少波和副总经理周雪早已迎候在大门口，他们为此做了充分准备。跟随单玄明一起来的有常务副市长向正鑫、宣传部部长熊烈光、秘书长邵武阳等十来人。两位总经理热情地坚持把客人迎进事先布置好的会议室。

　　面对已经摆放了瓜子、糖果的会议室，单玄明一行在门口对面一边坐下。李少波走到领导对面一边，笑着说："欢迎单书记、向市长、熊部长、邵秘书长和各位领导莅临供水公司。机会难得，我让在一线工作的几位工作人员来见见领导，说说他们想说的话。"说完，向门外招了招手。邵武阳一阵紧张，低声问身边的城建委主任赖于聪："这是怎么回事？"赖于聪红着脸说："我也不清楚。"

　　三位在一线工作的职工进来，在李少波和周雪旁边坐下。李少波是位军转干部，他没有理会领导们疑惑的神情和询问的目光，介绍道："刚才进来的三位，一位是赤峪湖取水工段段长陆丰川，一位是水质监控室主任励国技，还有一位是赤峪湖水源地保护巡查队队长周亚州。今天，他们说的是关乎几百万赤峪市民生存的话，只希望能引起领导们的重视。"单玄明饶有兴趣地听着他介绍，道："好，我们来主要是新年慰问，看望在一线辛苦工作的同志们，能听到基层反映的实际情况，当然更好。"

　　李少波说："谢谢领导们放弃休息来看望我们。机会难得，时间紧迫，我让三位一线同志先说。你们也尽量简短些。陆段长先说吧。"陆丰川三十五六岁，微胖，左脸中间有颗黑痣，穿一身簇新的蓝灰色工作服。他显然缺乏发言经验，但事前一定做过准备。"各位领导，你们别怪我在正月初一讲难听的话。我们赤峪这个地方快要变成鬼城了。"此话一出，对面坐着的领导们都吃了一惊，大家的目光都落在这张左边有颗痣的脸上，肃静地听他讲下去。陆丰川由于紧张，嘴巴连同脸上的肌肉都在颤抖。"十年前，我们不管在赤峪湖的哪个方位，都能取到满意的原水，而且这种原水稍加消毒就可进管使用。去年，我们在整个赤峪湖只找到十二个安全的取水点，到年底，减少到十个，最近又有两个取水点水质变劣。如果停止取水，意味着本公司供水能力将严重下降。冬季用水量少，不会出现用水荒，一到夏季，用水缺口至少达百分之二十。更为严重的是，一号、三号、五号取水点离被污染的汲水水流越来越近，相距已不足五十米，如果到最后非要让我们取用劣质水供给市民，也就是说用受污染水体来缓解用水荒，领导们肯定可以想象得到这座城市将会是什么样的状况。作为供水公司取水工段负责人，我对赤峪湖水质变化原因进行了调查，发现主要有以下原因……"他越说越顺畅，层次分明，条理清晰，嘴唇和脸面也不再颤抖，摆明情况后，分析了问题产生的原因，提出解决问题、挽救危局的建议，最后用一句"我恳请市领导能不辞辛劳实地去走一走、看一看"作为结束语。在座的领导们此前多少知道些这方面的情况，尤其单玄明和向正鑫，对于赤峪湖水质变坏的原因更是一清二楚，却未曾想到已经到了如此危险的境地。后面两位说的，都是为陆丰川所讲的提供依据和佐证。单玄明听后心情格外沉重。

　　贾叶扶待乔雩离开后，立即让贾昭过来，对贾昭布置道："你去包若谷住的楼下，对着楼梯口，不分昼夜，把拎着礼品进去拜年的情景全都录下来，我上午已经录了三十多个，看看能录到多少个。"贾昭略一思忖，点头问道："光是今天的还是明后天都录？"

　　"当然都录，录得越多越好。"贾昭心领神会地点点头，出去依计而行。贾叶扶立刻给狄建华打电话："你带上五十万现金，马上赶到沂安城来，下午陪我去一趟孙省长的家里。"

　　贾叶扶走出门厅，才发现天已变了脸色，太阳被厚实的云层遮挡，铁灰的苍穹似乎随时都有下雨，甚至飘下雪来的可能。寒风嗖嗖地掠过梧桐、银杏、玉兰、桃树光秃秃的枝杈，发出凄楚的呻吟声。难道又要下雪？贾叶扶用一脸平静掩盖起内心的忧虑，款款坐进桑塔纳轿车。"去建国宾馆。"他说道。

　　狄建华对贾叶扶言听计从还是有原因的。十年前，狄建华刚开始开煤矿，由于设备简陋，安全措施不到位，发生了矿难，一次闷死了十五名矿工。狄建华隐瞒了十个，只报五个，家属上门寻事，全由贾叶扶出钱悄悄摆平，狄建华对此感激涕零。自此，狄建华与贾叶扶之间有了非比寻常的关系。今天银行休息，原本拿不出这么多现金，但狄建华为备贾叶扶的不时之需，专门在保险箱里放了几百万现金。

　　"这钱送去他会接受吗？要是被当场退回怎么办？"这问题一直在贾叶扶的心内纠结，当狄建华在他面前拿出五捆簇新的百元人民币时，贾叶扶试探着问道。"这还真是说不准哪。而且，我也不知道他能不能办成你要办的事。他说话，包若谷会不会照办？"贾叶扶摸摸依然闪着油光的脸和额上三道深深的公路纹，说道："现在看来也只能尽人事听天命了。你我都是做企业的，要是眼睁睁看着这五家企业就这么糟蹋了，于心何忍啊！"

"不是说搬迁吗？怎么就糟蹋了呢？"狄建华不解地问道。贾叶扶苦笑着说："你傻啊？你知道这五家企业办在这里与办在赤峪工业区区别何在吗？"狄建华想了想问道："难道说你的五家企业全都是未办合法审批手续的？"

"当然，当时可以不批为什么要去批？五家企业审批手续办下来得多少钱哪？这还在其次。这五家企业可是喝水大户。在汲水，我随便在哪儿打口井，便有取不尽的水，换了赤峪工业区，每一滴水都得出钱买，而且水质还不如汲水好。这样一来，你觉得我五家企业搬下来是不是算糟蹋了？"贾叶扶慢吞吞吐露实情。狄建华听了，心中却并不完全赞同贾叶扶的说法。如果这些污染企业全搬出汲水，赤峪的水质不就好了吗？用水不需成本才会滥用，才导致污染更严重。他嘴上却说："这样一算，成本确实要增加很多。那我带你去试试看吧。"

"我们这就过去，要求解决的事，我说个大概，详细情况你在他问的时候说，不问就不用说了。"贾叶扶起身道。狄建华笑道："这我懂，我们是去拜年嘛。"

单玄明结束了初一慰问活动后，没有留在赤峪，也没有赶回黄岭市杨家坡别墅，而是马不停蹄地赶往沂安。原因是他下午收到了一条孙省长的拜年信息。领导拜年的信息都发给你了，你却还什么表示都没有，亏你还是他一手培养的人，还自称学生，岂非脑袋进水啦？慰问活动一结束，单玄明连这里精心准备的晚宴都委婉谢绝，立马走人。

车进沂安，天色已昏暗，鞭炮、烟火炒豆爆裂般响个不断，空中炸开的火光红黄蓝紫绿橙青交替闪烁。单玄明让刘雷把车开到沂安万龙大酒店，他已让曾寅与沂安办事处联系，那里已经为他们开了房间并准备好晚餐。轿车一到酒店大堂门口，在里面等候的关照天就迎了出来。"单书记，新年好，给您拜年了。"关照天在打开后排车门的一刻，急切地表达着自己对领导的敬意。单玄明和蔼地说："关主任辛苦了，春节都没休息，我应该向你这位坚守一线岗位的同志拜年啊。"关照天说道："谢谢单书记，这是我应该做的。晚饭在二楼景和春包厢，您是先吃饭，还是先去房间休息一下？"

"时间不早了，还是先去吃饭吧。你们的小谢呢？"单玄明并不知道谢芝蓉已经调回赤峪市日报社，随意地问道。关照天一直以为谢芝蓉是在单书记关照下调回去的，心里虽有疑问，却又不便明说，只得答道："她已经在过年前调回报社了。""啊，想起来了，最近在报纸上看到过她的文章。"

三人在景和春那个温馨的小包间里吃过晚饭。单玄明急于去完成他的主要任务，让关照天把宾馆房卡给了他和刘雷，说道："关主任辛苦，晚上我还另有任务，有刘雷跟着就可以了，你忙你的吧。"关照天感激地说："谢谢单书记关心，有什么需要帮忙可以随时联系我。"

离开万龙大酒店，单玄明让刘雷开车到他家。他从家里拿出两个金属小箱子，这是他在去年就物色好的拜年礼物，每个盒子里面是一只玉狮子，市面价自然昂贵，保值增值空间更大。他是通过关系从生产厂家以优惠价购得的。

当单玄明把一对玉狮呈现在孙达文面前时，连他自己都觉得这物件还真是稀罕宝贝。孙达文对玉器有着很高的鉴赏力，一眼就认出这是和田玉中的精品，笑道："你是我的学生中最能投我所好的。这对玉狮堪称玉中精品，若是年代久远，必然价值连城，只可惜是新采的玉、新制的产品，且是机器雕刻打磨的。难为你有这份心，我就却之不恭了。"单玄明开心地笑道："能入老师法眼，也是学生的福分。"孙达文像是突然想到地问道："你们赤峪市汲水县是不是要搬迁一批企业？"

"有的，准确地说，是重污染企业。"

"纱绸织造集团下属有五家企业在搬迁企业之内，他们要求就地建造污水处理系统，实现达标排放。我觉得这似乎也可以吧，你说呢？"

"这不行。"

"为什么？"

"他们不会处理，即使处理也达不到饮用水源保护区的排放标准，这关系到几百万人的饮用水，学生不敢开这个口子。"

单玄明因为早上刚刚去慰问了供水总公司，深知赤峪湖水质危机的严重性，正恨不得立刻将十四家重污染企业关闭，正义使然，竟然当场硬邦邦顶了回去。孙达文吃了一惊，不认识似的看着单玄明，但孙达文毕竟久经沙场，立刻就笑着说："看来你对这件事很了解。我呢，也只是听了企业经营者的反映，办企业毕竟难，办实业就更难，稍有不慎便有在商场折戟沉沙之险。我们作为执政者自然要多体谅他们的难处。一个地方经济的发展离不开他们，他们在自己赚钱的同时，也为我们政府贡献着税收和就业嘛。这个道理相信你也是懂的。我只是代人传言，可与不可自然还由你们来定。包若谷同志是什么意见啊？"

"很明确，坚决搬迁。"单玄明听着孙达文的长篇大论，本想一一反驳，见问，打消了这一念头，只脱口而出这么干巴巴的一句。孙达文这一下真有些搁不住脸面，想想却再无恰当言辞可对，便笑着端起茶杯，轻啜一口，说道："那你们就看着办吧。"单玄明见他端茶送客，赶紧起身离座，说道："谢老师指教，学生告辞。"

单玄明出了省长家门，来到车上，犹豫片刻后，决定还是连夜回黄岭市杨家坡别墅。

第二天，包若谷将代表市委、市政府走访几个主要市场和景区。司机竿甘泉昨晚就已赶到沂安，今天一早就在峪青廊苑楼下等着了。包若谷出门前对依然躺在床上的叶屏蔚说："你千万要小心，凡是赤峪来拜年的一定要记下名字，都要热情接待，务必回礼。"

"好吧，我都记住了，你就放心吧。"

这一天，来的人似乎比昨天还多。尽管如此，却依然很有章法，基本上没有撞车的。叶屏蔚做得有条不紊，所有送礼的必须留下姓名。她说："我知道您一定是若谷的好朋友，可惜我记性差，也说不准每个人的容貌。您让我记下名字，若谷一看就知道是您来过了，省了我很多精力，也算您帮了我的忙了。"

由于包若谷本人不在，来客就少了久坐的理由，基本上是进门一声"拜年了"，放下礼品端起茶，自报家门聊几句，笑接回礼说拜拜。走完这一程序，前后大约也就五分钟时间。

贾昭今天一早继续来到这里蹲候拍录，到了中午，已记下了六十余位拜年者的身影。他把这个消息报告给了贾叶扶。

贾叶扶的第一感觉是机会来了。"看来你还得在赤峪布置一场更大的行动，务使包若谷逗留在赤峪十天半个月回不了家。"他对贾昭说道。

"好，没问题，我让杜兵去办。"贾昭答道。

"要干净利落，不留痕迹。"贾叶扶不放心地叮嘱道。

"没问题，我会让袁杰替我们兜着的。"

"那好，务必在下午，最迟晚上见效。"

与贾昭通完电话后，他立即给焦雨霁打电话："你现在在哪里？"

"我在休假，正准备上飞机，去一趟澳大利亚。"焦雨霁在电话里答道。其实她正躺在沂安坎地拉大酒店的床上玩手机，为了配合电话场景，她打开了另一个手机上存的机场录音。这样的录音她有不少，有车站的、广场的、轮船码头的、海岸边的、水库边的等。

"在哪个机场？几点的飞机？"

"在沂安东方机场，正在准备安检。"

"你先别安检了，机票能改签的话改签，不能改签就扔了另买，费用我补。"

"什么？哪有这么简单？我在澳大利亚的行程都安排好了，对方酒店也付了订金，哪能说改就改呢？"

"好了，别说那么多，所有损失我补，给你一万元够不够？"

"贾总开玩笑啊，那边的酒店订金是用澳元付的！"

"行了，那就三万吧。"

"澳元和人民币是一比四多啊。"

"行了行了，就五万吧，马上回来。我这就赶往沂安，到了打你电话。"

打完这个电话，贾叶扶又与狄建华通话："我需要八十万现金，这就过来取。"

"没问题。你亲自来吗？"

"是的。"

"好，我立刻准备。另外，告诉你一个不好的消息：孙省长没收那五十万元，让我转告你，单书记那里没讲通，但他还会尽力帮忙的。"

贾叶扶像吞了口棉花般不爽，还能帮什么忙？多半是说句漂亮话安慰一下而已。心里虽这么想，嘴上却说得好听："替我谢谢他，贾某永远不会忘记领导的大恩大德。"

贾叶扶从狄建华那里取了钱，赶到沂安见到焦雨霁时，已近下午四点钟了。焦雨霁一身出远门的打扮，一上贾叶扶的车便嗔道："贾总，要是你的电话迟打一小时，我这会儿可是在飞机上呢。什么事让您非把我留下来？"贾叶扶笑着说："没有要紧事就不能留住你了？贾总想你你行吗？"

"当然行，只是你这想的成本可是有些高啊，说好的五万元先兑现了吧。"焦雨霁在向贾叶扶要钱时可从不含糊。贾叶扶顺手从包里拿出五沓百元现钞递过去，他深知焦雨霁的性格，答应给的，从不拖泥带水。焦雨霁把钱放入双肩包，说道："请贾董布置任务吧。"

"任务其实难度不大，却非常重要，办好了，有望扭转眼前的危局；办不好，公司自然危机加剧，面临重大损失。当然这不是你的错，自然不需要你承担责任。"

"究竟是什么任务，让我们贾董事长如此神秘慎重？"焦雨霁调侃道。贾叶扶已换了副极度认真的表情，说道："我们现在去包若谷的家，车上有八十万现金，你亲手送到他家，希望他能放弃搬迁汲水十四家企业的决定。"焦雨霁也是一脸认真地说道："我知道了，一定不辱使命。"

焦雨霁手提两个沉甸甸的盒子，走进包若谷家门时，包若谷还在从赤峪回沂安的路上。叶屏蔚看到这位美女时，心里一阵发虚，很不自然地给她让座、泡茶。焦雨霁却十分自然得体地坐在沙发上，问道："您是包市长的太太吗？包市长呢？"叶屏蔚被动地答道："是的，我先生去赤峪还没回来。您是……"

"我是包市长的朋友，是赤峪纱绸织造集团的董事长秘书，我谨代表我们贾董事长给包市长及你们全家拜年。这是我们贾董事长的一点心意，敬请笑纳。"叶屏蔚乍见焦雨霁，内心已产生一种潜在威胁感，听她自称是包若谷的朋友，更是内心忐忑、思绪万千，强自镇定着让座、泡茶、端杯，动作已是极度机械。又听她说是企业董事长秘书，想必是企业的公关高手，包若谷是否曾着过她的道或与她有暧昧关系？这样想着，心里已是一团乱麻，焦雨霁说的话她也就只听了个大概，答道："他回来后，我一定如实转告。"

焦雨霁见她心不在焉，哪里猜得透她内心有这么多弯弯绕绕？礼节性地喝了三口茶，便起身告退，说道："那好，我就先告辞了。告诉他，里面的东西一定要尽早处理。"叶屏蔚问道："这里面是什么？""一点小礼品，包市长看了就知道了。"焦雨霁嘴上说话，脚步不停，话音未落，人已走到了门口。

叶屏蔚送走焦雨霁，心头依然难以平静。这个女人长得太标致、太有魅力了，这脸形、体形、坐姿，媚态、语态、步态、气态，身为闯荡江湖多年的职场女性，叶屏蔚自叹不如。好在送走焦雨霁后恰似大戏落幕，再无拜年者登门。仿佛这是上苍有意安排好的压轴戏。眼见暮色降临，叶屏蔚才从愣怔中回过神，起身走到儿子的房门前，敲门。包宇成开门，叫声"叶妈妈"。叶屏蔚亲切地问道："闷坏了吧？"包宇成一笑，说道："您在前面抵挡辛苦，但您可不是孤军奋战，我们在后面潜伏也辛苦啊。"叶屏蔚听了轻松地笑道："好好，你们都有功劳。"包宇成做个鬼脸，回身去看他的书。肖荻央正陪包宇功玩，小宇功奶声奶气地叫着妈，举着小手要她抱。肖荻央抬头问道："没人啦？"

"妈，没人了，我们做饭吧。"叶屏蔚答道。

正说着，却传来了叮咚叮咚的门铃声，所有人都吃了一惊。

第三十一章　要为民执政

叶屏蔚将宇功交给肖荻央，一边说着："怎么还有人来？"一边去开门。包宇成却说："是爸爸回来了。"叶屏蔚开了门，果然是包若谷迎面站着，他一见叶屏蔚，笑着说："接待工作不好做吧？这一天下来辛苦啦！"叶屏蔚一见包若谷，立刻想起了焦雨霁，目光便有些恍惚，道："你回来啦？"

包若谷一边换鞋一边疑惑地问道："怎么啦？有什么新情况？"叶屏蔚转身掩饰道："没、没有，一切正常。"此时，包宇成已经从房间里出来，见包若谷用疑惑的目光看着他，便主动说道："市长爸爸，我和外婆、弟弟一直潜伏在里面，没有发现异常动静，也就不劳相问了。"

"学生儿子，你做得很好，我也就不表扬你了。"

"市长爸爸，该表扬还得表扬的，否则有伤积极性发挥的。"

肖荻央已经将宇功交给叶屏蔚，见父子俩斗嘴，笑道："一见面就唇枪舌剑的，一点规矩都不讲。"包宇成忙笑说："外婆，那叫一点面子也不讲。"包若谷忙接道："对，你毕竟小嘛。"包宇成一听自己吃亏，心有不甘，说道："外婆，我们三个一起说话，您就是阿庆嫂啊。"叶屏蔚再也忍不住，说道："越说越没大小了。你爸爸要是草包，生得出你这么聪明的儿子吗？""我可没说老爸是草包，你说的。"

这一来，家里的气氛便活跃了。包若谷笑着来抱叶屏蔚怀中的小儿子，说道："只要儿子超过爹，做做草包也无所谓。"叶屏蔚把包宇功交给丈夫，看着包宇成得意地回房看书，见老妈已在做饭，便面对包若谷认真地说："你在赤峪有位很漂亮的女性朋友，是吗？"包若谷吃了一惊，矢口否认道："没有的事。"

"那可是她亲口对我说的，你居然抵赖？"包若谷依然想不起焦雨霁，他一直没把她当成赤峪的朋友，那是在北京结识的朋友。"一定是谁在信口雌黄，破坏我们家庭关系。"他说道。叶屏蔚见他真不肯说，只好点破，说道："什么汲水纱绸织造集团董事长秘书，有没有？"包若谷吃了一惊，急问："焦雨霁？你怎么知道她？"叶屏蔚没想到包若谷直接就点出了这女人的名字，一看就知道关系非同寻常，内心一阵伤痛，眼泪止不住落下来，哽咽道："这女人还真配做你这位市长的情人，你艳福不浅啊！"包若谷知道她认定了他们之间存在不正当关系，可一时又解释不清，只好说："我与她之间的关系与你想的不一样。事关重大，你先告诉我，究竟怎么回事？"

叶屏蔚擦着不断流下的眼泪，委屈地说道："我对你一往情深，守身如玉，等候你这么多年，也算是苍天不负有心人，好不容易等来有情人终成眷属。我是一心一意守家创业，在内为你照顾两个儿子，在外风雨奔波、拼搏商海。你倒好，在赤峪找个妙龄女子另筑爱巢。你说你对得起谁啊？"叶屏蔚越说越痛楚，禁不住伏在包若谷的肩头嘤嘤哭泣。包若谷判断一定是焦雨霁上门来过，她来做什么？绝不可能为男女私事，她来必定与贾叶扶有关，那就是大事。正要细问详情，身上的手机响起，他连忙接听："喂，小佟，什么事？"

"赤峪工业示范区化工厂储存罐爆炸，竿师傅的车子已回到您楼下等您。"

"什么时候发生的事故？"

"刚刚发生，损失程度不详，办公室正在与工业区管委会联系，火势太大，难以判断人员伤亡情况，一有消息会立即通报。"

"好吧，这样，你马上打几个电话。一是打给公安局局长，告诉他们要集中全市最好的消防力量赶赴救援。如有必要，请求省总队支援。同时，要注意消防安全，严防危化气体对消防人员造成人身伤害。二是打给环保局局长，要他们立即组织一个空气环境质量监测组，奔赴事故周边地区，开展空气质量监测，及时公布监测结果，防止有害气体对人民群众造成伤害。三是打给卫生局局长，要他们密切关注事故情况，迅速组建一支由相应医护人员参加的急救队，一旦有人员受伤，立即奔赴现场救护。我这就下来，随时保持联系。"叶屏蔚已经从包若谷怀中接过宇功，一脸委屈化作焦虑，睁着水灵灵的大眼睛说："你还没吃饭，能不能吃了饭再走？"包若谷爱怜地揽过叶屏蔚的头，亲吻着她的额头，柔声说："相信我，自从和你结婚后，我从不碰别的女人。与焦雨霁的故事发生在和你结婚以前。我不清楚她来做什么，但你还是要记住我的话，不该收的坚决不能收。赤峪工业示范区化工厂发生爆炸，这是重大安全生产事故，我必须第一时间赶往现场。"叶屏蔚把宇功往沙发上一放，说声"你等等"，转身进了厨房，一会儿拿着装了几个馒头的食品袋出来，说："带着路上吃。"包若谷接过馒头，说："谢谢爱妻，替我向妈和儿子做好解释。"拎了公文包匆匆出门而去。

叶屏蔚回到沙发上坐下，看着小宇功独自仰在沙发上踢蹬着小腿，却也不哭不闹。叶屏蔚想着包若谷那几句话，结婚之前的故事，"结婚以前"，他已离婚，她是单身，这两个人的故事能有什么好事？一股强烈的酸味刺激着叶屏蔚的神经，让她久久难以摆脱这情感纠结。

包若谷的汽车直接开进了工业示范区管委会办公区大门。办公楼一楼大厅门口已经有市政府办公室主任盛苍华和秘书佟一青等候。他们一见市长的汽车停下，急忙迎出来开门拎包，引着包若谷乘电梯上五楼来到管委会的小会议室。这里已经有先一步到达的常务副市长向正鑫、公安局局长李心夔、开发区管委会常务副主任孙小前，以及市里的其他一些部门领导。一见包若谷来到，众人一齐站了起来。向正鑫说道："包市长，您辛苦，请坐。"包若谷在为他留出的位置上坐下，问道："火势控制得怎么样了？"向正鑫答道："还没有完全控制住。"

"向省委、省政府报告了吗？"

"已经通过市委、市政府的正常信息渠道上报。"盛苍华答道。"来的路上，我已经与单书记通过电话。他本想亲自来现场，只因老母住院，一时难以脱身，是我让他先不用来的。一有新情况，我们还应及时报告单书记。"包若谷吩咐道。

此处离火场不足千米，透过窗玻璃就能看到熊熊烈焰腾空而起，不时有油桶状的物体被抛向空中，并传来巨大的爆炸声。闪烁着警灯的消防车试图靠近，却又只能远远地与火场保持着距离，像是面对刺猬无法下口的猎狗。

包若谷就坐在面对火场的位置，凝视窗外火情，竟然一时无语。眼前每一秒钟烧毁的都是人民成千上万的财产啊！一路上，包若谷已经通过电话了解了事故的大致情况。事故所在地是原峪南工业创新区，包若谷担任市长后报经省政府批准，改为赤峪工业示范区，成为赤峪最大的工业集聚区。事故发生在化工区，正是原来化工厂已经集聚的区块，正在设计将区块左侧相邻地块也开发成化工区，将一批分散在各地的化工企业迁入其中。这次事故系荣耀化工集团下属的聚乙烯粒子生产厂原料储罐发生连环爆炸，引发周边五家化工厂不同程度的燃烧和爆炸。由于这一区域地处工业示范区边缘，紧挨集体林场，又引发林场火灾，烧毁了一批林木果树，并引起了南郊村村民的不安与恐慌，害怕火势蔓延，南郊村党委书记冯雄已组织村民自发参与灭火。对此，包若谷当即表示反对："冯雄同志和村民的心情可以理解，但这是化工原料爆炸燃烧，火势控制中的不可测因素太多，容易造成中毒、灼伤甚至死亡等情况。我们绝不能让群众生命受到伤害，否则，无法向党和人民交代。我们应该时刻牢记一个理念：要为民执政。"

包若谷见依然未能完全控制住火情，心中震颤，问道："哪个方位控制住了？还有哪些地方无法控制？什么原因？"向正鑫回答道："工业区外延方向已得到控制，村民已经退出救火，换上了消防队员巡控余火。未能控制住火势的主要是三家化工企业的原料仓库和生产车间，原因是火势太猛难以接近，另外，百米以内的空气中有有毒有害气体。"这确实是问题，消防队员的生命安全同样重要。包若谷焦虑地问道："有没有应对措施？"李心夔回答道："已经采取两条应对办法：一是消防队员戴上防毒面具后靠近灭火；二是请求省总队派直升机支援，开展空中灭火。"

"省总队的支援什么时候能到？"

"应该快了。"正说着，外面传来一阵沉闷的突突声。"来了，这是省总队最近配备的高空干粉灭火直升机。"

经过一夜的地面和空中配合的立体灭火作战，终于在第二天凌晨三点钟将明火全部扑灭。包若谷一直未眠，眼睁睁看着火场的火势几起几落，消防车几番进退，直到大火被扑灭，悬着的心才算落地。这一刻，他已是疲惫不堪，坐在会议室的椅子上，竟欲沉沉睡去。李心夔提醒道："包市长，要不您去休息吧，明火已灭，应该没什么大事了。"包若谷一听，猛然醒过神来，说道："不行。孙主任，马上派人下去了解损失情况。李局长，请公安介入调查起火原因和人员伤亡情况，要求消防队严防死守，杜绝死灰复燃。向市长，安全生产一线要有亡羊补牢的措施跟进，确保不再出事，具体要求和安排明天一早报给我。"布置完这些，包若谷让大家分头去落实，他独自在会议桌前静坐，努力透过玻璃看那窗外。由于明火已灭，区块断电，窗外渐渐变暗，只有消防车的警灯依然闪烁，似乎人影幢幢，但怎么努力也看不清楚。他太累了，视线逐渐模糊，就此睡去。

天亮后，包若谷召集在场领导再次碰头，各人都已掌握了相关情况。孙小前报告说："这场火灾虽大，过火面积也大，但没有人员伤亡，真是万幸。一共有六家化工厂被烧，过火面积约五万平方米。"

"孙主任，你确定没有一人伤亡吗？"

"没有，我与六家厂的当事人全部见了面，都说没有人员伤亡。由于工业示范区实行全域监控和夜巡队巡夜，春节停产的企业连门卫都回家休息了，加上起火时临近晚饭时间，到这一带的人极少，所以，无人员伤亡的结论还是可信的。"

"财产损失情况如何？损失最大的是哪家企业？"

"目前还只是初步统计，在十八亿到二十亿。损失最大的是荣耀公司，初步统计达八个亿。"

"有这么多？"包若谷内心一紧，这可是重特大安全生产事故，回头问李心夔，"你们那边情况怎样？"李心夔答道："好在一开始就注意到可能产生的有毒有害气体的危害，消防队员在接近火场时都做了有效防护，避免了伤亡。根据对现场监控的调看，由于一些监控设备运行不到位，起火路段记录不全，目前还不能完全确认是否为人为纵火，要等到刑侦人员对起火前园区周边路段人员进出情况进行排查后，才有定论。如果排除了人为纵火，最大可能是电线短路导致，或者是危化品储存容器充装超限。昨日天气晴好，气温突然升高，有可能引起危化品受热膨胀爆炸起火。到目前为止，明火暗火已全部扑灭，经环保监测，有毒有害气体已经消散，周围区域也没有检测到有毒有害气体。现场部分水体已被污染，需要集中清理。被烧掉的果树、苗木有近百亩，需要做好群众安抚工作。"

"那是自然的，这件事由工业示范区孙主任抓总落实。孙主任，你们姚月平主任什么时候能回来？"

"大概今天下午能赶回来。"包若谷转头问向正鑫："向市长，你那边落实得如何？"向正鑫似乎心中有事，见问一愣，但很快回过神来，答道："我这里已经落实了两方面工作。一是布置一次全市安全生产大检查，从明天起，各县、市、区全面排查生产安全隐患，并针对这些隐患落实相应的补救措施。这项工作由安全生产监督局李向潭局长具体落实。二是组建一支事故清理善后小组，我亲任组长，下面人员从相关部门班子中抽调，从今天开始，到六家企业帮助处理善后工作。"包若谷满意地点点头说："前面一项工作就这么落实，要做到真排查、真排除。后面一项工作你也不要独自包揽，组长还是我来，你还是常务副组长，我们同心协力，具体做法、要求、底线都商量着定，努力排解各种困难，渡过这个难关。单书记已多次打来电话询问情况，今天大概也要来，重大事宜，还可请示单书记决策。还有一件事也要落实，先由市政府办公室负起责任来，就是把事情的来龙去脉整理清楚，如实向上级报告。同时，通过媒体报道实情，不要粉饰，不要虚化，给群众一个真相。我们心底无私，与群众坦诚相见。"

这场突发的安全生产事故，不仅惊动了省里领导，还惊动了中央相关部门的领导。由此，包若谷在余下的春节假期里只能天天在赤峪忙碌。

叶屏蔚见包若谷每天在赤峪奔波，内心的担忧再次涌起。本来商量好两人一起处理各路"神仙"送来的礼品，可包若谷不在场，她起初是一个也不敢拆。但包若谷有言在先，一定要在上班前处理好这些"宝贝"，归还她为此花掉的五十五万元，多余的由他去处理。眼看假期即将结束，昨天晚上好不容易与他通上电话，说了这事。包若谷听后也是心急，要她无论如何抓紧处理。

登记完所有礼品，只留下那个女人送来的两个礼品盒，看上去不大，却挺重。什么东西？叶屏蔚想起那女人说的话，代表董事长拜年，是董事长的心意，又要尽早处理。当时不在意，此刻细想，才觉得事情大了。难道这里面放的是钱？叶屏蔚的手像触了电一般缩了回来，迟疑片刻，还是慢慢地拆开了盒子，果然是钱，整整八十万。叶屏蔚像犯了大错的小孩似的，瑟缩着坐回到沙发上，脑子里一片空白。

七天春节假期匆匆而过，转眼之间，各路人马如期回岗归位，收心摄神开始上班。袁杰的建筑公司赶在年前进驻赤峪南城文化广场工地，初八如期开工。贾昭也在这天早上赶到公司上班。他停了车，便直接走进了袁杰的办公室。"怎么样？有什么消息？石维新有什么新动向？"

"石维新死了，是昨天夜里死的。"贾昭眼中闪着狡黠的目光，得意地在袁杰办公桌前的客椅上跷足而坐。袁杰吃惊地看着他，将信将疑间给他递过一杯茶，问道："真的？难道是你亲自出手的杰作？"贾昭轻松地笑道："我只是趁他们松懈时，悄悄地送了石老板一程。他这样不死不活的，还真不如早日上路干净些。"

"好，这条线一断，他们再要查就难于上青天了。你与那个小保姆应该没有其他瓜葛了吧？"袁杰不放心地问道。贾昭喝着热茶说："没有，我也就在那天早晨卖鱼给她时照了个面，我还是化装成老头的。"

"这就好。昨夜是怎么个过程？慢慢说来开心开心。"袁杰关上门试探着说，他要判断贾昭是不是真的安全。贾昭于是得意地详细介绍起他处置石维新的经过。

原来，贾昭年前约同学庹川等一起到武警总医院对面的酒店吃饭，那些同学个个都是酒桌英豪。庹川更是个酒鬼，直接喝得吐血，被送进武警总医院抢救，之后转入三号楼的病房。石维新正好也在这幢楼。贾昭便瞅准机会假扮成医生潜入石维新的病房，拔掉了他的氧气管。

直至贾昭介绍完毕，袁杰悬着的心才算落地。从经过看，贾昭应该没有暴露之嫌，但他还需要仔细回味，这种时候来不得半点马虎，否则就会前功尽弃。"好！不过，石维新一死，省公安厅恐怕会全力以赴先来破这个案。我的意思是，你先到外地避一避风头。"袁杰思索着，眼中闪着阴寒的光。贾昭心中一寒，问道："有这个必要吗？我没留下任何蛛丝马迹，老板是否多虑了？"袁杰笑道："我当然相信你做的一切已是天衣无缝，经得起公安人员的深挖细查。但小心无大错。再说，你这段时间也辛苦了。我给你一笔钱，你去国外玩一圈，只要风平浪静，你随时都可以回来。"贾昭一时判断不准，便说道："我回去想想，做些准备，听老板安排就是。"

第三十二章　请理解，身担使命

袁杰的脑子高速运转着，他对贾昭所说的每一句话进行着情景再现，甚至换位思考，渐渐地感觉出其中的蹊跷和潜在的危险。他心中惊骇表面平静地问："你那位同学庾川后来怎么样啦？"

"他倒是没事了，出院后回了家，让他老婆管了起来，说是半年内不准喝酒。"贾昭说道。袁杰又问："庾川是汲水人吗？干什么的？以前好像没听你说过。"

"他在省财政厅工作，我不常到沂安，很难碰到，所以就没向你提起过他。"贾昭满不在乎地回答。袁杰自然不好再问什么，便起身说道："那好吧，就这样，你还是先回去准备一下，去一趟欧洲国家吧。"

贾昭知道老板这就是送客了，赶紧起身，说："好，那我先走了。"袁杰送走贾昭后，关上门，自己倒一杯茶，坐下来静静地喝着。他把贾昭说的话从头到尾逐字逐句细细咀嚼一遍，心中始终有一个疑团挥之不去，究竟疑心什么、具体疑点何在，却又无从着落。随着这一忧思的加剧，一种莫名其妙的危机感紧跟而来，这让袁杰胆战心惊。怎么办？每当遇到疑而不决之事时，袁杰就想到他，只有他才能厘清这疑难杂症中盘根错节的来龙去脉，然后找出妥善处置的方法。怎么办？今天可是新年上班第一天，多少事缠着他，这个信息他会理吗？是不是再等等？可万一自己担心的隐患变成事实，可能会导致无法挽回的局面。贾昭毕竟不同于石维新，他知道的、经手的太多，可他又是自己的心腹股肱，没有他的协助和执行，似乎诸事难成。袁杰再次陷入两难选择之中。

袁杰的灵敏真堪与狐狸媲美，他莫名其妙的危机感正是真切发生着的事实。陈述飞根本没想过心安理得地享受春节长假，智者总是善于利用对手防范最松懈的那一刻。他的对手如此，他自己更是如此。

　　贾昭是他在回看赤峪人民医院录像时捕捉到的。录像中，那两人从走廊的一头走过来，明显要朝前直走，男的却在接听电话后变脸转向，同时拉了一下同行的女医生，走向中间的电梯间。初看觉得是无心之举，细看之下，破绽毕露。"此人必有问题！"在与周曲波一起看完这段录像后，两人异口同声道。周曲波略觉为难地说道："只有半张脸，找起来有点难。"

　　"不怕，先从袁杰周围的人中找。"陈述飞毕竟经验丰富。很快，黄岭人杰建筑有限公司办公室主任贾昭的形象，从公司公开栏五十余张形象照中冒了出来，并且通过比对后被正式锁定。经过移动电话定位，发现贾昭一直在沂安。他在沂安做什么？应该只有一个目标，那就是石维新，陈述飞这样判断。袁杰最担心的一定是石维新醒来后如实招供反戈一击。他会让贾昭乘春节看守松懈之机灭掉石维新。其实，石维新已经坚持不了多久，据医生说，他已出现了严重的心力衰竭，眼看支撑不下去了。陈述飞由此做出部署，让贾昭好好表现一下，全程监控，若时机成熟当场抓捕。果然，临近过年，贾昭策划了一起巧妙的潜入。陈述飞他们轮流在监控室中看着他的一举一动，以为他会借此下手，随时准备瓮中捉鳖，想不到他竟比狐狸还要狡猾，一直只看不动。一来没有直接证据，二来也怕因此惊动袁杰，断了黑衣人的线索，陈述飞眼睁睁看着贾昭"精彩表演"一番离去。可石维新快支撑不住了，如果不是陈述飞坚持，医生已打算不再给他输液。

　　陈述飞和周曲波反复分析贾昭不出手的原因，最后一致认为贾昭已获取了石维新命在旦夕、短期必死的真情。他们认为这个人既然能如此轻松地潜入赤峪人民医院，且在关键时刻临危脱身，能堂而皇之地进入武警总医院，一定得到医院的特殊关照。那么，要取得石维新的实情，更应该是轻而易举的事。正所谓智者千虑必有一失，没想到贾昭居然还会黄夜造访，突然出手，提前几小时结束了石维新的生命，背上了一条人命案，人虽跑了，过程却被监控录下。

　　让陈述飞疑惑的是，贾昭背后似乎还有人，他执行的似乎不仅仅是袁杰的命令，但接下去需要跟进的工作不容许他对此深究，先破于天勤案是当前的主要工作。

　　"石维新死亡对袁杰和黑衣人至关重要，贾昭向袁杰报告后，袁杰很有可能与黑衣人见面。"陈述飞在向龙长胜汇报后，做出了这样的判断。龙长胜肯定道："这应该是情理之中的事。你去时多带几个人，做好录音录像，要精准发力，干得漂亮些，绝不可拖泥带水。"

"好，我这就去准备，立即出发。"陈述飞急切地答道。

春节上班后的第二天下午，单玄明召集市委中心组扩大会议进行学习，主题是深入贯彻新时期党的方针政策，全力以赴，推进赤峪市经济社会的科学发展。单玄明的讲话分三个部分：第一部分是新时期党的方针政策，第二部分是赤峪市今年经济社会发展的主要目标任务和重大举措，第三部分是党的建设和对全市党员干部的几点要求。这份稿子是在春节前就准备好了的，而且还分发给各位常委征求过意见，所以常委们对单书记的报告比较熟悉。只是讲到最后部分时，单书记忽然脱稿发挥了："人民群众不仅要求党员们会干事、干成事，更要求党员干净、清廉、不腐化。对党的各级领导干部要求更加严格，要求他们不贪、不占、不收、不受，慎权、慎独、慎言、慎行，光明磊落，没有劣迹。春节前，我们传达过中纪委、省纪委的文件，要求党员领导干部过一个廉洁自律、风清气正、洁身自好的新年，确保共产党员的先进性。结果如何呢？拜年送礼、借机行贿的队伍依然庞大，收礼受贿、来者不拒的领导干部大有人在。我们赤峪这个春节其实很不太平，一场大火烧了六家工厂，财产损失近二十亿；领导干部过节收礼让人拍了录像，举报材料都送到了我这里，我相信省纪委也一定收到了。这份举报材料中反映我们当中有位领导大量收受礼品礼金，有照片有录像。我希望这位同志尽快到纪委或我这里来把事情讲清楚。还有一件事，也需要在这里强调一下，汲水县有十四家污染企业需要搬迁，这虽然是政府的决定，但作为市委书记，我坚决支持政府的这一决策，不管找谁到我这里说情都没用，在这件事上我不买任何人的账。"单玄明指出了当前赤峪湖水质变坏的严重情况，要求全市上下统一思想认识，提高生态文明意识，共同消灭赤峪湖水的污染源。就在单玄明长篇大论做着报告时，曾寅听到了书记公文包里传出的手机短信提示音。

包若谷对单玄明讲的春节收礼一事并未予以重视，他的工作千头万绪，主要精力还集中在火灾善后上，一时无心顾及其他。会议一结束，包若谷立即赶回办公室，吩咐佟一青："通知正鑫市长、广大市长、仇秘书长、盛主任，到小会议室碰头。"

小会议室就在市长办公室的对面，人一到齐，包若谷开门见山地说："这几天，六家火灾企业的善后工作一直紧锣密鼓地跟进。我与正鑫、广大同志一起，已多次到企业实地察看、了解情况，基本掌握了这些企业的损失和下一步的想法、面临的困难。目前最关键的是，我们要拿出切实有效的帮扶措施，帮助企业渡过难关。正鑫市长，与几家银行商谈得怎么样？"向正鑫看一眼刘广大，说道："我和广大同志分别与几家国有银行进行洽谈，只有两家银行表示愿意支持。另外，这六家企业投保的保险公司已经完成了调查，理赔要在事故责任分清后才能开始，而且由于投保额度与实际损失差距很大，即使能全额理赔，企业损失还是很大。"

"当初大多只将设备、厂房投了保，仓库中的原料和产品很少投保或未投保。"刘广大补充道。"保险公司理赔后，企业设备、厂房应该能够恢复重建吧？"包若谷问道。向正鑫答道："这个大概可以。我问过其中几位老总，后续工作有两大难题：一是企业厂房、设备重建后，启动生产的流动资金如何解决；二是企业间的索赔和南郊村的索赔事宜，处理起来也殊为不易。"包若谷说道："我们今天就是要厘清这场大火以来的工作头绪，前阶段的工作至今已做到什么程度，下阶段还要做哪些工作，重点、难点是什么，需要预防的是什么，需要上级和有关部门支持的是什么，支持到什么程度。然后把这些该做的事安排下去，明确谁牵头谁落实，责任到人，限定时间节点，加强定期督查，尽快恢复生产。"这个会议一直开到下班后。

单玄明在办公室等到下班，依然不见包若谷上门，内心不禁为包若谷担忧起来。上班第一天，也就是昨天下午，他就收到了一个包裹，打开一看，竟是一个光盘、一堆照片。里面还有一张打印的 A4 纸，上面的意思是包若谷春节收礼百万有余，建议组织查处。单玄明看后吃了一惊，春节收礼不足为怪，大过年的，借着拜年登一次领导家门，也不为过。既然是拜年，两手空空自然不符合中国文化，关键是这份礼品不好控制，不能太显贵，又不能太小气，眼下三五千元一份的礼品还是最普通的。问题是几人来拜年不算什么，但几十人上百人甚至几百人来你家拜年，那就会算出大账来。如果再有人借机送现金，那就更不得了。包若谷也许是初次担任地方一把手，没这方面经验，这事要是认真起来，让省纪委来查办，恐怕就不是小事了。包若谷来这里时间虽不长，但单玄明越来越觉得这是一位党和国家事业需要的好市长，可惜啦！在这突然而至的冲击面前，他更希望通过与包若谷的个别交流，该退的退掉，该还的还掉，把这件事大事化小，小事化了。

单玄明的手机平时都由曾秘书保管，对此，他是放心的。曾寅会对来电进行适当筛选，但对于工作上和生活上的内容，他从来都如实转告，尤其私人信息，都让单玄明亲自过目。单玄明是在会后回到办公室时看到这个老板内弟的短信的："晚上天香茶楼'国色'包间见面，有紧急情况。"他依然不予理睬。

陈述飞和周曲波在李心夒的办公室里和欧阳德、司马羊反复商量如何对付袁杰与黑衣人，并对黑衣人的身份从不同角度进行推断。

陈述飞沉思着说："客观上讲，袁杰发出的信息是由单玄明书记的手机接收的，所以，袁杰约的人一定是单书记。问题是单书记门口的监控没拍到黑衣人进出。"

"窗口，不能排除这个可能。"周曲波突然说道，"我昨天专门去看过，单书记的东窗临近一棵大树，对于一个练了几十年五禽戏的人来说，进出上下是轻而易举的事。"

"单书记练五禽戏几十年了？你怎么知道的？"李心夒问道。

"我今天特意早起，到'常委楼'附近去跑步，有意观察领导的生活习惯。不过只有单书记有晨练的习惯，由秘书陪着出门锻炼。我装作好奇，凑上去请教，是他秘书曾寅亲口说的，练了二三十年了。"

"他的秘书也在练吗？"陈述飞问。"没有，这个秘书只在旁边压腿、跑步，做些基本动作。"

李心夒吃了一惊，倘若如此，今晚当场逮住的将是单书记，到时候这颗烫手山芋如何脱手，那可不是自己一个常委能办得了的。但在案情未明之时，又不能向任何人透露此情。正在内心纠结之际，却听陈述飞说道："既有如此重大的发现，怎么不早说？"

"一直没有向你单独报告的机会嘛，我就想，在会上说也一样。"周曲波解释道。

陈述飞笑道："倒也是。这样看来，夜里的对手还真是武林高手。李局长，你们安排的警力可能需要有这方面的力量。"

"这个你放心，我早就有所考虑。我在想，夜里的行动还应该让一位领导参加。"

"谁？这可能要请示省厅领导。"

"这个自然。"

单玄明在小食堂边吃饭边等包若谷来，哪知包若谷在市政府开会拖了时间。眼见着丁文魁、夏立言、张岚山相继吃好饭，个个一抹嘴巴，说声"单书记慢用"，离座而去，就是不见包若谷进来吃饭。单玄明渐渐转变思路，心想不如先回去，一会儿到他宿舍登门造访，在帮助同事上，必须做到仁至义尽。

也是事有凑巧，正当包若谷匆匆赶到食堂，吃着残羹剩饭时，李心夔给他打来电话："今天晚上有重要行动，经请示省公安厅同意，请包市长亲临破案现场。因保密需要，请在饭后直接到我办公室，接您的车辆已在门口等候。"

"你这和绑架有什么区别？"包若谷开玩笑道，"总得让我回宿舍洗把脸吧？"

"不行。"李心夔在电话那头急道，"您到宿舍万一有人来访，您接待不？万一电话打进来，您接不接？接了电话，对方说来拜访，您接待不？您在接电话、接访时万一泄露今夜行踪，完全可能导致今晚行动失败。您放心，到了我这里，您想洗什么都可以，热水、热毛巾我都备好。"

"好，好，我吃完饭立即上你的车还不行吗？哪来这么多万一？"包若谷笑道。李心夔却不依不饶得寸进尺，说道："从此刻起，您的电话将被监控，最好断绝一切有可能泄露您行踪的联系。"包若谷边吃饭边无奈地答应道："好，好，我先吃饭。"

包若谷吃完饭，走到门口，果然看到一辆黑色轿车停在门前。李心夔的司机小周见包若谷出来，立即从驾驶室下车，为他打开车门。包若谷不言不语地上了车，见李心夔已在里面等他。小周慢慢将车驶离大院，包若谷这才问道："原来你一直钻在车里监视我的行踪？"

"请理解，身担使命，我是在耐心恭候领导大驾，没有任何监视的意思。"

狄建华带着贾叶扶准备好的检举材料，来到孙达文家。狄建华叫一声"舅舅、舅妈好"，便坐在了孙达文面前的沙发上，先从包里取出一个精致的卷轴盒，打开，里面是一个用油布包裹的条状物，掀开油布方见是一幅古色古香的短画轴。"舅舅，这个画轴是我总公司门卫老人临死前赠送给我的。据他介绍，他家在明朝是望族，清朝康雍乾时期达到鼎盛，此后日渐衰败，到他父亲手里便只剩一个破院落。这是他在变卖老宅院，整理祖上遗物时，在老屋堂前佛棚上的旧佛龛底座里发现的。他觉得此画好看，一直舍不得扔，因感激我这十几年来对他的照顾，将此物送我。舅舅知道，我是一粗人，对书画是个外行，莫辨真假，更难识精奥，不如送与舅舅品鉴。"孙达文本来就喜好玉石书画，听他这么一说，早已好奇心起。狄建华话音刚落，他也不推辞，取过短轴细品起来。

解开用无法考究年代的绫绳系成的蝴蝶结，缓缓展开镶绫的天杆地轴，却是一幅条屏，长一米多，宽约三十厘米，用潢纸装裱，在天头右角有行书题跋。画的是一幅梅花水仙图，在一块苍碧厚重的山石背后，开着一丛芳香四溢的水仙花，一株冬梅耸然孑立，直指苍穹，梅花朵朵沿枝绽放。那题跋上写道："斜月亭亭两素娥，丰神剪水态凌波。即论贵主朝开阖，何似仙人晓渡河。"落款是："薛氏素君。""哦？莫不是明朝女画家薛素素的佳作？"孙达文两眼放光，极度惊喜，细读之下，图中山石以勾染手法绘就，水仙用双勾白描手法画成，冬梅用水墨点花写枝展现，布局精巧，色调明快，即便赝品，亦非凡品。孙达文发自内心地赞叹道："果然是好画！只是真假难辨，权且留作观赏学习吧。"

狄建华就需要调动起孙达文的好心情，见时机成熟，又从包内取出一个大信封，说道："舅舅，你看看这个，这是那位贾董事长托我转交的。他们表面上公事公办光明正大，暗地里却收人钱财，这样的人怎么能当好市长？"孙达文接过，粗粗一看，说道："你们包市长春节收了些拜年礼物，也不算什么大事，我到时候提醒他一下吧。"

"舅舅没细看，里面有收了八十万现金的事。"狄建华道。"啊？有吗？"孙达文立即翻开材料细看，果然有"包若谷收受纱绸织造集团董事长秘书焦雨霁送去的八十万元人民币，有录像为证"的话语。孙达文问道："包若谷既然收了贾叶扶的钱，那他对搬迁污染企业的态度有没有改变？"

"还不清楚，他们似乎正忙着处理火灾善后事宜。"狄建华回答道。孙达文暗想，包若谷也太大胆了，这种钱也敢收，这样的人怎么再担任市长？先等等，看他如何处置。于是，孙达文轻声说道："你先回去吧，我知道了。"

单玄明很少有独自站立阳台欣赏夜色的时候，今晚却是个例外。这是一个很有观景优势的位置，三楼的阳台，因为是这一片区域的北端，处于高位，一侧的古园便一览无余。今夜晴朗，新月斜挂。前、中、后三进四合院，一大一小的两座假山，映着月光的三处湖池，纵横交错的曲径细流，无数落尽叶子耸立挺拔的水杉枯藤，在如钩新月的轻抚中静静地或耸立或蛰伏于眼前，虽看不清，却能真切地感觉到它们的存在。单玄明甚至能准确地判断出其中的一草一木一路一桥。苍穹高远，星斗满天，新月挂处晚霞早已消失，天幕穹顶，如有无数双眼睛在看着他，就如百姓的眼睛。不等了，我也算做到仁至义尽了。单玄明自嘲地想，是走正道还是走邪路，全在立心立身，立心明、立身正，不走正道也难；立心暗、立身偏，想走正道也难。此前，他已亲自往包若谷的房间打了三次电话，最后一次是忙音，他以为对方能回电话，可久等未回，于是他决定取消找包若谷谈谈的打算。之所以不让曾寅与包若谷联系，是怕泄露消息，尽管他很信任这位秘书。"小曾，准备洗澡水。"他朝房内不轻不重地说了声。

其实，单玄明倒是错怪了包若谷，因为夏立言正在拨打包若谷宿舍的电话，单玄明的那最后一次拨号自然就没通。夏立言的电话自然无人接听，他吃不准包若谷去了哪里，这种事只能到他房间关起门来悄悄地说，悄悄地找个应对之策解决，而且越早越好。夏立言不想让事情闹得满城风雨，更不愿等到上级部门来了，真查出包若谷有什么问题。但是，夏立言也只能往包若谷宿舍打电话，连手机也不敢打，同事间的关心也只能把握在制度允许的范围内。他与单玄明一样收到了举报材料。贾叶扶先给赤峪纪委和单玄明发举报材料，目的在于制造是袁杰等人搜集这些举报材料的假象，他至今不希望被人知道自己在与包若谷作对。

不过，今夜即便夏立言打通了包若谷的手机，也不一定能听到包若谷的真话。晚上，包若谷和李心夔、陈述飞等人在监控屏幕前紧盯着每一个点位的情况，哪怕是一点点细微的变化，都会引起他们高度关注。夜，是那么宁静寂寥。还是那座茶楼，还在"天香茶楼"四个红色大字霓虹灯光映照下的前院，大门敞开，依旧没停几辆车，依然茶客寥寥。所不同的是今夜无雪，少了那一层薄雪的铺盖，院落地面裸露出苍凉的素颜。当袁杰将那辆黑色轿车驶进楼下时，监控室所有人的目光都聚到了他的车门上。然而，足有一刻钟，袁杰始终未曾下车，他在观察周围是否有异样，似乎哪怕有一丝一毫的可疑之处，他都会开车溜走。包若谷还没什么感觉，李心夔、陈述飞等人的心都快跳出喉咙了。终于，袁杰开门下车了，他一身西服，外套一件风衣，关了车门，头也不回，直趋茶楼大堂。叶紫薇早已在大堂迎候，热情如久别重逢，甜甜地叫着："袁总，终于把您盼来了。"袁杰却如心事重重，但也不失礼节，说了声"薇妹好"便上楼而去。紫薇见状也不多话，紧随其后。

第三十三章　力战群英

袁杰走进"国色"包间后，端坐茶桌前，看着紫薇烧水煮壶。紫薇小声问道："袁总，茶楼有新进的大红袍，要不要泡一壶？"袁杰无所谓地应道："好啊，泡上茶，你先出去，不叫你，不要打扰。"紫薇开心地应道："好的。"

紫薇在茶壶中放上大红袍，泡上热水，滤出第一壶茶水，斟进小茶盏，递到袁杰面前，然后悄悄离去。

清雅的茶楼包间里，只有袁杰孤饮独品，他坐上泡茶位，自斟壶中茶水，却始终品不出茶味。他既不懂品茶，亦无心品茶，思绪纷乱，忐忑不安，内心深处有一种强烈的不祥之感……

单玄明在曾寅的服务下，洗完澡后，照例批阅文件、看书。曾寅每隔二十分钟为单玄明添换一次茶水，最后一次一般在十点半左右。十一点前，单玄明准时躺下，却一直担忧着包若谷的事，最迟明天上午无论如何要跟他讲清楚，让他尽快补救，希望他是因为工作太忙不知家里实情，导致出现这一状况的。尽管心存这一忧虑，却丝毫没有耽误他按时入眠，一经躺下，很快进入了熟睡状态。就在他熟睡后不久，卧室的东窗缓缓打开，一个身穿夜行服的黑衣人闪至窗外，又轻轻虚掩上窗户，开始了他的行程。

"出来了！"陈述飞脱口而出，"这个摄像头还是下午补上的，效果不错。"

"盯死目标，一经达到预定目的，立即收网！"李心夔严肃地说道。监控室的气氛一时紧张得能听见各自的心跳。

袁杰知道约见姐夫需要有足够的耐心，但今天晚上的等待似乎更久，空气中凝结的寂寞和焦虑似乎更浓。这让他一次次觉得是否是天意？是否该知难而退？大红袍已经因多次冲水变得清淡无味，过了零点，他判断姐夫应该随时都可能击窗而至了，于是重新泡了一壶大红袍，而且，主动让出了泡茶位，坐到了对面。等待中的种种怀疑和退却的冲动终于在一声轻微却明确的叩窗声中得以终结。袁杰如被弹簧从座椅上弹起来一般，迅速赶到西窗，麻利地打开窗户，依然是一条黑影穿窗而入，着地时一个燕子抄水已轻松站立而起。待袁杰关好窗户，黑衣人已坐到了泡茶位上，开始熟练地煮水品茶。

还没等袁杰坐稳，黑衣人便问道："找我来有什么事？"

"石维新死了。"袁杰直截了当地说道。

黑衣人似乎有点吃惊，问道："怎么死的？"

"贾昭弄死的。"袁杰答道。

黑衣人问："是你叫他弄死的？"

袁杰迟疑了一下，答道："年前是这样布置的，后来我也就没提，没想到贾昭在前几天潜入省武警总医院，把他给办了。"

"你的想法是什么？"黑衣人问。

袁杰皱起眉头说道："我总觉得贾昭这次得手太容易，会不会中了人家的圈套？我已经让他去了国外，想请姐夫拿个主意，贾昭这条线，是否需要彻底切断？"

"怎么切断法？"

"让他在国外消失。"

"又要杀一个人？"

"这个人的手上已经沾了好几个人的血了。"

"包括于天勤的血，这件事他确实有点自作主张，这种人也是死有余辜，但是要做得干净些。"

至此，两人的谈话已经道明了今夜约见的目的，李心夔感觉到收网时机已经成熟，断然下令道："开始。"

这一命令在瞬间传达到两个行动组。欧阳德带着市刑侦支队支队长司马羊，配的是市武警支队的十余名武术高手，从正门突入。另一组由周曲波带队，配备从省刑侦总队下来的五名刑侦高手，他们的任务是守住西窗，张网以待。

两组同时行动的脚步声惊动了神经高度紧张的黑衣人，只见他霍然起身，第一个反应就是冲向西窗。但已经太晚，两名武警同时闪身进门，恰恰挡在他的面前。黑衣人并不害怕，左手虎拳直击左边武警面门，右手鹰爪已落在右边武警的头顶。两人都未意识到对方出手，早已结结实实着了道，被当场打晕。黑衣人纵身直逼西窗，但当他一个鹤步落地时，两名武警的擒拿手已同时搭上他的双手。他也是早有准备，就在感觉双手有物的一刹那，一个蟒蛇缩身，在明显向前的姿势中疾速下蹲后退，唰地钻至两人身后，紧接着一个金猴献桃立起，忽变老熊扑击，双掌直取两名武警命门。两人刚要转身，已遭重击，就地趴下。黑衣人再次前蹿，但为时稍晚，已有两名武警挡在窗前。盱视左右又有两名武警侧攻而至，门外武警还在不断拥入。黑衣人大约自练武以来从未遇过强手，见武警无意用枪，突然改变战术。只见他并不忙于夺路，而是进退游斗，避实就虚，几番鹰起虎击、熊扑猿跳，几名武警不但无法近身，反而多被击伤。黑衣人见时机成熟，瞅准机会，突然声东击西，下重手击倒两名武警，一把拉开西窗直蹿而出。

袁杰一直傻看着黑衣人力战群英，等醒过神来要夺路逃走时，早被陈述飞一把抓住，戴上了手铐。当欧阳德和司马羊欲亲自上阵时，黑衣人已蹿至窗外。

但黑衣人并没能逃脱，他从窗口出去刚好跳进了为他铺设的球网，周曲波一挥手，几名武警迅速收网，将黑衣人紧裹成团。不一会儿，周曲波指挥武警将黑衣人抬进茶室。

此时，包若谷已随李心夔赶到，见如愿擒获黑衣人，内心深处透出一股莫名的紧张："李局长，接下去怎么办？"李心夔回头说道："现在是证据确凿，当场抓获，只需验明正身就可以了。"包若谷想想也是，无奈地说道："那就先验明正身吧。"陈述飞对周曲波说道："打开，铐上，除去头罩。注意，防他反击。"

周曲波让几名武警按不同的方位站好，然后将球网一层层解开。待到揭去最后一层前，先找到黑衣人的两只手，给他反背铐上。当周曲波拎起最后一层球网时，发现自己的紧张其实毫无必要。黑衣人大约在触网的一瞬间试图冲脱，却因收网移动了双脚，身体重心移位，在双脚着地发力冲击时，正好撞上了墙，已不省人事，此时头上还流着血。

周曲波不敢大意，立即除去头罩，嘴上说："快叫救护车，他撞伤了，先给他头上包扎一下。"包若谷和李心夔同时大吃一惊："怎么回事？"只见此人双目紧闭。李心夔粗粗扫了一眼，叹息道："一个市委书记，既做人又做鬼，谋杀市长，残害公安干警，他大概想在最后一刻以死了结自己，逃避审判，没那么便宜。叫救护车，告诉医院，要不惜一切代价救活他。"包若谷细看时，却发现了异常。此人上嘴唇也有一排浓密的胡楂，也是黑黑的一字眉，却怎么看都只是像单书记。尤其是胡须和眉毛，虽像却不是，而鼻子和嘴巴则与平时有很大差异。

"等等，单书记脸上的麻点呢？"包若谷细盯着黑衣人问道。陈述飞急忙过来，扯了一下黑衣人的胡子，竟被揭了下来，接着又揭下了眉毛。"拿湿毛巾来。"陈述飞喊道。待陈述飞用湿毛巾擦去黑衣人的全部化装后，大家终于认清了此人的真面目，原来黑衣人竟是单书记的秘书曾寅。

李心夔吃惊之余说道："想不到竟是他！这里面疑点太多，从案情细节看，多处与单书记本人有直接牵连。虽然现场抓获的是他秘书，但不能排除他指派或授意曾寅作案的可能。此事要立即报告省委。陈处长，你们省公安厅也要向省委汇报吧？"

"是的。这是省委挂牌督办的案子，必须连夜审明，尽快报告省委。"陈述飞说道。李心夔接话道："好。先将曾寅送医院急救，连夜审问袁杰。包市长，我们还要请示省委，监控单玄明书记，防止他干扰案件的进一步审理。"

"这事由你们公安系统照办案规范办理。我也不可干预办案，希望你们尽快审结，能给单书记一个公正客观的结论。"包若谷说道。

审问袁杰进展非常顺利。对照他与黑衣人两次见面的录音录像，他只能低头认罪。于是，他把自己如何与黑衣人策划，指使贾昭加害于天勤，又如何与石维新策划，收买于天勤家的小保姆叶辛荑改变口供，将作案线索引向包若谷。同时策动杨柳青鼓动工人闹事，由石维新整出两份黑材料在两会上散发，在发现石维新被跟踪时果断丢卒保车，制造交通事故害死跟踪的警察，又派杜兵破坏石维新的轿车，致其下山出车祸死亡，得知石维新未死，再让贾昭设法干掉石维新，直至在石维新死后欲杀贾昭灭口，一点不漏地讲了出来。最后他辩解道："请各位领导相信我，我并不是让贾昭去谋害于市长，本意只是让于市长致伤或致残，无法继续当市长，然后，所有工程项目发包可以由单书记决定。毒死于市长的计谋是贾昭想出来并实施的，我还为此指责过他。"

"他用的黄鱼是不是从汤香儿那里买的？"包若谷突然问道。"是的，我是事后才听他说的。"袁杰奇怪地看着包若谷答道。"这么重要的线索，怎么不早向我们提供？"李心夔侧身问道。"我也是偶然听说，不敢肯定，现在证实了，你也听到了，还用得着告诉吗？"包若谷答道。

"赤峪市委书记单玄明的秘书成为于天勤案幕后指使嫌疑人，单本人可能涉案。"这样的消息被连夜报到省委办公厅。第二天上午，赵荣飞书记看到这份简约的报道时，禁不住暗吃一惊。他翻阅了其他内容，又看了看今天的日程安排，离第一项活动还有半个小时，便按下了桌上的呼叫键。新来的秘书高峰迅速从门口进来，不等他开口，赵荣飞就吩咐道："联系一下组织部清丽同志，到这里来一下。"

"是，请组织部清丽同志到书记办公室来。"小高应了声，转身回去。

黎清丽很快来了，小高跟在她身后。"荣飞同志，您找我？"

"来，这边坐。"赵荣飞端了水杯走向沙发，黎清丽自然也在沙发上落座。高峰为黎清丽泡好茶端上，又为赵书记的水杯续了水，转身退出。"赤峪的事情你知道了吗？"赵荣飞直接问道。"早上看到早报才知道。"黎清丽答道，其实昨天夜里包若谷已向她报告过详情。赵荣飞不经意地看了黎清丽一眼，说道："于天勤的案子我一开始也怀疑过与单玄明有关，但随着对他工作的了解、为人处世的观察，综合各方面反映以及几次工作汇报中流露出来的思想品质，总觉得他不是这样的人。万万没想到竟是他的秘书盗用他的名头，穿了夜行服唆使一伙人干出这种罪恶勾当。所幸天网恢恢、天理昭彰，作恶者自掘坟墓，难逃制裁。这件事恐怕没那么简单，单玄明是否涉案，还有待进一步审理。他主动来电请求引咎辞职，理由是没有管好身边人，这也是题中应有之义。但我没有同意。主要出于两个考虑：一是单玄明工作表现不错，党性强，除了秘书出事，还没有证据证明他有其他问题。二是在他秘书的问题查清之前，也没有足够的证据证明他没有问题，让他继续留在赤峪担任书记显然不妥。我的意见是，先让他去中央党校参加为期半年的理论培训班，这个班昨天开始，我省缺额，正好让他补上。你们帮他办个报名手续，他上午来省城，下午就送他去北京。"

"好的，我赞成。单玄明如果留在赤峪，他就是一点不干预办案，也会给办案带来不便。"黎清丽插话道。

"眼下最要紧的是稳住赤峪，在新任书记到岗之前，先由包若谷同志主持市委工作。你看怎么样？"

黎清丽听着，脑子急速思索着。赤峪眼下工作千头万绪，包若谷每天忙得脚不着地，一下子让他牵头拿总，他能胜任吗？于是黎清丽疑惑地说道："包若谷同志工作确实很努力，踏实肯干，忍辱负重，敢于碰硬，但是毕竟担任市长时间不长，我担心他万一有个思虑不周，难免影响工作。"赵荣飞耐心地听完，说："你说的我也想到了，但眼下只能先这样，人的能力需要在锻炼中提升，如有更好的人选，你也可以建议。你我就这样先达成一致，今天没时间开常委会，我将逐一与几位常委通气，统一思想。你今天要准备去一趟赤峪，让包若谷召集市委常委会，你在会上宣布省委意见。"

"好，我同意荣飞同志的意见。"

黎清丽走后，赵荣飞立即与省长孙达文、副书记夏中和、纪委书记应晓峰、宣传部部长曹小雪等常委一一通气，几位在电话中都非常赞同省委书记的意见，同意照此实施。只孙达文言语迟缓，说了句："暂时先这样吧。"

今天是春节后上班的第四天，综合执法局局长陆晓仙安排好其他工作，与廖晖亲率执法支队奔赴汲水。汲水县县长侯坤、分管执法的副县长程前在高速出口处等候。汲水县综合执法局执法人员已提前开赴现场。陆晓仙见两位县长在出口迎候，颇为惊讶，连忙下车，与侯坤、程前握手，说："让两位领导久等了。我们今天来，主要是找十四家企业主谈话，明确各企业自行搬迁时间。两位领导如果有时间，欢迎一起参与谈话。"侯坤忙说道："我就没时间参与了。程县长是分管县长，他将自始至终陪同陆局长工作。"陆晓仙连忙与程前握手，说道："好好，欢迎欢迎，有您在，我心里踏实多了。谢谢侯县长的周到安排，我们这就到现场去。"

告别侯坤，陆晓仙请程前副县长上了市综合执法局的面包车，并让他坐在自己旁边的空位上，说道："程县长，春节一过，就来拖住你，真有点不好意思。"程前听到陆局长说话，忙应道："哪里，陆局长千万别这么说。其实搬迁这些污染大户应是我们的任务，市里能帮我们把这些'钉子'拔了，是为我们承担了责任，这一点，我们从上到下都是心知肚明的。"

"啊，若果真如此，也不枉市委、市政府一片苦心了。我们春节前发的关于汲水十四家污染企业搬迁方案，程县长一定看过了吧?"

"是的，安排很合理，时间衔接得恰到好处。我已经布置我县综合执法局，严格按照方案确定的时间节点配合市局工作。"

"好，有你们的支持，程县长亲力亲为，我相信，我们这次一定能搬掉这十四家企业，向市委、市政府交出一份满意的答卷。"

陆晓仙把人手分为五个组，每个组负责两家企业，由一名市局副局长或县局局长、副局长带队。她自己作为机动人员，把握面上情况。在她看来，各组中，除了副局长杨馗一这组外，其他应该都能顺利谈下来。原因是，他们的工作对象是贾叶扶的五家厂，因为是织造集团下属企业，所以需要直接与贾叶扶谈，由贾叶扶本人签字，这样可避免推诿扯皮。杨馗一面对的，正是贾叶扶。

当杨馗一带着四名执法队员，走进贾叶扶宽敞的办公室时，里面已经有几位客户在等候与这位赤峪企业界名人会谈。贾叶扶只朝杨馗一点一点头，便与客户继续交谈。新任女秘书，仰着粉嫩的笑脸，过来邀请他们在来客接待处的沙发上就座，然后为他们一一泡上茶，说道:"我们贾董说了，他要先与客户谈完业务才有时间与你们谈。请各位安心品茶，如果迟了，中午就在我们食堂就餐。"杨馗一只好无奈地端杯饮茶。贾叶扶的客户会谈室在办公室的另一个顶角，与他们坐的位置刚好呈一条最长对角线，只看到他在谈，却听不清在谈什么。另有五名客户围着一张乌沉木茶几品茶。这几位相互之间显然不认识，只一味喝茶，绝少交谈，有两位无聊地拿了张报纸反复看着。

第三十四章　万丈深渊

　　眼看着时间在等待中流逝，杨馗一几次欲起身催促，思量再三还是忍住。毕竟面对的是省人大代表，是省重点民营企业的董事长，那五家企业是他旗下十几家企业的一部分，自己手中没有任何法律赋予限制对方自由的权力，只能耐心等候。好不容易等到十点半，贾叶扶似乎与对方谈完了，双方说些"信任、合作"之类的话，握手告别。茶桌旁的一个胖男子急忙赶了过去："贾董，这下该轮到我了，我可是从昨天等到今天啦。"杨馗一毫不相让，起身上前，说道："对不起，贾董，我们是市行政执法局的，请你配合一下。"贾叶扶听了似乎特别重视，转头问道："啊，市执法局？要逮捕我，还是拘留我？"

　　"啊，贾董别误会，我们只是来做个关于搬迁五家企业的谈话，确定搬迁方式。"杨馗一急忙解释道。贾叶扶一听对方口气软了，也露出几分笑意，说："既然不是逮捕我，那就只好按规矩办事，凡事讲个先来后到，先到的先谈。"茶桌旁的几个人也早已围了过来，虎着脸插嘴道："对，先到先谈，国家单位更应公事公办，遵守规则。"贾叶扶故作为难地说道："这位领导，你看，我也为难啊。别急，迟了就在我这儿吃中饭，我一定盛情款待。"贾叶扶的第二位业务对象似乎更难对付，与贾叶扶争执不休，直到十一点半仍无结束的迹象。杨馗一知道上午谈话已无可能，总不至于在这里吃饭，只好告辞出门。

　　杨馗一等五人在五峰镇的一家小餐馆匆匆吃罢午饭，马不停蹄地赶赴织造集团总部，却是迎头一顿闭门羹。那看门的林老头非常善变，早上初见时，一听说是市里执法人员，那是满面笑容、恭敬谦和、点头哈腰，热情介绍总部在哪幢楼，董事长在几楼办公。这回他们到了门口，先是大门紧闭，杳无人影，叫急了，林老头只从窗口伸出半个脑袋，吼道："叫什么！总部一点半上班，董事长中午休息不见客！"说完，砰的一声关上推窗，再不理睬。

五人在大门外苦苦挨到下午一点半，大门准时打开，林老头却不再露脸。杨馗一等人走进董事长办公室时，看到的依然是上午等待会见的客户们，坐在乌沉木茶几前品茗恭候，只是不见了贾叶扶。秘书柯茵依然扭着屁股、仰着笑脸出来引导他们去沙发上坐，同时说道："贾董事长陪客户在外面办事，三点半之前一定能赶回来的。只好让各位久等了。"

贾叶扶确实不在楼内，杨馗一离开后，他立即驱车直奔赤峪，与向正鑫、狄建华相约在大东方娱乐城见面。他需要调整应对之策。他是昨天从狄建华那里得到的消息，单玄明出事了。市里昨天上午开的常委会，昨天下午开的全市领导干部大会，宣布："单玄明书记赴中央党校学习半年，由包若谷同志代行中共赤峪市委书记职责，主持赤峪市委工作。"

贾叶扶无法判定这个消息对他而言是好消息还是坏消息。包若谷既然收下了他的八十万元，那就应该给他帮忙，放弃搬迁这十四家企业。即便不说放弃搬迁，也完全可以睁一只眼，闭一只眼，将政府工作委托向正鑫全权负责。

然而，今天那几位市执法局的干部，明显是按照单玄明出事前的决策执行的。他想着此事已无法挽回，但又细细一想，觉得不可操之过急。包若谷刚刚接手总揽全局，千头万绪，恐一时难以顾及。所以，用一个"拖"字，先拖他几天，等包若谷回过神来，说不定会用某一个合适的理由，允许这些企业就地处理污水。若是这个最理想的结果，不要说给包若谷八十万，就是再给几百万，他也乐意。

三个人坐在大东方娱乐城贾叶扶的那间办公室兼宿舍里品茶时，向正鑫并没有给贾叶扶带来好消息："今天上午，他开了个市长常务会议，在安排近期工作时，要求钟汉副市长全力抓好汲水县十四家污染企业的搬迁工作，严格按照节前拟定的方案一抓到底，一个不留，彻底清除污染源。所以，希望他改变初衷，放弃搬迁，那是绝无可能的。"贾叶扶听后，犹如迎面被浇了一盆冷水，沮丧地问道："这么说，只有搬掉包若谷这一条路可走了？"

"如果正鑫说的情况属实，那也只有此去华山一条道了。"狄建华悠悠说道。"那好，我这里回去尽量拖，你赶紧去一趟孙省长家，尽快让包若谷下台。"贾叶扶终于下了最后的决心。

包若谷下午主持完农业农村工作会议后，已近下班时间。他匆匆回到办公室埋头看完佟一青送来的当天重要情况汇总，已过了吃晚饭时间，这才赶到小食堂就餐，发现夏立言静静地坐在桌旁等候，竟是一脸魂不守舍的模样。

"立言书记，您这是在思考什么重大案情啊？"包若谷边拿碗吃饭，边半开玩笑地说。"是啊，眼看着有些领导干部走向万丈深渊，行将粉身碎骨，我能不焦虑吗？"包若谷并没有听出夏立言在说他，以为指的是其他人，不禁心头一沉，脸上已添了几分严肃，说道："你深思浅思都化为空思。多行不义必自毙，天要下雨娘要嫁人，有些事你就不必咸吃萝卜淡操心了。"夏立言一听，觉得自己为他操心反而受了批评，便不再言语，闷闷不乐地离去。

包若谷见他突然离去，觉得有些不对劲，可究竟何处不对劲又无从得知，只好作罢。他心上还记挂着两件事：一是曾寅无法醒来。曾寅自那天落网至今一直处于深度睡眠状态，经省公安厅向曾寅的妻子和他父母咨询，都不敢肯定，说没有遇到过曾寅半夜出门又回来的情况，无法证明曾寅有梦游症。二是汲水县十四家企业搬迁遭遇软钉子。陆晓仙带队去汲水执法回来，向钟汉副市长反馈了一连几天的情况，居然一家企业都签不下来。贾叶扶以与客户谈判为由，用让执法人员坐等的方法死扛。其他企业都说要看织造集团，那是大户，贾叶扶是省人大代表，理应带头，只要织造集团签字搬迁了，他们将无条件紧随其后。

包若谷回到居室，还没来得及倒满一杯茶，便听到了敲门声。进来的是丁文魁，后面还跟着李心夒。包若谷忙让进两位，说道："你们一文一武两大神兵天将怎么一起来了呢？"丁文魁带头在沙发上坐下，答道："如来佛派我们来帮你降妖伏魔啊。"包若谷边倒茶边乐道："好好，我正求之不得呢。来来，请喝茶。夒公大将先介绍一下有何新的法宝。"说完也在沙发上坐了。李心夒便介绍道："袁杰已经招供了全部经过。据他说，每次行动都请示过单书记，但这个单书记每次都是一身夜行服的蒙面黑衣人。袁杰是从说话声音、语调、身形、动作上判断的，觉得黑衣人就是单玄明。有个需要引起重视的情况是，直到目前为止，袁杰交代的他与单玄明在其他场合接触，都没有指使他作案的话，也就是说，每次当面遇见，说的都是正面言论。现在最需要的是曾寅的口供，可他一直昏睡不醒。杜兵也已抓获，他招供了制造车祸、损坏石维新轿车刹车、奉贾昭命在化工厂纵火的过程。只可惜贾昭已逃往国外。"

"这个贾昭是什么人？"丁文魁问道。

"我们查了一下他的亲属关系，竟是贾叶扶的侄子。"李心夔答道。

"什么？是贾叶扶的侄子？"包若谷吃惊地问道。

"我一直觉得这个贾叶扶有文章，而且对你也特别关心，说不定贾昭就是他的一只手啊。"丁文魁目光深邃地说。

"有了这只手，再扯上一张皮，就把为达到自身目的所犯的罪行盖得严严实实了。"包若谷说道。

李心夔不解地问道："你们打的什么哑谜？"

包若谷说道："你的案子看起来是破了，其实里面还有迷魂阵未破，并不是抓住贾昭那么简单。"

"陈述飞处长好像也说过类似的话。你们是说贾昭身后有文章？这要等逮住他才能进一步确认。"李心夔似有所悟地说道。

"查明贾昭行踪了吗？"包若谷问。

"他已去了法国。省厅联系国际刑侦组织，要求帮助追查，并作为刑事犯先行控制，随后遣送回国。目前还没有消息。"李心夔答道。

"先不说他了。行政执法局在汲水执行搬迁任务时，遭遇软抵抗，文魁书记看看有什么好办法。"包若谷边给两位添茶边问。

"软抵抗毕竟不是长久之计，看来他是有所期待。比如于市长一死，当初的执法行动便不了了之了，如果后来换了个不主张搬迁的市长，那不就太平无事了？"丁文魁不紧不慢的声音似乎是从遥远的山谷里传来，李心夔听得内心咯噔一下。只听包若谷说道："期待？期待什么呢？期待再换个市长？哼，再换一百个市长，依然要清除这个毒瘤，否则，人民不会答应，赤峪市百万人民不会轻饶污染水源的罪人。我看他是寄希望于我们服软，希望我们班子中主张不搬的力量站出来说话，希望一批在他那里投资生息的领导干部出来帮他讲情。你们说是不是？你们两个没有把钱投资在他那里吧？"包若谷目光炯炯，似要洞穿两人的心灵。"没有，绝对没有。"两人同声说道。"我相信你们没有。常委里有，但也一定是少数，局长当中有，应该也不多，工作还要他们做，都得罪了自然不妥。他就看准了我这条软肋，用软抵抗来对付。"

"我看，可以开个专题常委扩大会，专门就汲水污染企业搬迁统一思想认识，明确市委态度，表明市委决心，断了他的妄想。让副县长、人大副主任、政协副主席以上干部都参加，还有，也让我们已经掌握的在企业有投资的局长列席会议。"丁文魁建议道。

"好，这个会议越早开越好，会议可以简短些。明天上午来不及，就明天下午两点钟吧。"包若谷欣然答应。

"好，你准备一下会上讲话，具体由我去安排。"丁文魁说道。

狄建华这次虽然赶到沂安，却没能去成孙达文家。孙达文在电话那头说今天晚上有个外事活动，问他有什么事，他便只好在电话里直说："包市长拿了钱依然派人去拆迁贾董的工厂。他要求您对包采取措施。"孙达文说了六个字："知道了，再说吧。"

第二天吃过中饭，上班前五分钟，孙达文拎个包来到赵荣飞办公室，待秘书高峰出去，边从公文包里取出一个大信封，边说道："赤峪是个多事之地啊。有人状告包若谷，春节期间大肆收礼受贿，有照片，有录像。看来这个包若谷已经不宜在赤峪担任职务啦。"他说着话，已经把照片、光盘都倒了出来。赵荣飞认真地看着这些照片和照片上的日期，又仔细看了那张作为文字材料的A4纸，说道："作为一个市长，一个春节一百五六十人上门拜年，并不算多。上门拜年自然不会空手，送市长自有送市长礼品的规格，这也是中国传统文化的一部分。只是他怎么还收了八十万现金呢?"赵荣飞想了想问道，"达文同志，您觉得该怎么办呢?"

"这些证据已经足够证明包若谷犯了受贿罪，自然要让纪委先对其进行'双规'，然后移交检察机关查办了。"孙达文一本正经地说道。"是吗? 那应该把晓峰书记和清丽部长叫来，听听他们的意见吧。"赵荣飞缓缓说道，随后起身到办公桌前按了一下传唤键。高峰手拿记事本和笔立刻出现在门口，不等他开口，赵荣飞吩咐道："请晓峰和清丽同志到这里来一下。"

"是，请晓峰和清丽同志马上来书记办公室。"小高为避免误差，每次接受完吩咐，都将原意复述一次。

纪委书记应晓峰和组织部部长黎清丽很快来到了赵书记的办公室。待两人落座，高峰为他们端上茶，又为书记和省长的茶杯续上热水。待他出门后，赵荣飞才把这些材料给两位看，并说道："晓峰同志，你仔细看看，这种情况该怎么处置为妥? 还有清丽同志，也说说。"

应晓峰拧眉凝视这些材料后，说道："关键在收受八十万现金，这就犯了受贿罪，不办没有理由。按常规，必须先'双规'。"赵荣飞听后依然不露声色，转脸问黎清丽："清丽同志，你说呢？"黎清丽看过这些材料后，内心深感震惊，表面却十分平静，见问说道："我依然希望并相信我们党的大部分干部是好的，是经受得住来自各方面的考验的。我斗胆要求参加面审，听一听包若谷对材料上这些问题的说法。"孙达文不满地说道："这么充分的证据，难道还会审出别的结果？你这不是不信任晓峰同志工作吗？"

"这是发表意见，达文同志，我相信清丽同志没有这个意思。"赵荣飞依然缓缓说道。应晓峰却微微一笑，说道："既然清丽同志有这个想法，我同意你这个要求。为避免节外生枝，我们现在就赶往赤峪面审，审后再带他回省纪委'双规'。不过从现在开始，请你将你的通信工具放在我视线内，并接受我安排的女同志与你寸步不离。"黎清丽惊愕地抬头看着应晓峰，良久，微微一笑，把手机放到桌上，说道："好吧。"赵荣飞和蔼地说道："都是为了党的工作嘛，好，就这样。"

"等等。"孙达文突然说道。应晓峰和黎清丽两人都是一惊，用疑问的目光看着他。赵荣飞立刻意识到了，不等孙达文说下去，接口道："如果包若谷涉嫌违纪被带回，赤峪市委的工作暂时由丁文魁同志主持吧。达文同志还有什么意见？"孙达文迟疑一下，说道："赤峪市政府的工作是否由向正鑫同志负责？"赵荣飞一笑，说道："这个还是由赤峪市委自己决定吧！那，两位就带上这些材料去一趟赤峪市吧。"

应晓峰和黎清丽赶到赤峪时，包若谷主持的市委常委扩大会议尚未结束，他们一行人便直接来到市委常委会会议室。这是个有百余平方米的会议室，今天坐了五十余人，显得有些拥挤。包若谷介绍完十四家企业的生产对环境造成严重污染，赤峪湖面临巨大威胁后，通报了市委、市政府的统一决定。他说："坚决搬迁十四家污染企业，全面治理汲水河流域，彻底切断赤峪湖的污染源，保护百万赤峪人民的饮水安全，这是任何人、任何势力都无法撼动的决定。我们相信在座的每一位，对赤峪湖遭受污染的危害都有充分的认识，对市委、市政府的决定都高度认同和拥护。为此，我要求大家把思想完全统一到市委、市政府做出的决定上来，切实做到以下几点。"他正要往下说，见应晓峰、黎清丽等人已走进门口，便停止了说话，先是惊愕地看着几位领导，继而泰然靠坐在椅子上，嘴角露出一丝一闪而过的奇怪微笑。省纪委案审一室主任马超和副主任汪涵直接走到他的身边。马超拍拍包若谷的肩膀，说道："包市长，请跟我们走一趟吧。"这两位包若谷是认识的，他并没有立即起身，只对他们友好地点了点头。

此刻，在场的人都感觉到了面对组织纪律的巨大威压，深感在组织面前，任何个人都是渺小的。当你违反了纪律，损害了组织所代表的最广大人民的利益时，不管你位有多高，权有多重，你都会面临组织的惩处。刚刚让单书记去党校学习，眼见包市长又将被带走审查，人人心头骤然紧缩。

包若谷见应晓峰和黎清丽一脸严肃地看着他，起身说道："应书记、黎部长，两位好，欢迎来赤峪，请坐吧。"应晓峰走近一步，却没有和他握手的意思，包若谷伸出一半的手垂了下来。应晓峰说："你可以选择到你办公室或小会议室，我们小范围谈。"

"不，就在这里谈，所有人都不要走。如果我违反了党的纪律，是怎么违反的，让大家听听也是一次教育；如果没有违反，对大家可能也是一个教育。作为党的干部，应该知道什么样的纪律是不能违反的。"包若谷的话说得斩钉截铁，显示出共产党员光明磊落的气派。

"你要知道，纪委没有公开审理干部违纪案件的先例。"

"为什么？"

"那是为了保护干部。"

"我不需要保护，因为我没有违纪。除非你纪委不敢公开，除非欲加莫须有罪名。"

应晓峰似乎吃了一惊，这可是他二十年纪委工作生涯中从未碰到的，他回头看了一眼黎清丽，似乎是征求她的意见。黎清丽也是深受震撼，她为包若谷做出这样的决定深深担忧，毕竟有些事是不宜公之于众的，何苦呢？但是，她没有权利替他选择，只能微微地点点头。

应晓峰见状便说道："那好，我们尊重你的选择。我今天为证明纪委从不给人添加莫须有罪名破一次例，公开审理你的违纪问题。"

包若谷对工作人员吩咐道："来，给省里领导放几个位子。"他的两边本就空着，工作人员很快放好位子。他知道自己不宜再坐中间，退到了最边上一个位子。省里的四位领导也无人客气，居中按次序坐了。

这个阵势一摆，自然就由应晓峰书记主持了。只见他扶了一下麦克风，说道："根据省委主要领导收到的举报材料，包若谷有严重违反党的纪律和国家法律的行为，请包若谷就这些行为向组织做出交代。"这是组织审查的程序，首先由本人讲出自己存在的问题，那是为了掌握组织之前没有掌握的违法犯罪问题。

包若谷淡定地开启面前麦克风，说道："我知道省纪委会来找我，我本来就想在这几天抽时间到纪委去一趟，把有些事汇报一下。但是，我一直抽不出身。自从正月初二晚上那场大火把我从沂安招回赤峪，我就一直没回过家。但我要说，我包若谷没有做任何违反党纪国法的事情。"

应晓峰淡淡一笑，说道："这是我们审案当中经常碰到的，一开始都是抵赖，想不到你包若谷也是耍弄这一伎俩。我希望你不要错过组织给你的从宽处理的机会，你自己把违纪行为说出来，与组织用手中的证据点出来，然后你不得不承认，结果是不一样的。"

第三十五章　风息树静

包若谷泰然说道："自从加入中国共产党的那天起，我就把一切交给了组织，愿为党牺牲一切，永不叛党。工作上，我所做的一切，为了人民；生活上，我所做的一切，为了家庭。当工作和生活发生冲突时，我无条件服从工作，服从党的利益、人民的利益。这是我做人的根基。我本无罪，无须组织从宽发落；我若有罪，更希组织从严惩处。"此话一出，不知下面是谁带的头，竟鼓起了掌，这掌声先是稀稀落落，此后密如爆豆。

在这样的掌声中，黎清丽内心深处被深深刺了一下。眼前这个人与她无任何庸俗的男女关系，却是她极为信任互相勉励的挚友，似乎相互间对对方的命运前途都格外关心，关心到超越自己，却又从未言明。她侧目凝视时，忽见他脸色青黄得吓人，他怎么了？被眼前的波涛击垮了？他的言语只是外强中干的装饰吗？正这么想着，应晓峰说话了："你这话说得好，你既然与组织叫板了，那好，我们也就别无选择了。"

"等等，我是省纪委案审一室主任，对党员领导干部的审查，有审查的程序和规矩，在经过专门审讯之前，不能将已经掌握的证据与本人见面。所以，应该先将包若谷带往省纪委接受组织调查。"坐在应晓峰边上的马超板起脸，突然说道。

他这话几乎让所有人的目光都集聚到了他的脸上，连应晓峰都转过头不认识似的看着他。会议室里一时出现了少有的冷场。不知过了多久，也不知谁轻声问道："什么是专门审讯？党章里有这样的规定吗？"李心夔接道："是啊，什么是专门审讯？党章里有这个规定吗？"

"有些内容涉及保密需要，是不宜对外公开的。"马超不屑一顾地说道。

市法院院长肖光祖站起来说道："我是中级人民法院院长肖光祖，我们法院审判的原则是公正公平，怎么才能做到公正公平？只有在充分接受监督下才能做到。所以，我们在审理案件时尽可能公开审理，设立人民陪审团，让公民参加听审，这些措施都是为此而设的。我们党员也有申诉的权利，应该有要求在公开监督下接受审理的权利，对党员的审查也可以公开，这也是保障党员在党纪面前享有公正公平权利的需要。"

"我们对党员干部的专门审讯当然也是公平公正的，包若谷到你们法院审理的时候，当然可以公开审理。但现在必须先进入'双规'程序。应书记、黎部长，你们两位领导继续开会，我和汪主任带着包若谷先走一步吧。"马超说着站了起来。

应晓峰依然沉默不语，马超已经离开座位走向包若谷，汪涵却依然一动不动。马超来到包若谷身边，再次拍拍包若谷的肩头，说道："包若谷，跟我走吧。"李心夔猛地一拍桌子，说道："等等，请让我说几句话。正月初二，包若谷同志在赤峪看望一线职工，下班后赶回家，还没来得及与妻儿吃上一顿热饭，便因为赤峪工业示范区企业仓库爆炸引发火灾赶回赤峪。这段时间以来，他没日没夜地奔波在工作岗位上，好不容易将火灾引发的各方面矛盾解决。随后，就与我一起破获于天勤案。紧接着，主持全市工作，正如他所说，一直没回过家。这期间，我大部分时间有幸与他一起工作，我学到了很多。他对党忠诚，对人民热爱，对工作负责，对自己要求极严。我不相信这样一个领导干部会犯你们所指的什么罪。应晓峰同志，你是一个省的纪委书记，说话何以言而无信？把在座的共产党员置于何地？"

应晓峰朝李心夔招招手，说道："李心夔局长，别急，我与清丽同志来前，荣飞书记就有指示，由清丽同志参与对包若谷同志的审查。刚才包若谷同志已经选择了让大家见证这次审查，我已经答应了，作为特例，自然要审明查实的。包若谷同志，你继续坐着吧。"

马超本欲伸手拉包若谷起来，听了这话，只好缩回了手，悻悻然回到座位，脸上青一阵白一阵。

此时应晓峰已经敏感地发现，所谓的包若谷受贿案，可能是有人幕后操纵的闹剧，所以，对包若谷的称呼也改成了"包若谷同志"。他从公文包中取出了那只大信封，将里面的照片、光盘、打印纸一一拿出来放在会议桌上，问道："包若谷同志，今年春节期间你接受了来自赤峪的干部、企业老总等的拜年，并接受了他们的礼物共计一百六十七份，可是有的？"包若谷泰然答道："春节是中国人民的传统节日，在此期间相互走访拜年联络感情，这是中华民族的传统文化，本无可厚非。但是，如今却被少数人用来作为跑官要官钻营拍马的平台，这也是有的。不过，上下级之间平时都忙于工作，难得串门，利用春节走一走，相互拜个年，也不为过。今年春节到我家里拜年的大部分是政府部门的领导干部，还有企业老总，一共来了二百一十八人。他们中大部分是在我不在家时来的，由我爱人和岳母接待。他们来时都带了礼品来，走时也带了回礼去，折算下来价值大体相等。"

"什么回礼？"应晓峰问道。

"一枚纯金纪念章，造型是一只展翅飞翔的海燕，由我家属定制，每枚造价二千二百五十元，共耗费资金五十五万。今天在座的就有去过我家拜年的，他们可以证明。"包若谷说完，目视与会者。

有十几位局长纷纷举手。其中财政局局长方成圆站了起来，顺手从口袋里取出那只精致的纯金海燕，说道："包市长说得没错，我随身就带着这只高尔基笔下搏击长空的海燕。之所以带在身边，是用它时时提醒我为政清廉，常常激励我发奋拼搏。"说完，把这个纪念章传递给应晓峰。应晓峰左看右看，内心显然很不平静，一个市长能想得如此周到，在退礼中蕴含着鼓励与激励，何曾有过？看过后，又把它传给黎清丽，然后端起杯喝了一口茶，说道："好。可还有纱绸织造集团董事长送给你的八十万现金呢？这件事有没有？"此言一出，全场鸦雀无声，所有目光聚焦在包若谷的脸上。

"有的。"包若谷坦然答道，"正月初二那天，我妻子收到了一对礼盒，当时未拆看，所以并不知道里面竟是现金。我回到家因太匆忙，也未看。直到三天后，我妻子处理所有礼品时，才发现这两个礼盒里装的是八十万现金，当即给我打电话，问我怎么办。我告诉她，把这些现金和礼品处理款抵销制作纪念章费用后多出来的钱，全部存入省纪委公布的廉政账户，取回交款凭证。然后保存好原件，把复印件连同制作纪念章的发票复印件寄给我。"

"一共是多少钱？"

"八十四万五千三百二十元。"

"怪不得他们查不到八十万的交款数目。你的凭据呢？"应晓峰最后问道。

包若谷对正在泡茶的工作人员说道："叫小佟把我的包拿来。"高度紧张的佟一青其实就等在门口，一听这话，立即拎着包进来。

当包若谷把两张凭据的复印件放在应晓峰面前时，会场里再次响起了掌声。

应晓峰看着两份复印件，用手机拨了个电话号码，接通后问道："廉政账户中有没有一笔八十四万五千三百二十元元的上交款？……什么时间？……好，知道了。"应晓峰放下电话，说道，"经过核对，包若谷同志所上交的廉政款项已如数收讫。包若谷同志，你不仅经得起组织的审查，而且是我们学习的榜样。"说着向包若谷伸过手去。包若谷迟疑了片刻，伸出双手与应晓峰的手紧紧握在一起。

贾叶扶从外甥马超那里得知，送给包若谷的八十万现金已经被存进纪委账户，包若谷经受住了省纪委书记的亲自审查，受到了省委书记赵荣飞的高度肯定和赞赏，赵书记还号召全省各级领导干部都要向包若谷学习。至此，包若谷不仅市长地位稳住，甚至有望接任市委书记。他主张的汲水三水共治决策毫无疑问将付诸实施。贾叶扶用尽浑身解数所使的伎俩，眼看败象已露，他决定做最后一搏。

贾昭在欧洲某国装模作样游玩了半天，便在贾叶扶客商的帮助下成功耍了个金蝉脱壳，迅速到一家私人整容医院，经过整容变脸后，从黑道上买了名为"王之恒"的身份证和某国永久居住证与护照，悄悄潜回国内。由于整容不够到位，怕被熟人认出，所以回来后一直躲在港南织造集团有限公司沂安筹建处，白天足不出户枯坐室内，连吃饭都是由专人送的，只有在晚上他才偷偷溜出来，在确认周围无人的情况下，到园子里活动。好在这个筹建处的规模不亚于一个大型宾馆，除去中间有三幢建筑，周围都是各种植物和园林路桥，极像一个公园。

今天晚上，贾昭独自出来，转过一座假山，迎面是一片明亮的湖面，堤岸上的杨柳和春桃还只是横七竖八的枝杈。今晚，风息树静，湖面平得如一面镜子，不见一丝涟漪。百无聊赖中的贾昭仰望头上，是半轮冰冷的残月，俯瞰水中，依然是半轮冷月。闻听远处几声鞭炮，贾昭忽然想到竟然早已过了元宵佳节。往年元宵，有多少次他都携妻牵子，在大街上随着人流观灯猜谜，今年却是在逃奔天涯中度过，如今是有家难回，有妻儿难见。袁杰被抓后当然会把所有恶行一股脑儿推到他的身上，回看自己，光是牵连的命案，恐怕死一次都是远远不够的。

湖边有一块空地，他缓缓解下系在腰上的软剑，顺手一挥，只听啾的一声，一把寒光闪闪的宝剑随声而出，直指苍穹。紧接着，一招"仙人指路"使出，"风摆杨柳"跟上，"天女散花"随后。一招一式，连绵不断，凝重中不失轻灵，舒缓里隐含迅捷。一把软剑刺、点、劈、挂、撩、云、抹、带、截、架、抽、扫、斩、拦、削交替行走，竟似灵蛇起舞，闪电当空。不一会儿，一路太极追魂剑练完，大气不出，气定神闲。

"侄儿，你这一路太极追魂剑练得炉火纯青啦。"身后突然传来一个声音。贾昭本能地一个收势，猛然转身，见不远处缓缓走来一人，面容尚有些模糊，但从声音和身形上完全可以判定，就是他的叔叔贾叶扶。"叔叔，您不是在赤峪吗？"他缓缓卸下高度紧张的神经，叫了一声。贾叶扶已经走近，月光下，他的脸色惨白，如果不是表情和善，贾昭还真以为自己遇见了鬼。叔叔老了，才五十多岁的人，眼睛的上弧已变成了一条直直的弦，小牛眼变成了三角眼，额上的公路纹已不止三道，月光下的长脸更看不出丝毫光泽。

"叔，您这样来回奔波，可要注意身体啊。"贾昭带着晚辈对长辈的关切说道。

"我来看看你啊，让你整日躲在这里，有点郁闷了吧？"贾叶扶爱怜地问道。这一刻贾昭体味到一股父爱般的暖流淌过心头，没有设身处地的关爱，说不出这样的话。"事情到了这一步，是侄儿始料未及的，不知叔下一步有何打算？侄儿该如何出力？"贾昭诚恳地说。

一只夜归的飞鸟蓦地发出一声怪叫，蹿进了路旁的一处竹丛。两人同时一惊，又都看到了月光下对方惊惧的面孔，却又迅速闪开目光。"我一直把你看作我的骄傲，我有雄心要把纱绸织造做到全省第一，甚至世界最大。没有前期利用粗放式发展淘得的第一桶金，我就没有现在这样的体量。我不想失去现有的业绩，更不想压缩纱绸织造的规模，面对政府搬迁压力，我使尽浑身解数，想不到还是功败垂成。走，我们进里面说去。"

两人回到主楼的六层，那里是所谓筹建办公室的核心区。在另外一幢楼，贾叶扶和贾昭都有办公室和豪华的住宿房间。只是贾昭自打从国外回来后，为掩饰身份，两个地方都放弃了，住在另外一处招待客商的高级套房，以此证明他只是客商王之恒。

乍从春寒料峭的园林回到温暖和融的室内，两人都觉浑身松快，刚在沙发上落座，便有一名二十几岁的漂亮姑娘提着热水瓶来为他们泡茶。

"燕红，这是王之恒先生，以后是这里的老总。他的办公室就用原来贾昭总经理的办公室。"贾叶扶说道。燕红显然就是这姑娘的名字。她正在给两人泡大红袍，茶叶已经入壶，正冲热水，忙应道："是，请王总今后多多照顾。"

这本是场面上的一句应酬话，贾昭听了心中却顿觉凄凉。这个女人真是世上最无情的动物，不久前，还在办公室里与自己如胶似漆，才过几天，来了"王总"，便又要"多多照顾"了。

贾昭这样想着，神情便有些恍惚，直到燕红把茶盅放到他面前，对着他说"王总请喝茶"才醒过神来，一笑道："你先出去吧。"

贾叶扶见燕红已经出门，便问道："你好像有些精神不济啊，是不是太累啦？"

"还好，主要是换了个身份，需要想得太多，怕露出本相。"贾昭掩饰道。

"这也难怪，尤其是在这些熟人面前，确实需要慎之又慎。"贾叶扶继续说道，"眼下我们只有一条路了，我想好了，只能和他摊牌面谈。你在他家楼下守过两天，应该有办法，把他从那儿接出来，我让你妹妹来配合你。只要他一上车，我就可以和他秘密商量。具体步骤，我们要仔细合计。办完这件事，你依然去国外，可能的话，再换脸。"

"我听叔的，您说吧，我该怎么做？"贾昭问道。

"这样……"贾叶扶把他孤注一掷的毒计，用阴森的语言向他的侄儿述说了一遍。

包若谷一边主持市委工作，一边负责市政府工作，每天忙得脚不着地。好在市委、市政府两位秘书长配合得不错，工作安排得有条不紊。但是留给他自己支配的时间却极少，每天晚上不是接待客人、参与应酬，就是安排会议，或者约谈部门一把手。回到居室都在十点以后，洗漱一下，倒在床上翻看当天新闻，看着看着便沉入梦乡，很难静下心来思考大政方针、战略部署方面的创新与突破。"必须好好理一理，再不能这样被两个秘书长安排着马不停蹄地跑了。"他想。

晨曦初照，窗帘的缝隙中透进几缕光芒。随着闹铃响起，包若谷猛然醒来，被窝虽暖，该起床时必须起床。洗漱完毕，以往是晨跑二十分钟的，主持市委工作后，被迫取消，直接去小食堂吃早餐，成了每天早晨第一名就餐者。这样，他就可以提前半小时上班，秘书会把重要情况简录提前送到他的办公室，他利用这半小时看完这些资料，再听两位秘书长的工作安排。

"总算见到我们的准市委书记了。"

包若谷正在喝粥吃馒头，冷不防身后传来一声招呼。他听出是丁文魁的声音，回头笑道："文魁书记这是批评我脱离领导了吗?"

"不敢，不敢，我哪敢批评班长呢? 我这是好几天没能和你同桌进餐，想你啦。"丁文魁开玩笑道。

包若谷只好苦笑着说："我也想和你们同桌进餐啊，可你看两位秘书长给安排的，都有铁的理由。"

"好啊，既然你吃饭都是让两位秘书长安排，那今天的晚餐你为什么不参加?"丁文魁不依不饶地问道，他说的是下午全省科学发展精神文明理论研讨会的聚餐。

"下午的会议我安排时间出席，但晚餐我就不参加了，好不好?"包若谷笑道，"你要知道，我自正月初二晚上到这里，连续三个星期了，一直没回过家，还真的想老婆了。"

丁文魁笑道："你的这个理由可以理解，可省里来的那些领导，职务都比我高啊。而你就不一样了，一来，你都认识他们;二来，你的级别与他们相同。你若不陪，保不准他们会对你有想法，万一有一天说起来，你也得不偿失啊。"

"经你这么一说，我还非陪不可了。要不，我晚饭后再回去? 那你可得护着点，让我少喝点酒啊。"包若谷无奈地答道。

"这个可以有，我和弟兄们拼死护主就是了。"丁文魁半开玩笑道。

焦雨霁依然是贾叶扶手中的工具，只是使用方式发生了变化。按照贾叶扶的要求，套住市长或常务副市长一人就算成功。她现在怀上了向正鑫的孩子，这便成了套住向正鑫的最好证明。尽管未能搞定包若谷，但既然已实现目标，贾叶扶也只好认账，每年给她加十万元薪酬，还让她住进了云蒙山庄的一座别墅。向正鑫第一次来这里时被拒之门外，还是焦雨霁打了电话才放他进去的。他这段时间经常往云蒙山庄跑，俨然与焦雨霁过起了小夫妻生活。这云蒙山庄是一个高档别墅区，位于赤峪市西北，在赤峪湖的东侧，虽不临湖，与赤峪湖也只隔一道山梁。

　　焦雨霁日日置身高档别墅的秀院雅庭，时间一长便觉愁烦难耐，也曾开车"逃"回大东方娱乐城。无奈的是，她的肚子已经凸起，已明显不方便在这种场合逗留。万般无奈下，她只好日日悠游于假山曲径，徘徊于廊前月下。向正鑫虽说把这里当作一个新家，却也不敢天天住在这里，一周最多住上三晚，那已是最佳状态。好在这个小区服务比较到位，物业管理部还专门办有食堂，可为住户送餐，住户只要提前一天电话告知需求，即能按时送达。所以焦雨霁住在这里倒是省心省事，每天变着法子选择菜肴，给自己补充营养。

第三十六章　居心叵测

今天晚餐叫的是一荤两素三个菜，加一个虾皮豆腐汤。晚饭时间一到，送餐的准时叫门。焦雨霁开门，一位中年妇女提着食盒进了大门。焦雨霁带她来到餐厅小餐桌旁布菜，先端上汤，然后是红烧小甲鱼、香菇炖萝卜、素鸡炒青菜，外加一小碗米饭。

"姑娘，你趁热吃，凉了不好。"送餐的热情地说道。"谢谢阿姨，我这就吃。"焦雨霁感激地说。

焦雨霁正吃饭，手机响了。她以为是向正鑫的来电，看也不看显示，接通第一句就说："没叫你的饭，在外面吃过再来。"对方似乎一惊，说道："我在沂安，去不了你那里。你到沂安来一趟，今晚到，给你十万；明天早上到，给你五万。"

焦雨霁一愣，知道搞错了对象，说道："是贾董啊，对不起，我搞错了。"

"我知道你搞错了。怎么样？"

"我正在吃饭呢，等我吃过晚饭吧。一路开车很辛苦的，加两万。"

"好吧，我在筹建处等你。"

包若谷决计逃离觥筹交错的酒席，他一身醉态，步履轻飘地在汤香儿的搀扶下走出香汤大酒店。在他身后，熊烈光搀扶着摇摇晃晃送出来的省委宣传部常务副部长任久宪，硬着脖子叫道："若谷兄弟……谢谢啦，让司机……车子开慢点，保证安全……不送啦！"包若谷也是醉语答道："谢谢大哥关照，您先……喝好，等我……回来，再和您一起喝。"话没说完，人已坐进车里。

一坐进车内，包若谷立刻就如换了一个人，对司机竿甘泉说道："辛苦你了，这么晚还要去沂安，现在先去寝室。"

竿甘泉说道："领导说哪里话，这是我们分内之事。"

"你能这样想，是你的思想境界难能可贵，有的人不一定具备。"包若谷若有所思地说道。

竿甘泉两眼盯着路况，缓缓移动着车子，说："现在的司机就是从前的车夫，就是再从前的轿夫，一代代演化至今，其实是一个行业。入了这一行，就要懂这一行的规矩，守这一行的规矩。想在这一行中干得好，技术不是最重要的，心地才是最重要的，心地好，技术才会好。这和您当市长其实一样，像您这样心里只装着百姓，肯定能干好这个市长。"

"对，心地好，那是朴实的说法，其实就是思想品德好。思想品德好的人干任何行业，想干不好都难。至于我，也不过是记住了一句话，叫作'心无百姓别为官'。"包若谷望着车窗外新河大道的街景，十分认同地说。这是赤峪市区第三条东西向的大道，在赤峪河的南侧，全长二十公里，是这座城市的横坐标轴线，几乎均分全城。双向六车道，中间用花坛做隔离带，两侧都有五米宽的人行道和非机动车道，栽种的法国梧桐舒展着光秃秃的枝杈，正蕴蓄着发芽长叶的力量。然后才是霓虹闪烁、高楼林立、人头攒动、车水马龙的街面，有各类商场、店铺、酒楼、茶馆、歌厅、会所、机构大院的门面，供人们购物聚会、歌舞娱乐、饮酒品茗、健身美容。这是一个给现代人带来幸福享受、美好生活的城市，是一个与自身履职有着无穷关联的城市。

包若谷正欲进一步放纵思绪，轿车一转弯，驶上了同样宽敞、南北走向的平安大道，紧接着便驶上了灯火辉映的安康大桥。再向前，逐渐进入老城区，道路渐渐变窄，飞檐翘角，木棱格窗，古韵渐浓。

包若谷下了车，匆匆进了"常委楼"自己的寝室，谁知脚没站稳，便有一男一女两人推门进来。包若谷急回身，见是李心夔和陆晓仙，问道："两只夜猫子有何吩咐啊？"李心夔笑道："等你好久了。谁敢吩咐你大市长？有些重要情况需要报告领导。"

"来，进来坐吧，我是刚陪完客人，打算取了资料回沂安。"包若谷照实说道。

"我知道，你已经好几个星期没回家了，归心似箭，可以理解。"李心夔进门后在沙发上坐下，继续说道，"不过根据我们掌握的情况，有些倾向性、苗头性的隐忧，觉得必须向你报告。"

"我也是，不需要太多时间，是不是由我先说?"见包若谷落了座，陆晓仙疑心公安局局长讲的可能不方便让自己听到，所以抢着说道。

包若谷点头道:"好啊。汲水这边行动怎么样了?"

"不怎么样，十四家企业虽然都签下了搬迁承诺，可阳奉阴违，表面上说支持政府工作，愿意在规定时间内搬迁，实际上却一动不动，有的企业还偷偷连夜开工。下面的同志还听说有的企业在高价收买工人，准备在适当时候集体闹事。"陆晓仙说到这里停了一下，看着包若谷。

"就这些?"

"是。我们打算进一步采取行动，可又怕一旦动起手来力量不足，有的可能会超出我们的职权范围。"陆晓仙补充说，双眼直盯着包若谷的脸。

"你的想法也没错。这样，对于那些拖延时间的，让汲水县环保局加大督促力度;对于偷偷开工仍在偷排的，由公安配合你们抓人;对于暗中收买工人搞非法集访的，尽可能搜集掌握证据，适时整治当事人。李局长，你看怎么样?"包若谷转头问道。李心夔心事重重地答道:"在这件事上我完全同意包市长的意见，陆局长把具体安排告诉我，需要多少人配合，我都派给你。我关心的是这些人为什么还有再等等的想法，甚至敢偷产偷排，难道还有什么针对性的举动? 陆局长，我知道你的想法，不用担心，也不要急着走，一起帮忙想想。"

陆晓仙已经起身，听他这么一说，只好坐下，笑着说:"有了包市长的指示和您的表态，我的难题就解决了，自然该走了。"

"没那么简单。"李心夔说，"我敢肯定，我们办的于天勤谋杀案未了部分与你们现在办的事不说是同一案，至少有重大牵连。"

"省里什么看法?"包若谷问道。

"龙长胜副厅长完全同意我的判断，正在研究对贾昭发通缉令。"李心夔答道。"国际刑警组织还没有消息吗?"包若谷问道。"没有，据说国际刑警组织接到中国通报时，发现贾昭已经在欧洲某国失踪，目前正在进一步细查。"

"失踪? 在欧洲失踪，那也太不容易了吧。"

"所以，省厅判断他是否已潜逃至其他国家。刚才陆局长说的情况其实很重要，这些污染企业至今还在阳奉阴违拖延搬迁，说明他们还在等，等什么呢？无非等一个不再搬迁的机会。上次省纪委的行动，显然是有人蓄谋操作的。我担心他们还有居心叵测的举动。"李心夔说到这里，默然看着包若谷。

屋里出现了暂时的宁静，静得几乎落针闻声。陆晓仙似乎感受到了某种危险的信号，望了一眼黑黢黢的窗外，自我安慰道："李局长是不是犯了职业病？我觉得有点危言耸听。"

"不，这些人一定在等某种机会的出现，只是我想不出是什么样的机会。"李心夔不容置疑地说道。

"有那么一些见利忘义者，给他们机会，反而觉得我们是害怕，是不敢，是担心，是怯懦，是少他们不得非他们不可。这是一场斗争，是大多数人的利益与少数人的利益之间的斗争，是保护自然与破坏自然之间的斗争，是两条看不见的利益流之间的较量。没什么想不出的，无非是变着法子拉动上层关系把我调离现在的岗位，或再来一位市委书记强压着我们放弃搬迁。我想，若是后者，我会坚持自己的主张，但若是前者，我只能拜托你们，为了赤峪人民的利益坚持到底。"包若谷铿锵有力地说道。李心夔原本是来警示包若谷的，但有些话又说不出口，怕被领导小看了，很希望包若谷能说出来，可包若谷是君子心地，想不到还有小人伎俩。然而，接着发生的事情证明，他把对手想得太善良了。

第二天，当阳光照遍整个窗户的时候，包若谷才悠然醒来，回看叶屏蔚却依然沉睡梦中。他慢慢披衣起身，靠坐床头，昨夜情景，重又浮现。临近子夜到家，进门一片幽暗寂静，他回身关上家门时，却突然灯火通明。转头间，只见叶屏蔚端坐沙发上，静静地看着他，慢慢地，两只美丽的杏眸中溢出了晶莹的泪珠。这一刻，包若谷心中仿佛被针刺了一下，我的爱人，让你久等啦。他慢慢走过去，捧着她依然俏丽的脸庞，深情地吻她。然后，大概是抱着她进了房间，她似乎等这一刻已等了很久很久。

包若谷独自穿衣起床，洗漱完毕走出房间时，忽然起了做一回家庭煮"夫"的念头。他边吃丈母娘做的早餐边说："妈，今天您就好好休息一天，我去买菜，买回来我再下厨做给你们吃，难得让你们享一天福。"肖荻央咧着嘴笑道："这还真是难得，下厨不为难你，能去买一回菜就不错了。要不要让屏蔚陪你一起去？"

"不用了，她昨夜迟睡，让她多睡一会儿吧。"

"你找得到菜场吗？"

包若谷笑道："屏蔚嫁给我前，我和宇成就常去菜场买菜，买回来都是我自己下的厨。"

"原来是这样，宇成好像说起过，是我年老忘记了。"

李心夔自昨晚从包若谷宿舍回来后，心里一直不踏实。于天勤被害一案中的嫌犯似乎不止贾昭一人未曾抓获，而这些逍遥法外的人或许正对包若谷构成严重威胁。但这只是自己内心的感觉，既缺乏事实依据，又找不出逻辑支撑。他上床后辗转反侧，几乎一夜未眠，好不容易到下半夜蒙眬睡去，却是乱梦连连，最后见于天勤满脸是血地向自己走来，也没见他张嘴，却听他说道："李心夔，包若谷市长面临劫难，还不快去救他！"李心夔猛然惊醒，全身虚汗，急睁双睟，已是晨曦满室，方知是梦，定定神，再难入睡，一看时间，已过七点，见老婆已经起床出去，便不再躺着，披衣起身，靠坐床头。良久，他忍不住拨通龙长胜的电话。"什么情况，李局长？"对方显然有些紧张。"希望没有打扰龙厅长睡觉，我只是想请您帮忙分析一下心中的隐忧。"

"什么隐忧？"对方问。

李心夔简洁地介绍了一下汲水污染企业仍在拖延搬迁的情况，最后说道："我担心对手正在实施有针对性的举动。"

"污染企业的消极抵制拖延时间都在情理之中，不过你的担心也不是毫无道理。这样，我让陈述飞安排一下对包若谷的特殊保护吧。"龙长胜略带安慰地说道。"谢谢龙厅长，如此最好。"李心夔感激地说。

龙长胜挂了李心夔的电话后，便起床洗漱。他知道陈述飞这时还在睡觉，直到吃完早饭才打电话。陈述飞在睡梦中被惊醒："龙厅长，有何吩咐？"

"赤峪市的李心夔局长对包若谷在沂安的安全感到担忧，担心他成为第二个于天勤。"

"李局长是不是要求我们对包市长采取特殊保护？"

"不，是我说的，对包若谷同志在沂安期间实施特殊保护。这事需要你亲自布置，但不能影响他的日常生活。"

"好的，我立即去布置。"

陈述飞一刻也没有耽搁，立即电话通知吴桥："小吴，你带上杨成和柳江，马上去峪青廊苑小区包若谷市长家楼下，暗中保护包市长的安全，不得影响他及他家人的正常生活。"

　　"好的，我们马上过去。"吴桥此时正半躺在床上看电视，连续剧正播到紧要处，虽然嘴上应着，眼睛却难以离开电视画面。他想今天是休息日，杨成和柳江也不一定起床了，便用手机给他们发了条"起床，马上出发去峪青廊苑"的信息，发完后，又给杨成打电话，对方回答："我们接到陈处电话，正赶往你住处与你会合。"他这才急匆匆洗漱完毕出门。

　　也许是冥冥中注定。包若谷走出家门来到楼下时，手机响了，一接听，传来一个急切的声音："大哥，我是焦雨霁，我现在沂安医院，急需手术，他们要一位可靠亲属或朋友签字。我在沂安举目无亲，您是我心目中唯一的大哥，求您过来帮我签个字，人命关天，来接您的车子快到您楼下了。我要先进手术室了，没时间多说了。"语气急切，最后一句说得有些哽咽。包若谷本想问她在哪个医院，可电话已挂了。正在这时，一辆桑塔纳轿车正缓缓驶近他身边，并打开了后排车门。里面一位身穿白大褂戴白帽的女医生探出半个身子，说道："您是焦雨霁的大哥吗？快上车，她的情况很危急！"包若谷想，焦雨霁在沂安确实没有亲人，自己做她的大哥也在情理之中，危难之中应该伸一下援手。再说，来接的车已到身边，里面又是穿着白大褂的医生，他便不做多想，匆匆上车。

　　车门一关，包若谷似乎闻到一股特殊的气味，刚问了两句："小焦在哪个医院？她得的是什么病？"立刻便觉得脑袋沉重，意识模糊，猛然惊觉上当，欲开车门逃离，手脚已不听指挥。他惊惧地回看女医生，只见她迅速拿出一枚注射器，拉过他的手，将药水注入了进去，包若谷便不省人事了。这位女医生自然是"冷面一刀"贾芝霖，司机就是贾昭。

　　这一切都是在桑塔纳开出小区的路上完成的，虽然桑塔纳与迎面而来的警车交会而过，但丝毫没有引起吴桥的注意。事后，吴桥甚至忘记了曾与一辆没有牌照的桑塔纳擦肩而过。

　　贾昭疑心这辆警车可能是冲着包若谷来的，如果是那样，对方可能很快会追踪而来。这让他急出一身冷汗，决定寻找最便捷的道路出城。由于是周末的清早，沿途畅通，桑塔纳迅速开出城，很快来到开往黄岭市方向的一级公路。在盘山公路上绕行一段后，开进一处山湾茂林，那里已经有一辆高级轿车等候着。桑塔纳刚停稳，从高级轿车上立刻下来两个中年男人，将包若谷抬了过去。贾昭和贾芝霖立刻上了高级轿车，依旧由贾昭驾车，匆匆离去。过了好一会儿，从高级轿车上下来的两人才开着载着包若谷手机的桑塔纳，慢悠悠地向黄岭市而去。

吴桥没见过包若谷本人，只看过包若谷的照片，杨成和柳江却说见过给省委书记当秘书时的包若谷，都说看到一定能认出。三人在车里探讨完是否认识包若谷的问题后，决定把车停在离包若谷家楼下不远的斜对面，恰是春节期间贾昭偷拍的位置。吴桥压根没想到包若谷居然已经出了家门，而且被人劫持。他按照陈述飞的要求，不去打扰包若谷的日常生活，所以只坐在车内暗中观察周围动静。

叶屏蔚舒舒服服地一觉睡醒后，伸手一摸，身旁已空，急睁双眸，发现又是独守空房，再看时间九点已过，不禁笑道："妈，妈。"肖荻央正抱着宇功在沙发上折腾，听到叶屏蔚叫喊，忙抱着宇功进来："你醒啦？"

"妈，若谷呢？"

"他去菜场买菜了，说是要亲自下厨，补偿我们。你看这孩子怎么这么不安分？"

"是不是哪里不舒服了？来，妈妈抱。"叶屏蔚起床穿上厚厚的棉睡衣，抱过宇功。但宇功只安定了一会儿，又开始折腾。这一下连叶屏蔚也有点心慌意乱起来，似乎有一种莫名的担心正向她压过来。她只好抱着宇功在客厅里来回走动，宇功却依然哭闹个不停。

忽然，包宇成也从自己房间里出来，皱眉道："妈，不知怎么回事，心慌意乱做不成作业。"叶屏蔚听了吃了一惊，却说道："你学习压力太大了，来，和弟弟玩玩，散散心。"内心却想，难道是心灵感应？便问："妈，若谷几点出去的？"

"大概七点多吧，应该快回来了。"肖荻央答道。

叶屏蔚愈加不安。包若谷办事一向利落，菜场他也熟悉，现在都快十点钟了，该回来了。难道……她不敢往下想，如果说意外，什么意外都有可能发生。还是再等等吧，他吉人天相，应该能平安回来的。

然而，等得愈久失望愈深，内心愈乱。十点已过，叶屏蔚终于忍不住了，拨打包若谷的手机，好在手机依然能通。她的心情稍得放松，可随着一声声提示音响过，始终无人接听，她的心弦再次高度紧绷。

"妈，我去菜场看看。"她一边继续拨电话，一边回房换衣服，而后冲出了家门。

陈述飞心神不定地守在办公室，几次查问吴桥暗中保护的结果，吴桥每次都说没有发现异常情况。这让他疑心顿起，包市长好不容易回家一趟，不至于足不出户在家静修吧。连他岳母都不去买菜吗？陈述飞终于忍不住，匆匆驱车来到峪青廊苑，停稳车后，来到吴桥车上。"怎么样？周围没有任何动静吗？"

"没有。"吴桥说道。

"整个上午，连他的妻儿岳母都没出来过吗？"

"没有。"

陈述飞不再说什么，决定上楼看个究竟。

正当陈述飞要上楼时，从楼上下来一位少妇，这不是包若谷的夫人吗？见她一脸焦灼之色，陈述飞急忙后退一步，问道："您是包市长的夫人吗？"叶屏蔚吃了一惊，见对方一身公安服装，脑袋嗡的一声，连声问道："若谷怎么啦？他出什么事啦？在哪儿啊？"陈述飞一听也是大吃一惊，问道："怎么，包市长不在家里吗？"

叶屏蔚听出对方并没有看到包若谷怎么样，于是说道："这么说，你是来找若谷的？他七点多就出门了，说是去菜场买菜，到现在还没回来，我不放心，正打算到菜场去找他。"

凭着多年的工作经验，陈述飞知道对手一定抢在自己前面下手了，此时包若谷恐怕已是身处险境，凶多吉少。他内心涌起深深的自责，太小看了对手，真想狠狠抽自己两个巴掌。然而他脸上却静如止水，说道："啊，原来是这样，您打过他的电话吗？"

"打过，电话能通，却始终没人接。"

"他也许是临时遇到什么紧急公务，不方便接电话，或者没听到电话铃声，也是有可能的。"陈述飞尽量安慰道。不想，叶屏蔚立即拿起手机拨打佟一青的电话，说："如果有紧急公务，佟秘书一定知晓的。"

电话很快拨通，小佟第一时间接听："大姐，您好，有什么吩咐?"

"请问，包市长现在有什么紧急公务吗?"

"我现在不在办公室，具体不清楚。也许领导有重要活动，不方便让我们秘书知道。"

"啊，麻烦你帮我核实一下，回个电话给我吧。"

陈述飞急着要去布置工作，忙道："大姐，我是省公安厅的陈述飞，有重要情况向包市长汇报，我把我的电话号码留给您，如果他回来，或者在哪里打来电话，都请您第一时间告诉我。有什么困难和特别的情况，也可以打我的电话。"

"好吧，我还是去菜场，也许他还在那儿。"叶屏蔚说道。陈述飞让叶屏蔚用手机拨通了他的手机后，与她道别，然后急忙来到吴桥的车上布置任务。

陈述飞看着吴、杨、柳三位说："如果我的判断没错，包市长在你们到达之前已经出了意外，只是不知何人用何手段带走了他。现在有两件事亟须先办：吴桥带上杨成，立即去移动公司，查清包若谷手机所在的方位，刚才他的手机是通的，只是没人接，同时查清最后与他通话的是什么人。柳江陪我去看小区的监控录像，希望包市长的意外发生在小区内。"

第三十七章　眼前昏暗

陈述飞从小区的监控录像中很快发现，包若谷是被一辆2000型桑塔纳轿车接走的，看上去似乎是应约而去。轿车开出大门之时，也正是吴桥他们进小区这一刻，双方擦肩而过。柳江回忆道："我坐在后排，也曾扫过桑塔纳一眼，前排只有司机，戴墨镜，面生得很，后排看不清人脸，好像有个穿白衣服的人。"陈述飞一听顿脚道："是我失策了，吴桥误事啊！我应该亲自来，哪怕让曲波来，也不致如此。你想想，在这样春寒料峭晨光初明的清晨，戴墨镜、穿白衣服岂不反常？反常为妖，妖而不疑，即为失责。这可是公安常识啊！"

陈述飞立刻给周曲波打电话："快，到交通监控室去，查一辆七点十七分从峪青廊苑南大门开出的无牌桑塔纳轿车的行车路线和现在的方位。"周曲波在电话那头只说了一个字："好。"

"还有，尽可能关注开车人容貌、车内情景。"

电话那头依然只有一个字："是。"

吴桥在一个小时后，用电话向陈述飞报告了他们的查询结果："移动网络显示，这个手机号码在黄岭市接收信号，但始终无人接听。"此时，陈述飞正在郭厅长的办公室报告情况，并与龙长胜一起分析案件发生与发展的最大可能。

"难道是袁杰手下一帮人所为？他们为了报复靠山被推倒、袁杰被抓走，采取了极端行动？"龙长胜首先说道。

"也有这种可能性啊！"郭德一轻叹一声。"这里面会不会有其他因素？"陈述飞怀疑道。"关键是包若谷被劫到黄岭市了，而与本案牵连最大的就是黄岭市建筑业的那些人。一开始谋划实施此案的就是他们，谋杀了省厅盯梢干警的也是他们。我认为，春节期间诬陷包若谷受贿的，也是黄岭建筑业的人。至于本案与汲水排污企业的关联，只是李心夔与包若谷的推测，至今没有任何直接证据可以证明，反而是包若谷被劫持到了黄岭市。"龙长胜进一步分析道。

郭德一听后舒展了一下疙瘩眉，说道："龙厅长分析得有道理，我看可以先朝这个思路去调查，让黄岭市公安局配合我们，尽快找出桑塔纳和包若谷所在方位，如有新的发现，再调整破案思路。"

龙长胜的这一判断，正是贾叶扶希望达到的结果。而贾昭、贾芝霖劫持包若谷，在两个同样无监控的区域又换了两辆车后，正开进汲水县纱绸织造集团总部。"哼，让他们翻山越岭去黄岭市找上十天半个月吧。"贾昭对坐在车后看着包若谷的贾芝霖说。贾芝霖笑道："真有你们的，这行动谋划得密不透风，就是神仙也难以破解。"贾昭道："还不是你父亲的功劳？他老人家谋划的事无人可及，别人背黑锅，他从中受益。"

轿车并没有在总部大楼前停下，而是开到了厂区最里面一幢最不起眼的仓库门前。贾昭按了一下遥控器，铁皮卷帘门慢慢升起，车进门内，铁皮门关上。眼前灯光突然亮起，竟是一条不长的通道，尽头处又是一道铁门刚刚开启，轿车开进，铁门关上。这里已是一个宽敞的大厅，灯火辉煌却不伦不类。一边似乎是会客室，摆了沙发、茶几甚至茶具，贾叶扶就坐在那个沙发的主位上，再过去似乎是卧室，一张大床，旁边好像还有浴室，再往里似乎是餐厅连着厨房；这一边似乎又是活动室，却摆着一些类似刑具的东西，中间空旷的场地上除了一个明显高出地面的建筑，别无他物。贾芝霖十分惊奇地看着这一切，说道："爹这里还有这么神秘的地方，我还是第一次来呢！"

"这是防空区，能挡住核爆炸，不到紧要关头，带你来这里干吗？"贾叶扶淡定地说道。

贾芝霖好奇地走近那处高出地面的建筑，发现是一个井口，朝里一看，幽冷深邃，不禁汗毛竖起，问道："爹，你还在这里挖了水井？"

"这不是我挖的，是原来就有的。老百姓嫌其太深，不常用，我把它建在防空设施内，那是物尽其用啊。来，你们把包市长请出来。"

"好的，哥，来帮个忙。"贾芝霖走回车旁，开门，努力把包若谷往外拖。

贾昭走过来，二人合力将包若谷架到沙发上。贾芝霖说："需要给他打一针才能醒过来。"

"要给他绑上吗？"贾昭问道。"不需要，我只让他神志清醒，他的体力还恢复不了，连站都站不起来，只是别给他喝茶。"贾芝霖自信地说道。

包若谷神志清醒后，发现对面坐的是贾叶扶，立刻意识到他利用焦雨雾劫持了自己。如果听到的不是焦雨雾的声音，至少自己会保持基本的警惕，绝不会想也不想就坐进车里。如今，身在何处，家人如何焦急，组织是否知晓，都已经不是自己思考的首要问题了。有那么一刻，包若谷淡定地斜睨着贾叶扶，一个字都不吐露。这一刻他还真的想到了马克思的那句名言："资本来到世间，从头到脚，每个毛孔都滴着血和肮脏的东西。"他还想到了书中读过的无数在敌人屠刀面前惨死的英雄，看来自己今天也将这样死去⋯⋯

正当包若谷漫无边际地驰骋思绪默不作声时，贾叶扶却失去了耐心，不过他又很想缓和气氛，缓缓说道："包市长，我原本并不想以这种方式与你见面的。你知道，我请你来，是为了和你商量我们之间如何合作的事。不过，这种商量又不宜让第三方知晓，所以，我不得不出此下策。这一点，无论如何请包市长原谅。"

"是吗？我们之间的合作？你不早说过要用你这绿叶扶我这朵红花吗？合作？怎么合作？"

"我们织造集团之所以有当下的业绩，并不是我贾叶扶一人的功劳，这里面有各级领导的功劳。当然，也有你包若谷市长的功劳。"他一副居高临下的气势，似乎包若谷只是他的下属，这让包若谷很不舒服，只得耐着性子，默然不语。"不是吗？你包市长一天不勒令搬迁我这五家企业，就有一天的功劳。你知道，我全部产业的生命线就在这五家企业身上，特别是印漂染企业。汲水不仅水好，而且可随意取用，不管在哪个溪滩挖一口大井便足够一个厂使用。我所有丝绸、棉布、化纤布印染出来的产品都要优于同行，秘密就在于用了汲水的水⋯⋯"

"你搬去赤峪工业区，不是一样有好水吗？"包若谷突然打断他的话。

"不一样，我在汲水生产的产品，进入市场具有绝对的竞争力，为什么？关键在两个方面。一是水质好，保证了产品质量；二是价格优势，我在汲水生产不需要支付水费。我在赤峪工业示范区也有厂，我比较过，两者产品质量有差距，成本还增加不少。"

"那是因为你们把赤峪湖的水质破坏了，如果没有汲水的十四家污染企业，赤峪湖的水质能和汲水的一样好。"包若谷回击道。

"不一定，你关了十四家企业，赤峪湖的水依然无法与汲水的相比。汲水县三十八万人的生活污水去了哪里？其他工农业污水去了哪里？还不是全进了赤峪湖？这是多少年来无人能除的积弊。"贾叶扶终于按捺不住内心的肝火，提高了声音。

"三十八万人的生活污水和其他污水加在一起，也没你五家厂的废水对赤峪湖的危害大。历史积累的问题确实要解决，我们已经有了三水共治的系统方案，但要循序渐进，治污必须首先切断工业污染源，这是最基本的。"

"你这是要把我往死里整？"

"没那么严重，贾董事长，你心里比我清楚，只不过是增加些成本。这也是你们必须付出的成本，这十四家搬迁企业都没有经过环评审批，甚至连用地都是未经批准的违法用地。"

"那是因为我们上报政府后，政府不肯批。"

"不符合规定当然不能批。"

"包若谷市长，我们可否平心静气地商量一下？我的织造集团一年有几个亿的利润，只要你高抬贵手放我一马，我愿拿出集团公司百分之十的股权给你。"

"这不可能，你拿出再多，我也不会要一分。贾董事长，你何不将这百分之十的股权花在搬迁污染企业上呢？"

"我也不瞒你，我去年在沂安房地产项目中投进了十五个亿，至今开不了盘，要搬迁这些企业，我资金无法周转，我现在流动资金都靠借贷啊。沂安的房地产项目又不是我独自开发的，合伙人不但职位比你高，背景、靠山都比你硬得多，我想退都退不出。"

包若谷明显感觉到这不过是孤注一掷的恐吓，不卑不亢地说道："《黄帝内经·素问》中有言：'阴阳四时者，万物之终始也，死生之本也。逆之则灾害生，从之则苛疾不起，是谓得道。道者，圣人行之，愚者佩之。从阴阳则生，逆之则死；从之则治，逆之则乱。反顺为逆，是谓内格。'这讲的虽是养生之道，其实蕴含着万事成功之道。为人处世、办企业都要顺道而行。你拿了十几亿去投资毫无基础的房地产业，而不是在自己熟悉的实体产业上加大技改力度，提升科技水平，谋求创新转型。你这其实就是逆道而行，能不生乱？我劝你不要再搞这些要钱不要命的勾当，老老实实搬走这五家企业才是正道。"

"好个顺道而行！顺了你的道，我叔五家工厂一搬迁就得花费几个亿，这个道不顺也罢了！依着我，今天把你这个市长弄到这里，悄悄地往这古井里一推，明天来位新市长自然会有新思路，他并不见得还走你的那条道。"一直在旁边沉默不语的贾昭突然开口道。包若谷不屑一顾地问道："你是什么人？"贾叶扶淡淡地介绍道："这是本人的侄儿。"

"原来你就是公安部通缉的逃犯贾昭。"

"非常荣幸能让市长大人惦记着我，不过你也真该惦记我的，我可是亲自谋划并现场指挥送包老大人归天的。"

"你这个恶魔！于天勤市长其实也是你下的毒手？"

"对啊，袁杰并不想置他于死地，但我没那么善良。现在轮到你了，我叔要和你商量，我却没那份耐心。叔，别和他磨那么多嘴皮了，送他上路吧。"贾昭淡定地说道。

"包市长，我的初衷是请你来协商个双方共赢的善策，希望可以做很好的朋友。"贾叶扶假仁假义地说道。包若谷面带笑容回应："与你做朋友，岂非与狼为伍？圣人有言：'友直，友谅，友多闻，益矣；友便辟，友善柔，友便佞，损矣。'你可对照一下，你属哪类。"

贾叶扶终于露出了狰狞的面目，三角吊梢眉拧成两块疙瘩，小牛眼压缩成了三角眼，长脸拉成两把刀，恶狠狠地说道："好啊，既然我不配与你为友，自然应当与你为敌，面对敌人，我从不手软。送他成仁去吧。"

包若谷在此生死关头本欲突袭贾叶扶以自卫，无奈浑身使不出一点劲。贾昭与贾芝霖两人走过来架起包若谷走向古井。临近井口时，包若谷大声吼道："贾叶扶，你要记住：多行不义必自毙！"贾叶扶大声道："扔下去！"贾昭与贾芝霖猛地架起包若谷扔下古井。

周曲波费了一天时间，终于从交通监控录像中发现了这辆桑塔纳的大致行踪，因为沿途有几处监控失灵，所以很难准确判断中途是否停靠过某一地方。但最后桑塔纳沿沂黄省道开向了黄岭市方向，这与手机信号是一致的。这已经是第二天上午了。明确了这一点，周曲波立即用电话报告陈述飞。

此刻，陈述飞正与龙长胜、杨成、柳江一起奔赴黄岭市，根据黄岭公安局反馈的信息，他们已基本锁定手机所在区域，调阅那里的交通监控视频记录，发现有五条路上都出现过类似的无牌桑塔纳轿车，总共十二辆，都已留了照片，就等他们去辨认。"龙厅长，我有个直觉，我们可能进入了对手设计的路线。"陈述飞听了周曲波的汇报，反而觉得其中玄机深重。"说得具体点。"龙长胜望着车窗外掠过的山水田园、枯茅秃树，皱眉说道。陈述飞迟疑了一下，说："这是一种感觉，很难讲透。这辆无牌的桑塔纳如果要去黄岭市，应该顺香凌路进永泽街过世纪大道，直上沂黄高速的，可为什么走东郎路上斑竹街，又绕到梅山公路去走沂黄省道？看上去似乎是为躲避监控，要让我们不知道他去了黄岭市，却又故意让包市长的手机开着，透露出他去了黄岭市的消息。稀奇的是这手机还一直能拨通，就算包市长的手机是振动状态，电池能支持这么久吗？明显是有人为手机充电。我隐隐觉得，包若谷市长没有去黄岭市。"龙长胜听后，沉思良久，突然说道："你说得也有道理。既然这样，我们就先让对方知道，我们已集中精力奔向黄岭市。同时，你立即按你的思路布置第二侦查线路，一到黄岭你和柳江立即赶回。"

"好的。我的初步设想还是要从赤峪打开缺口，从赤峪某些人的动静中寻找蛛丝马迹。"陈述飞说道。

"这个想法也对，但要注意方法，在掌握足够的证据前，不要与对方有正面冲突。"

"这您放心。听说郭厅长挨批了，怎么回事？"陈述飞换了个话题问道。龙长胜苦笑了一下说道："这是意料之中的事。昨天下午，郭厅长特意拉上我向赵书记当面汇报。由于案情不明，包若谷下落不清楚，我只能将你们汇报的情况如实报告。赵书记非常严肃，听完后只简短地说道：'耻辱！前后两任市长身遭不测，多大的利益才让这些人如此丧心病狂穷凶极恶啊！尽快破案，不管涉及谁，一定要将犯罪者绳之以法！'这'耻辱'两字的分量重啊，我们还从来没受到过这样的评价。"

"赵书记看问题一针见血，他的话其实指明了破案方向。"陈述飞说道。"这一点我也想到了，关键是需要证据支撑啊。假设目标在黄岭市，考虑的也是利益驱动。"龙长胜说道。

"这我知道，但我赞同您原先的判断，需要透过现象看本质，'不畏浮云遮望眼'。"陈述飞说道。

包若谷被贾昭和贾芝霖扔下古井的一刹那，本能地抱头缩身保护自己，落水后巨大的冲力使他几乎沉到了水底，又反弹上浮冲出了水面，但随即又沉入水中，这次下沉不再有第一次的深度。好在这中间他忍不住喝了几口水，当他再次冲出水面时，不但神志清醒，而且手脚也恢复了力气。原来，贾芝霖往他身上注射药物时，根本没考虑到他会被扔进水里，这种迷药在注射解药后，只要喝上几口水就能完全恢复体力。包若谷努力让自己浮在水面上，只有这样，才有可能获救。他需要时间适应井下黝黯的光线，以便看清周围的一切，然后再因势施策。

包若谷尝试几次后，古井的状貌开始映入眼帘，从井口到井口以下十米左右处，是直径两米左右的乱石圆口。以下部分情形大变，井体似乎突然扩大，水面大到一时看不清边际，周围黑黢黢的，水岸状貌，一时难以辨清。包若谷忽然有一种身临幻界之感，抬头寻找井口时，发现井口已经不在自己头顶，再细看时，自己正慢慢移向一侧。包若谷脑袋轰的一声，天哪，这里竟是传说中的地下暗河！赤峪湖有几个取水点，水质始终良好，就是因为有来自地下暗河的水注入。看来，自己如果顺流而下，很有可能被拖进赤峪湖底。好在眼下处于枯水期，如果是雨季丰水期，周围的空间或许被压缩，水流也不会如此平缓。这样想着，包若谷开始细心地观察周围。他要想办法让自己停下，地下暗河凶险无比，眼下初春，蛇虫尚未醒来，否则随时都有被咬的危险。包若谷尽管心里着急，却始终找不到登陆的缓岸，每次摸索着靠岸，不仅双脚难以着地，双手所及也都是光滑的石壁，只得听天由命，随水漂流。

好在他游泳技术不错，加上地下水流温暖，除了内心恐惧、眼前昏暗、视物不清，似乎一时性命无忧。

水流拥裹着他的身体缓缓前行，没有阻挡之物，更无往回游之力，如果有旋涡，只能被拖进去。包若谷深知面临着巨大危险，努力寻找着脱离险境的一线生机。靠边，再靠边，眼前已景物难辨，他便选择了贴岸而行。幽暗中，他忽然觉得河岸中断，水面陡然宽广，借助一丝微光奋力冲向岸边，希望这段河岸会有浅滩。在感觉到脱离了水流裹挟时，他的双脚终于踩到了结实的岩石，蹚过几步水后，到达一处裸石滩。这是他下水以来第一次登陆，所有疲惫、惊恐全部涌了上来。他摸索着找到一处相对干燥、平滑的岩石坐了下来。他知道不能这样穿着湿衣服睡觉，必须先脱下衣服，擦干身体才能休息。他将衣服全部脱下拧干，平摊在岩石上后，又用内衣擦干了身子，好在这地下河岸宁静无风温暖如春，但就是缺一样最最关键的东西：能带来光明和热力的火。他伸手摸来一块石头，想学古人敲石取火，但转念一想又放弃了——或许能敲出火，但没有引火之物，也烧不起来啊。于是他静坐默思，忽然疑惑起来，自己是怎么看到这样一处宽阔的水面的？好像借助了一丝微光。这微光又来自何处？他开始四处搜寻这处光源。

他顺着最亮处找寻，但是这光源却似乎来自水底，仔细一看，发现最亮的一处水面还有丝丝环状波纹。他顿时明白了，这是一处旋涡，此处暗流通往地面的某一处河塘或洞口，光线就是从那里折射过来的。从亮度判断，路途遥远，自己如果下去，恐怕还没到出口就溺水身亡了。不到万不得已，切不可走这条道。于是他试着向岸边探摸，忽然触碰到一些干枯的树叶衰草，他不假思索地把这些东西全收集了来。此刻，对他来说，一切垃圾都是宝贝。然后他找了两块石头对敲，敲了足有一个小时，换了几十块石头，却依然生不起火。他有些气馁，这古人之法，是否已经失效了？然而，眼下仅此一招，别无他法，只能坚持。终于，有一块石头在敲击后火星迸出，落入干草，成了火种，最后烧出明火。借助火光，包若谷在岸边找到不少干柴残木，很快燃起一堆篝火。借助这堆火，他一边烤干衣服，一边观察环境。这里居然是一处溶洞，洞顶似乎很高，倒吊着十几根钟乳石。暗河在洞厅末端分成两路，一路沿原方向延伸，水势湍急；另一路斜横右侧，水势平缓，河道相对浅窄。烤干了所有衣服后，包若谷重新穿上，一看腕表，已是晚上九点，这才感到饥肠辘辘，思量着到何处能找到食物。他环顾四周，遍地岩石，水流不断，走到河边，掬水而饮。河滩上残木不少，足够他用来烧火。在捡了一堆衰草残木后，他决定休息，保存精力。

他相信在这片空间内，自己应该是岸上唯一的生命了。尽管如此，他依然保持着高度的警惕。哪怕只有一点动静，他也会睁开眼睛，然后添柴弄火。

如此半睡半醒折腾到清晨五六点，他起身再次饮水充饥。他拿上几根木棒，点燃一根，朝着右侧的暗河河岸走去。没走多远，前面的洞厅已渐渐变小，河面反而增宽，他在岸边捡了些枯枝，又烧起一堆篝火，然后手拿树枝再向前走。走过几里路后，暗河再次向右斜转，居然又进了一个洞厅，他如法炮制，再燃篝火。此处河滩平缓，多为乱石，再向前，暗河已没了河岸，又变成一个河洞。这让包若谷十分沮丧，不知道自己是该再次下水，还是该留在岸上另找出路。

第三十八章　逆天悖理行蠢事

正当包若谷在暗河中不知所措时，龙长胜带领从黄岭市调集的公安干警，终于在黄岭市鹤砀县孟山乡的一处山岙里发现了包若谷的手机，桑塔纳已经不知去向。根据警犬对周边区域的搜索结果，没有发现包若谷被害的痕迹。由于一时找不出目标车辆，龙长胜只得向郭德一如实报告。下午，省委再次委派组织部长黎清丽来到赤峪召开市委常委会班子会议，宣布由于包若谷同志突然失去联络，暂时由丁文魁主持赤峪市委工作，向正鑫主持赤峪市政府工作。

陆晓仙并不知道包若谷市长已经失联，周一早上刚开完工作布置会，便接到来自汲水综合执法大队的报告，汲水县十四家污染企业全部撕毁封条，同时开工生产。执法人员到场制止时，遭到强硬抵抗，已有执法人员被打伤。

陆晓仙这一惊非同小可，她立即打电话向李心夔求助："李局长，你今天能派出力量支持一下我的工作吗？"

"什么工作？"李心夔明知故问，他知道一定是汲水污染企业出现反复了，现在是向正鑫主持政府工作，难说十四家企业复工没有他的授意。陆晓仙哪里知道李心夔在这一刻转了那么多道弯，依旧对着电话说道："那天你不是在包市长那里承诺过吗？现在汲水十四家污染企业竟强行生产、非法排污，我们汲水执法人员到场后，遭遇阻挠和殴打。我现在决定亲自前往制止，必要时现场抓人，这需要你们公安出力支持啊。"陆晓仙说到这里已经露出激动的语气。李心夔知道她还不清楚包若谷出事了，于是说道："你冷静些。十四家企业同时恢复生产，有可能是得到市里领导许可，否则下面不会有这么大胆的举动。你是不是问一问分管副市长？现在是向市长在主持政府工作。"

"什么？包市长呢？究竟怎么回事？"陆晓仙听得如雷轰顶，惊愕地问道。

"他失联了，至今下落不明。"

"这是谋杀，一定是汲水县那帮污染企业的企业主干的。你李心夔连这样的案子也破不了，还当什么公安局局长！好，你不支持，市里不支持，是吗？我到省里求支持！"李心夔急忙劝道："陆局长，你冷静些……"话刚出口，对方已挂了电话。他遗憾地对陈述飞摇摇头说道："我们工作没做好，是我失职了，活该挨骂。"

"她骂你什么？"陈述飞不解地问道。

"她说是汲水污染企业的企业主们谋杀了包市长，骂我连这样的案子也破不了，还当什么公安局局长。"

"凭直觉我也知道是贾叶扶作的案，可偏偏一点证据也没有。我刚刚已经布置了对他进行二十四小时暗控。"陈述飞说道。

"刚刚吃饱的蛇是不会再出洞的，暗控要注意方式，万一惊动了他，就成打草惊蛇了。"

"还有更好的办法吗？"

"还是从追查那辆桑塔纳下手。这辆车是从哪里卖出的？车主是谁？再查查贾叶扶和他的企业甚至企业员工，最近有没有买过这种车。"李心夔转身对司马羊说道，"司马羊，布置下去。市综合执法局陆晓仙局长他们如果到汲水去，特警支队要暗中保护。"

陆晓仙并没有真的向省里求援，省里并没有综合行政执法局，根据执法内容，只能向省环保厅求援，而省环保厅对应的市级机构是市环保局。这就是说，必须由市环保局向省环保厅申请协同执法，而市环保局朱水平局长本来就反对搬迁，根本指望不上。这事还得靠市委、市政府领导的支持，无奈之下，她只好去找分管行政执法的副市长钟汉。

而此刻，钟汉正在参加市政府常务会议，这是向正鑫主持赤峪市政府工作以来的第一次常务会议。"从二月份的经济报表数据看，我市国民生产总值同比不增反降，降幅接近百分之二，其中工业增加值降幅为百分之五，形势极为严峻。本着对全市经济建设负责、对本届政府任期目标负责的精神，我决定，调整部分决策。一是汲水县十四家企业暂不搬迁，恢复生产，同时抓紧完善和建设污水处理系统，限半年内建成，八个月内实现污水达标排放；二是支持工业示范区火灾受损企业重建，促其尽快恢复生产……"

"等等，搬迁汲水十四家污染企业是市委的决策，我们必须执行，不能说改变就改变。汲水企业排污导致赤峪湖水质变差，严重影响赤峪几百万人民生活、生产用水，作为政府必须以人民利益为重。"钟汉毫不客气地打断了向正鑫的话。

向正鑫不容置疑地说道："钟汉同志有不同意见可以保留，我是市委常委，主持政府工作，我刚才的话也就代表市委的意见，会后必须执行。综合行政执法局不得再去汲水县干扰企业的正常生产。"

"好，我保留意见。向正鑫同志，你逆天悖理行蠢事，赤峪湖将毁在你手里，你迟早要遭报应的。"钟汉针锋相对，毫无退让之意。

向正鑫怒视着钟汉，说道："我现在要对赤峪市的经济发展负责，对市政府完成今年经济责任考核目标负责，对省委、省政府赋予的职责负责。"

"钟汉同志，现在毕竟是向正鑫同志主持政府工作，既然保留意见，就不要多说了。从长远看，我也不赞成向正鑫同志的意见，但我是分管工业的，就目前工业生产形势而言，这也是没办法的办法。"刘广大企图做个和事佬。杨一成却突然冒出一句："这无疑是饮鸩止渴，我也表示反对。"向正鑫眼见江乃乐、毕春萍都要说话，突然一拍桌子说道："都不要说了！凡有意见的一概保留，出了事，我负责！下面进入其他议题的讨论。"

陆晓仙从钟汉办公室出来后，心情更为烦躁，市政府常务会议决定让十四家污染企业恢复生产，自己作为综合执法局局长，只能无条件执行决定。不行，必须有所作为，但是，还有什么办法能阻止污染继续呢？

她恍恍惚惚走向自己的座驾，一转身，恰好看到市日报社记者谢芝蓉走过来，忙招呼道："谢大记者，这是去哪儿？"女记者与当地女领导一般都比较熟悉，谢芝蓉赶紧上前握住陆晓仙的手，满脸笑容地说道："陆局长好，我去市政府办公室拿政府常务会议资料，顺便听听领导意图，明天要见报呢。"

"啊，是吗？你明天有空吗？能不能帮我从省报邀请一位撰写内参的高手，一起去一个地方？我要给你们提供一个重磅题材。"陆晓仙说道。"好啊，谢谢陆局长照顾。我把省报的邓达请来，他是我大师兄，那可是内参高手。我先走了。"谢芝蓉说着匆匆告别而去。

谢芝蓉来到盛苍华办公室，见空无一人，只好耐着性子坐等。一会儿，盛苍华匆匆进来，见谢芝蓉已到，说道："小谢，这一份是会议纪要样稿，你做个参考。一会儿我带你去向市长那里，你可以与他聊聊，听听他的思路。"

谢芝蓉与向正鑫谈罢，便匆匆起身说："我要赶紧回去弄稿子，还要与省报邓达记者联系。"听到邓达这个名字，向正鑫猛然一惊，问道："你联系他干什么？"

"是陆晓仙局长托我联系的，她说有猛料要借邓达之手发内参。"谢芝蓉脱口而出。向正鑫却如遭人当头一棒，说道："你能请动他？"

"他是我大师兄，大学里是比我高两届的校友，只要我一说，他一定能来。"谢芝蓉说着，悄然离开了常务副市长办公室。

谢芝蓉一走，向正鑫立即拨通狄建华的电话。狄建华问："什么事？"向正鑫并不急于回答，而是说："你开车到我办公楼下，我们一起去看看老大。"狄建华本想开句玩笑，但听着向正鑫严肃的口吻，只好改口道："十分钟后到。"十分钟后，向正鑫一身休闲冬衣来到楼下，上了狄建华的奔驰S600。四十分钟后，在纱绸织造集团的办公楼下，贾叶扶也上了车，车子在厂区内慢慢转了一圈。车内，向正鑫对贾叶扶简短地说道："老大，综合执法局陆晓仙局长要给你添麻烦了，你自己想办法去解决好。"

"好，知道了。"贾叶扶一脸严肃地答道。向正鑫进一步说："她邀请的省报社记者邓达，是一位上报内参的高手，一旦让他闻出这里的味道，后果不堪设想。"贾叶扶只点点头，朝狄建华虚按一下手，示意停车。

送走狄建华的车，贾叶扶回到自己办公室，颓然坐回到沙发上，抚摸着额头上的公路纹，闭目沉思。良久，他用一个不常用的座机，给躲在沂安筹建处的贾昭打电话，要他在下午两点之前赶到纱绸织造集团总部，顺便在赤峪带上贾芝霖。

包若谷在地下暗河中东冲西突，像极了误入铁笼子的老虎，但就是找不到安全的出口。转眼两天两夜过去，周围能烧的柴草枯木几乎已烧尽。昨天在河里捉了几条叫不上名字的怪鱼，都放在火上烤了。久饿无厌食，这烤鱼竟成了美味佳肴，不仅果腹，且补充了营养。

包若谷的体力有所恢复，再不迟疑，穿上所有衣服，下水向着幽暗的河洞深处凫水而去。这一段水流明显加速，几里水路转眼而过，河洞却依然暗沉沉、黑压压，如同地窟炼狱。包若谷有些后悔，倘若要往回游到前一个洞厅，那可真不知需要付出多大的力气。但他现在几乎停不下来，伸手触摸洞壁，似乎十分光滑，只能顺流前行。如此一来，就是想回去也十分艰难，眼前多行一步，往回可能要多付出三步的力气，还不一定游得回来。正焦虑不堪时，忽然觉得阴暗深处似乎有一线光点透进，他一阵兴奋，便不再迟疑，干脆顺流游去。渐渐地，亮光明朗起来，周围暗褐色的岩壁有了清浅的形迹，包若谷明显感到有一股即将冲出地狱的庆幸从心底涌起。

在转过几个 S 形弯道后，包若谷眼前豁然开朗，久违的天光刺得他一时睁不开眼睛。水流依然湍急，耳旁竟传来哗哗的击水声。不好！包若谷大吃一惊，急向岸边靠去，哪里还来得及，早被水流冲下瀑布，掉向深潭。在听到落水声后，包若谷失去了知觉。

让李心夔没想到的是，陆晓仙并不是盲目地带着她的执法队伍到汲水去硬闯强拆，而是打算借助舆论，从根子上铲除污染企业利益的保护伞；更没想到的是，吃饱的蛇照样能一击致命。当特警支队支队长沙展向他汇报说，陆晓仙今天一天没去汲水时，他还庆幸地想，她总算明白要避开不测之地。然而，当他下班后，正在公安局小食堂吃饭时，司马羊给他打来电话，说道："陆晓仙局长死了。"他吃惊地大声吼道："怎么死的？"

"初步判断，是氰化钾中毒。"

"她怎么可能接触到这种剧毒物品？"

"她在下班回家的路上被人用刀片偷袭。事发地没有监控，找不到目击者，无法确定当时情形。只发现她脖子后侧有半寸长的刀口，毒从刀口进入。"

"现在在哪里？"

"在赤峪人民医院太平间。"

"我马上赶到。"李心夔放下饭碗，出门而去。

这天早上，崖前村的李可子刚把父母扶到屋前坐着晒太阳，田小牛背了个鱼篓，握着一杆捞网，匆匆走进来，招呼道："可子，我们今天再捞鱼去。你不是说，青龙潭的白鱼你爹妈吃了对身体好吗？"李可子眨着溜圆的眼睛，回头看着坐在太阳下身体虚弱的父母。父亲李志道笑着点点头说道："去吧，要注意安全。"母亲盛贤惠叮嘱道："不管有没有鱼，都早点回来。水深的地方不要去，别弄湿了衣服。"李可子开心地说道："好的，爸、妈，我知道的。"说完，便和田小牛一起出了家门。

崖前村，顾名思义，是建在一座悬崖前面的村。那一座悬崖就如这村子的背景，远远望去，仿佛村庄紧靠悬崖。其实村子距离悬崖至少有一千米远，只是那一片区域地势相对较低，乱石成堆，杂树丛生，根本无法耕种。靠近悬崖脚下那一处竟有一个常年不涸的水潭，足有两亩的面积。水源来自离水面十来米高的一块凸出的岩石顶上，那里从没有人敢上去过，因为都是从下往上仰视，看不出上面有洞口。但老人们都说，那里是青龙张口，水从龙嘴里吐出，虽有缓急大小之变，却始终不断，这潭便叫作"青龙潭"。

田小牛和李可子一路说笑着来到青龙潭。每年春季，这青龙潭中会有一种白鱼游到浅滩上产卵，田小牛已经几次在这里捞到白鱼了。他与李可子是同班同学，虽然她已不再上学，但田小牛依然很喜欢找她玩。

两人来到青龙潭，先到前几次捞到鱼的位置，果然发现几条白鱼在游，一网下去捞了两条，每条都有一斤左右，俩人开心得不得了。正要换个位置再捞时，李可子猛然发现前面浅滩上躺着一个人，立即哇地大叫一声，吓得田小牛一愣，一把抱住李可子，问："怎么啦？"

"人！那里躺着个人！"李可子用手一指，却不敢回头。田小牛顺着她手指的方向看，果然见一人仰躺在浅滩上。"既然是人，有什么怕的？去看看。"田小牛说着向前走去。

那人自然就是包若谷。地下暗河流到此处因山体断裂露出洞口，暗河的另一出口自然在潭底，不过已经被乱石堵上，随着年代变迁，水流冲刷，洞口以上早铺上了厚厚一层石砾粗沙。所以，这青龙潭虽有瀑布倾泻不停，水位有升有降，但始终不会有水流溢出。好在是地下河，位置本来就低，地势导致的瀑布落差也就十几米。包若谷短暂失去知觉后在水中凭本能喝了几口水，反而被迅速惊醒，奋力蹿出水面。但当他要游向岸边时，发现自己浑身疼痛难忍，四肢几乎不听使唤，原来是落水处水不够深，身体触底受了伤。于是，他只能借着水势使自己一点点漂向浅滩，待确认已经上岸躺稳后，一口气歇了下来，再也挺不住，昏了过去。

两个小孩惊恐战栗踌躇前行，慢慢靠近仰躺着的包若谷身边。田小牛眨巴眼睛注视良久，说："这人我好像见到过。"李可子一听，也放胆移步上前，认真端详，发现正是两道剑眉斜插、一脸面皮白净、在自己脑海中留着深刻印象的好官，认出就是大年三十给她家送肉送钱的包市长，脱口而出道："包市长，是那位好心的包市长。"田小牛一听立即想了起来，说道："对，是年三十那天到峡口岭上喝过茶的包市长，他怎么会在这里？快把他抬到上面去。"李可子更加坚信眼前真是包市长，心里一急，不顾一切地扑在包若谷身上，摇晃着他的身体，哭喊道："包市长，好人，你醒醒！你醒醒。"田小牛更冷静些，拉着她的手扶起她，说道："你别急啊，我们先将他搬到上面干燥一点的地方。"李可子流着泪，和田小牛一人抱起包若谷的一条胳膊，一点点将他挪到高处枯草上。

第三十九章　好心人，一定能苏醒

田小牛累得气喘如牛，说道："包市长好沉。"李可子早已汗湿刘海，担心地问道："他不会死吧？"

田小牛从爷爷奶奶那里学过一些简单的救死疗伤的方法，说道："让我试试他还有没有气。"蹲下身子，伸手放在包若谷的鼻孔处，感觉到有气流从鼻孔中进出，一摸额头还热得很，说道，"他还活着，只是生了病。"

"是吗？那怎么办？我去村里叫医生。"李可子急得直流泪。

"等等。"田小牛这一刻更像个大人似的冷静，说道，"包市长怎么会在这里？他身边有那么多人，怎么就他一个掉到这青龙潭呢？"李可子听后吃了一惊，问道："那你说怎么回事？"

"我想一定是坏人害的，比如有很多坏人打他们，他们打不过，逃到山里，一不小心掉进水里，被冲到这里的。"

"你是说他是被水从上面冲下来的吗？那坏人会不会找到这里来呢？"李可子担心地问道。田小牛想了想说："有可能吧。我们要想办法把他送到一个安全的地方，就是不能让坏人知道。"

"哪里才算安全呢？"李可子焦急地问道。

"让我好好想想。"田小牛看着飞瀑哗哗的青龙潭，陷入沉思。

"洪奶奶，把他送到洪奶奶家去，那里最安全。"李可子突然想起，"她老人家住的地方偏，但离这里近，年三十那天，包市长也给她送过年货。"

"好，我们就把他送到洪奶奶那里去。"田小牛说完又犯了愁，搔着粗短的头发，说，"怎么送去呢？"

"对啊，他这么沉，我们抬不动啊，又不能叫别人。要不你先在这里看着他，我去告诉洪奶奶，让她想办法。"李可子说道。田小牛看看周围，幽潭崖壁，树林草地，看似寂静无人，暗中谁知有多少贼眼瞄准自己？这样一想，早已毛骨悚然，但他在李可子面前又不肯认怯，一时憋红了脸，竟不知如何回答。

李可子见状，知道他孤身留守心中胆怯，她也是报恩心切，竟横下心改口道："还是你去叫吧，你跑得比我快，我守着他等你。"田小牛咽了一口唾液，说道："那你小心了。"

"嗯，快去。"

田小牛一路狂奔，很快来到洪奶奶草房门前，先是轻轻敲门，见无回音，便使劲拍打。突然，身后传来一声威严的咳嗽。田小牛吓了一跳，猛转头，见是洪奶奶，手里拿着两个大萝卜。洪奶奶见田小牛小脸蛋红得像苹果，一副惊慌失措的神态，笑问道："你敲奶奶的门，想干啥？"田小牛似乎才回过神来，说道："奶奶，您来啦，快进您屋里说。"洪奶奶边开门边道："小鬼头，神秘兮兮的，搞什么名堂？进来吧。"

田小牛便跟着洪奶奶进了草房，他也不坐，着急地说："奶奶，您还记得年三十给您送年货的那个包市长吗？"洪奶奶笑道："奶奶记他干什么？"

"不是，奶奶，这个人现在躺在青龙潭，好像被坏人扔在那里，只有一口气，还生了病。"田小牛慌不择言，却说出了最紧要的几句话。

洪奶奶一听，不禁睁大了眼睛看着田小牛，见他一脸纯真，知道所言非虚，问道："你没看错？他是躺在水里吗？"

"不会错的，李可子也在那里。他本来躺在水边，我们把他移到草地上了。"洪奶奶不再说什么，到里屋拿了一块毛巾和几套干衣服，抱了一条厚毛毯出来，说道："快带奶奶去。"两人于是出了草房，洪奶奶锁上门，匆匆上路。"你为什么不找你爹来，却找奶奶呢？"路上，洪奶奶问道。"我们觉得包市长是遭了坏人追杀掉进水里的，怕被坏人知道，所以来找奶奶，这件事知道的人越少越好。"

"想不到你们还真是人小鬼大。"洪奶奶夸赞道。

这洪奶奶在村子里几乎无人知道她的底细，她其实是洪秀全家族的后裔，姓洪名清漪，今年已八十六岁。当初她随父亲和大师兄逃难到此，这崖前村还没几户人家，到处是荒坡荒地。父亲洪天一与大师兄朱剑川便选择在村西北角筑庐垦荒，生活慢慢安定下来。平时，她的父亲以种地为主，那朱剑川因为有木匠手艺，便经常外出揽活赚钱。她与大师兄本来两情相悦，连父亲也认可了，打算收这徒弟做上门女婿。谁知在清漪二十五岁那年，父亲暴病身亡，大师兄朱剑川在外村干活时与东家的女儿勾搭上，做了上门女婿。洪清漪伤心之余，立誓终身不嫁。她平时乐善好施，扶危济困，又兼有一身武艺，在村里渐渐树立了威望。

洪清漪随田小牛来到青龙潭时，李可子依旧默默守在包若谷身边。"洪奶奶，您快来看看，是不是年三十来送年货的包市长？"洪清漪凑近细看，真不敢相信，还果真是这位市长大人。她肯定地点点头，说道："没错，孩子，果真是他。"洪清漪嘴上说着，顺手取过包若谷的左手，放平，自己伸出食指、中指、无名指，按在他的寸、关、尺三位，细察脉象。一般习武之人或多或少懂点医道，尤其是治伤疗毒之道。当下洪清漪察觉包若谷内伤不轻，急忙叫过田小牛，说道："小牛，你快去一趟你爷爷那里，向他要两瓶自配的伤药，一瓶内服，一瓶外敷。"

田小牛眨巴着眼睛，答应一声，转身要走。"等等。"洪清漪叫道，"不可告诉任何人，包括你爷爷和奶奶。"

"我知道。"田小牛一溜烟走了。

洪清漪回身给包若谷盖上毯子，然后双手伸进毯子里给包若谷脱衣服，擦身子，忙了两三个小时，才给包若谷换上一身干衣服。见田小牛已取回伤药，她又叫李可子去家里取开水，然后为包若谷就地疗伤。包若谷服用了田家祖传的伤药，性命虽然无忧，却依然昏迷不醒。眼见太阳西斜，洪清漪找来两根竹子，又用干草搓了不少绳子，绑成一副担架。直到天黑，三人合力把包若谷抬进了她的草房。

包若谷被安置在一个单独居室内，李可子急切地问："奶奶，他什么时候才能醒来？"洪清漪无奈地说道："究竟何时能醒来，奶奶一时也无法确定。"李可子突然扑在包若谷身上，默默祈祷，嘤嘤哭泣，好人好报，吉人天相，愿亲人，早日苏醒。

自此，处于昏迷状态的包若谷被安顿在崖前村洪奶奶的草房中秘密疗伤。

人说春天后娘脸，说变就要变。下午还天清气朗风和日丽春光明媚，到夕阳西下晚霞失色时，一阵阴风起处，乌云自北而南迅速铺展，赤峪街头冷风飕飕，疏雨淅沥。李心夔在公安局食堂陪客人吃过晚饭后，让欧阳德、司马羊陪同客人去考察，他则独自步行去"常委楼"。走过一条繁华的大街后，进入了相对清冷的老街。昏黄的路灯照着落尽叶子的梧桐，枝丫纵横，疏影清浅。街道两侧店铺有的已经打烊，有的亮着灯，却关着门，传出麻将拍桌的声音、扑克互击的声音、站在一旁观战忍不住指挥嚷嚷的声音。李心夔无心关注这些，自从陆晓仙被害，他心中一直充塞着一种强烈的负罪感。寒风冷雨冲击着他的脸庞，似乎在帮他梳理紊乱的思维。对啊，该找他去，听听他的意见。

丁文魁正独自抽烟、品茗，静思入定，勉强起身开门前，先把记事本合上。见是一身雨水的李心夔，他十分惊讶地问道："什么情况让我们夔公淋这一身冷雨？"

"没什么，我是从局里走过来的。"

"走过来？是谁没收了你的座驾，还是司机罢工啊？"丁文魁关上门问道。李心夔取下大盖帽，又脱了外衣，这才在沙发上坐了，说道："是我自己想理理思路，只可惜依然千头万绪，就是抽不准主线。"

丁文魁往一个小茶盅中斟上泡好的茶水，说："来，正宗大红袍。先说说你认为对手为什么要下手杀害陆晓仙。""陆局长在被害那天上午给我来电话，要我配合她行动，就是对十四家污染企业实施强制搬迁。"

"你是怎么说的？"

"我让她冷静些，现在市里主持工作的是向市长，包市长失踪了。她就说这是谋杀，一定是那些污染企业的企业主们干的。她骂我是狗屁局长，说要到省里寻求支持。"

"你知道她向省里求援了吗？"

"应该没有吧，我派去暗中保护的人说她去过一次市政府，此后一直在办公室，直到下班。他们以为她会坐小车回家，没想到她悄悄地走路回家。"

"都是惯性思维惹的祸。她若坐车回家，下了班一定从后门上车，你的人只守在后门，她却从前门走了。实际上，她是向省里求助了。"

"什么？她向省里求助了？"李心夔吃惊地问道。

"你派去保护的人，没有向你汇报她见过市日报社的记者吗？"

"没有。"

"她见了记者谢芝蓉，她们是在市政府门口碰到的。陆局长让谢芝蓉帮忙从省报邀请一位撰写内参的高手，说有重磅题材提供。谢芝蓉邀请的是邓达，那是她大师兄。邓达一早就来了，可到了之后，却被她带到向正鑫那里，由向陪着走马观花转了一天，最后向要求邓大记者帮忙宣传赤峪大好形势。人家回去后心里憋屈，打电话向我诉苦了。"

　　"一定是有人把邓记者要来的消息告诉了凶手，然后，就有了陆晓仙在短时间内被害的结果。"李心夔顿时思路大开。

　　"这一下，你知道怎么回事了吧？"

　　"知道了。这是否意味着谢芝蓉也面临危险了？"李心夔突然问道。丁文魁吃了一惊，说道："这我倒是没想到。你们立即想办法把她保护起来，也好知道你们想要的。"

　　此刻谢芝蓉正在大东方娱乐城。贾叶扶今天又约齐了兄弟们在 999 包厢聚餐，照例由洪老七给他们每人安排一位美女。唯向正鑫例外，自带了谢芝蓉出场。这让贾叶扶心存顾忌，毕竟是报社记者，你向正鑫控制得住吗？更何况，邀请邓达到赤峪的是陆晓仙，如果这件事谢芝蓉只告诉过你一个人，那么，傻瓜也能判断出来，陆晓仙之死你难逃干系。对贾叶扶猜疑的目光，谢芝蓉浑然不觉。原来，自那天在向正鑫办公室见面后，向正鑫对谢芝蓉频频示好，几日之间，两人已如胶似漆。此刻，她的眼中只有向正鑫。

　　"你带的那个女人，今晚我把她处理了。"晚饭后，当其他人都进了 KTV 包厢时，贾叶扶把向正鑫拉到他的专用房中，认真地说道。

　　"不行。"向正鑫一反常态，态度坚决地说道。

　　"难道你不怕她出卖你吗？"

　　"她不会出卖我，我相信她。"向正鑫仗着酒劲，说话时脖子都粗了。

　　"这事由不得你，这个女人必须死。"

　　"你敢！你这个刽子手，你杀人红了眼！我不想再沾染鲜血，大不了鱼死网破，老子自首去！"向正鑫突然与贾叶扶较起了真。

　　如此一来，贾叶扶倒颓然软了，毕竟官场上只能依靠向正鑫出面，离开他，贾叶扶有再多的钱也护不住现有的局面。"好，你现在翅膀硬了是吗？你迟早要断送在女人手里！"向正鑫却毫不相让，说道："你别自以为是，天外有天山外有山，凡事都要讲个适可而止，当心有一天偿还血债。"这一来，两人竟弄了个不欢而散。

可向正鑫回到 KTV 包厢后，已经不见了谢芝蓉。他问狄建华，狄建华回答说："刚才见她接了一个电话就出去了，再没回来过。"向正鑫猛然惊出一身冷汗，骂道："好狠毒的贾叶扶，我这岂非与虎狼为伍？焉知何时被你食肉寝皮？"他急转身回到贾叶扶的专用房，可那里已是人走灯黑。向正鑫一阵惆怅，自己这是怎么了？无意间害死了两个女人，谁知下面会轮到谁？他本想给贾叶扶打个电话，转念一想，觉得并不见得有用，只得无奈地放弃，寂然离开这灯红酒绿、物欲横流的场所。

向正鑫今夜不想回家。他如今有两个家：一个是法律认可的那个家，结发妻子鲁奇带着女儿向丹时常盼他回去；另一个是法律不认可的家外之家，桃花妻子焦雨霏身怀他的孩子躲在那个人间冷地，也时刻等他回去。然而，他今天都不想去，本来说好和谢芝蓉共度良宵的，可转眼之间，美女消失，说不准明天就会陈尸荒野。

走进办公室，向正鑫连灯都不愿开，借着窗外透进的暗光，从柜子里取出一张毛毯，倒在沙发上和衣而睡。他觉得那沙发上似乎还有谢芝蓉身上的气息，这让他回忆起与记者美女的销魂场景。然而，睡意很快上来，他怀中抱的人变成陆晓仙，她满脸满头是血，对他怒目而视："你这个杀人犯，是你杀了我，我迟早让你抵命！"

"不，我没有，我只是让贾叶扶摆平，让他们出钱买通你，让你放开手。"

"如果不是你告诉他我要叫记者来，他不会狗急跳墙杀我。你让十四家污染企业继续生产，污水直排，赤峪湖迟早会变黑变臭。到时候，全市人民每人一口唾沫淹死你。"陆晓仙带血的脸龇牙咧嘴狰狞凶狠，她突然伸手朝他脸上狠抽了一个巴掌。向正鑫吓得啊地大叫一声醒来，睁眼看时，黑黢黢的办公室内，似乎每个角落都有一张鬼脸恶狠狠地盯着他。

向正鑫逃难似的跌跌撞撞出了办公室，下了大楼，惊魂甫定。天正下着春雨，淅淅沥沥，湿寒透衣。他快步来到一辆奔驰轿车前，开门、上车、启动、开灯，缓缓驶离。这是贾叶扶为他准备的私人用车，他有三不用：白天不用，公事不用，非急不用。今夜本欲到外面打的，可天在下雨，他不愿挨淋。奔驰车驶出市政府大院，直奔云蒙山庄。

他停车开门走进别墅，发现二楼正室依然亮着灯。他穿过庭院小径，驻足檐下，听着檐滴声声，益显此地寂静。开了门，轻轻上楼，来到正室，见柔和的灯光下焦雨霁仰靠在床头，竟已睡着，手里一本书已滑落床下。好一幅美人香睡图，向正鑫禁不住感叹道。

向正鑫并没有猴急着上床，而是先到浴室去洗了澡，对这个女人他已经失去了当初的那种冲动和急切。这不仅因为他已经在某种程度上拥有了她，她成了他的囊中之物，还因为她的身体在实质上大不如前了，已经无法给他当初的感受和乐趣了，更因为他已经在谢芝蓉身上获得了新鲜的享受。

"你就这么偷偷摸摸地睡了？"就在向正鑫洗完澡钻进被窝，准备悄悄入睡的时候，焦雨霁突然发话了。

向正鑫吃了一惊，赶紧钻出被窝靠在焦雨霁身边，说道："宝贝，我以为你已经睡着了，正怕吵醒你呢。"焦雨霁噘着小嘴说道："这么晚才回来，又在大东方娱乐城潇洒了，是吗？"其实，焦雨霁已经知道向正鑫带着谢芝蓉去大东方娱乐城的事了。她的要好小姐妹韦小曼刚刚在电话里和她聊了一个多小时，把他在酒桌上与谢芝蓉亲热的举动，全都抖搂了出来。向正鑫却以为她是在无端猜测，说道："哪里啊，这段时间忙得脚不着地，我哪有时间去那个地方？"焦雨霁内心对向正鑫并没有爱恋之情，为他怀孕生子只是为了在贾叶扶这里赚钱，以及今后在向正鑫身上索取回报，心中暗笑向正鑫虚伪，却并不揭穿，说道："你不还是个常务副市长吗？以前也没见你忙成这样啊！"向正鑫见她转了话题，心中一宽，说道："现在不一样了，自从包若谷市长失踪失联后，市政府由我主持工作，我现在干的就是市长的活。"

"什么？你刚才说什么？包市长失踪失联了？"

"你还不知道啊？他无影无踪都快半个月了。"

"是哪一天发生的事？"

"看来你还挺关心他的。是两周前的周六，他一早离家去买菜，就再没回来。"焦雨霁活到现在，这世上最让她关心的男人就两个，一个是她爹，一个是包若谷。对包若谷她是动了真情的，一听是上周六失踪，她立即想到贾叶扶让她对着电话说的那句话，她当时就问过对方是谁，可贾叶扶不肯说。天哪，自己为了那些钱，都对他做了些什么！他心中一定还为自己留着一席之地，一定是听了那句话，立即去医院才上的当。是贾叶扶下的毒手，自己在他这里赚这种钱，太可怕了……想到这里，焦雨霁无端打了个寒噤。向正鑫见她无语，很是奇怪，哪里知道她的脑子已转了这么多道弯。忽见她打战，向正鑫以为受了凉，问道："怎么啦？冷吗？"焦雨霁顺水推舟说道："冷，睡吧。"

黑暗中，焦雨霁的泪水终于没能止住，久久流淌着。第二天，向正鑫走后，焦雨霁只身离开云蒙山庄，从此再没回来，谁也不知道她去了哪里。

谢芝蓉并没有如向正鑫所忧虑的被贾叶扶暗杀，而是被司马羊请进了公安局。当晚的电话是市公安局通讯员龙萌芽打的，说是有个重要稿件要发，初稿已成，要面交谢记者。她在取稿时，被司马羊顺手一牵，上了轿车。司马羊严肃地提醒道："不要反抗，我是市公安局的司马羊。龙萌芽你认识的，你现在正面临生命危险，快走。"

"我的包还在里面。"

"放心，我们的人会替你取回。"

谢芝蓉将信将疑间被带到了李心夔的办公室。一进门见李心夔、欧阳德都在，她故作轻松地说道："哟，李局长、欧阳局长，你们都这么废寝忘食啊，小女子贱命让领导如此操心，真令我感激不尽啊。"

"没办法，谢记者，我们是职责所在啊。"李心夔不卑不亢地说道。欧阳德接上说："谢记者，我们一点也没有难为你的意思，请别误会，你刚才真的很危险。"谢芝蓉忽然想到贾叶扶极不友好甚至带了点阴森的目光，气馁地说道："我真不知道面临什么危险。"司马羊已经准备好记录的纸和笔。"我有几个问题要问，请谢记者配合我们搞清事情真相。"李心夔尽量放缓语速，如拉家常，如平常交流。然而，谢芝蓉已经高度紧张并产生出极强的抵触情绪，她小心地说："请问吧，只要我知道的，一定如实报告。"

"那就好。省报记者邓达同志你认识吗？"

"他是我大师兄，就是比我高两届的大学校友。"

"上周三，是你邀请他到赤峪来的吗？"

"是的。"

"是你自己邀请他来，还是受别人委托邀请的？"

"是受了别人委托邀请的。"问答至此，谢芝蓉的心情更加紧张。李心夔有意停顿了一下，见谢芝蓉没有自己说下去的意思，问道："谁？"谢芝蓉迟疑了一下，答道："执法局的陆晓仙局长。"

"你知道她已经死了吗?"

"知道。"

"什么时候知道的?"

"第二天接到大师兄后,联系她时,他们的办公室主任说的。"

"你知道她邀请邓记者到赤峪来的目的吗?"

"她只说有重磅材料提供给他撰写内参。"

"在邓记者来之前,你有没有把他要来的消息告诉其他人?"谢芝蓉意识到问了这么多话,这一句才是最关键的。假如她没有和向正鑫发生过关系,她会毫不犹豫地说出自己那天在向正鑫的办公室吐露过这件事。而现在不同了,尤其这几天,两人几乎每晚都住宾馆,大有相见恨晚、难分难离之势,她已经付出了情感。她权衡再三,才迟疑着说道:"没有,我谁也没说过。"李心夔吃了一惊,不相信似的又问道:"你想清楚了,这对你非常重要,你务必要说真话。"

"我确实没有告诉过任何人。"她更加肯定地回答道。

第四十章　暗河究竟多长

至此，谈话出现了尴尬的冷场，双方对视着，沉默良久。恰好龙萌芽拎着谢芝蓉的坤包进来，说道："谢记者，这是你的包，看看有没有少什么。"谢芝蓉接过包，打开看了看，说道："是的，没少什么，谢谢。"李心夔十分惋惜地说道："如果谢记者说的是真话，我们也就没有为你的生命担忧和特别保护你的理由了。"

"这就是说，我可以自由地走了？"

"当然，你从未失去过自由。小龙，送送谢记者。"李心夔款款说道。

听着两个女人的脚步声消失在楼道中，三个男人依然缄口不言。良久，李心夔无奈地说道："'防火防盗防记者'。面对记者，我们的工作需要格外小心，尽管是为了她的人身安全，但人家不理解、不配合、不支持，必然另有隐情。"欧阳德接口道："我坚信我们的判断没错，她在说谎。"李心夔说道："谁说我们的判断错了？"

"那您怎么还让她走呢？"司马羊不解地问道。李心夔诡秘地一笑，说道："有时候对一个人的公开保护，没有秘密保护的作用大，你们说呢？"欧阳德说道："我懂了，只是风险很大，难以确保谢芝蓉的人身安全。司马羊，从现在开始，二十四小时监听谢芝蓉电话以及与其通话的重要电话，并安排二十四小时暗中监视保护。"

"好，我立即布置。"司马羊干脆地应道。

"等等，电话你要亲自监听。"李心夔补充道。

包若谷终于在洪清漪的精心治疗下，在田老爷子祖传伤药的奇异作用下缓缓醒来。"我这是在哪里？"他轻声问道。正在为他熬粥的洪清漪急忙走过来，坐在床边，笑看着他说道："你去了趟阎罗殿，是我们把你拉了回来。"

"您是洪奶奶，是您救了我？谢谢您，老人家，给您添麻烦了。"包若谷一下子认出了这位身怀绝技的老奶奶，也立刻明白了是怎么一回事。

"幸亏两个小家伙发现了你，也亏得田小牛机灵，猜你是遭坏人暗害，不敢找别人，直接拉我去看。他们现在连爹妈都不敢说，就怕被坏人发现。所以，这些天来，这两个小家伙都是到天黑看着外面没人了，才悄悄地到这里来送药和吃的。要知道，奶奶虽然荤素不忌，可毕竟一人吃，上街买多了遭人忌疑。"洪奶奶像对自己儿孙般亲切地说着。包若谷感激地说道："洪奶奶，田小牛猜得不错，我确实遭到坏人暗算，但这天下毕竟是好人的天下。我这就去鹿鸣乡，到乡里就没事了。"洪奶奶笑道："当了这么大的官，处事还这么不从容。你知道你身上的伤有多重吗？"

"什么？我伤得很重吗？"包若谷惊道。"伤筋动骨一百天，我不敢肯定你伤了多少骨头多少筋，但也不敢保证你多少时日后才能站立起来。这要看你的造化了。"洪奶奶说道。"有这么严重吗？可我无论如何要把重要情况报告组织。"包若谷说道。

"根据我每天给你切脉的结果，你的伤势正在好转，现在神志清醒了，正好配合疗伤。这样，一步一步来，循序渐进，先做小范围的局部运动，再做大范围运动，尽量使你早日康复。"

"谢谢奶奶。"

"但有一点你要切记，不可走出草房一步。奶奶我虽然已八十六了，但只要在这草房内，奶奶定能护你周全。出了这个草房，就不好说了。有些事，晚上两个小家伙来了还可再商量。"洪清漪说着，开始为包若谷疗伤。

包若谷听得目瞪口呆："原来奶奶高寿年八十有六，敬佩，敬佩！我包若谷心甘情愿做您的孙子，从今往后，您就是我的亲奶奶！"洪清漪只微微一笑，扶包若谷坐起。自己盘膝打坐在他身后，双手呈柳叶掌贴在他后背，说道："好，奶奶认你这个孙子。现在勿再胡思乱想，双腿尽量回屈，双手置于腿上，意守丹田，全身放松，若置云端，轻灵飘逸。"

贾叶扶自那晚与向正鑫发生矛盾后，一气之下来到沂安筹建处，天天陪着侄儿喝茶聊天，对赤峪的产业运营只是遥控指挥。"叔，我有一事不明。"贾昭看着暗红色的茶水，若有所思地说道。"什么事？"贾叶扶漫不经心地问了一句。"那天，我们把包若谷扔下古井后，他是死是活？"

"这个你放心，这口井我知道，水满的时候离地十来米，水浅的时候离地十六七米，把他扔下去，只有死路一条，而且是神鬼难寻。"

"尸体浮上来了吗？"贾昭问道。

"这我倒没去看，井口在平时是加了水泥盖板的，没两人合力根本打不开。你还怕他爬上来跑了？"

"我不是这个意思。我是觉得这个地方很不错，躲在那里谁都发现不了，只可惜这井里烂了个死人，那水不就废了？有点可惜。"

"你的意思是把尸体捞上来？"贾叶扶问道。

"最好是捞上来，放在哪里烧了。"贾昭说。

"你说得也有道理。我原想，烧了埋了都容易留下痕迹。你既然这么珍惜那口井，那就捞上来，架一堆火烧了他。只是这么多天了，恐怕尸体都已经腐烂又沉下去了。"贾叶扶淡淡地说。贾昭接过去说："这不要紧，总能捞上来的。我们明天去汲水，以后我就住在那个防空工程内，也免得常在这里露面。"

"处理完包若谷的尸体，还有没有其他漏洞需要补的？"贾叶扶问道。

"应该没有了。要说有漏洞，唯一的就是那个女人，说了一句引诱包若谷上车的话。她若告发，事情严重。"

"你是说焦雨霁？"

"对。"

"这个女人只认钱的。"

"要不，我去把她处理了？"

"可她现在怀着向正鑫的孩子呢，我怕搞掉她，向正鑫这边不好交代。"

"你就当不知道吧。"

"看来也只能这样了。"贾叶扶若有所思地回了一句。

向正鑫内心又恐惧又憋屈，随时准备着听到何处出现一具女尸的消息。可时间一天天过去，始终未见他预想的结果出现，偏是这段时间忙得脚不着地。

这天，向正鑫正坐在办公桌前想着心事，桌上的手机响了，拿起来一看，显示是谢芝蓉的来电。向正鑫的脑袋嗡的一声，该发生的事终于还是发生了，一定是调查人按死者手机上的电话开始逐一调查了。向正鑫定了定神，端起架子，向对方打起官腔："喂，谁啊？"

"哟，这还不到一个月吧，连我的电话号码都记不得了。"这分明就是谢芝蓉的声音，向正鑫惊吓之余脱口而出："怎么是你？你是人是鬼？"

"什么？这么多天一个电话、一声问候都没有，原来真当我死啦！"向正鑫立刻回过神来，原来谢芝蓉压根就没事，老大还是给了自己面子。可谢芝蓉这些天身在何处？那晚何以不辞而别呢？"哪里哪里，谢大记者，我这不是忙嘛，脚不着地啊。你那天怎么不告而别了呢？"

"我被公安局叫去了，很晚才出来。恰好家里来电有急事，请了年休假，回老家了，也没去上班。还是见面说吧，我还有重要情况告诉你。"向正鑫的脑袋再次轰然炸响，强忍着问道："在哪儿？"

"国贸大酒店，502房间。快点来，等你啊。"

向正鑫挂了电话后想也不想，立即给贾叶扶打电话："老大，在哪儿呢？"

"啊，你还关心我啊？什么事？"

"老大就是不一样，料事如神啊。谢芝蓉，就是那个谢记者，现在在国贸大酒店，502房间，正等我过去。"

"怎么？对我们有威胁啦？"

"别忘了把她的手机拿来。"

贾叶扶接到电话时，正在他的办公室里焦急地等待贾昭的回音。自上午回到汲水后，他就开始与贾昭在人防工程里的井边折腾。贾叶扶叫来几名工头，在贾昭身上缠了绳子，放到井下，还没下到水面，贾昭便摇晃绳子，让工头们把他拉上来。贾昭面色苍白心有余悸地说道："叔，这不是一般的古井，这井下是一条巨大的暗河。"

"什么？暗河？"贾叶扶同样听得心惊胆战，但他毕竟历经沧桑、老于世故，立即让几个工头先回去，然后踱到井口细看，却怎么也看不出下面的水是流动的，更看不出井下是条河。他慢慢踱回到沙发上坐下，问道："据你看，暗河究竟多长？"

"足有几十米宽，长度无法估量。"

"照你这么说，包若谷完全有可能活着？"

"说不准，从理论上分析，活着的可能性是存在的，具体要到下面看过后才能做出判断。"

"你的意思是再下去探明暗河？"

"是的，必须去探明。现在要尽快准备一只皮筏、一公斤最大号水泥钉、一个铁锤，多买些绳索，还有充电照明灯。"

"这个好办，我让办公室立即去购置。"

贾叶扶布置给办公室的事很快办妥了。

下午，贾昭依然往身上缠了绳子，让几位工头先将他放至水面。然后，给皮筏充满气，这才将绳索等物品吊放到皮筏上，又下来两名工头。三人坐上皮筏，拉着井口放下的粗绳，先在岩壁敲钉系绳，然后边放绳边向下移动皮筏。当上一条绳子将要放完时，再在河边石壁上钉上钉子，缠住绳头。然后，再钉上钉子，系住另一条绳的绳头，放绳移筏，往前探测，以此保证随时可以拉着绳子往回走，否则，凭着三个人的力量，恐怕很难将皮筏划回来。

如此一来，贾昭在暗河中的行动就变得十分缓慢。他必须保证每一颗钉子都十分牢固地钉进石壁，每一根绳都能稳稳地系在钉子上，否则，他就有可能几天回不来，甚至再也回不到地面。他也曾想过只在井口系住一端，其余在沿途打结而行。然而，这样一来，单条绳索距离过长，风险更大。

贾叶扶直等到晚饭过后仍不见贾昭上来，实在无聊，便从防空工程回到办公室。正在焦急之际，接到向正鑫的电话。很显然，向正鑫不但已经同意，而且急于处置掉这个麻烦。这种事自己绝不能出面，最好由贾昭去安排，可他到现在依然杳无音信。他试着给贾昭的手机打电话，仍是联系不上。万般无奈之下，他只有给他的宝贝女儿下达任务。"你在哪儿？"他简短地问道。"在赤峪逛街。老爸有事吗？"电话里声音显得很嘈杂。贾叶扶沉思良久，终于淡淡地说道："国贸大酒店502房间，有一个谢芝蓉，知道得太多了，她正等着男人去约会，你去'送送'她，别忘了带回她的手机。"

这些天对谢芝蓉的监视一无所获，正在李心夔深感失望之时，陈述飞和周曲波急匆匆赶到赤峪公安局。"李局，有重要情况。"陈述飞还没坐稳便急道。"什么重要情况，让我们大处长亲自赶过来？"

"我们不是盲目地赶过来，而是追踪而来。"陈述飞自信地说道。

"啊？说说，怎么回事？"

"国际刑警组织传来回复，贾昭经过整容，已经化名王之恒潜回国内。"

"这么说，陆晓仙的案子是贾昭干的？"

"应该是，但还有帮手，你看这张照片。"陈述飞说着拿出一张彩照，照片中一男一女正要上一辆无牌照的桑塔纳2000型轿车。男的戴墨镜，女的容貌清晰，身材高挑，穿一身白大褂。"这个男的想必是整容后的贾昭；这个女人似乎有点面熟，却想不起来，让欧阳和司马来辨认一下。"

"这正是我们跑来的主要目的。"

李心夔立即给欧阳德打了电话，让他和司马羊一起来办公室。

"你这照片是哪儿来的？"

"这可费了我们不少工夫。这段时间我们把目标对准了贾叶扶，发现他在省城开设了一个筹建处，我收买了里面一个保安，让他从监控录像中拍下了这张照片。"

正说着，欧阳德与司马羊走了进来，两人显然睡眠不足，眼圈都有点发暗，一进门，忙和陈、周问好握手。"陈处，是不是带来了什么好消息？"欧阳德问道。"好消息还是坏消息，目前尚难判断，你们先来看看这张照片。"两人瞟了一眼照片，抬起头对视一眼，又不相信似的仔细辨认，同时说道："冷面一刀。"陈述飞和周曲波听得一片茫然。李心夔却很快想了起来，说道："不错，是赤峪人民医院的外科医师贾芝霖，贾一刀，人称'冷面一刀'。这既是对她技术的褒扬，也是对她人品的贬低。"

"这就对了，我怎么忽视了她？她可是贾叶扶的独女。陆晓仙脖子后面那一刀，除了她也没人能划得出来啊。"欧阳德自嘲道。"赤峪人民医院，我在捕雀行动监控录像中看到一对男女医生明明朝监控区走来，却在接了电话后突然折向电梯，原来那女的就是'冷面一刀'。"陈述飞沉思着说道。

"从这张照片可以看出，劫走包市长的一定是贾昭和这个贾芝霖，谋杀陆晓仙的也一定就是贾芝霖。可眼下怎么才能将其抓获归案呢？"欧阳德说道。

"立即对贾芝霖实施二十四小时监控。"李心夔说道。

田小牛爷爷的祖传伤药配上洪清漪的气功，让包若谷恢复得很快。下午，包若谷按照洪奶奶传授的方法盘膝打坐、练气后，已能下地活动自如。于是他对洪奶奶说道："奶奶，我想抓紧与组织取得联系，我有好多急事不能再等了。"

"奶奶知道你的想法，但是你的伤并不像你感觉的那样真痊愈了，你还需要静养巩固一段时间，否则，一旦开始了工作，得不到必要的休息，内伤就会复发，甚至留下后遗症。"包若谷知道洪奶奶所言非虚，但他内心实在牵挂赤峪市的工作，说道："奶奶，要不这样，您帮我想办法请鹿鸣乡的凌书记到这里来一下。"

洪清漪对凌立红印象还不错，点头说道："那好，我这就去说。"

"奶奶，您在电话里先别说我在这里。"

"放心，这我知道。"洪奶奶说完出去，锁上门就走了。她来到村委会办公楼，发现既不见村主任，也没见村支书，只有一个大学生村官费蕊守着办公室。

"请你现在帮我给乡里凌书记打个电话，我想和她聊几句。"

费蕊一愣，想到村民百姓无小事，便拿出手机找到凌立红的号码拨了出去，通了。

"小费，什么事？"

"凌书记，是我们村的洪奶奶找您，我让她听电话。"

洪清漪接过手机，里面传来凌立红的声音："洪奶奶，您还好吗？"

"我很好。还记得年三十到奶奶这里来送年货吗？"

"当然记得，历历在目啊。"

"记得市里是哪位最高领导一起来的啊？"

"是包市长啊，这怎么会忘记呢？"

"那就好，他一定也记得你的。闺女，你现在手头的事一定很多吧？"

"是的，奶奶，我是很忙。不过，您说，有什么事要我办？我一定先帮您办。"

洪奶奶开心地笑了笑，却突然用严肃的口气说道："奶奶不是那种自私的人。你现在放下手头一切工作，立即赶到我家来，好吗？"对方沉默了好一会儿，才说道："就我一个人来吗？"

"你可以带几个可靠的人来，但他们只能等在村里。"

凌立红可是个聪明人，老奶奶耳聪目明腿脚灵便，无缘无故打个电话来，要她放下手头一切事赶过去，还有意提到包市长。那包市长已经几个星期未出面工作，有消息说他遭人暗算失踪了，联想到前天碰见大娘，听她说小牛拿了好多伤药去给洪奶奶疗伤，电话里听着洪奶奶也不像有伤，难道是……她不再往下想，叫上乡长林卫国、副书记甘甜，由党政办主任邱鹤驾车，来到峡口岭下，翻越古道，直奔崖前村。

第四十一章　瞠目结舌，恍然若梦

　　一行人赶到崖前村，正赶上农村吃晚饭时间。凌立红让三位男士直接去提前联系好的韦书记家吃晚饭，自己独自走向洪奶奶的草屋。来到门前，她定了定神，才伸手敲门。门开了，洪奶奶立在门口，不放心地朝她身后看了看。"洪奶奶，就我一个人来，您放心。"凌立红说。"好闺女，快进来。"洪清漪说着让进了凌立红，随手锁上门，又说，"你来看，这是谁？"其实不等洪清漪说完，凌立红已经看到坐在东侧一间房内的包若谷，尽管心里隐隐约约猜测会不会是包市长落难在此，但当真正看到时，还是瞠目结舌，恍然若梦。还是包若谷先开了口，平和地说道："小凌书记，怎么，不认识我了吗？"凌立红这才回过神来，跨步进门，上前握住包若谷的手，说道："真的是您，包市长！这到底是怎么回事？我是断断续续听了点消息，市里由谁主持了工作，说您失踪失联，下落不明，可能身遭不测。我多少次暗夜里偷偷流泪，心都伤透了。"说着已是泪流满面。

　　包若谷感动地说道："谢谢小凌书记，让你这么牵挂我，看来是我们前世结下什么奇缘了。现在我需要借你的手机用一下。"凌立红急忙拭泪说道："让您笑话了。好的，给。"说着递上手机。包若谷拨通了李心夔的电话，说道："你好。不许高声呼叫，不许重复我的话。"

　　"谁啊？"

　　"我，包若谷。"

　　"什么？你是人是鬼？"

　　"这么多年，党都白教育你了。我当然是人。"

　　"兄弟，你在哪儿？我立即赶过来。"

"这不是最要紧的。你马上布置三件事：一是立即控制住贾叶扶，同时报请省人大撤销其省人大代表资格，然后逮捕；二是逮捕赤峪人民医院胸外科主刀医师贾芝霖；三是搜捕贾昭，此人很可能在汲水贾叶扶织造集团总部，那里有一处防空设施，他应该躲在那里。三人的罪名都是杀人未遂。我现在在汲水县鹿鸣乡崖前村，办好这三件事，你过来接我。"

　　"好，我马上派人落实，你等我，我马上赶过来。"

　　李心夔接到包若谷的电话时，正在办公室里听周曲波和司马羊汇报监听谢芝蓉电话的结果。接完包若谷的来电，他当即下令："案情已经清楚，为了防止犯罪分子再次伤害无辜，司马羊，你带上第一大队刑警，立即去国贸大酒店布控，只要发现贾芝霖，当场逮捕。欧阳局长，带上第二大队刑警立即奔赴汲水纱绸织造集团，控制贾叶扶，搜捕贾昭。陈处长，请你与省厅联系，省人大代表、织造集团董事长贾叶扶涉嫌谋杀罪，提请省人大常委会罢免其代表资格，然后逮捕。通知第三大队刑警随我去汲水县。就这样，我们分头行动。"

　　贾昭在暗河中乘皮筏顺流而下，得益于照明灯的光亮，先来到第一个洞厅，很快发现了包若谷烧火留下的炭灰堆。包若谷还活着，这个念头电光石火般在贾昭脑袋中闪出。这就是说，他随时都可能出现在自己身边。贾昭伸手触摸炭灰，发现毫无热度，估计熄火已不止一天。他用照明灯四处搜寻一番，确信无人藏匿后，决定继续前行。在到达洞厅尽头处，他发现暗河分流，一路左拐进了暗洞，另一路右插，继续前行。他判断包若谷一定朝右侧河道而去，所以，三人划着皮筏顺河道小心前行，不久再次发现了炭灰，证明包若谷确实沿河到了这里。待来到又一个洞厅时，发现了更大一堆炭灰，而且还有烤过鱼的痕迹，他判断包若谷可能在这里住过一段时间，甚至眼下仍有可能躲在这里的某一个地方。但经过搜寻，依然没有发现任何活人的踪迹。这三人再次一边钉钉系绳，一边下漂，还未钉完十条绳子，发现了青龙潭出口。幸有绳子控制，三人没有被冲下青龙潭。于是他们攀上洞口一侧，放掉了皮筏里的气，顺绳溜到地面，虽未掉入潭中，也被瀑布浇得内外湿透，与从潭中爬上来没什么两样。此时，太阳早已西下，落日余晖也被稀稀落落的山村灯火取代，暗黢黢的错落有致的屋宇，掩映在婆娑起伏的竹丛树行的阴影中。昏黄的路灯下偶有行人穿行，呈现在他们面前的竟是一片宁静的山村傍晚图。包若谷一定活着，而且必在此地。"究竟是天助我也，还是天亡我也？成败全然在此一举了。"贾昭站在青龙潭堤坝上发着呆想。

一阵晚风起处，周围树林草丛沙沙作响，一身湿衣的三个人缩着脖子，无奈地打了个寒战。贾昭这才想到眼前需解决的问题。首先要把一身湿衣服弄干，周围有这么多柴草，只需点一把火，烤一下就可以了；其次要弄清此处是何地，也可以给贾叶扶报个平安，让他派人赶紧来接应；最后，花几天时间查访包若谷的下落，此人既然掉下深潭，必然摔伤，这么长时间没回赤峪露面，一定是在养伤。"快去弄些干柴树枝，生一堆火，把衣服先烤干。"三人于是分头捡干柴，倒是很快拾来一堆，可一摸身上，都摇了摇头。"我把打火机忘在山洞里了。"工头阿三说道。贾昭抬头望了望周围，对阿三说道："看来还需你辛苦一趟，去村边随便哪户人家借个火来，顺便问一下此地是哪里。"

"好，我这就去。"阿三说完，拔腿就走。

贾芝霖接到贾叶扶的电话后，愣了一下，心想这女记者正做春梦，急等着男人上门，看来自己得女扮男装。她匆匆回到寓所，带上作案工具。出门时头戴一顶鸭舌帽，身穿深蓝色西服，外套灰色风衣，脚穿黑色男式皮鞋，加贴两片一字眉，戴一副墨镜。她习惯地坐上她的迷你轿车，驶出小区，很快驶进国贸大酒店地下车库。正在监控室监视的刑警钟松涛见一辆迷你车开进地下车库，认定是女的开车，格外关注，谁知下来的却是一位身材修长的男士，顿觉失望。忽然他觉得这男的有点不对劲，开女式车，走起路来屁股一扭一扭的，应该是女扮男装，一定是监控对象！他迅速按下502对面房间的电话，说："'蛇'已进电梯。"司马羊听了电话后，对刑警们说声"准备出击"，立即扑向门口的猫眼，只见一个男人正走近502房间，以为不是目标，缓了一下。随即又看到这人背对着502房门，伸手敲门。司马羊恰好目睹了正面，他立刻认了出来，是贾芝霖女扮男装。但还是晚了一步，对面谢芝蓉已经开了门。司马羊猛地拉开门，直接扑向对方。贾芝霖正全神贯注地对谢芝蓉下毒手，刀片离谢芝蓉的后脖颈只差一厘米，被司马羊硬生生拖了回来。贾芝霖也不愧为美女蛇，腰身一扭已回过身来，手术刀片直向司马羊面门划来。好个司马羊，临危不乱，一侧身，双手一个擒蛇势，死死卡住她捏着刀片的手腕，侧身一顶，贾芝霖重心顿失，仰面倒地。司马羊顺势一拧，贾芝霖那只毒手几乎被卸下来，整个人再也动弹不得。

　　包若谷与李心夒通过电话后，决定坐等他们来接，洪奶奶带他们到隔壁餐室吃晚饭。凌立红曾几次走进洪奶奶的茅舍，却只在中堂略作停留便走，从未仔细观察，今天进门留心一看，还真是大吃一惊。原来这茅舍只是外面看着是茅草盖成，里面却是一点也不比过去大户人家的房子差。从外面看，整体就是一间茅草房，不过大了一点，进了里面才发现结构巧妙，布局合理。进门处是中堂间，三分之二为中堂，用于待客喝茶；三分之一的一半与东间的后一半相通，做了厨房和餐室，东间的前一半是正房，早年是洪清漪父亲的居室，三分之一的另一半与西间后半间相通，做了厕所和盥洗室，西间前半间是闺房，后半间原是洪奶奶大师兄的房间。所有房顶全部用杉木为梁、硬木为椽，木板内封，薄砖压顶，糯米饭灰浆砌缝抹顶，只在薄青砖外象征性地盖上一层茅草。凡外墙，内层全部用青砖砌就，糯米饭灰浆嵌缝，外层用乱石砌护，内墙用青砖打砌木板构壁。房间地面铺的是木地板，中堂厨房等铺的是细面石板，所有门窗板架用的都是硬木。从做工的精细和构件间的精密程度，可窥见当年身为木匠的大师兄为建造此房真是煞费苦心、尽心竭智。就是这些室内家具，虽已历经六七十年，依然完好无损。

　　吃饭间，包若谷把这段时间的经历跟凌立红简要地说了一遍。吃过晚饭，凌立红勤快地帮着洪奶奶擦桌洗碗，笑着说道："洪奶奶，包市长要做您孙子，我也要做您孙女，您收不收？"

　　"好啊。只是奶奶的父亲生前一直告诫，别让外人进我家门，你们可别带什么朋友、同事来这里，奶奶一概不许他们进门，也不能把在这里看到的说给外人听。"

　　"我懂了，奶奶，太公那是怕露富，防奸人伤害您。"凌立红乖巧地说道。"奶奶，明年我出钱把上面的茅草换作瓦片，这样也就免得村里年年来给您换草，万一他们闯进来，岂不麻烦？"包若谷说道。洪清漪想了想，说："以前也有村里书记劝我换成瓦片，我都没同意。既然是我孙儿孝敬我，奶奶就听你的。""也算我一份，具体的事还是我来办。"凌立红赶紧补上一句。洪奶奶开心地说道："好，好。"见凌立红已收拾干净，又说道，"我们到外间喝茶说话。"三人来到草屋中堂间坐下喝茶。包若谷一坐下便问道："小凌书记，我不在的这段时间，市里、县里都有些什么情况？就你知道的说来听听。"

"好的。市里的只能说些皮毛，县里有些情况您做个参考。"凌立红于是将她知道的市里、县里发生的大小事情择要做了汇报。正说着，听见有人敲门，洪奶奶说道："是一个外地人，不用理他。"凌立红说道："会不会是卫国乡长？"

"他也来了吗？"

"他们怕我一个人回去不安全，所以跟了来。"洪奶奶听后，只好去开门。

门开处，却见一个陌生人穿一身湿衣服站在门口，一双绿豆眼滴溜溜转着往里看。洪清漪问道："你有什么事？"那人便说："我们走路不小心滑进河里，湿了衣裤，要向老人家借个火种，去烧堆火，烤烤衣服。"

"哦，是这样，你等着。"洪清漪说完关上门，进厨房取了一盒火柴来，再开门递过去。湿衣人接过火柴，说了声"谢谢"，又问道："请问这个村叫什么名字？""叫崖前村。"那人再次朝屋内扫了一眼，走了。

洪清漪回身落座，又给两人泡茶，疑惑地说道："小凌囡，我觉得刚才那人似乎有问题，外乡人到这里走哪条道才会不小心滑进河里呢？"

"也许是捕鱼捉蟹吧。"

"哦，这倒也有可能。"洪奶奶将信将疑地说。包若谷刚才也瞅过那人一眼，觉得此人有点贼头贼脑，但一时又想不明白何处不对劲。此刻，他记起了上次在峡口岭上存下的一个疑问，说："小凌书记，你和峡口岭上田小牛的奶奶是什么关系？"

"包市长，从现在起，您就是我哥了，您所问的是我内心的一个痛处，还是别问了。"凌立红脸一红，不好意思地说道。

"你那点事情有什么不好意思说的？你妈也是苦命人，你得体谅她。若谷啊，是这样，岭上那个田嫂是小凌囡的亲妈，却因为和她爸相处不好，在她五岁那年和老凌离了婚，后来嫁给岭上老田。小凌她爸此后再没娶妻，和小凌囡相依为命，后来在小凌大学毕业参加工作那年，不幸去世了。小凌囡从此再也不称呼亲娘为妈，实在必须招呼时，不是称田嫂就是叫大娘。"洪奶奶边泡着茶，边讲述道。凌立红听着已经流下泪来，抽泣着说道："我爸是累死的，他这一生好辛苦。"

"原来是这样。不过，看得出来，你娘还是很疼你的。"包若谷话音未落，再次传来敲门声，他惊愕地抬头看着洪清漪。"是田小牛，今天怎么会从这个方向来？"说着起身开门。"奶奶不好了！"小牛一进门便急切地说道。"怎么啦？"洪奶奶急问。"刚才我来时，看到青龙潭方向有火光，就跑过去看，悄悄摸近后，发现有三个男人在烤衣服。其中一个说：'包市长上次到厂里来开的什么会，我是面对面看到的，还握过手，后来在电视里也看到过多次，不会认错的。'另一个说：'真是天助我也，今天你们俩帮我灭了这姓包的，回去奖赏你们每人两百万。'我听了好怕，就悄悄地退回来报信了。"田小牛比画着说。"这么说来，一定是贾叶扶的人追寻到这里了。"包若谷说道。

田小牛说得不错，贾昭听了工头阿三的汇报，异常兴奋，边烤衣服边说："如果阿三没看错，这草房中就只有两女一男三个人，其中一个是老太婆，包若谷身上一定还有伤。我们三人对付他们应该没问题。烤干了衣服，我们就摸过去，悄悄灭了他们，一把火烧了。"

"是不是该和老板说一下？万一你说的老板不认账，我们岂不是白犯了这个杀人罪？犯不着啊。"这阿二却另有想法，自己拖家带口的，只想在贾叶扶这里混口太平饭吃，老板待他好，他为老板卖命，超出本分的事他不干。他想：这位主儿更是不熟悉，他算老几？阿三听了也说道："阿二这话对，我们还是要听老板的。"贾昭无奈，又不能为自己的身份多做解释，只好摸出手机。这手机是包了塑料薄膜的，所以还能用。贾昭拨出贾叶扶的电话。

这一天，贾叶扶始终心神不宁烦躁莫名，越到傍晚越觉惶恐不安。他已记不清多少次在古井口默默凝视，深悔当初太自信，以为扔下古井便一了百了、死无对证。谁知煮熟的鸭子也能飞，到手的鲤鱼滑入水。他真是悔青了肠子悔青了脸，恼遍了天地恼人间。

在如此熬煎的时光中，贾叶扶盯着手表，一个小时又一个小时地过去。回到办公室想装从容，却依然做不到气定神闲。厨师送来晚饭，他只随意地吃了几口，竟不知吃的是粗是精、是素是荤，端一杯绿茶在手，在办公室里如热锅上的蚂蚁般转悠。怎么芝霖也不来个电话？难道还未下手？这个女儿，有独特的性格和做派，几乎不用他操心，有超强的执行力和决断力，如果能来管理手头这些企业，应该比他强。忽然，手机响起，竟是贾昭来电，他连忙接听："喂，你在哪里？怎么样？"

"我在崖前村，应该是鹿鸣乡的。包若谷果然还活着，在一个老太婆家养伤，你看怎么办？"

"立即灭口，别留痕迹。"

"我需要你派的两人做助手，答应他们事成之后，每人给两百万，他们要与你直接说。"

"好，让阿二听电话。"

"喂，老板。"

"阿二，你和阿三帮王先生办好这件事，我给你们每人两百万。"

"好，老板，我们干。"

正在此时，办公室外一阵脚步杂沓，欧阳德带着刑警队迎面冲了进来，喝道："不许动！"贾叶扶立即挂掉电话，知道反抗已是多余，好在这个电话已经通完，他便强作镇定，欲在办公桌前坐下，早被两名武警一拥而上戴上手铐。

听了田小牛的述说，包若谷判断道："这么说，那三个人是从那条暗河中追寻到此的，难怪衣衫湿透。"

"那我们怎么办？"凌立红焦急地说道。包若谷却不慌不忙地说："李心夔局长他们已经朝这边赶来了，我们的任务是别让这三人跑了，要想办法拖住他们，逮住他们。"

"我让卫国乡长叫上几个村民赶过来吧！"

"可以，但要他们别出声，悄悄地过来躲在外面，别让对方发现。"洪清漪点头说。

凌立红立即拨通林卫国的手机。"喂，凌书记，可以走了吗？"对方抢先问话。

凌立红说道："卫国乡长，你听着，我以乡党委的名义指派给你一项重要任务：立即召集几名崖前村民兵和你们几个一起，悄悄赶到洪奶奶草房周围埋伏，保卫重要领导安全，协助抓捕三名犯罪嫌疑人。我再强调一下，悄悄过来，不准暴露目标。"

"好，我知道了。"

包若谷向凌立红要过手机，拨通了李心夔的电话："李局长，你们在哪？"

"刚刚到岭上，想不到还要翻越这座岭。"

"我这里已经暴露目标，贾叶扶派出三人追杀到青龙潭，我已安排村里民兵协助抓捕。"

　　"我明白了。我们将以最快速度赶到，记住，千万别与他们交手，坚守待援，一切由我们来解决。"

　　"谢谢，我将视情况而定，尽力拖住他们。"包若谷说完，放下手机。

　　贾昭与贾叶扶通过电话后，总觉得有些心烦意乱，为避免夜长梦多，决定尽早行动。见三人衣服差不多已烤干，他便起身说道："你们各自找一根称手一点的棍棒，我们这就过去，早一步了结了，早一点回去。"三人各自带了武器，奔草房而来。贾昭有一把软剑，平时做腰带，系在腰间，这一刻便拔了出来做兵器，在暗夜中闪着森森寒光。

　　包若谷对洪清漪说道："奶奶，您这里有什么称手的武器没有？给我一件，一会儿您和凌书记、小牛躲在里面别出来，由我来对付他们。"洪清漪哈哈一笑，说道："好孙儿，有担当，男子汉就应该这样，不过今天的事还轮不到你。我还是那句话，只要你们不出这道门，我就能护你们周全。"

　　"可奶奶您毕竟八十多高龄了啊！"包若谷不放心地说。"不要紧，奶奶心中有数。他们来了，一共三人，其中一人还有点功力。"

　　"这么快就来啦？"凌立红惊问。"快，你们俩带着小牛进隔壁去，锁上门。你们藏好了，奶奶无后顾之忧，可专心对敌；你们在边上，我还得分心保护你们。"她这一说，包若谷只好带着凌立红和田小牛进了卧室。"奶奶，您千万小心，能不交手尽量不交手。"洪奶奶应道："好，我晓得。"

　　谢芝蓉从贾芝霖刀下逃得一命后，被带到公安局做了笔录，当她走出公安局大门时，真有恍若隔世之感。联想前因后果，她深觉世事复杂人心险恶，连向正鑫这样的情人都会对自己下毒手。愤怒之余，她拨通了向正鑫的电话。他依然在办公室里边看资料边等待贾叶扶的消息，看到谢芝蓉的来电，心里一阵烦躁，怎么还没办妥？对着电话却柔声说道："宝贝，你稍等一下，我忙完手头的事马上过去。"

　　"哼，你这条恶狼，让我再等着，你可以再派个人来杀我，是不是？你去死吧，你这个魔鬼！"

　　对方已经挂了电话好久，向正鑫颤抖的手却依然握着手机。这无异于晴天霹雳，彻底震翻了他的精神支柱。完了，贾叶扶派去的人被她识破了？是被谢芝蓉杀了，还是打不过她跑了，抑或是被公安局抓了？想到最后这个结果，向正鑫绝望了。究竟怎么回事？他必须立即了解清楚。可是，几次拨打贾叶扶的电话，却始终无人接听。

向正鑫无法接受眼前这个结局，然而，现实却更加残酷地展示在他的面前。打给贾叶扶的电话终于有人接听了："你是谁？贾叶扶因涉嫌犯罪，已被我公安机关控制。"向正鑫听了更是大惊失色魂飞魄散，一言不发地摁下了结束键。此时，几辆警车闪烁着警灯开进了市政府大院，那红蓝相间的色彩在窗玻璃上晃得刺目。向正鑫终于彻底绝望了。他缓缓地在办公桌前坐下，翻开笔记本，扯下一页，提笔写道："不走正道，必致大错，此生休矣！悉我者勿叹，知我者勿恨，念我者勿伤，依我者勿哭。向正鑫绝笔。"走出办公室，关上门，耳听得楼下脚步声凌乱，人语声纷至。他慢慢地、一步一步地朝楼顶走去。

洪清漪独自坐在堂屋喝茶，听得那三人渐渐近前，同时，村里也有一伙人朝这边奔来，却无一个习武之人。一场恶战看来难免。她伸手从茶桌底下取出一条软鞭。洪清漪自小练的是内功八卦掌，软鞭是在八卦掌基础上练的一门兵器。

笃笃，门口传来敲门声。洪清漪用苍老的声音回答道："谁啊？"

"老奶奶，我来归还您的火柴。"阿三回答道。

"一盒火柴，就送给你了，不用还。"

"老奶奶，还是还给您吧。"

"你实在要还就放在门口吧，我明天一早自己拿。"洪清漪突然改了口，阿三顿时语塞。贾昭接上道："老人家，我们就不要再遮遮掩掩了。实不相瞒，你房里那个男人是我的仇人，只要让我带走他，其他人我秋毫无犯，否则，那只能玉石俱焚。"

"你太狂妄了，谅你还没这个能耐！"

贾昭抬起右脚正要踹门，身后传来一声猛喝："不得无礼！什么人在这里撒野？"贾昭一回头，发现六七个人已向他们围了过来。"看来我不得不先杀掉这些人了。"贾昭说着，挥剑向林卫国他们杀来。林卫国一行共七人，他和甘甜、邱鹤、韦德文带了三个民兵，手上却没一杆枪，拿的不是木棍就是钢叉。林卫国手里只拿一根打狗棒，一见贾昭气势汹汹挥剑杀来，那剑上暗冷的寒光看得人发怵，他只得硬着头皮挥棒招架。

这一来，洪清漪再也坐不住了。如果卫国他们不声不响地躲着只看不动，她还可以再拖一会儿，这样一闹，岂不吃亏？这边，林卫国木棒还未挥出，贾昭的软剑已奔他心脏而来，一旁的甘甜急挥钢叉斜刺贾昭肋骨。眼见林卫国和贾昭要同时中招，忽见贾昭移步换形，横里一闪，身体一撞林卫国，那软剑恰似活蛇般射向甘甜。那边洪清漪刚好开门迎敌，见情况危急，一招"晴天霹雳"，那鞭梢以雷霆万钧之势直追贾昭背心。就在软剑将刺进甘甜胸口、鞭梢将击中贾昭背心的一霎时，贾昭竟如鬼魅般闪身换位，在将要着地时突然弹起，挥剑直刺洪清漪。洪清漪知其必有回身反击之招，早已展开八卦步移位换形，挥鞭相迎，一招"举火撩天"直指面门，紧接着"金蛇出洞"捣向心窝，正五花、反五花、平五花交替抖击，劈、扫、扎、抽、划、架、截、摔、撩尽皆使出，攻防兼备，游刃有余。再看贾昭，一路太极追魂剑招式施尽，居然占不到半点优势，肩井和脚腕反而中了两鞭。洪清漪显然没下狠手，不愿伤他性命。

阿二、阿三两个举着木棍，见草屋大门洞开，急欲闯入，恰被邱鹤、韦文德和三位民兵拦住，两下里交上了手。这是莽汉厮杀，凭的是蛮力，阿二、阿三自然抵敌不住，阿二屁股上着了一钉耙，阿三大腿上挨了一钢叉，都痛得丢了木棍倒在地上喊叫。

眼见形势已是一边倒，贾昭心知今日之战必败无疑，顿起逃遁之意。留得青山在，不怕没柴烧。他猛地急攻三招，忽地跃至圈外，说："前辈高人，晚辈甘拜下风，恕不奉陪。"洪清漪早靠近甘甜，从他手中取了钢叉，用足暗劲直飞而出。那贾昭刚一转身，还没跑上几步，钢叉已经追到，插入了左腿。贾昭一个前冲扑倒在地，再也无法奔逃，洪清漪赶上，挥鞭击落贾昭手上软剑。林卫国、甘甜、邱鹤三人一拥而上，将贾昭按倒在地，一人抓一条手臂，将贾昭往回拖，疼得他一路杀猪般号叫。此时已有村民自发打着手电、举着火把赶来助阵，见洪清漪如此武功，都拍手叫好。李心夔带着刑警正找不准位置，闻听吵闹声迅速赶了过来。包若谷和凌立红带着田小牛已经从草房中出来，看着李心夔指挥刑警把三人铐上，包扎伤口，这才上前招呼："李心夔同志，辛苦你了。我来介绍一下，这位就是我的救命恩人洪奶奶，现在是我的奶奶。"李心夔上前向洪奶奶敬了个礼，说道："洪奶奶好，想不到您还是武林女侠，谢谢您救了我们包市长。"

"包市长是好官，也不是我一个人救的，还有小牛、可子两个孩子，还有今天这些来助阵的乡亲，是这里的老百姓救的。"洪清漪平淡地说道。

一行人告别洪奶奶和村里的干部群众，翻越峡口岭，再与凌立红等人道别，然后上了李心夔的专车。

至此，李心夔才有机会向包若谷汇报情况："贾叶扶已经被欧阳局长带人控制，贾芝霖在企图杀人时被当场抓获。"他把抓捕这两人以及陆晓仙局长遇害等案情一一做了汇报，讲了一个多小时。最后他说："还有两件事也必须向您报告一下。向正鑫副市长跳楼自杀了，死前还写下了'不走正道，必致大错'的绝笔。"

"什么？"包若谷大吃一惊，转念一想，随即释然，这也许是他的必然结局吧。于是问道，"还有一件事呢？"

"曾寅已经醒了，据他交代，这么多年来，为了捞取利益，他利用在单书记身边工作的机会，模仿学习单书记言行，一直暗中偷练五禽戏；还利用单书记与黄岭建筑承包人之间的关系，借助为单书记保管手机的机会，盗用单书记名义，穿夜行服假装单书记，指使袁杰作恶，泄露捕雀行动秘密等经过。一个领导身边的人，竟成了领导的隐形人为非作歹，真够胆大妄为的。"

"所以，作为一名党的领导干部，不仅要管好自己，还要管好身边人啊。"

此时，轿车已停在了市公安局大楼前，李心夔说："先到上面坐坐吧，不知道我能否给你个惊喜。"

"搞什么名堂？神神秘秘的。"包若谷话虽这么说，还是随着李心夔下了车，进大堂、上电梯。当李心夔推开门，包若谷走进局长办公室时，他惊呆了，只见叶屏蔚带着宇成、岳母抱着宇功正从沙发上起身迎来，各人叫着"若谷""爸爸""孩子"。包若谷回头感激地看一眼李心夔，迅速迎上。一家人相拥在一起，顿时，呼声急切，泪雨纷飞，连最小的孩子眼里都溢出泪水，终于没能忍住，哇地哭了出来。

2019 年 9 月完稿